LÀ OÙ SE CACHENT LES ÂMES SŒURS

Née en 1970 à Nancy, Nathalie Hug est romancière et scénariste. Elle a publié depuis 2006 plusieurs thrillers avec son mari Jérôme Camut, dont *W3 : Le Sourire des pendus*, Prix des lecteurs du Livre de Poche en 2014. Elle est également l'autrice, en solo, de *L'Enfant-rien*, *La Demoiselle des tic-tac*, *1, rue des Petits-Pas*, *Comme un enchantement*. Elle a reçu le prix Coup de cœur de la Griffe noire pour l'ensemble de son œuvre.

Paru au Livre de Poche :

1, RUE DES PETITS-PAS
COMME UN ENCHANTEMENT
LA DEMOISELLE DES TIC-TAC
L'ENFANT-RIEN

NATHALIE HUG

Là où se cachent les âmes sœurs

CALMANN-LÉVY

ISBN : 978-2-253-25082-1 – 1re publication LGF

À Jérôme Camut,
Mon île.

« Pour être heureux, il faut vivre.
Mais la vie est la chose la plus rare au monde.
La plupart des gens existent, et c'est tout. »

Oscar WILDE

1

À l'approche de l'archipel des Hébrides, le grondement de l'océan céda la place au silence. Une brume teintée de crépuscule enveloppa le petit chalutier dont j'étais l'unique passagère, de la passerelle au sommet du portique et de la poupe à la proue dont je ne distinguais plus le bastingage. Elle avala le ciel, noya les casiers sous ses nuances pourpre et or et rampa sur le pont détrempé.

Ne subsista qu'un léger clapotis, aussi espiègle que le rire de Logan, son capitaine, quand il menait un étranger dans ces contrées battues par les tempêtes : et hop ! son pas décidé sur le ponton et hop ! l'embarquement d'un bond agile et hop ! les amarres larguées en un tournemain tout en annonçant le départ.

Avec un tel maître à bord, il suffisait de se laisser guider. Le gilet de sauvetage qu'on ne savait par quel bout prendre paraissait simple à enfiler et les consignes de sécurité aisées à retenir.

À travers les embruns, j'observai sa barbe en broussaille, ses dents serrées sur le bec de sa pipe, ses lèvres arrondies sur le tuyau, son pouce et son index sur le bol en écume, un œil rêveur posé sur les braises rougeoyantes qu'il attisait, l'autre acéré, rivé sur la carte et le compas.

Le vieil homme et la mer.

Sa silhouette se fondait avec celle de la passerelle du *Fifie*, dont la coque était peinte d'un vert joyeux, et comme l'étrave fendait des flots invisibles, je m'accrochai au garde-corps persuadée que bientôt je basculerais par-dessus bord, victime du tangage, voire d'une vague scélérate. L'idée de ma noyade n'était en réalité qu'une pensée effrayante, de celles que mon esprit fabriquait à tout va lorsque j'appréhendais l'inédit, comme ici, mon baptême de la mer. Il s'avéra que j'avais le pied marin et je pus m'abandonner à la danse du petit chalutier sur la houle.

Auréolée de la brume qui narguait Logan dans sa course contre le temps – il voulait accoster avant la nuit –, je découvris l'odeur et la saveur des embruns, dont les gifles m'arrachaient des larmes.

Le vent qui nous malmenait aux abords de l'île des brumes était sans nom, à l'instar de ceux qui rugissent le long des lochs et de la mer des Hébrides. Dans ces régions sauvages où la météorologie tient plus de la divination que de la science, nul homme n'avait jamais osé les baptiser. Ainsi étais-je – du moins l'espérai-je alors que nous voguions vers l'ouest – aussi anonyme que les vents et aussi libre que mon vieux capitaine, l'heureux solitaire qui avait épousé l'océan.

À bientôt trente-trois ans je n'étais mariée à personne, même plus à la médecine, dont j'avais brutalement divorcé après la mort d'un enfant. Ce décès n'avait pas été une perte de plus dans le service des urgences pédiatriques où nous étions soumis à l'impossible. Elle avait été celle de trop.

Ce qui restait de moi avait fui aveuglément ; le désespoir, la providence ou la destinée m'avaient guidée jusqu'en Écosse, dont les paysages de légende habitaient les histoires que me racontait mon grand-père pour m'endormir.

Entendre le ressac, frissonner sous l'air glacial et le soleil pâlot et s'adonner au silence qu'il décrivait si bien : « Pas une voix à la ronde, simplement le ciel au-dessus, la mer en face et le vent tout autour. »

Cet endroit où il avait promis de me conduire un jour, je l'avais oublié, jusqu'à ce que le chagrin m'y ramène.

Ainsi, je m'étais échouée sur la promenade d'un petit port de pêche dont j'ignorais le nom. Les cabanes colorées des vendeurs de poisson étaient closes, le rideau du café tiré et les rues désertes ; chaque recoin sentait la morte-saison. Même les affiches publicitaires avaient été enlevées. Seules les bandelettes détachables d'une annonce papillonnaient dans le vent : il s'agissait d'une proposition d'emploi dans un lieu-dit, Haven Stone[1]. Le temps avait effacé le reste du texte, ne subsistait pour seul contact qu'une poignée de syllabes que j'avais traduites ainsi : « RDV à la marée. Demander Logan. »

Affamée et épuisée, je m'étais assise sur mon sac, résolue à embarquer avec le premier marin qui me conduirait sur l'île des brumes.

« Vous venez pour la petite annonce ? »

---

1. « Pierre refuge ».

J'avais dit oui, sans même savoir de quoi il retournait, me laissant prendre avec soulagement dans ses filets. Pas un instant je ne me défiai de ce vieil homme à l'allure de père Noël, qui grommelait en gaélique et parlait un anglais mâtiné d'expressions incompréhensibles. Et puis, il savait s'y prendre avec les chats errants, et sans conteste j'en étais devenue un.

Nous avions échangé nos noms, assis sur des casiers à homards dans le bâtiment de la criée, et partagé son casse-croûte composé de pain et de hareng frais, le tout arrosé d'un Irn-Bru soft pour moi, agrémenté d'un trait d'*uisge beatha*[1] pour lui. Et nous trinquâmes au hasard qui nous avait réunis, *Slàinte !*

J'avais imaginé, à sa teinte orange vif, que ce breuvage apprécié des Écossais aurait le goût de sa couleur. Mes papilles reconnurent tour à tour la saveur du bubble-gum, de la réglisse, de la fraise, de la ginger ale, ou des bonbons crocodiles Haribo mêlée à celle du sirop pour la toux goût caramel… avant de déclarer forfait, incapables de décrire l'ensemble, tant d'arômes s'y heurtant.

Cet instant joyeux durant lequel ce vieux marin s'était amusé de mes grimaces à chaque gorgée avait achevé de me charmer. Il ne proposa pas de m'adopter, mais un refuge pour chats errants, loin des prédateurs, un *home sweet home*, là-bas au-delà de la mer, où ce que je fuyais ne saurait me rattraper. Il s'agissait, en échange du gîte et du couvert, d'instruire

1. Littéralement eau-de-vie, les Écossais appellent ainsi le whisky. Se prononce : « Uch-que-ba ».

Liùsaidh[1] MacLaine, dix ans, scolarisée à domicile pour raisons de santé.

Qui j'étais avant d'embarquer à bord du *Fifie* et ce que je fuyais lui importaient peu. Mon inexpérience en tant que gouvernante et ma méconnaissance du gaélique guère plus. Cette place requerrait bien moins les compétences d'une gouvernante que les qualités de cœur – selon ses propres termes qui emportèrent d'ailleurs ma décision.

Alors que nous abordions les côtes, je songeai que cette petite annonce était aussi mystérieuse que la fantomatique brume qui entourait le paysage. Les doigts serrés autour de la rampe du garde-corps, mitaines glacées par le poudrin, j'espérais que ses nappes se déchiquetteraient enfin sur ses falaises.

En vain.

Le brouillard perdit peu à peu de ses couleurs avec la tombée de la nuit, mais son interminable manteau cotonneux nous escorta, de notre transfert sur l'annexe fixée à un corps-mort jusqu'à l'accostage, et s'opacifia à mesure que nous remontions le débarcadère à pied, guidés par le murmure du ressac. Le capitaine du *Fifie* me précédait d'une allure entraînante, et je me guidais au faisceau de sa lampe torche ; pas question de le perdre, on n'y voyait rien à deux mètres !

L'obscurité grandissait, je la sentais errer autour de moi, tentée de m'avaler, et mes pas rendus hésitants

1. Équivalent gaélique de « Lucie ». Se prononce : « Lousaille ».

par la crainte de me perdre trébuchaient sur le chemin cabossé.

J'eus alors l'impression qu'on attrapait mes doigts gourds pour m'emmener.

Et le brouillard s'effilocha.

Sous une voûte étincelante, de gigantesques monts se dressèrent devant moi telles des vagues de basalte pétrifiées. Je m'arrêtai, bouleversée par la sensation que l'île des brumes déployait ses ailes immenses pour me recevoir. Et il ne s'agissait ni de l'accolade d'un vieil homme dont j'avais furtivement rêvé la tendresse ni de l'étreinte d'un amant. Il ne s'agissait pas non plus des bras de mon père qui avaient bercé mon enfance, non.

C'était autre chose.

Un Être Ancien m'imposait silence et éternité.

Et alors que je foulai sa terre, la puissance archaïque de l'île des brumes m'étreignit tout entière. Elle était bien plus vivante que moi.

2

Le Range Rover des années quatre-vingt emprunta à vive allure la *single track road*[1] qui longeait la côte. Il me sembla qu'ici, la brume avait les propriétés d'un miroir sans tain : elle dissimulait l'île aux visiteurs et ensorcelait ceux qu'elle avait autorisés à la franchir.

Derrière nous, les vagues de basalte que surplombaient d'étranges pics géants se découpaient sur un ciel pur. Plus loin, les arches d'un pont de pierre enjambaient la surface ridée d'un plan d'eau jusqu'à une presqu'île où la silhouette d'un château fort masquait les lueurs du port, d'où nous avions embarqué.

Le silence qui s'installa durant le trajet ne fut interrompu qu'à une occasion par le chauffeur du taxi, Archibald Lockhart, qui nous avait récupérés au bout du chemin. Bonnet vissé sur la tête, aussi costaud qu'un fort des Halles, l'homme aux moustaches de Viking s'était enquis de mon confort, s'excusant du vacarme de la ventilation, qui peinait à réchauffer l'habitacle.

Je l'avais rassuré, et le silence était revenu.

---

1. Route à voie unique, si étroite qu'elle ne permet pas à deux véhicules de se croiser.

Dans cette voiture dont les amortisseurs fatigués nous brinquebalaient sans vergogne, je goûtai à la présence à mes côtés de mon vieux capitaine. Je m'en étais remise à lui sans arrière-pensée, aussi simplement que s'il avait été mon grand-père. Rien de mal ne pouvait m'arriver là où il m'accompagnait.

En accostant, j'avais instantanément oublié la folie du monde pour embrasser l'énergie ensorceleuse de ces terres. Cette impression se mua en un sentiment plus troublant : celui de remonter dans le temps. Aussi loin que le regard portait, de l'horizon marin aux reliefs des monts voisins, il n'y avait aucune voie bordée de lampadaires, aucun pont éclairé, juste le faible halo du village, situé à six *miles* environ de notre destination.

Une courte montée me permit de profiter du panorama, puis le 4 × 4 bifurqua sur une voie privée. Bordée d'un muret surmonté d'une grille en fer forgé, cette route annonçait la fin du voyage.

Après quelques minutes, nous franchîmes le portail d'un domaine privé, surplombé d'une inscription gravée dans la pierre : Haven Stone, dont le nom évoquait aussitôt un cottage, une maison douillette.

Je fus naturellement stupéfaite en découvrant au bout de la route l'ombre d'une demeure dont les yeux étroits et jaunâtres semblaient nous observer. À mesure que nous progressions sur la voie cahoteuse, celle-ci se déployait, soulevant ses murs, étalant ses jardins, rehaussant ses toits à la façon des pages de ces livres pop-up dont raffolent les enfants, et bientôt je distinguai un deuxième édifice, bien plus massif que le premier. L'ensemble était entouré de fortifications à créneaux érigées selon un plan triangulaire : la maison-tour dont les fenêtres géminées s'ouvraient sur la mer était située au sommet de ce triangle, le porche occupait le centre de la base, la tour ouest, la pointe gauche, et le bastion la droite. Son corps pentagonal était ceint d'un chemin de ronde destiné à défendre la voie, qui conduisait à l'entrée principale et la cour d'honneur, et débouchait sur les falaises.

La dénomination « gouvernante » aurait dû m'alerter sur le standing du *home sweet home*, dont mon vieux capitaine m'avait vanté la quiétude. Mes préjugés m'interdisaient d'imaginer qu'un marin écossais au pull mité et à la barbe broussailleuse puisse appeler ainsi un authentique château écossais.

Le 4 × 4 reparti, nous entrâmes dans le domaine proprement dit, devancés par le halo de nos lampes torches. Ici, pas d'éclairage extérieur façon Versailles. L'énergie était utilisée avec parcimonie, surtout l'hiver, quand il est plus important de se chauffer que d'y voir clair.

D'un côté, l'allée gravillonnée était bordée d'un muret. La mer râlait à une dizaine de mètres en contrebas et on pouvait l'imaginer sans peine, jetant inlassablement sa houle échevelée contre les remparts. De l'autre, la courtine où perçaient des meurtrières nous toisait de toute sa hauteur.

Haven Stone n'était pas *un* château, mais *une* forteresse dont j'éprouvai inexplicablement la puissance féminine. Érigée sur les falaises d'une lande magnifique, les pieds dans l'eau et coiffée d'un ciel où s'étalait la traîne de la Voie lactée, cette robuste bâtisse rompue aux tempêtes et aux vents d'hiver semblait veiller sur la mer avec la même solitude que l'épouse d'un marin au long cours.

L'âme de cette demeure en guerre contre les éléments qui la défiaient me sembla aussi tourmentée que la mienne ; déchirée entre ce qu'elle pourrait être et ce qu'elle avait été. L'âme d'une femme incendiée par la vie, perdue entre deux rives.

Étrangement enivrée par les parfums de cuir et de sel émanant du sol, j'eus la certitude qu'ici, je *deviendrais*.

3

La haute cour de Haven Stone ressemblait à une sorte de patio étriqué entre les murailles aveugles. À mes pieds, des herbes brillantes de givre jaillissaient entre les pavés du chemin et s'échappaient de la volée de marches fendues conduisant à la poterne. Sous le porche, un anneau fixé au plafond soutenait une balançoire dont l'assise était accrochée à un pic en métal pour ne pas gêner le passage et j'imaginais aussitôt une fillette, ses petites mains agrippées aux cordes. Elle poussait sur les pointes de ses pieds pour s'élancer, puis jetait ses jambes en avant et en arrière, toujours plus loin, toujours plus haut.

Toujours seule.

Mon vieux capitaine frappa avec le heurtoir et m'annonça qu'il me reverrait dans quelque temps, si Dieu le voulait bien.

À l'idée qu'il m'abandonne ici, j'eus un bref mouvement de recul.

« Quand je te regarde, je sais qui tu es. »

Ainsi m'informa-t-il de la plus élégante des manières qu'il n'était pas seulement le capitaine du *Fifie*, mais qu'à Haven Stone, il serait aussi le mien.

Puis, la porte de l'ancestrale demeure s'ouvrit, m'inondant de la lueur des flambeaux.

Quand je me retournai, il était déjà parti.

Les yeux argentés de la femme qui se tenait devant moi me détaillèrent sans complaisance. Elle était si mince que sa robe grise semblait suspendue à un cintre. Sa peau fine et translucide était plaquée sur son front taillé en diamant par l'implantation de ses cheveux noirs, rassemblés en chignon. Ses attaches délicates lui conféraient une allure digne et fragile à la fois.

— C'est à quel sujet ?

— Logan Hamilton m'envoie. Pour la place de gouvernante.

La femme me lança un regard rempli d'incompréhension mêlé de suspicion.

— Je m'appelle Joséphine Granger, ajoutai-je après un silence gênant. J'ai répondu à la petite annonce. Je viens de France.

Elle examina la bandelette détachable arrachée sur le vieux port que j'exhibais, à court d'arguments. Puis elle hocha lentement la tête.

— Je vous souhaite la bienvenue à Haven Stone, Miss Granger, lâcha-t-elle du bout des lèvres. Je suis l'intendante, Mrs Burnett. Vous permettez ?

Elle prit d'autorité mon sac et m'invita à entrer.

En franchissant le seuil, j'inclinai la tête pour saluer cette maison dont l'atmosphère saisissante vous enveloppait. Si le vestibule était aussi étroit que la cour, l'épaisseur des murs était telle que jamais je n'aurais pu les embrasser. Sans charme particulier, il ne comprenait qu'une longue patère en bois et fer forgé où étaient accrochés pêle-mêle ciré de marin, vieux loden, coupe-vent taille homme, un anorak rose et un chapeau de pluie assorti.

Une porte en bois, aux gonds aussi gros que des poings fermés, donnait sur une galerie éclairée par des torchères qui projetaient leurs ronds orangés sur les dalles.

Mrs Burnett ouvrit la marche en tenant mon sac loin d'elle comme s'il s'agissait de la carcasse d'un animal. En chemin, elle me recommanda de regarder où je posais les pieds, le sol s'enfonçant par endroits.

Nos ombres accompagnaient le bruit de nos pas, bondissant de part et d'autre du couloir qui s'achevait dans une salle immense, aussi vide et solennelle qu'une église abandonnée si l'on exceptait deux fauteuils crapaud, le guéridon où trônaient un antique téléphone filaire et une horloge qui égrenait sinistrement le temps. Le hall permettait l'accès à de nombreuses pièces dont la salle à manger et une bibliothèque aux rayonnages chargés de livres anciens.

Mrs Burnett me guida vers le flanc d'un majestueux escalier en pierre. Là, une entrée de service conduisait à un colimaçon qui s'enfonçait dans l'obscurité. L'intendante m'y précéda en veillant à éclairer nos pas.

Le sous-sol de Haven Stone, situé en rez-de-jardin, disposait d'une issue de service destinée aux livreurs et au personnel, ainsi écartés de l'entrée principale qui donnait sur la cour d'honneur, un niveau au-dessus.

Nous longeâmes un corridor chichement éclairé et piqué de nombreuses portes en bois et ferrures, équipées de lanternes à pétrole, fixées de part et d'autre du chambranle. Elles distribuaient successivement la réserve à conserves, la cave à vin, le saloir, le fumoir à poisson, la fromagerie, le vestiaire, la salle de repos des employés, jusqu'à la cuisine où flottaient d'appétissantes odeurs.

C'était une antique salle voûtée toute de moellons vêtue, occupée en son centre par un plan de travail plus long que deux hommes couchés et aussi épais qu'un billot de boucher. Dessous, des casiers aménagés regorgeaient de cocottes, de poêles, de casseroles et de plats aux formes variées, à poisson, à viande, à dessert, etc., et de paniers à légumes d'où dépassaient des fanes de carottes, de céleri et des poireaux. Au-dessus, une structure ancienne fixée au plafond permettait d'accrocher les ustensiles divers, les tresses d'ail, les bouquets garnis séchés, et dans l'immense cheminée, des flammes pourléchaient le fond d'une marmite suspendue à une crémaillère.

Mrs Whitmore, la cuisinière, était une femme aux formes généreuses et aux joues roses. Elle me débarrassa avec bonne humeur de ma veste en laine et de mes mitaines. Les boucles rousses qui s'échappaient de son fichu sentaient bon le savon, et ses mains potelées, qui pincèrent mes joues en guise d'accueil, étaient chaudes au contraire de celles de Mrs Burnett, dont l'être semblait taillé dans du granit.

Elle m'indiqua une chaise au coin de l'âtre où je pourrais patienter. Si Mrs Burnett et la cuisinière s'adressaient à moi dans un écossais compréhensible pour une étrangère, elles échangèrent en gaélique. Malgré mes efforts, je ne saisis pas un mot de leur conversation tant ceux-ci étaient avalés, mâchés, transformés puis régurgités dans une sorte de joyeuse bouillie où les *r* roulaient, les *u* devenaient des *oo*, les *t* disparaissaient et des mots inconnus surgissaient, ponctués de *aye* !

L'intendante partie, Mrs Whitmore me servit une copieuse assiette de potage, arguant que j'étais aussi pâle qu'une ablette roulée dans la farine, puis m'ensevelit d'exclamations enthousiastes : six longs mois que Mrs Burnett cherchait à pourvoir ce poste ! Plus personne ici n'espérait revoir une candidate ! Comptais-je rester ?

Elle parlait tout en déplumant une volaille avec la dextérité des grands chefs, virevoltait entre le plan de travail et la pierre à eau, maniait les couteaux à désosser aussi habilement qu'un boucher, et taillait les légumes tout en me passant au gril de ses questions avec une touchante désinvolture.

La cuiller à la bouche, je fus propulsée dans un temps idéal où une grand-mère gâteau me régalait de plats goûteux, du genre de ceux qu'on sauce avec de larges tranches de pain frais, aussi fascinée par les parfums de sa cuisine que je l'aurais été par un professionnel de l'hypnose.

Je relatai brièvement ma rencontre avec ce vieux capitaine sur le port, lui avouai que je n'étais pas gouvernante, mais que j'avais gardé des enfants de tous âges durant mes études et que mon voyage était destiné à tourner la page d'une vie qui ne me satisfaisait plus. J'espérais, en lui offrant quelques bribes de vérité, qu'elle s'en contenterait. C'était méconnaître Mrs Whitmore, dont la curiosité n'avait d'égale que sa ténacité pour la satisfaire… et une incroyable sagacité !

— Quel autre chagrin que le deuil chercherait-on à fuir si loin de chez soi ?

Puis elle ajouta, sans attendre ma réponse :

— Croyez-moi, Miss Joséphine, ici, il est difficile de garder un secret ! Les *brùnaidh*[1] de Haven Stone savent tout sur tout le monde !

— Les quoi ?

Je ne fus pas en mesure d'articuler un mot de plus, tant sa perspicacité, qui flirtait avec la clairvoyance, me surprit. J'ignorais comment, Mrs Whitmore avait deviné que je tentais de fuir la mort, compagne quotidienne et honnie, qui me ramenait sans cesse à ma condition de don Quichotte des hôpitaux, condamnée à échouer dans sa bataille contre l'inéluctable.

Désamour et lassitude n'étaient pas responsables de ma rupture avec la médecine. La peur m'avait arrachée aux urgences où je travaillais avec mon père depuis des années. Cette peur était de celles qui vous empêchent subitement de franchir un sas pourtant maintes fois traversé avec courage, enthousiasme, épuisement parfois, toujours emplie de la foi en la science et de l'envie d'accomplir un miracle.

Soudain, cette double porte battante était devenue le chemin vers l'échafaud.

Ce jour-là, j'aurais pu finir recroquevillée dans mon bureau telle une fillette terrorisée ou hurlant mon désespoir et ma fatigue au visage de mes confrères.

J'avais choisi la fuite, seule issue acceptable à cette peur qui m'envahissait tout entière et dont je ne savais que faire. En une journée, j'avais stocké mes affaires

---

1. Brownies, personnages du folklore écossais.

dans un box, rendu mon meublé et rempli à la va-vite un sac à dos.

Ma lettre de démission remise, je m'étais jetée dans le premier métro direction Gare du Nord.

Après deux trains, douze heures de trajet, et une nuit d'ivresse en compagnie d'étudiants londoniens venus fêter Noël dans les Highlands, je m'étais réveillée encore saoule – et dépouillée de mes papiers et de ma carte bancaire – dans un car en direction des Hébrides.

Mrs Whitmore ne sembla pas remarquer mon trouble, ou peut-être l'ignora-t-elle pour ne pas me déstabiliser davantage, et poursuivit son propos : Haven Stone comptait de nombreux brownies. La plupart avaient l'allure et le pelage d'un petit singe, un bonnet vert et de grands yeux bleus où pétillaient fourberie et malice. Celui qui nous observait à l'instant même, assis sur le fer à cheval accroché près de la cheminée, était chargé de passer le balai, de nettoyer les vitres et de vider l'âtre, la nuit, quand les habitants de la maison étaient couchés.

— Bobby adore mon porridge au miel, c'est pourquoi je lui réserve toujours une portion près de l'âtre. Vous ne le voyez pas ?

Je secouai la tête. Distinguai-je réellement un léger mouvement du fer à cheval ?

— Les *brùnaidh* choisissent ceux à qui ils apparaissent, comme toutes les créatures magiques d'ailleurs ! ajouta Mrs Whitmore si sérieusement que je n'aurais pas eu le cœur de la moquer, même si j'avais été dans de plus joyeuses dispositions.

Que cette maison abrite des lutins à la frimousse simiesque et aux yeux bleu ciel me sembla plus inattendu qu'extravagant. Après tout, je n'avais du folklore de l'Écosse qu'une image d'Épinal, celle des histoires de mon grand-père, où apparaissaient châteaux hantés et monstre du loch Ness.

— Oh ! Nessie existe bien, je l'ai vu de mes propres yeux ! m'assura Mrs Whitmore, quand je lui fis part de mon ignorance sur les coutumes de son pays. Mais il n'y a pas de fantômes à Haven Stone, même si des touristes affirment le contraire.

Elle m'expliqua que de nombreux curieux se pressaient ici dans l'espoir d'y croiser le dernier guerrier du clan, assassiné à la fin du XIXe siècle par sa propre fille, pour avoir voulu la marier à un lord ennemi.

— Les terres des MacLaine s'étendent sur toute l'île ! ajouta fièrement la cuisinière. On y exploite les tourbières, on y cultive les champs et on y élève du bétail.

Haven Stone devait sa réputation de château hanté à une célèbre influenceuse anglaise. Sur les images qu'elle avait publiées sur les réseaux sociaux, on distinguait une forme humaine flottant dans le grand escalier, une chambre et la bibliothèque.

La jeune femme y détaillait ses cauchemars, les douleurs ressenties durant la nuit, semblables à celles d'un empoisonnement au curare, les objets déplacés, les coups dans le mur et le plancher qui craque, sans compter le post consacré à son chien, un bouledogue, qu'on voyait tout tremblant, en train de suivre des yeux « le fantôme » alors qu'il était seul dans la pièce…

Pendant des années, personne n'avait tenté de démentir ces rumeurs ni de chasser les curieux qui se pressaient à Haven Stone durant les week-ends portes ouvertes et parfois même hors saison. Longtemps, Lord MacLaine avait profité de cette manne tombée du ciel pour payer le personnel et entretenir la maison, véritable gouffre financier.

— Aujourd'hui, poursuivit-elle, le château est fermé aux touristes. Et Bobby s'en félicite chaque jour ! Il détestait les voir fouiner et mettre du désordre partout !

En écoutant cette femme sincèrement convaincue de l'existence de ces créatures issues d'un autre monde, je songeai que j'étais arrivée ici dénuée des rêves et de la fantaisie qui avaient longtemps illuminé ma vie. Je lui confiai que depuis que j'étais devenue adulte, je n'avais plus foi que dans le hasard et la fatalité.

— … et certainement plus en vous ma pauvre enfant ! souligna Mrs Whitmore, l'air ingénu.

Ses traits acérés me pelaient aussi sûrement que si j'avais été un oignon. Une peau après l'autre, patiente tout en impatience dissimulée, elle cherchait à cueillir mon cœur, ignorant qu'elle l'avait déjà conquis avec ce bol de soupe de pommes de terre au haddock et à l'ail au goût aussi fabuleux que son odeur.

Je tentai alors d'échapper à son interrogatoire en la questionnant à mon tour sur Liùsaidh. Quelle maladie l'obligeait à grandir ici, loin de tout, plutôt que dans un pensionnat où elle fréquenterait des enfants de son âge ? Était-ce pour la préserver que Lord MacLaine n'autorisait plus les visites du château ?

La moue de Mrs Whitmore m'indiqua qu'il ne lui appartenait pas de m'éclairer sur ce point, c'était le rôle de l'intendante. Les grandes maisons telle Haven Stone fonctionnaient grâce à des règles séculaires qu'il me faudrait adopter si j'espérais y évoluer à mon aise.

— Quel autre conseil me donneriez-vous en plus de celui de réfréner les dizaines de questions que m'inspirent Haven Stone, Lord MacLaine et sa fille ?

— Je vous répéterais ce que Mrs Burnett m'a dit à mon arrivée : ici, la discrétion est le maître mot. Votre travail ne consiste pas à obtenir des réponses, mais à répondre aux attentes de celui qui vous emploie.

Embauchée à seize ans, Mrs Whitmore avait consacré sa vie aux membres de la famille, et n'avait quitté ses quartiers (qui comprenaient la cuisine, les dépendances et sa chambre de service) que pour assister à des mariages ou des enterrements. Elle n'avait jamais songé à convoler, encore moins à procréer. Il y avait en ce monde bien trop d'orphelins pour qu'elle songe à le surpeupler d'une ribambelle de petits rouquins bruyants, qui auraient sans aucun doute semé la zizanie dans son domaine ! Et puis, cette cuisine où elle avait passé la majeure partie de sa vie avait accueilli nombre d'invités ! Nobles, commerçants, employés ou bourgeois, jardiniers ou gouvernantes, lutins ou fées, peu importait le rang ou la nature de l'impétrant, Mrs Whitmore avait toujours une chaise pour asseoir sa colère ou sa tristesse. Les mets, les odeurs et les goûts n'étaient que de la poudre de perlimpinpin, tout juste bons à faire illusion.

Mrs Whitmore n'était pas attirée par ce qu'elle nommait « la grande farce extérieure », elle se plaisait ici. Sous ses allures de château fort, Haven Stone était sa maison.

Tout en parlant, elle débarrassa le bol que j'avais saucé avec soin et me servit une verrine de *cranachan* maison, un mélange de *crowdie*[1] fouetté, et de flocons d'avoine toastés, le tout arrosé de whisky. La consommation raisonnée de l'électricité ne permettant pas l'utilisation d'un congélateur, elle l'avait parfumé à la confiture de mûres pour remplacer les framboises fraîches de la recette originale. Que je goûte à cette merveille !

Je m'exécutai avec bonheur.

À sa façon, Mrs Whitmore me rassurait. Tout en rondeur, elle était aussi franche et agréable que sa cuisine. Ni acidité ni aigreur, juste une âme simple auprès de laquelle il était enchanteur de déposer ses valises.

Les miennes étaient pleines d'incertitudes et de peurs, et elle les avait vidées en quelques mots, prévenante et surtout consciente qu'il lui serait impossible de chasser mon chagrin comme une mouche sur le pot de confiture. Simplement, elle l'avait invité à s'asseoir au coin du feu, et ce faisant, il m'avait oubliée un temps.

---

1. Fromage frais de vache.

4

Sitôt que j'eus achevé de dîner, Mrs Burnett réapparut dans la cuisine et m'informa qu'il était temps que je me retire dans ma chambre. Ignorant mes protestations, elle réprimanda Mrs Whitmore en gaélique. Sa façon d'utiliser devant moi cette langue à laquelle je ne comprenais rien me déplut. Je gardai le silence, désireuse de ne pas embarrasser mon hôtesse. Mes affaires ramassées, je saluai Mrs Whitmore d'un sourire qu'elle me rendit aussitôt : demain viendrait bien vite, et si je le souhaitais, le *breakfast* serait prêt à l'aube.

Mrs Burnett patientait dans le couloir, un candélabre à la main. Un courant d'air agita la flamme des bougies et la cire ruissela sur le chandelier et se figea en autant de stalactites blanchâtres sur ses doigts. L'intendante resta stoïque malgré l'évidente brûlure. Sans doute avait-elle contribué à la sinistre réputation du lieu avec son air austère et sa façon solennelle de me conduire dans les entrailles de Haven Stone.

Autour de nous, la maison semblait murmurer. Si son inquiétante atmosphère ne m'effrayait guère, je comprenais qu'elle ait pu affoler l'imagination de ses visiteurs.

Sur le palier du deuxième niveau trônait le portrait d'un jeune homme vêtu d'une tenue d'apparat. En dessous du tableau, une plaque gravée indiquait qu'il s'agissait de Lord Charles James Neill MacLaine. Avec ses cheveux blonds coupés ras, ses traits délicats et ses yeux d'un bleu très clair, il m'évoqua une star de cinéma. Si je me référais à la peinture, datée du début des années deux mille, le maître de Haven Stone devait être âgé d'une quarantaine d'années aujourd'hui.

Un cordon interdisait l'accès au dernier étage, fermé par une porte peinte en bleu outremer et sculptée dans des motifs orientaux dont l'originalité détonnait en ces lieux.

— Il n'y a rien là-haut qui vous concerne, m'asséna l'intendante.

La brusquerie de son ton me heurta, pourtant je me surpris à lui obéir aussi docilement qu'un caneton et la rejoignis au fond du couloir, devant une porte entrouverte d'où émanait une faible lueur.

— Votre chambre, Miss Granger.

La vaste pièce située dans l'angle de la maison-tour bénéficiait d'un accès doublé par un sas. Le feu dans la cheminée, le lit à baldaquin, les rideaux en velours derrière lesquels la mer grondait, les dalles couvertes de tapis pour étouffer le froid, les tentures, les tapisseries, la coiffeuse et le broc à eau, l'horloge, le tic-tac de son balancier et les chaussons douillets qui tiédissaient devant l'âtre en attendant mes pieds me propulsèrent à l'époque des héroïnes de Jane Austen et des sœurs Brontë.

Les W.-C. étaient séparés et un paravent ajouré dissimulait la salle de bains décorée de carreaux de ciment. Une baignoire sur pieds était adossée à un chauffe-bain en cuivre frappé, à côté duquel étaient déposés un baquet de tourbe et une pelle à charbon.

— Nous l'allumerons demain. En attendant, j'ai versé de l'eau tiède dans le broc.

J'effleurai la robe de chambre cousue en patchwork et la chemise de nuit en lin, qui m'attendaient, repassées, sur le lit.

Sur la table de nuit, Mrs Burnett avait entreposé un bougeoir et des allumettes à côté de Mare[1], une statuette ancienne en bronze bleui, qui ne me quittait jamais. Ainsi, je découvris que l'intendante avait vidé mon sac, rangé mes affaires dans l'homme-debout et déballé ma trousse de toilette.

Ce qui m'aurait semblé intrusif ailleurs ne me dérangea pas ici, au contraire, j'appréciai l'attention, même si je me doutais qu'il s'agissait des usages, dans cette maison où le temps semblait arrêté au siècle dernier.

Je n'avais emporté que le nécessaire : ma brosse à dents et mon dentifrice qu'elle avait disposés dans un verre près d'une bassine en porcelaine et ma brosse à cheveux, sur la coiffeuse. Le savon au miel et au citron placé sur un gant de toilette dégageait d'agréables parfums. Mrs Burnett m'avait également fourni un flacon de lait pour la peau et une petite bouteille d'huiles de lavande et d'arbre à thé assortis.

Je n'eus soudain qu'une envie, me débarbouiller et m'enrouler dans ces grandes serviettes râpeuses, sécher mes cheveux devant l'âtre et me glisser sous les draps.

1. Prononcer « Mair ».

— Merci, Mrs Burnett, je… C'est très bien.

Celle-ci ignora mes remerciements pudiques et désigna la statuette, qu'elle peinait à quitter des yeux.

— Ignorant son usage, je l'ai placée ici, j'espère que cela vous convient ?

La statuette qui intriguait tant Mrs Burnett représentait un prisonnier gaulois assis, poignets liés dans le dos, jambes croisées dans le vide, les orteils du pied gauche contre le talon du pied droit. Torse nu, vêtu de longues braies, un torque en forme de croissant torsadé autour du cou, il vous fixait avec une expression intense. Ses cheveux épais, sa barbe pointue, son menton et son front saillants, son nez busqué et sa bouche charnue lui donnaient l'air sauvage et séduisant d'un démon.

Je l'avais nommé Mare en référence à la célèbre toile de Füssli, *Nightmare*, dont j'avais vu une reproduction alors que j'étais enfant, et dont la puissance m'avait marquée, tant elle évoquait l'horreur de mes propres nuits.

Cette statuette m'avait été offerte par un rebouteux pour chasser mes terreurs nocturnes. Malgré son apparence que mon père qualifiait de hideuse, elle avait rempli son office et était, aujourd'hui encore, la garante du calme de mes nuits.

Enfant, je souffrais de paralysie du sommeil, un état terrifiant à la lisière des rêves où l'esprit conscient hallucine dans un corps inerte – l'inverse du somnambulisme. Seul un ancrage vers la réalité chassait ces effrayantes illusions : si la statuette n'était pas à sa place, j'étais en proie à une vision.

— C'est parfait, Mrs Burnett. Merci.

Puis, comme elle ne bougeait toujours pas, j'ajoutai maladroitement – car cette précision ne ferait que l'embrouiller davantage :

— Cette statuette est une sorte de remède anti-cauchemars.

— Permettez-moi un conseil dans ce cas, Miss Granger. Verrouillez bien votre porte pour éviter tout incident.

Alors que je m'étonnais, l'intendante précisa que, puisque dénués d'éclairage, les couloirs et l'escalier étaient dangereux, la nuit. Si je manquais de quoi que ce soit, il me suffirait d'actionner le cordon situé près de mon lit, elle se chargerait de me contenter.

— Vous m'avez bien entendue, Miss Granger ?

Mrs Burnett s'alarmait tant à l'idée que je me promène seule la nuit à Haven Stone que cela me surprit. Pourtant, je gardai pour moi mes questions, ainsi que me l'avait conseillé Mrs Whitmore.

Quelle rencontre, en dehors du lutin de cette dernière pourrais-je donc faire dans ces corridors obscurs, où seul le vent avait apparemment l'autorisation de courir en toute liberté ? Et pourquoi irais-je m'aventurer hors de ces draps en coton, chauffés par une bouillotte en aluminium, et qui n'attendaient que moi ?

Sa froideur m'étonna. J'avais cru comprendre qu'elle désespérait de trouver une gouvernante depuis des mois !

— Nous jugerons sur pièces, articula-t-elle, lorsque je lui fis part de mon sentiment.

Elle me donna l'impression que j'étais un imposteur et je n'eus pas le courage de la démentir. Désireuse de la voir partir au plus vite, je lui promis de ne quitter ma chambre qu'à l'heure du petit déjeuner et convins de la rejoindre à l'office à huit heures tapantes, ajoutant qu'il me tardait de rencontrer Liùsaidh.

Mrs Burnett laissa échapper un soupir que je ne sus interpréter et sortit brusquement.

Je restai quelques instants indécise, ma statuette à la main, puis j'optai pour le manteau de la cheminée. Au centre, devant le trumeau, la pierre avait été creusée, laissant une encoche où le socle logeait à la perfection.

5

Le froid me glaça au réveil. Un froid humide que le vent, qui s'était faufilé derrière les doubles rideaux, rendait mordant. L'agonie du feu avait plongé la chambre dans le noir. Seul un rayon lumineux, où dansaient des poussières, courait sur le sol depuis la porte entrebâillée du sas et grimpait en oblique sur la cheminée d'où Mare m'observait, silencieux et énigmatique – je ne rêvais pas.

Ainsi éclairée par le hasard, la tapisserie ancienne révéla un couple qui se contemplait sous un arbre immense. Les genoux fléchis, l'homme effleurait du bout des doigts la gorge de sa compagne, qui caressait en retour ses cheveux. Sa chemise à lui, entrouverte jusqu'au nombril, et son kilt relevé dévoilaient la peau dorée d'un corps musculeux. Sa robe à elle, délacée dans le dos, offrait aux regards le creux de ses reins.

Leur complicité subtilement captée dans l'entrelacement des fils qui dessinaient leurs visages et la précision avec laquelle le tisserand avait noué leur expression me bouleversa. Le regard de ces amants racontait la confiance et le désir, et exprimait, tel un miroir à mon âme, les sentiments que m'inspirait cette chambre.

La cheminée, les motifs brodés sur le revers des draps, les tentures, les tapis et les rideaux formaient un cocon qui invitait à l'abandon ; cette tapisserie, le paravent ajouré et l'alcôve, où un bouquet de fleurs séchées dissimulait des scènes du Kamasutra pour un œil averti, des arabesques pour les plus innocents, figuraient le désir.

L'austère et mélancolique Haven Stone abritait en secret l'amour et la sensualité, et soudain, le *home sweet home* de mon vieux capitaine prit tout son sens.

Cette maison vibrait encore des souvenirs de ceux qui ont vécu.

Je me glissai sous les draps quand la porte extérieure grinça. Quelqu'un la refermait doucement.

— Mrs Burnett ?

Intriguée, j'enfilai la robe de chambre et glissai mes pieds dans les chaussons, puis, le bougeoir à la main, j'osai une tête dans le couloir.

Personne.

L'horloge indiquait deux heures passées.

Le jour n'était pas près de se lever, pourtant la demeure ne dormait pas plus que moi. Le vent chuintait dans le grand escalier, les vitraux frémissaient sur mon passage, et la porte principale tremblait sur ses gonds.

Mes pas feutrés sur les tapis aux motifs floraux, mes doigts courant le long des murs dont le sommet culminait à une quinzaine de mètres, cette mystérieuse galerie aux balustres sculptés qui ceignait le dernier étage, lieu interdit, le clair de lune à travers les vitraux et les ombres projetant leurs détails ornementaux, l'immense hall d'entrée et le tic-tac de l'horloge ; la beauté vivante de Haven Stone m'enveloppa telle une géante minérale dont je percevais chaque son intime.

Dans la grande bibliothèque imprégnée de l'odeur des livres et de l'encre, j'empruntai sans m'attarder un exemplaire de *Frankenstein* de Mary Shelley, abandonné sur un guéridon.

Membre depuis toujours du club fermé des « petits dormeurs », je mettais à profit ces instants pour lire en attendant que le reste du monde se réveille.

Qu'il tarde à m'emporter ou m'abandonne au milieu de la nuit, je ne courais jamais après le sommeil. Tel un amant volage, il était de ceux qu'il valait mieux ignorer que désirer, pour espérer que peut-être, il vous enlève.

6

Dans les vastes cuisines de Mrs Whitmore, les braises incandescentes projetaient des taches colorées sur les moellons. J'ajoutai une briquette dans l'âtre, les flammes jaillirent et bientôt, un feu robuste éclaira une partie de la salle. Sur le plan de travail, une assiette garnie de gâteaux taillés en cubes dégageait une odeur de beurre frais. À côté, une bouteille Thermos était posée sur une note manuscrite :

Dearest Miss Joséphine,

J'ai préparé du thé et des Scottish tablets pour vous, au cas où le vent vous empêcherait de dormir.

Ne vous effrayez pas si vous croisez Bobby, il est farceur, mais inoffensif. Sauf s'il vous prenait de voler son porridge !

Mrs Whitmore

L'attention de la cuisinière m'émut. Les feuilles du thé étaient soigneusement rangées dans une boîte en fer, et leur goût fumé où pointaient des notes de miel et de pêche était incomparable. Quant aux friandises… impossible de leur résister.

Je m'installai devant l'âtre pour lire, les pieds sur une chaise, bien au chaud. Oubliée la crainte d'être une passagère clandestine, ce thé et ces douceurs étaient mon passeport pour le paradis, un visa de séjour délivré par la maîtresse des lieux quoi que prétendrait Mrs Burnett, la rigide intendante, si elle me surprenait ici.

J'aimais l'odeur des livres anciens, le contact de leurs pages rugueuses sous la pulpe de mes doigts, le soin avec lequel les feuillets avaient été cousus et la couverture imprimée. Sur la première, le titre apparaissait en courbes et déliés : *Frankenstein: or, The Modern Prometheus.*

Docteur Frankenstein et sa créature.

Ainsi nous surnommait-on dans le service des urgences, mon père et moi, et par un curieux hasard, ces figures littéraires resurgissaient, me rappelant que je lui devais tout.

La médecine n'était pas venue à moi par désir, mais par tradition familiale. Après trois générations de pédiatres urgentistes, il eût été inconcevable que j'emploie mon temps à d'autres fins que celle de succéder à mon père. L'envie avait grandi en apprenant à ses côtés, la passion était née au contact des patients et la vocation s'était imposée.

Ce soir-là, dans les cuisines de Mrs Whitmore, ce vent de liberté qui m'enthousiasmait depuis mon arrivée sur l'île des brumes s'opposait à ma culpabilité dont les traits protéiformes dissimulaient le vrai visage.

Était-ce la honte du capitaine qui abandonne son navire ou la peur d'une fillette de décevoir son père ?

Jamais il n'avait accepté que je doute, il aurait refusé que je rende les armes. Pour lui, le devoir d'un médecin était de tenir le rang, aussi brutal et implacable soit le combat.

Si je désertais, des enfants mourraient.

Mais comment rester alors que la peur me paralysait ?

Les médecins de la famille, mon père en tête, étaient des guerriers et ce dernier exigeait de moi que je bataille sans jamais faillir. L'échec n'est pas une option, avait-il coutume de répéter, l'indécision non plus.

Ainsi était-il. Droit, inflexible, indestructible.

Il m'avait souvent poussée dans mes retranchements, jamais abandonnée.

Mon père me dorlotait, s'efforçant de combler le vide qu'avait laissé ma mère en partant, toujours prompt à me sauver des dangers, même les plus imaginaires. Quand elle était morte, des années après nous avoir quittés, son impuissance à soulager mon désarroi l'avait profondément blessé. Il détestait me voir souffrir et considérait chacune de mes peines comme le reflet de son échec à me rendre heureuse.

L'amour que me portait mon père était à la fois rassurant et exigeant ; il s'avérait aussi encombrant.

Dans le silence, je fus envahie d'un malaise que je mis d'abord sur le compte de mes pensées. Pourtant, je ressentais une présence… était-ce Bobby, le lutin de Mrs Whitmore qui passait le balai ?

Son évocation m'arracha un sourire, le sentiment perdura. Quelqu'un ou quelque chose m'observait tapi dans l'ombre ; je me levai et le bougeoir brandi, m'avançai vers le fond de la salle.

Un cri involontaire jaillit de ma gorge.

Un homme était attablé au bout du plan de travail. Malgré la capuche qui mangeait la moitié de son visage, je sus qu'il me détaillait de la tête aux pieds.

La trentaine, il paraissait très grand. Ses cheveux bruns qui bouclaient sur ses épaules et sa barbe fournie aux accents roux peinaient à masquer des traits tourmentés. Ses chaussures boueuses et ses vêtements mouillés étaient ceux d'un voyageur qui aurait essuyé un grain ou les hardes d'un vagabond, et un sac militaire usé à la corde était jeté à ses pieds.

Il buvait un whisky, si j'en croyais l'étiquette de la bouteille posée devant lui.

Était-il la raison pour laquelle Mrs Burnett avait insisté pour que je ne quitte pas ma chambre ? D'un autre côté, je n'imaginais pas Mrs Whitmore m'offrant le thé et les biscuits dans sa cuisine, si j'y courais le moindre danger.

— Je m'appelle Jo, lui dis-je, la surprise passée. Je suis ici pour la place de gouvernante. Et vous êtes ?

L'homme se contenta d'attraper un verre qu'il remplit à ras bord et poussa devant moi.

— Je ne vous ai pas demandé un whisky, mais votre nom !

Dans le silence qui nous enveloppa, il m'évoqua un gardien de phare, inaccessible veilleur, et moi la mer, infiniment condamnée à onduler au pied de ses murailles.

Après une éternité, il releva la tête.

À l'instant où ses yeux croisèrent les miens, une vague immense me jeta à son sommet et je vis en lui, et il fut médusé parce qu'il ne croyait pas cela possible.

Cet homme était la douleur, il était le chagrin, il était le néant.

Sonnée, je m'assis face à lui et vidai mon verre cul sec.

L'alcool me fouetta les sangs, brûla jusque dans ma poitrine et cogna sous mes tempes. Je fis glisser vers lui le verre pour qu'il me resserve.

Nous bûmes sans nous parler, sans nous quitter des yeux.

Il me dévisageait comme s'il savait la route que j'avais empruntée jusqu'ici, l'ombre de mon père sur ma vie de fillette, ma course pour être celle qu'il attendait de moi, mon combat dans un monde d'hommes pour qui le sexe justifiait souvent à lui seul la toute-puissance, les brimades, l'humiliation et les vexations ; mes batailles contre la mort, mes longues nuits de garde, les familles déchirées, les drames et le deuil, la trahison, la peur qui me dévorait, mes échecs et ce pardon que j'étais incapable de m'accorder, et je sus que nous avions en commun le meilleur et le pire de ce que peut offrir l'existence.

Mes blessures et ma peine ne le rebutaient pas, puisqu'il les reconnaissait. Et s'il tenait debout, alors je pourrais me relever.

Dans les dernières lueurs du feu mourant, l'expression de son visage et sa manière de me scruter comme s'il pouvait voir à travers mes os, ma peau et mes muscles m'évoquèrent Mare, ma statuette.

J'imaginai qu'il était son incarnation, et j'ignore pourquoi, je le lui dis.

Naquit alors un nouveau silence dans le silence ; le silence hostile de l'homme méfiant se mua en tendre attention. Son œil noir s'apaisa et sa douceur déverrouilla mes entrailles et libéra ma parole. Et je lui offris des secrets d'enfants, que je n'avais révélés à nul autre qu'à mon père.

Je lui confiai mes cauchemars de fillette, l'angoisse d'en ignorer les origines, ce démon aux yeux jaunes qui s'asseyait sur moi pour m'étouffer, le tableau de Füssli qui m'avait inspiré son nom et enfin cette figurine en bronze, le gardien de mes nuits, qu'il me rappelait tant.

Lorsque je me tus, il remplit nos verres et choqua le sien contre le mien.

— Buvons aux monstres de l'enfance, murmura-t-il dans un anglais parfait où roulaient les *r* des Highlands. Et à ceux qui les terrassent.

Je voulus lui demander son nom pour qu'il cesse d'être un inconnu, lui dire combien sa présence me chamboulait parce qu'il me semblait aussi familier qu'un frère, mais il posa un index sur ses lèvres.

— Chut, *Anam-charaid*, ajouta-t-il doucement. Je voudrais écouter avec vous le silence et le vent.

Les bouquets de thym et de menthe séchés frémirent au-dessus de nos têtes et les portes trépidèrent sur leurs gonds. Un souffle glacial emplit la cuisine, gonfla jusqu'à se heurter aux murs puis s'échappa par le creux des fenêtres et la cheminée, qui râla interminablement ; la maison soupirait.

Puis le vent s'apaisa. Et il ne demeura plus entre nous que ce silence qu'il appelait de ses vœux et dans ma poitrine, l'écho de son effroyable chagrin.

7

À sa prise de service, à cinq heures et demie, Mrs Whitmore s'inquiéta de me trouver dans la cuisine avec l'air perdu d'un oiseau tombé du nid, puis feignit se satisfaire de ma réponse : lève-tôt, j'étais descendue ici pour lire et je m'étais régalée de son thé et de ses friandises. En réalité, j'avais découvert à mes dépens combien il est imprudent de boire avec un Écossais et après une courte nuit, j'étais venue chercher de quoi soulager ma gueule de bois.

Se contenter d'un mensonge est parfois la plus belle preuve d'empathie qui soit. Mrs Whitmore considérait que la vérité devait venir seule à celui qui l'espérait. Elle n'y vit pas de défiance de ma part, juste de la pudeur. Son œil averti avait déjà repéré que la bouteille de whisky était bien moins remplie que la veille. La cuisine était son domaine, chaque ustensile, chaque ingrédient y avait sa place. Elle évoluait entre le plan de travail et les placards avec l'aisance d'une danseuse, malgré son embonpoint, et profitait de ces mouvements pour replacer les choses que d'autres avaient bougées.

Je m'étais réveillée une demi-heure plus tôt, tout habillée dans mon lit, mes chaussures sagement rangées dans le sas, et j'étais aussitôt redescendue, incapable de songer à autre chose qu'à cet homme rencontré ici même, trois heures plus tôt.

Qui était-il ? Que faisait-il au sous-sol au milieu de la nuit ?

Nous étions demeurés longtemps silencieux dans le ventre palpitant de Haven Stone. Ses yeux noirs étaient restés vrillés dans les miens et je m'étais perdue dans leur obscurité, buvant jusqu'à ce que le sommeil me happe. Nul doute qu'il m'avait portée dans les étages m'épargnant ainsi la scène gênante où Mrs Whitmore m'aurait découverte ivre morte sur le banc.

Je ne pus m'empêcher de sourire à cette idée. Depuis que j'avais fui mon quotidien de médecin hospitalier, j'avais renoué avec la liberté et les excès de l'adolescence. Randonner seule dans la campagne ou boire un verre avec un inconnu n'avait rien d'extraordinaire et pourtant, je m'étais plus amusée cette semaine que pendant les dix dernières années. La plus insolite – et inconséquente – de mes décisions étant de postuler pour être gouvernante dans un château perdu sur une île écossaise, parce qu'un vieux marin m'avait convaincue que j'y serais à l'abri.

Avais-je été frappée de déraison ?

J'écoutais distraitement Mrs Whitmore, qui badinait tout en me préparant un petit déjeuner pantagruélique : chaque assiette était composée d'un *Tattie scone*[1], recouvert de beurre fondu et accompagné

1. Crêpe de pomme de terre à base de purée.

d'une *Lorne sausage*[1]. Elle y avait ajouté du bacon, des champignons, une tomate poêlée au fromage et des œufs au plat. Comment avaler autant de nourriture en une seule fois ?

Mes protestations amusèrent la cuisinière. Elle rit, arguant que l'appétit venait en mangeant, surtout ici, en Écosse, et encore plus en plein hiver.

— Mangez, Miss Joséphine, où vous ne tiendrez pas deux jours ! On annonce de la tempête pour la nuit prochaine !

Sa joie de me présenter ces spécialités locales et son enthousiasme enfantin à l'idée que je les déguste eurent raison de mon peu d'appétence pour le petit déjeuner – je me contentais d'un café noir. J'acceptai donc de goûter à tout si nous partagions, ce qui la réjouit. Il était encore tôt, Mrs Burnett ne viendrait pas mettre son nez d'intendante dans nos affaires…

— Vous êtes une vraie mère !

— Vous bichonner est si agréable, Miss Joséphine !

Mrs Whitmore n'eut pas besoin de préciser son propos. Ses yeux, qui me couvaient, trahissaient son bonheur de me combler. Tout simplement.

Fille unique, née d'un accident de parcours – que ma propre mère avait coutume de résumer ainsi : « Sans toi, j'aurais fait de l'urgence avec ton père » –, j'avais passé mon enfance à tenter de me faire pardonner d'être née trois semaines avant terme – ce qui « avait ruiné ses chances d'être bien classée au

1. Saucisse à base de viande, biscottes et épices, cuite dans un moule.

concours de l'internat, la condamnant à exercer une spécialité moins prestigieuse ».

En vain. Elle avait toujours critiqué mon manque d'audace et d'indépendance, me reprochant de ne briller que pour plaire à mon père. Pour elle, je serais à jamais un double de lui imparfait, bien trop obéissant et sans saveur, qu'elle avait d'ailleurs abandonné à cinq ans.

L'affection instantanée que j'éprouvai pour Mrs Whitmore et mon plaisir d'être ainsi chouchoutée trahissaient ma souffrance d'avoir été délaissée ; j'étais le tonneau des Danaïdes de l'amour maternel, et de son côté, elle trouvait de quoi remplir son tonneau à elle, celui d'une vie sacrifiée au travail et d'un désir de maternité renié, qui ne cherchait qu'à éclore à travers moi.

À cette réflexion que j'émis à voix haute, elle sourit.

— Si nous sommes amies, Joséphine, alors vous pouvez m'appeler « Mòrag ».

J'acceptai sa proposition, lui demandai en échange qu'elle me nomme Jo. Seul mon père me nommait « Joséphine », c'était sa façon à lui de se distinguer. Et je profitai de l'instant où elle me précisa que je devrais continuer à dire Mrs Whitmore devant les autres, pour l'interroger sur les employés de la maison.

Outre la cuisinière et l'intendante, Haven Stone comptait peu de personnel : le chauffeur, qui arrondissait ses fins de mois en jouant au taxi pour les habitants du village, le jardinier – il entretenait les terres entre mars et octobre et travaillait sur l'île de Skye le reste de l'année – et enfin le métayer, seul personnel en plus de l'intendante et de la cuisinière à demeurer ici à temps plein. Divorcé, il vivait dans un cottage situé à l'autre bout de la propriété et s'occupait de la gestion et des exploitations du domaine.

Sans aucun doute, mon inconnu de la veille.

— Celui-ci n'est pas très fréquentable, m'avertit innocemment Mrs Whitmore, à qui mon soudain intérêt n'échappa guère.

Si j'en croyais la cuisinière, le métayer était lui aussi un chat errant, un écorché vif, un être à reconstruire, à réapprivoiser peut-être.

Le chagrin que j'avais ressenti en sa présence ne me quittait pas.

Et il me sembla injuste parce qu'il me happait ici, à Haven Stone, alors même que je le fuyais.

8

Installée dans un rocking-chair que Mrs Whitmore avait apporté pour moi, je lisais emmitouflée dans un plaid à grosse maille, bercée par le tapotement des lames de couteau sur le plan de travail, et le tintamarre des casseroles qu'elle remuait sur le feu. Tout en cuisinant, elle discutait avec Bobby, l'informant qu'elle s'était résolue à ranger les whiskies sous clé – Mrs Burnett n'apprécierait pas que le métayer siffle en douce les meilleurs crus, en particulier ceux qu'elle réservait aux invités pour accompagner le haggis !

Je m'interrompis pour l'observer. Sa discussion pleine d'allant avec un être invisible m'aurait évoqué chez n'importe quel patient un trouble hallucinatoire, pourtant je ne décelai aucun signe inquiétant dans son comportement. Je repoussai les réflexes du médecin et l'angoisse qui les accompagnait, et l'appelai doucement.

— Mòrag ?

Elle suspendit ses gestes.

— Oh mon Dieu ! L'eau pour le thé !

Je lui souris affectueusement en désignant la tasse brûlante qui réchauffait mes paumes, et qu'elle venait de m'apporter.

— Le métayer n'a pas bu seul, lui avouai-je, je l'ai accompagné. Et je suis prête à prendre mes responsabilités devant Mrs Burnett.

Mrs Whitmore arrondit ses lèvres dans un *o* de stupéfaction. Puis elle se tourna vers la cheminée, hocha la tête et se mit à rire, soulagée de je ne sais trop quelle préoccupation.

— Bobby vous trouve charmante, Jo !

— J'aimerais en dire autant de lui ! Malheureusement, je n'ai pas votre don !

Un sourire fleurit sur les lèvres de la cuisinière, et s'épanouit sur ses joues jusqu'à son doux regard.

— Je vous assure que je ne vois pas de lutin ! ajoutai-je, alors qu'elle prenait un air mystérieux. Est-ce vraiment un mauvais homme ? poursuivis-je à brûle-pourpoint, trop désireuse d'en apprendre plus sur le métayer pour suivre les règles de bienséance. Il m'a surtout paru très malheureux.

— Ma chère enfant, que murmure votre cœur ? répondit-elle après avoir écouté le silence, oreille tendue et nez plissé vers les directives de son brownie.

La voix cinglante de Mrs Burnett interrompit notre échange.

— Mrs Whitmore ! Mr Lockhart vient vous prendre à neuf heures pour faire le marché, et le déjeuner n'est pas encore prêt !

À la vue du rocking-chair, elle faillit s'étrangler. Elle ravala une remontrance et me rappela sèchement que nous avions rendez-vous à huit heures pour régler les termes de mon engagement.

Étais-je prête ?

La rigidité de l'intendante me rappela l'obsession de mon père pour la ponctualité, qui régentait son quotidien et par extension, le mien. Dans le cadre privé, mes retards n'entraînaient jamais plus que d'amères remarques ou des reproches déguisés, mais au sein du service, le professeur Granger refusait sans vergogne de recevoir les retardataires – qu'ils soient famille de patients ou bien confrères – avant les personnes qui avaient respecté l'heure du rendez-vous. Mieux valait arriver en avance si vous ne vouliez pas être reçu en dernier.

En grandissant, j'avais maintes fois tenté de contourner ses règles ou de le prendre à son propre piège, m'amusant à imaginer des stratagèmes qui auraient pu le fourvoyer. Jamais je n'y étais parvenue. Le temps obéissait à mon père, et mon père était aussi précis qu'une horloge atomique – telle était Mrs Burnett car le carillon chanta huit heures lorsque je quittai la cuisine avec elle.

Il faisait encore nuit, et la porte de service, ouverte sur la cour pour le livreur de tourbe, accueillait l'air glacial et humide de la mer.

L'intendante me précéda dans le colimaçon, puis le grand escalier. Large d'épaules et de hanches, elle était si fine de profil qu'elle semblait avoir été créée en deux dimensions.

Peut-être était-ce elle, le véritable fantôme de Haven Stone !

Le premier étage apparut identique au deuxième en dehors de l'étroite porte qui accédait au chemin de ronde. Des colombages soutenaient les murs du couloir où se succédaient des peintures représentant la demeure à différentes époques, l'évolution de son architecture, les ouvertures agrandies, les tours de garde abandonnées, les douves comblées.

Ce niveau comprenait une salle d'étude, une bibliothèque, un salon de jeu et la chambre de Liùsaidh. Les trois premières pièces communiquaient en enfilade, la dernière était indépendante. Lambris et tapisseries fleuries, rideaux en tartan de velours aux couleurs des MacLaine et boiseries, tapis usés à la corde couvrant les dalles séculaires et marqueterie au plafond, têtes de chevreuil empaillées, lance ancienne et bouclier accrochés au-dessus des cheminées.

Les rayonnages ployaient sous les ouvrages historiques, les encyclopédies pour certaines très anciennes, les livres d'Enid Blyton côtoyaient Madame Bovary, Arsène Lupin ou Le Roi des Aulnes. Une table de jeu de bridge au plateau de feutre occupait le centre du petit salon et une armoire ouverte regorgeait de jeux de société et de boîtes de puzzle, et dans la salle d'étude, un pupitre identique à ceux de mon enfance était positionné face à un bureau et un tableau noir.

Mrs Burnett m'avait expliqué que les étages étaient reliés à l'électricité, mais l'installation d'origine n'étant plus aux normes et les travaux trop coûteux, Lord MacLaine avait renoncé à les faire recâbler. Les pièces étaient donc équipées de torchères, de lampes à pétrole et d'un poêle à tourbe placé dans l'âtre. Chacune séparée de la précédente par de larges portes aux arches voûtées, tenues ouvertes par des cordes fixées entre poignées et moellons. Le vent s'insinuait par les fenêtres anciennes, soufflait des fleurs de givre sur les carreaux et s'enroulait autour de nos chevilles avant de s'engouffrer dans les conduits de cheminée.

La décoration désuète, en harmonie avec l'histoire des lieux, ne manquait pas de charme. Cependant, les animaux empaillés, les tentures sombres et les armes donnaient à l'endroit une ambiance sinistre.

Si j'étais engagée, Mrs Burnett m'autoriserait-elle à faire quelques aménagements pour rendre ce lieu plus attrayant ?

— Lord MacLaine n'y tient pas, m'asséna-t-elle en me donnant une enveloppe. Voici le contrat.

— Pourquoi refuse-t-il d'améliorer le cadre de vie de sa fille ?

L'intendante me lança un regard méprisant, incarnant à la perfection l'avertissement de Mrs Whitmore. Si je ne m'imposais pas, cette femme ne ferait qu'une bouchée de moi.

— Je voudrais d'abord rencontrer Liùsaidh.

J'ignorais tout de cette enfant en dehors de son âge. Comment être certaine que je serais qualifiée pour prendre soin d'elle ?

— Vous avez été recommandée par un proche de Lord MacLaine, cela suffit à faire de vous la personne qui convient à la situation.

Malgré mon insistance, Mrs Burnett resta sourde à ma demande et m'annonça qu'elle attendrait dans ses appartements que je lui communique ma décision.

9

À neuf heures, les premières lueurs de l'aube filtrèrent à travers les rideaux de la salle de classe et Haven Stone m'offrit un matin aussi sublime que la nuit argentée sous la pleine lune. Au-dessus de la lande, le vent enroulait d'énormes cumulus que le soleil levant éclaboussait de rouge sang. La mer azur ondoyait tranquillement, et ses rouleaux paresseux s'écrasaient en contrebas des murailles.

À l'est, les vagues de basalte s'éclairaient d'un vert nimbé de brun chaud, chocolat au lait ; l'île se couvrait d'un long manteau aussi doux que du velours dont les plis mouvaient sous la lumière naissante. Et la brume montait de la terre plus chaude que le mauvais temps qui s'annonçait dans l'air.

La beauté exceptionnelle de ces paysages peinait à effacer la prégnante tristesse dont Haven Stone semblait prisonnière. Seul son ventre où officiaient Mrs Whitmore et son lutin dégageait une joie qui manquait au reste de la maison.

Pourtant, en son sein, je vibrais de sensations inédites. L'enveloppe rassurante de ses murs m'avait extraite d'un long sommeil où mes sens auraient été anesthésiés.

J'entendais ses murmures, je respirais l'odeur poussiéreuse et humide de ses tapis ou les effluves délicats et fleuris de ses étoffes, j'imaginais les teintes dont elle avait été parée du temps de sa splendeur, je palpais ses pierres et ses boiseries, je l'explorais tel un lieu familier dont j'aurais été arrachée, allant de découverte en souvenirs qui ne m'appartenaient pas, mais dont j'avais rêvé toute ma vie, moi l'enfant des villes, qui avais poussé au milieu des cartons jamais défaits.

Les mots de mon vieux capitaine étaient justes, Haven Stone était un havre. Ce refuge abritait les membres de la famille MacLaine depuis des générations, ses racines et son histoire, et l'esprit du passé hantait ses couloirs, ses chambres et ses salles d'apparat.

Bien sûr, cette demeure avait été le théâtre des naissances et de la mort, du bonheur et des drames, de l'amour et de la haine, mais quoi que ses habitants y aient vécu, quelle qu'ait été leur vie, tragique ou joyeuse, il en restait au moins un écho, des objets, des peintures et surtout, la mémoire des vivants.

Les témoignages de mon enfance et les biens de famille avaient été dispersés aux quatre vents, jetés à la décharge, donnés aux bonnes œuvres. Les miens ne gardaient rien, ils ne possédaient rien, libérés de toute contrainte immobilière ou matérielle. J'avais grandi à côté des hôpitaux où travaillait mon père, entre les murs de béton des immeubles voisins. Mes jours avaient été rythmés par le hurlement des sirènes et mes nuits illuminées par le kaléidoscope des gyrophares sur le plafond de ma chambre.

Ici, à l'abri du monde, je pourrais réinventer ma vie, me souvenir de celle que j'imaginais, quand petite fille, j'attendais le retour de mon père sous la couette, avec une lampe de poche et un livre. Ici, je pourrais descendre du grand huit infernal où il m'avait embarquée et regarder couler le fleuve depuis la berge.

Je m'attablai au bureau de la salle de classe pour ouvrir l'enveloppe et étudier le contrat. Si les qualités du cœur suffisaient pour être une bonne gouvernante à Haven Stone, il s'agirait de bien plus que cela !

Selon le document, je serais chargée de l'éducation de Miss Liùsaidh MacLaine, je devrais lui prodiguer les soins nécessaires à sa condition (celle-ci n'était pas précisée). Je devrais également lui enseigner le français et l'anglais sans accent, les mathématiques et les bonnes manières sous la supervision de Mrs Burnett. Je pourrais également assister Mrs Whitmore lors des cours de cuisine et initier mon élève à des activités sportives de mon choix et que je jugerais utiles à son bien-être.

J'aurais chaque fin de semaine l'obligation de rendre des comptes sur les progrès de Liùsaidh à Lord MacLaine ou Mrs Burnett, en cas d'absence du maître de maison.

Le contrat décrivait ensuite les devoirs de mon employeur qui consistaient à me garantir le gîte et le couvert et ô surprise, car je ne m'y attendais pas, un salaire plus confortable que mon traitement de médecin hospitalier !

Enfin, la clause de confidentialité spécifiait que rien de ce qui se passait à Haven Stone durant mon séjour ne devrait être divulgué au-dehors, même après mon départ, sous peine de poursuites.

Rédigé en deux exemplaires, le document avait été signé et paraphé par Lord MacLaine. Il ne restait qu'à y apposer ma signature et je serais la gouvernante de Liùsaidh.

La perspective de cesser de vivre l'urgence, dans l'urgence, de prendre le temps de connaître une enfant, de l'instruire et de l'entourer d'affection me tentait vraiment. En revanche, je tenais à me présenter à elle.

Le contrat en main, j'empruntai résolument le couloir jusqu'à la pièce du fond.

— Miss Liùsaidh ? appelai-je, en frappant à la porte.

N'obtenant pas de réponse, j'entrai.

Lord MacLaine comblait son absence par pléthore de biens matériels dont il couvrait sa fille : le petit lit à baldaquin était paré de voilages fleuris assortis aux draps et aux doubles rideaux. Contre le mur, entre les deux fenêtres, sur un petit secrétaire dos d'âne où crayons de couleur et feuilles blanches avaient été abandonnés, un dessin inachevé complétait une collection d'œuvres enfantines représentant la maison, un géant de pierre sous un soleil de printemps, une fillette et un homme immense ; sur un sofa en velours, des poupées en porcelaine, par terre une cuisine miniature en bois peint, un coffre à jouets en ébène, une vitrine où s'exposaient une collection de pierres et un livre de botanique, fleurs séchées entre les pages.

Derrière un paravent, une grande bassine en cuivre tenait lieu de baignoire face à des toilettes en faïence identiques aux miennes, mais de plus petite taille. Étonnamment, le savon me sembla sec et les serviettes sentaient le moisi.

Sur un chariot, une boîte en fer-blanc renfermait des seringues, une autre des compresses, et des flacons de sérum physiologique, de désinfectants et d'antibiotiques. Pourtant je ne trouvai aucun indice au sujet du mal qui semblait frapper l'enfant.

J'ouvris les volets intérieurs et la fenêtre pour accueillir le soleil et aérer la pièce. La chambre de Liùsaidh et la mienne occupaient l'angle de la grande bâtisse, et offraient une vue imprenable sur la mer, la pointe de l'île et les jardins. Ici plus qu'ailleurs, le ciel changeait sans cesse.

Un mouvement dans le parc attira mon attention. Vêtu d'une vareuse aux motifs de tartan et chaussé de longues bottes, un homme descendait l'allée qui conduisait vers les falaises. Je sus aussitôt qu'il s'agissait du métayer.

Il leva la tête vers le premier étage et m'adressa un signe auquel je répondis. Quelques secondes plus tard, il disparaissait entre les troncs tordus de la chênaie qui bordaient la partie orientale du parc, aussi dense et trapue qu'une tortue géante, esprit protecteur des jardins et de la maison.

Je refermai la fenêtre. Mon cœur battait plus vite que d'ordinaire.

Autour de Haven Stone, la lande s'était parée d'un vert fluorescent et le soleil dardait ses rayons dans un ciel presque noir, prémices de la tempête annoncée.

10

L'intendante m'invita à entrer dans le vaste appartement situé en rez-de-jardin qu'elle occupait seule, privilège de sa fonction. Son intérieur lui ressemblait : sobre et fonctionnel dans des nuances de gris, teinte du bois flotté dont étaient fabriqués ses meubles. Aucune photo, aucune peinture au mur, aucun bibelot.

— Où est Liùsaidh ? demandai-je, alors qu'elle me guidait jusqu'au salon. Je croyais qu'elle ne quittait jamais la maison ?

— Je vais préparer le thé.

Dans le cérémonial que l'intendante appliqua pour nous servir, je perçus une nouvelle fois l'écho de Haven Stone du temps où la maison recevait du beau monde : le choix des tasses, des soucoupes, des petites cuillers, l'assiette de *scones* ; et le thé, dont j'appris qu'il était confectionné par ses soins. Elle s'était réservé un carré dans le jardin où elle cultivait plusieurs plants originaires du monde entier. Apparemment, malgré son climat rude, l'Écosse était une terre fertile où celui qui avait la main verte pouvait semer ce qui lui plaisait.

Mrs Burnett tournait sa cuiller sans toucher les bords de la tasse, nostalgique de ne plus se prêter à ces rituels quotidiens qui perpétuaient des traditions ancestrales.

— J'avoue ne pas comprendre votre question, me dit-elle après avoir trempé ses lèvres dans le breuvage aux teintes caramel.

Je lui décrivis ma visite de la chambre de la fillette et les éléments qui m'avaient conduite à en déduire son absence – savon sec et serviettes à l'odeur de moisi.

— J'espère que vous êtes meilleure gouvernante que détective ! Miss Liùsaidh est ici, vous pourrez la rencontrer quand vous serez engagée.

— Pourquoi refusez-vous que je la voie d'abord ?

— Discrétion et loyauté sont des qualités requises pour travailler à Haven Stone, Miss Granger.

— Je ne m'engagerai pas sans avoir certaines réponses, Mrs Burnett. Et votre obstination à éluder mes questions attise ma curiosité. Pourquoi ne suis-je pas autorisée à rencontrer l'enfant dont j'aurai la charge ?

Si elle était agacée par mon aplomb, Mrs Burnett n'en montra rien. Elle affirma que le contrat était destiné à encadrer ma mission, mais aussi (et surtout) à garantir le secret médical et des informations personnelles à Lord MacLaine.

— Alors, dites-lui que je veux lui parler.

— C'est impossible, Lord MacLaine est absent. C'est un homme très occupé, qui voyage beaucoup. Nous l'attendons pour Noël, pas avant.

— Il n'est pas joignable ?

— Non, Lord MacLaine n'est pas joignable.

L'intendante n'eut pas à préciser *pour vous*, je n'eus aucun mal à saisir la nuance.

— Si vous le souhaitez, vous pouvez l'attendre à l'auberge voisine.

L'idée me sembla ubuesque. Outre le fait que je n'avais pas les moyens de séjourner à l'hôtel, je n'allais pas ignorer Liùsaidh au prétexte que j'aurais préféré m'entretenir avec son père avant de signer le contrat !

Les fêtes de Noël débutaient dans dix jours, j'avais prévu de ramasser avec la fillette de quoi décorer le premier étage : branchages, fleurs, cailloux et coquillages. Cela me semblait une bonne façon de s'apprivoiser mutuellement. J'espérais que Liùsaidh aimait cette fête autant que moi pour ce qu'elle offrait de simple : des moments en famille, un peu de bricolage, des rires et des chants et des jeux sous la neige.

— C'est n'importe quoi ! m'exclamai-je.

— Je ne puis vous autoriser à résider ici sans contrat, Miss Granger.

— Je signerai la clause de confidentialité en attendant, si cela vous rassure, proposai-je en dernier recours.

— Elle n'est valable que si vous êtes employée de Haven Stone.

Décidément, l'intendante était aussi fermée qu'un coffre-fort. Et je n'avais aucune chance d'ébranler sa loyauté à Lord MacLaine, qui devait dater de plusieurs décennies. Mais j'étais aussi obstinée qu'elle était rigide.

— Jamais une nounou n'accepterait de s'engager sans avoir rencontré l'enfant !

— Vous ne semblez pas réaliser que vous vous apprêtez à devenir la gouvernante d'une grande maison, pas une « nounou ».

— Détrompez-vous, Mrs Burnett, vous avez l'art et la manière de me jeter à la figure mon ignorance de… comment dit-on ici : l'étiquette ?

— Chacun des employés de Haven Stone a été embauché aux mêmes conditions. Lord MacLaine est quelqu'un d'important, qui tient à préserver les siens des indiscrétions. Si vous refusez ces conditions, vous êtes libre de nous quitter.

Sa froideur me donna envie de mordre. Et je me souvins des paroles de Mrs Whitmore, affirmant que l'intendante échouait depuis des mois à pourvoir le poste.

— Combien de candidates trépignent à votre porte espérant que je renonce ?

Les yeux gris clair de Mrs Burnett me dévisagèrent avec intelligence. Elle avait deviné que si j'étais attentive au bien-être de Liùsaidh et désireuse de l'instruire, je refuserais de me plier à certaines exigences et surtout, de renoncer à ma liberté.

— Vous espérez une gouvernante digne de cette maison et c'est naturel, repris-je avec plus de douceur. Pourquoi ne pas m'aider à l'être, plutôt que me juger ?

— Lord MacLaine est un gentleman. Peu importe d'où vous venez, il vous considérera avec le même respect que ses pairs.

L'intendante s'interrompit, et j'eus l'étrange impression que notre conversation la mettait mal à l'aise.

— Voulez-vous que je signe ce contrat, oui ou non ?

— Je vous promets de lui transmettre votre suggestion d'améliorer l'étage.

Enfin, songeai-je, une première victoire !

— J'aurai certainement d'autres demandes après avoir parlé à Liùsaidh, poursuivis-je sur ma lancée. Vous engagez-vous à les appuyer aussi ?

— Dans la limite où elles ne trahissent pas l'esprit de Haven Stone, je m'y engage.

Nous nous regardâmes en chiens de faïence.

— Avons-nous un accord, Miss Granger ?

Son impatience à peine voilée me révéla combien il était important pour elle de recruter une gouvernante avant le retour du maître de Haven Stone, et j'en profitai.

— Donnez-moi une clé, Mrs Burnett, un conseil pour aborder convenablement Lord MacLaine. Comme j'aurai à lui rapporter mes activités, j'aimerais qu'il entende mes suggestions à défaut de les accepter toutes. Et je suppose que cela vous déplairait de voir la gouvernante que vous aurez embauchée se distinguer par trop de curiosité ou de bavardage !

— *Never complain, never explain*[1], lâcha-t-elle après m'avoir fusillée du regard.

— Je ne suis pas du genre à me plaindre, protestai-je, ni à…

1. « Ne jamais se plaindre, ne jamais expliquer. » Devise associée à la famille royale britannique.

— Je ne parle pas de vous, m'interrompit-elle.

Et je compris qu'elle venait de répondre à ma requête.

— Merci pour le conseil, Mrs Burnett.

— Dois-je comprendre que nous avons un accord, Miss Granger ?

— Nous avons un accord.

Je lui rendis sa poignée de main.

— Signez, et vous pourrez parler à Liùsaidh.

L'intendante me tendit un stylo et me présenta un à un les feuillets du contrat pour que je les paraphe. Le document m'engageait pour un an avec reconduction tacite, il comportait des clauses classiques de rupture, et m'obligeait à jamais au silence sur les informations, les personnes rencontrées et les évènements qui auraient cours à Haven Stone durant mon séjour. Il était rédigé si précisément que Lord MacLaine, qui n'était pas le genre d'homme à se plaindre ou à se justifier, d'après l'intendante, devait être paranoïaque. Il fallait être au moins espion de la reine ou témoin sous protection pour exiger une telle discrétion.

Le secret constituait l'une de mes obligations professionnelles et bien qu'il m'eût parfois contrainte à garder le silence sur des faits répréhensibles, je l'avais toujours respecté – je n'eus donc aucune hésitation à accéder à cet impératif.

Mes initiales apposées aux côtés de celles de Lord MacLaine, je datai et signai le contrat.

— Félicitations, Miss Granger ! À présent, vous êtes la gouvernante de Haven Stone, m'annonça Mrs Burnett tandis qu'elle rangeait le contrat signé dans un coffre-fort, dont elle tira une enveloppe contenant huit mille cinq cents livres en petites coupures.

— C'est beaucoup trop ! dis-je en découvrant la liasse de billets.

— Je ne doute pas un instant que vous saurez en faire bon usage ! Venez, je vous conduis auprès de Miss MacLaine.

11

La surface du tapis de la salle à manger de Haven Stone aurait pu contenir la maison où j'avais grandi. Au bout d'une table oblongue en bois précieux, destinée à accueillir une trentaine de convives, le couvert était mis pour une personne. J'admirai la nappe blanche, délicatement brodée, la vaisselle en porcelaine, les couverts en argent, le chemin de table en satin et la desserte chargée de victuailles, le plafond quadrillé de moulures, le parement de la cheminée, les tableaux, tous des portraits, les volets intérieurs en bois ouvragé, les rideaux de velours, les guéridons précieux.

J'eus encore une fois l'impression d'avoir changé d'époque, et ma tenue, constituée d'un jean et un pull, me sembla décalée. Devrais-je moi aussi revêtir une robe stricte à col blanc ? Le contrat stipulait que ma position au sein de Haven Stone exigeait que j'arbore une tenue correcte, mais ne précisait pas laquelle.

— Qu'attendons-nous ? demandai-je après un long moment où il ne se passa rien, intriguée par le manège auquel se livrait l'intendante. Où est Liùsaidh ?

La grise Mrs Burnett qui se tenait contre le mur, derrière la table, prête à s'effacer – le service se devait toujours d'être invisible –, m'adressa un regard froid et désigna la chaise vide, positionnée face au couvert.

— Miss Liùsaidh, je vous présente Miss Granger, votre gouvernante. (Puis elle se tourna vers moi.) Miss Granger, je vous présente votre élève, Miss Liùsaidh.

Interloquée, je laissai échapper un rire nerveux.

— C'est une plaisanterie ?

— Miss Liùsaidh, poursuivit Mrs Burnett, imperturbable, veuillez excuser Miss Granger, elle est française et les Français ne sont pas bien élevés.

J'étais partagée entre le rire et les larmes, l'envie de comprendre ce qui poussait cette femme à se comporter ainsi et celle de m'enfuir à toutes jambes.

— Vous voyez bien qu'il n'y a personne ! Vous vous moquez de moi ?

— Ce n'est pas dans mes habitudes, Miss Granger.

— J'ignore ce que vous voyez sur cette chaise, Mrs Burnett, mais si c'est une fillette, alors vous devriez consulter ! Parce qu'il n'y a rien d'autre… qu'une chaise !

Étais-je victime d'une coutume écossaise qui consistait à se moquer des nouveaux employés ? Dans cette maison, cœur de la patrie des lutins, des monstres marins et des fantômes, quoi de plus naturel que de me présenter une enfant invisible !

— J'ai bien conscience que nous n'avons pas les mêmes coutumes, madame, lui dis-je avec mordant. Mais là, vous offrez de me payer près de soixante-dix mille livres par an pour instruire une enfant que je ne vois pas ! S'agit-il de l'ami imaginaire de Lord MacLaine ou du vôtre ?

— Je ne vous permets pas ! s'offusqua Mrs Burnett.

— Où est Liùsaidh ?

— Devant vous.

Mon expérience des situations les plus difficiles m'avait appris à garder mon calme, mais j'ignore pourquoi, le comportement irrationnel de l'intendante m'agaça. Et puis, l'idée que Liùsaidh était en danger dans cette maison de fous grandissait peu à peu dans mon esprit.

— Dites-moi où elle se trouve ou je préviens les autorités !

— Vous avez signé une clause de confidentialité, lâcha Mrs Burnett sur un ton sinistre. Si vous parlez à qui que ce soit, vous serez poursuivie en justice.

— Peu m'importe ! Je suis prête à prendre le risque d'affronter votre employeur devant les tribunaux si cette enfant est en danger !

— Vous pouvez aussi décider de prendre le poste. Et tenir vos engagements.

— Très bien, j'appelle la police, dis-je en décrochant le téléphone.

Son visage habituellement si froid se déforma sous l'effet de l'émotion. Pour la première fois, Mrs Burnett m'apparut en trois dimensions. Elle devenait humaine.

— Ne faites pas ça ! dit-elle, en appuyant sur les fourches du poste, coupant ainsi la ligne.

Elle semblait terrifiée.

— Je vous donne ma parole qu'elle n'est pas en danger !

— Pourquoi, dans ce cas, cherchez-vous à dissimuler son absence avec une gouvernante payée l'équivalent de cent mille euros annuels ?

Mrs Burnett me lança un regard curieusement désemparé, et je compris qu'il ne s'agissait pas de cela.

— Liùsaidh n'est pas ici, murmurai-je, en raccrochant le combiné. Mais vous attendez de moi que j'établisse un rapport hebdomadaire à son père sur mes activités avec… une chaise vide.

— Lord MacLaine exige que sa fille bénéficie des soins et de l'instruction d'une gouvernante, Miss Granger. Je suis chargée d'accéder à sa demande. Pouvez-vous prendre au moins le temps d'y réfléchir ?

Elle sortit, me laissant seule face à un abîme de conjectures.

12

Ce matin-là, le ciel surplombant Haven Stone était aussi sombre que moi.

Pourquoi Lord MacLaine chercherait-il une gouvernante ?

Quelles que fussent ses raisons, il n'était pas question que je sois complice d'une telle folie.

J'abandonnai l'enveloppe contenant mon avance à côté de mets qu'aucune fillette ne dégusterait et me mis en quête de Mrs Burnett pour lui annoncer ma décision et déchirer mon contrat. La porte de son bureau situé au pied de l'escalier était verrouillée, et ma voix qui l'appelait résonna dans le silence.

Je ne croisai nulle âme qui vive dans la bibliothèque pas plus que dans le fumoir qui s'ouvrait sur le salon à musique et sur le petit salon. Et cerise sur le gâteau, l'antique téléphone filaire semblait déconnecté.

Sans surprise, l'appartement de l'intendante et le sous-sol étaient déserts – Mrs Whitmore était au marché – et au troisième étage je me heurtai à la mystérieuse porte bleue. Au deuxième, je ne visitai qu'une enfilade de pièces vides, meubles recouverts de draps et de poussière.

J'eus beau m'époumoner, personne ne répondit.

Mrs Burnett était résolue à m'imposer un impossible tête-à-tête avec une chaise vide. Et pourtant… la chambre avait été occupée par une enfant, en témoignaient les jouets, les dessins et les vêtements rangés dans l'armoire.

Lors de ma première visite, le savon sec et les serviettes moisies m'avaient alertée ; j'avais supposé un voyage. Cette fois, je dus me rendre à l'évidence. J'avais ignoré la poussière sur les meubles, les dessins gondolés par l'humidité, la collection de revues enfantines datant de l'année passée, un sac d'école au contenu éparpillé et un uniforme scolaire froissé et jeté dans la panière à linge, le lit défait et les peluches abandonnées ; tous les éléments d'une chambre pétrifiée dans le temps.

Un endroit quitté sans retour.

Depuis l'hiver dernier.

Choquée, je décidai de partir sur-le-champ. Le temps se gâtait et je devais rallier le village voisin avant d'être bloquée par la tempête.

Sur le palier du deuxième étage, je ne pus m'empêcher de m'arrêter devant le portrait de Lord MacLaine pour lui dire ma façon de penser. J'étais de celles qui avaient besoin d'exprimer leurs sentiments – ce qui agaçait mon père qui prenait cela pour de l'impudeur, surtout lorsqu'il me surprenait en train de manifester une frustration ou une contrariété au sein du service. La rancune ou la vengeance m'étaient inconnues, ce qui ne m'empêchait pas de ruminer ma propre naïveté quand je la subissais d'autrui.

Comment cet homme pouvait-il ordonner à son personnel si dévoué de faire la conversation à une chaise vide !

— Vous êtes complètement givré, Charles MacLaine !

De retour dans ma chambre, j'empaquetai rapidement mes affaires après avoir fait un brin de ménage.

Puis, je dévalai le grand escalier et sortis par la poterne. Au passage, j'emportai le loden accroché à la patère. Il était lourd et trop grand pour moi, mais il me garderait mieux du froid que ma veste.

Les premiers flocons se mirent à tomber. Une bourrasque s'engouffra entre les murailles et le vent poussa un hurlement lancinant, et l'idée que Haven Stone pleurait mon départ m'effleura.

Mon sac serré contre ma poitrine, je me hâtai vers le portail.

Dans le parc délaissé, la nature avait repris ses droits : les bâches du potager claquaient dans l'air humide aux relents de marée, les vitres d'une serre où s'entassaient de superbes poteries aux couleurs vives étaient couvertes de mousse et d'embruns, et sa structure en fer forgé envahie de lierre. Du côté des falaises, des arbres trapus aux troncs penchés par d'incessantes rafales venues du large secouaient leurs branches nues dans le vent.

Plus loin, une tonnelle rouillait au bord d'un étang gelé. Un chêne abritant une sépulture était entouré d'une grille en fer forgé ouvragée et recouverte de fleurs. La stèle, récente, ne comportait ni nom ni date, juste une épitaphe : *Elle aimait trop les étoiles pour avoir peur de la nuit.*

J'eus l'atroce certitude que Liùsaidh gisait ici, sous cet arbre centenaire.

Au-delà de l'enceinte, la mer écumante grondait au pied des remparts et la route se couvrait d'une fine pellicule blanche. Des lambeaux gris de ciel filtraient les rayons du soleil, leur pâle lueur illuminait le givre alors que je m'éloignais de Haven Stone, le cœur lourd.

Quelle macabre ironie m'avait invitée dans cette maison endeuillée par la mort d'une enfant ?

« Il n'y a que les esprits légers pour ne pas juger sur les apparences. Le vrai mystère du monde est le visible, et non l'invisible. »

Oscar WILDE

13

Les mains et les pieds glacés, j'arrivai au village après avoir marché deux heures contre le blizzard. La tempête fondait sur l'île et avec elle, une houle rageuse et des vents tourbillonnants auxquels ma propre tourmente n'avait rien à envier. À l'embarcadère, les annexes avaient été rangées et plus aucun bateau n'était amarré aux corps-morts. Mon vieux capitaine avait dû rentrer son chalutier au port en prévision du gros temps.

D'aucuns me trouveraient crédule, mais je ne l'imaginais guère capable de méchanceté. Les gens cruels ont ce regard particulier, un éclat dur au fond des yeux, celui du prédateur que seule la souffrance d'autrui rassasie. Ce vieil homme avait l'air doux de ceux qui ont aimé, l'apparence tranquille des gens heureux. Était-il possible qu'il ignorât ce qu'on allait exiger de moi à Haven Stone ?

Le vent piqué de neige ne faiblissait pas à hauteur des premières maisons, au contraire, il rassemblait ses forces dans le creux des impasses, se ruait dans les venelles, tournoyait dans les carrefours et fonçait contre les façades pour rebondir sur le côté opposé de la rue, bâtissant des congères au gré de ses courants.

Il aurait voulu m'égarer, il ne s'y serait pas pris autrement et je dus mon salut aux rares décorations de Noël, qui indiquaient le centre du bourg.

L'enseigne d'une longère blanche hérissée de chiens-assis m'indiqua que j'étais arrivée à destination.

Le *Haven's Inn* était un de ces endroits où l'on se sent chez soi sitôt entré. Seul établissement hôtelier du village, il faisait office de pub et d'auberge-restaurant, et vous accueillait avec une exquise odeur de poisson frit, de bière fraîchement tirée et le rire de ses convives.

Deux hommes, comptant à eux deux cent cinquante ans au moins, tapaient le carton devant la fenêtre masquée par des rideaux, un canapé club invitait à la sieste face à la cheminée, les branches d'un mélèze ployaient sous les farfadets et autres fées et lutins en bois peint, des tapis colorés recouvraient les carrés de ciment, et les chaises dépareillées étaient sagement rangées sous les tables.

Près du feu, un enfant d'une dizaine d'années, vêtu d'un uniforme scolaire et juché sur une valise deux fois plus grande que lui, buvait un chocolat chaud en m'observant d'un œil curieux. Des moustaches brunes ornaient sa lèvre supérieure.

Dans une deuxième salle beaucoup plus vaste, située au fond du pub, j'entrevis une rangée de tables d'hôtes garnies de clients hilares et rougeauds, aussi bruyants qu'un groupe d'étudiants.

J'ajoutai le manteau « emprunté » à Haven Stone au monceau de vêtements qui recouvraient le perroquet et me dirigeai vers le comptoir. Au passage, je saluai l'enfant et les deux vieux, et mon « aïe » à la française me valut des sourires en biais.

Coiffé d'un bonnet de père Noël, le barman avait la petite trentaine. Son tee-shirt indiquait qu'il s'appelait Tòmas et qu'il était un cœur à prendre. D'un ton affable où pointait l'accent londonien, il me proposa un thé au miel et aux épices agrémenté d'un sourire charmant.

Tòmas avait débuté dans le métier à quatorze ans. Diplômé de l'école hôtelière, il avait choisi de s'établir ici car « il était plus aisé de contenter les clients sur une île où tout le monde se connaît plutôt que dans une ville où tout le monde se fiche de tout le monde ». Il devina que j'occupais un appartement, que je n'avais pas de *boyfriend*, que ma vie c'était mon travail, et enfin que je me retrouvais le bec dans l'eau après avoir postulé au château.

— Avez-vous percé le mystère de Haven Stone ?

— Quel mystère ? soupirai-je.

— Circulez, il n'y a rien à voir ! sourit-il. OK ! Que puis-je faire pour vous ?

— Savez-vous où je peux joindre Logan Hamilton ?

— À moins de savoir nager par quinze mètres de fond, me lança un des vieux qui tapaient le carton, tu n'es pas près de lui parler !

Un étrange sentiment de déjà-vu étreignit ma poitrine, et mes jambes se mirent à trembler.

— On s'est croisé quelque part ? Monsieur ?

— Voyons *lass*, renchérit le plus âgé, coiffé d'un Glengarry élimé qu'il portait de guingois, tu sais bien que personne ne trouve le *Captain* du *Fifie*. C'est lui qui vous trouve !

J'eus l'impression de vivre un rêve éveillé où la réalité semblait aussi incertaine que des sables mouvants.

— Qu'est-ce qu'ils racontent ? soufflai-je à Tòmas. J'ai fait la traversée avec lui !

— Peut-être qu'elle parle aux morts, ajouta le vieillard au chapeau, tout en me lançant un regard oblique. Et si elle parle aux morts, c'est qu'elle est plus écossaise que nous !

Tòmas me lança un sourire complice.

— N'écoutez pas celui-là, murmura-t-il, en tapotant sa tempe du bout de l'index. Il est complètement givré.

Petit-fils des premiers propriétaires de l'auberge, Cináed avait grandi au pub, au milieu des clients. La rumeur affirmait que c'est par désœuvrement qu'il avait pris l'habitude de dérober les clés dès sa plus tendre enfance. Après une vie passée entre ces murs et trois décennies à la direction de l'établissement, il possédait à quatre-vingt-huit ans les clés de tous les villageois, même des morts.

— Mes grands-parents ont compté parmi ses premières victimes. Au début, ils changeaient les serrures, mais Cináed finissait toujours par récupérer un double. Alors ils ont abandonné l'idée.

— Vous voulez dire qu'il a les clés de chez vous ?

— Oui ! Il paraîtrait qu'il a même chapardé celle de la grande porte de Haven Stone dans la poche de Lord MacLaine, et qu'il a failli le payer de sa vie !

Alors que je m'inquiétai qu'un individu mal intentionné pourrait y trouver un moyen facile de cambrioler les villageois, Tòmas éclata de rire.

— Il en a tellement qu'il faudrait au voleur des jours avant de savoir laquelle ouvre quoi ! On raconte même qu'il va en chercher de « l'autre côté » ! Et qu'à chaque fois qu'il en revient, il est un peu plus fou !

Depuis l'enfance, Tòmas naviguait entre le monde invisible dont son père, natif de l'île, lui avait transmis les codes et le monde réel, le sien, le mien, le nôtre, celui où la magie n'avait pas de place. Et le quotidien s'était chargé de lui rappeler que « les *brùnaidh* ne fabriquent pas de l'or, et non, ils ne chatouillent pas les orteils des gens bordéliques… quoiqu'ils détestent le désordre ! »

Mais quand ses clients étaient convaincus que la lande, le dessous des planchers et les cimetières pullulaient de créatures magiques, Tòmas débattait aisément de ces sujets avec eux sans les considérer comme des hurluberlus.

— Sans Mr Hamilton vous avez nulle part où aller, c'est ça ? demanda-t-il devant ma mine déconfite.

Je lui avouai que j'avais besoin d'une chambre le temps de me retourner, mais rien pour la régler.

— Savez-vous faire la vaisselle ?

— Je ne suis pas allergique aux détergents.

J'avais eu plusieurs petits boulots pendant mes études et parmi eux, barmaid au café de la faculté. Bien sûr, j'ignorais la recette du chocolat au café dont raffolent les Écossais, mais je savais nettoyer un percolateur, mettre un fût de bière en perce et passer les commandes.

Tòmas espérait finir le service avant que les routes ne deviennent impraticables. Si je pouvais nettoyer le bar, ranger la salle et garder un œil sur le môme en attendant que son père vienne le chercher, ce serait parfait !

— Vendu !

— Vous êtes ma sauveuse ! s'exclama Tòmas avec effusion. Et la petite amie parfaite ! Puis-je vous présenter à mes parents ?

— Vous savez combien la perfection est ennuyeuse ?

— Moi oui, répliqua-t-il en riant, eux non ! Je suis sûr qu'ils vous adoreraient.

— N'ayez pas de regrets, tous mes prétendants disparaissent corps et biens après avoir rencontré mon père !

— J'espère alors ne jamais le croiser !

— Ici, ça ne risque pas !

Tòmas sourit.

— Je préviens juste ma frangine, c'est la gérante. Faudrait pas qu'elle imagine que je me suis métamorphosé en grenouille !

14

Rassérénée, je pris place devant la cheminée pour déguster le thé, que Tòmas avait accompagné d'une assiette de *scones* bienvenue.

Les choses ne vont pas si mal, songeai-je.

Si l'on écartait le fait que j'avais refusé un contrat mirobolant au nom de principes qui n'honoraient que moi, je serais logée et nourrie quelques jours ; je ne comptais pas m'attarder, mais poursuivre plus loin, au petit bonheur la chance.

De nature peu dispendieuse, je n'avais pas besoin de grand-chose au quotidien. J'épargnais ce qu'il me restait après les frais courants, et je versais mes primes de gardes à des ONG. Ma tenue préférée était une blouse sur mon ensemble tunique-pantalon, et mes chaussures favorites, des sabots de bloc. Mon père avait coutume de dire que je n'étais pas une « vraie fille », parce que je ne me maquillais ni me parfumais, et que je m'habillais sans aucun goût.

Plus jeune, j'avais bataillé pour infléchir sa vision du monde avant de me résigner, car elle était inébranlable. En revanche, lorsque nous étions occupés à sauver une vie dans nos habits verts, je ne perdais jamais une occasion de lui rappeler que nos patients se fichaient bien de notre genre ou de notre apparence.

Je me promis de lui envoyer une carte postale dès que les liaisons vers le continent auraient repris. Lui écrire me permettrait de le rassurer sans l'entendre me dire que je n'avais pas fait quinze ans d'études pour être gouvernante fantoche dans un château écossais ou barmaid dans une auberge perdue au milieu de la tempête.

— Tu es qui ?

L'enfant avait quitté sa valise et s'était approché du canapé pour m'observer.

— Je m'appelle Joséphine, lui dis-je. Et toi ?

Un sourire armé de fossettes illumina sa frimousse constellée de taches de rousseur.

— Liam. Mon papa, c'est Mr Cameron, le métayer de Lord MacLaine, ajouta-t-il fièrement.

En le dévisageant à la recherche de traits communs à mon inconnu, je m'aperçus que j'étais incapable de me souvenir de son apparence, tant subsistait de cette rencontre l'impression d'avoir croisé une douloureuse histoire.

— Enchantée, Liam.

Ma paume se referma sur ses petits doigts.

La dernière fois que j'avais tenu une main d'enfant, elle était froide, à jamais sans vie.

— Tu veux un biscuit ? lui dis-je d'un ton que j'aurais aimé plus enjoué.

Liam s'installa à côté de moi et enfourna un *scone*, puis un deuxième.

— Tu as l'air triste, constata-t-il la bouche pleine. Tu es triste ?

Je hochai la tête.

— Je pense à un petit garçon, qui se prénommait Aurélien.

— Il est mort ?

L'enfance avait cela de merveilleux qu'il n'y avait aucun tabou, aucune pudeur à interroger l'intimité d'un étranger et je fus tentée de lui dire la vérité. Mais l'histoire qui m'avait jetée sur les routes était trop brutale pour que je la partage avec ce môme. L'enfance avait aussi cela de merveilleux qu'elle permettait de vivre l'immortalité. Je n'étais pas ici pour l'arracher à cette illusion.

Pourtant, ce garçonnet futé méritait mieux qu'une fable.

— Oui.

— Pourquoi ?

— Je n'ai pas réussi à le soigner.

Devant son air interrogateur, je précisai que j'étais son docteur.

Comment lui dire que je ne croyais plus en rien d'autre qu'en l'implacabilité de la mort ? Et que je fuyais le cynisme avant ma propre tristesse !

— Les fées vont chasser ton chagrin, affirma Liam, que mon silence intriguait.

— Là d'où je viens, on ne parle pas aux fées.

Liam n'eut pas été plus surpris si je lui avais affirmé que les *scones* dont il se délectait n'existaient pas. Son front se plissa et il entra dans une profonde réflexion.

— Ici, quand on veut quelque chose, on le demande !

D'après Liam, la plupart des touristes dansaient autour des ronds en pierre, cueillaient de la bruyère et chantaient dans la lande pour invoquer ces créatures magiques, ignorant que les fées vivaient dans le parc et les falaises de Haven Stone.

— Tu veux apprendre à les voir ?

— Crois-tu que je les verrais ?

Avec une moue faussement dubitative, Liam se proposa de me les présenter après la tempête. Sa malice était aussi douce qu'un Chamallows, et je n'eus pas le cœur de le décevoir. Probablement serais-je déjà loin d'ici.

— Docteur Joséphine ?

— Oui ?

— Où on va quand on est mort ?

— Il n'y a guère que les morts eux-mêmes qui le savent.

— Toi au moins, tu ne mens pas.

— Pourquoi dis-tu cela ?

— Les grandes personnes racontent que les morts vont au ciel, mais les étoiles ne sont pas des gens.

Dehors, le claquement d'une portière signa la fin d'un moment grave, et hors du temps.

— Papa !

Liam se précipita à la fenêtre. Il écarta les rideaux et frotta la buée, le front collé sur la vitre pour regarder au-dehors. Il retourna aussitôt près de sa valise, le front buté, ses petits bras croisés sur sa poitrine, l'air dépité.

Je devinai sa déception lorsque la porte s'ouvrit sur Archibald Lockhart, le chauffeur de Haven Stone. Retenu pour le travail, le papa de Liam l'avait envoyé pour venir le chercher. En les regardant partir, j'eus moi aussi une pointe de regrets. J'aurais aimé revoir cet homme qui m'avait tant marquée par son silence.

15

À la nuit tombée, le pub était désert et il flottait dans l'air l'odeur des mets cuisinés et des gens qui avaient déjeuné à l'auberge. Un mélange d'alcool chaud, de friture et de beurre cuit, de sueur et de tourbe brûlée qui rappelait combien l'endroit avait été vivant, quelques heures plus tôt.

Le souffle puissant de la tempête s'engouffrait sous les tuiles avec le chant sinistre des loups et les rares automobiles éclaboussaient la façade de neige fondue. À chaque passage, on avait l'impression que les géants de basalte étaient descendus des sommets pour arpenter les rues du village, accompagnés de monstres aux hurlements plaintifs.

— Posez vos chiffons, je vous offre un verre avant de filer d'ici.

Une splendide femme à la tignasse rousse, le regard clair et impertinent, essuya ses mains sur son tablier et tira deux galopins de Wel Scotch[1] sans attendre ma réponse. Puis elle se jucha sur un tabouret face à moi. Derrière le bar, j'achevais de briquer le zinc.

1. Bière écossaise.

— Je suis Erin Murray, la sœur de Tòmas. Bien installée ?

— C'est chaleureux ! Merci de m'accueillir !

Trop exiguë pour être louée, la chambrette qu'elle m'avait attribuée servait de salle de repos entre deux services pendant la saison.

Contrairement au reste de l'auberge, cette pièce était restée dans son jus, du temps où Cináed, le voleur de clés, dirigeait l'établissement. Le mobilier était d'époque, le papier peint noir à fleurs et lianes multicolores défraîchi, le petit bureau branlant, et les mosaïques de la salle de douche avaient éclaté par endroits.

— À Jo, naufragée de l'île des brumes !

— Et à Erin, logeuse de chats errants.

Nous trinquâmes.

— J'étais d'avis de vous laisser coucher dehors, mais Tòmas m'a fait comprendre que je le regretterais ! Et je ne peux rien lui refuser !

La bière brassée avec du malt habituellement réservé à la fabrication du whisky avait le goût des biscuits secs et du caramel.

— Il y a un poste de police un peu plus bas, ajouta-t-elle. Pour signaler le vol de vos papiers.

Je rechignais à prévenir ma banque ou mes proches de ma situation. J'avais largué les amarres pour ne pas être retrouvée.

— Vous avez un mari jaloux ?

— Un père envahissant.

— Vous êtes trop vieille pour vivre dans le giron de papa !

— Nous avons travaillé ensemble plus de dix ans.

— Vous êtes une fille en pleine rébellion, alors !

— Disons que je comptais sur cet emploi à Haven Stone pour tourner la page.

— Vous n'êtes pas la seule !

Erin était belle avec ses dents parfaites, et son sourire gourmand à la Marylin, sa mouche savamment dessinée sur sa lèvre supérieure et son khôl façon yeux de biche. Sa silhouette était avantagée par une robe en laine et aussi élégante que la mienne était négligée. Je ressemblais à une bergère descendue des pâturages, avec ma peau fatiguée par les néons de l'hôpital, mes cheveux remontés à la va-vite, et mon pull informe à col roulé.

— Toutes les candidates ont cru décrocher un emploi de rêve chez l'habitant ! Et toutes ont fini ici !

La plupart avaient fui à la lecture du contrat ; quelques-unes étaient restées trois jours ; les plus téméraires n'avaient pas tenu une semaine. Aucune en revanche, ne paraissait avoir rompu la clause de confidentialité, puisque Erin ne mentionna jamais la comédie de la chaise vide.

Selon elle, si les postulantes avaient quitté précipitamment Haven Stone, ce n'était ni à cause de la célèbre rigidité de Mrs Burnett, ni de l'isolement. Non, le problème, c'était Lord MacLaine. Ce tyran, complexe et exigeant, était incapable d'empathie et terrorisait son personnel. Il n'y avait guère que l'intendante et la cuisinière, esclaves de la famille depuis l'adolescence, qui acceptaient de se prêter à ses lubies sans rechigner.

J'imaginais sans mal le calvaire de ces femmes qui avaient dû justifier de leur travail avec Liùsaidh et des progrès de cette dernière face à cet homme, dont la devise était de ne jamais s'expliquer. Comment ces entretiens s'étaient-ils déroulés ? Lord MacLaine feignait-il de voir sa fille ?

Bien sûr, je me gardai de partager mes interrogations avec Erin. En revanche, je lui demandai, intriguée, si elle le connaissait. Quitter Haven Stone sans rencontrer son propriétaire m'avait frustrée. Malgré les différents tableaux qu'on m'avait dressés de lui, je ne parvenais pas à le cerner.

Exigeant et respectable ? Pervers ou psychotique ?

Un père en deuil assurément.

— Sur l'île, tout le monde vit grâce à lui. Il possède les terres agricoles, les pâturages, la fromagerie, la distillerie, il loue la plupart des maisons, il est même propriétaire du *Haven's Inn* !

L'année passée, il avait ordonné la fermeture de l'auberge pendant six mois pour une restructuration des lieux et des rénovations sans prendre la peine de consulter Erin. Depuis, il s'était réservé un étage censé loger des employés du domaine ; il était vide la plupart du temps. Elle n'y mettait jamais les pieds. Une femme de chambre nettoyait les salles de bains et changeait les draps une fois par semaine, que les lits aient été occupés ou non.

— Il a cinquante pièces dans son château et autant de propriétés sur son domaine, mais il ne supporte pas la compagnie des autres.

Les propos de l'aubergiste trahissaient un mélange de respect pour le rang et la fonction, et une rancune tenace, qui exacerba ma curiosité car elle contredisait les égards avec lesquels Mrs Burnett évoquait son employeur et s'opposait à l'affection évidente que Mrs Whitmore lui témoignait.

— Déjà qu'on ne le voyait pas beaucoup au village ! Depuis la mort de Liùsaidh, on ne le voit plus du tout.

— Perdre un enfant est…

Je m'interrompis, incapable de formuler ce qui semblait une évidence. Après tout, qui étais-je pour poser des mots sur l'indicible ?

Sa petite main dans la mienne, Aurélien s'était éteint avant minuit, le 17 octobre dernier, mais je n'avais appelé ses parents qu'aux premières lueurs du jour. Tant qu'ils dormaient, leur enfant vivait encore.

L'horreur accomplie, j'avais bu un café et mangé des croissants dans la salle de staff avec les confrères de la relève avant de rentrer dormir. L'après-midi, j'avais lu la dernière revue de presse médicale et rempoté des fleurs pour égayer mon balcon, puis j'étais retournée à l'hôpital.

Aspirée par le tourbillon des urgences, la course perpétuelle, l'anesthésie des sentiments, je n'avais pas souffert jusqu'au jour où la douleur s'était engouffrée en moi, m'interdisant de traverser la double porte vers l'enfer des autres. Et le mien.

— Perdre un enfant est inconcevable pour celui qui ne l'a pas vécu, murmurai-je, plus pour moi-même que pour répondre à Erin, dont l'hostilité à Lord MacLaine me parut soudain déplacée.

— Liùsaidh est sa nièce ! Son frère aîné, Lord Jamie, s'est tué dans un accident de la route avec sa femme, Lady Elizabeth. À leur mort, il a hérité du titre, du domaine et d'un nourrisson. OK, il l'a adoptée, mais ça ne fait pas de lui un père !

16

Avant de partir, Erin m'avait servi deux tranches de saumon sauvage, une part de durrus, fromage irlandais aux senteurs fleuries de saint-nectaire, du cheddar de l'île de Mull et un morceau de caboc[1] qui lui restait du menu de midi. Mais je manquais d'appétit.

Les mots de l'aubergiste avaient teinté la proposition de Logan d'une couleur amère. Il ne pouvait ignorer ce qu'il était advenu de Liùsaidh puisque le village bruissait de rumeurs. Alors pourquoi m'avait-il encouragée à devenir la gouvernante fantoche d'un lord ombrageux ? Le havre que m'avait promis mon vieux capitaine ressemblait plus à un traquenard qu'à un refuge pour chat errant !

Ce soir, le vent était furieux. Il giflait les façades, fouettait la neige qui tombait dru, il agitait les branches et hululait dans la cheminée projetant des escarbilles à mes pieds.

Ce soir, j'étais seule pour l'écouter et le vent m'effraya.

1. Le caboc est un fromage produit à partir de crème, fabriqué dans un moule cylindrique et roulé dans de l'avoine grillée.

Pourtant, l'auberge avait affronté bien des tempêtes et en dehors d'une panne de courant, je ne risquais pas grand-chose. Les frigidaires et les congélateurs regorgeaient de victuailles, la cave aux alcools était pleine, il y avait de quoi tenir un siège.

Une rafale s'engouffra dans le pub, plaquant les flammes sur les bûches et éparpillant les cendres sur mes genoux. Elle dispersa l'éventail de dépliants qui couvraient la table, agita les pampilles du lustre et fit vibrer les carreaux. Son souffle gonfla si brutalement les rideaux qu'une tringle se détacha.

Quelque part, une porte tapa furieusement contre le mur.

La longère était accolée à un second bâtiment en U, dont les ailes formaient un patio où Erin cultivait les herbes aromatiques. Accessible depuis le pub par une issue située à côté du comptoir, un couloir y conduisait, ainsi qu'aux cuisines.

La surprise passée je l'empruntai, longeant ainsi l'escalier droit qui distribuait les chambres, et m'aventurai avec prudence vers le fond du bâtiment. Des papiers virevoltaient et des débris jonchaient le sol. La tempête avait arraché le verrou et ouvert la porte vitrée, qui donnait sur l'arrière-cour.

Alors que je m'apprêtais à la refermer, une bourrasque propulsa le vantail sur le chambranle ; le carreau explosa, une vive douleur brûla ma pommette et du sang coula sur ma joue.

Au même instant, la gouttière céda et dans le vacarme des tuiles qui s'écrasaient sur les pavés, un torrent de boue et de neige mêlées engloutit mes pieds. Effrayée par la puissance des éléments, je battis en retraite et calfeutrai le dessous de la porte à l'aide de serpillières et de torchons.

Dans le pub, je retournai les chaises sur les tables, roulai les tapis et les rangeai en hauteur. La pluie ruisselait dans la rue jusqu'aux trottoirs et je craignais que l'eau arrive de ce côté-là aussi.

Les lumières s'éteignirent. Le générateur se mit en route, et les sorties de secours s'allumèrent, plongeant la pièce dans une lueur orangée.

Erin m'avait confié une lampe torche en cas de coupure de courant et donné un numéro où la joindre.

Le téléphone n'émit aucune tonalité.

Le tumulte des éléments déchaînés mêlé aux craquements de la maison ressemblait aux rugissements d'un monstre et je regrettai l'abri des murailles de Haven Stone.

Jamais je n'avais vécu une telle tempête.

Il me restait des souvenirs de 1999, le saule pleureur dont les rameaux cinglaient l'air, la terre qu'il soulevait en tanguant, ses racines qui s'accrochaient, les mottes jaillissant à chaque mouvement et sa lente agonie, l'instant où il s'était abattu sous mes yeux, chutant vers l'immeuble. Ses branches griffues à travers les vitres puis rampant sur le carrelage, agitées de soubresauts, et mes cris de terreur mêlés aux hurlements de l'ouragan.

Je refrénai l'envie de me réfugier à l'étage. Erin m'avait conseillé de dormir au rez-de-chaussée le temps que les vents s'apaisent. J'y serais bien plus en sécurité que dans ma chambrette, séparée de la fureur des éléments par une charpente vermoulue et des tuiles fêlées.

Avec un édredon, des oreillers et un drap, je garnis le canapé et disposai Mare sur la cheminée. Cette statuette transformait n'importe quel endroit en ma maison.

J'eus l'impression qu'il s'était écoulé des heures quand soudain, la tourmente se calma dans le couloir. Un rapide coup d'œil à travers l'entrebâillement m'informa qu'on avait réparé la porte vitrée avec une planche de contreplaqué. Le panneau tremblait sur le chambranle, mais le calme était revenu.

— Tòmas ? appelai-je. Erin ?

Il n'y avait personne dans les cuisines, l'eau terreuse avait ruisselé jusque-là.

Alors que je retournai dans le pub pour récupérer de quoi éponger les sols dans l'arrière-salle, située derrière le bar, je me trouvai nez à nez avec le métayer de Haven Stone.

En bras de chemise, il ne semblait pas craindre le froid. Il abandonna ses bottes maculées de boue près de la porte et s'avança vers moi pieds nus, indifférent aux déchets qui parsemaient le sol.

— Vous êtes blessée. Laissez, ajouta-t-il avec autorité, alors que je portais mes doigts à mon visage. Je vais m'en occuper.

Un éclat de verre s'était fiché dans ma pommette, juste sous la paupière.

— Merci, murmurai-je en levant les yeux vers lui.

Je redécouvris son visage. Et ce soir encore, ses traits me racontèrent sa douceur et sa détresse, infinies.

— Venez.

Je le suivis sans hésiter. Ce qu'il faisait ici, à cette heure, loin de son fils, m'indifférait. Je n'étais plus seule dans la tempête et c'est tout ce qui comptait.

17

Ce fut un moment étrange. Jamais en dehors de mon père je n'avais autorisé quelqu'un à me piquer, me panser ou à me suturer, même pendant mes études. L'opération était délicate et la manière dont cet homme s'y prendrait, si sa main tremblait ou s'il oubliait un fragment dans la plaie, déterminerait la qualité de la cicatrisation.

J'aurais pu m'en occuper le lendemain, je n'y songeai pas. L'évidence avec laquelle il imposait sa volonté dissuadait son interlocuteur de contester.

Quand il eut fini de nettoyer ma blessure et de poser les *strips*, il raviva le feu et nous servit un whisky provenant d'un flacon qu'il avait apporté.

— C'est un Glenrothes 1988. Idéal pour accompagner le fromage, dit-il en désignant le plateau-repas auquel je n'avais pas touché. Vous ne risquez rien à le goûter, *Anam-charaid*, ajouta-t-il alors que j'hésitai. Ce whisky n'a rien en commun avec la piquette que nous avons allègrement sifflée ensemble, hier soir !

Désarçonnée par le naturel avec lequel il m'abordait, je saisis le verre et le levai dans la lumière pour donner le change. Dans la lueur dansante du feu, le précieux liquide s'éclaira de reflets cuivrés et bronze, puis il étira ses jambes ambrées sur le cristal, libérant peu à peu une odeur d'épices.

— Élégante façon de vous repentir ! lançai-je après un silence. N'empêche qu'à cause de vous, j'ai fini dans un trou noir !

— Vous devrez vous contenter d'un verre cette fois. Je vous préfère éveillée qu'endormie.

— Une fois n'est pas coutume !

— Tant mieux ! L'alcool vous rend particulièrement bavarde !

— Non, le corrigeai-je, *vous* me rendez bavarde !

Jamais je ne m'étais ainsi épanchée, et je le lui dis. J'étais une oreille attentive, capable de prodiguer à autrui des conseils lorsqu'on me sollicitait, mais je détestais parler de moi. Avant d'accoster sur l'île des brumes, j'avais l'amertume discrète, les soucis muets et le deuil silencieux. À l'adolescence où les confidences entre amies font le sel du quotidien, il n'y avait guère qu'à mon journal intime que je livrais mes secrets. L'enfant solitaire était devenue une adolescente boudeuse, et la jeune fille taiseuse, une femme secrète.

Il avait suffi d'un regard à cet homme pour que je me confie à lui.

— Suis-je pardonné ?

— Le méritez-vous ?

— N'oubliez pas que pour vous, j'ai réparé une porte et joué au docteur.

Son attitude avait quelque chose de très british : l'impassible raideur du corps, la grâce dans les gestes, la dignité dans le regard. Pourtant, il me semblait si familier que plaisanter avec lui était aussi évident que rire de tout avec un ami d'enfance – même si cet homme-là ne souriait pas.

— Vous êtes pardonné. En revanche, je ne bois jamais deux fois avec le même inconnu, *a fortiori* lorsqu'il est Écossais. Me direz-vous comment vous vous prénommez ?

— Edward.

— Enchantée, Edward.

Nous trinquâmes à l'unisson : *Slàinte !*

— Que signifie le nom dont vous avez choisi de m'affubler ? *Anam* quelque chose ? Je n'arrive même pas à le répéter !

— Si vous parvenez un jour à deviner ce qu'il signifie, c'est que je l'aurai bien choisi.

Comme je savourai le Glenrothes, en songeant que j'aimais déjà l'esprit de cet homme, Edward scrutait mon visage dans l'attente de mon avis. L'alcool brûla l'intérieur de mes joues d'abord, puis le liquide onctueux accrocha ma langue et ses arômes réveillèrent mes papilles.

— Quels goûts discernez-vous ?

Je fermai les yeux pour mieux me concentrer sur les saveurs, désireuse de lui répondre avec application.

— La noix, proposai-je, sans certitude. Le chocolat ?

— Les deux. Reconnaissez-vous les arômes du milieu de bouche ?

— Quels sont-ils ?

— Raisins secs et frangipane.

Je secouai la tête.

— Essayez avec un morceau de durrus.

Edward découpa plusieurs tranches de « saint-nectaire » irlandais et m'en présenta une à la pointe du couteau. Il attendit que j'y goûte avant d'en prendre à son tour et je me fis la réflexion qu'il était plus éduqué que nombre de ses contemporains.

La rondeur du malt révéla l'âpre goût de cave du fromage, et les notes crémeuses de ce dernier accentuèrent les saveurs du whisky passées inaperçues à la première gorgée. Le mariage durrus-Glenrothes était surprenant mais équilibré, même pour une néophyte.

— Vous aviez raison, le mélange est idéal.

— Il est évident, répliqua-t-il sans me lâcher des yeux. Fromage et *uisge beatha* composent une vieille alliance, jamais dénoncée.

— Je ne vous autorise pas à me comparer à un bout de fromage !

— Je suis démasqué !

En évoquant à demi-mot les liens ancestraux noués entre nos pays de naissance, Edward testait ma repartie et s'en amusait, visiblement ravi d'avoir trouvé une compagne de jeu. Sous ses airs de vagabond se dissimulait une vivacité intellectuelle hors du commun, qui ne demandait qu'à pétiller.

— Trouvez-vous vraiment que je lui ressemble ? me demanda-t-il en désignant Mare, qu'il venait de remarquer sur la cheminée.

Il approcha son visage de la lumière pour que je le voie.

Ses pattes-d'oie montraient qu'il avait beaucoup ri, sa ride du lion qu'il était soucieux, et sa peau hâlée qu'il vivait au grand air, et je me demandai ce qui avait rendu cet homme heureux si malheureux.

— Hier soir, je vous ai pris pour un satyre. Qui se cache dans le noir pour observer les autres ?

— Vous esquivez la question !

Ses yeux me happaient dès que je m'en détachais, me ramenant sans cesse à eux, aussi hypnotiques que ceux de Mare.

— Vous avez la même ferveur dans le regard, admis-je. Mais il est bien plus beau que vous !

— Vous ne me trouvez pas beau ?

— Je vous trouve intéressant.

— Nous ne sommes bien souvent que le reflet de l'idée que les autres se font de nous.

Puis il ajouta, en claquant son verre contre le mien :

— Aux hommes beaux !

— Aux hommes intéressants et aux femmes qu'ils captivent !

Malgré ses paroles agréables et une attitude engageante, l'impression que le gardien de phare se retranchait dans sa tour, à l'abri des vagues océanes, demeura.

— C'est un bronze de grande valeur, remarqua Edward. Moyen Âge ?

— Vous êtes connaisseur ?

— Amateur.

— On pense qu'il a été coulé au cours du XIIe siècle dans les régions du sud de Glasgow.

Vingt ans plus tôt, ce diable de bronze posé sur le bureau d'un rebouteux m'avait subjuguée et j'avais demandé à l'emporter. Mon père, qui m'accompagnait, avait refusé, persuadé qu'il valait plusieurs dizaines de milliers de livres, mais Mr Smith avait insisté pour que je la prenne, arguant que le calme de mes nuits était plus précieux qu'un bien terrestre.

— Mr Smith ? répéta Edward, l'air dubitatif.

— C'est ainsi que cet homme se présentait. Il disait que les cauchemars ne sont pas destinés à réveiller les peurs, mais à aider le rêveur à les vaincre.

— Y êtes-vous parvenue ?

— J'étais trop effrayée.

— Pourquoi ?

Je repliai mes genoux sous moi. J'avais froid et Edward raviva le feu.

— Je ne l'ai jamais dit à personne.

— Racontez-moi, *Anam-charaid*.

Il avait employé ce ton affirmé qui ne souffre aucun refus et j'eus l'étrange sentiment qu'il exigeait d'être à présent le seul dépositaire de mes secrets.

Dans l'hypnose où le rebouteux m'avait plongée pour retrouver l'origine de mes terreurs nocturnes, j'avais choisi la maison de mes grands-parents maternels où je passais mes vacances : la rue du Soleil et ses trottoirs en pente, le jardin fleuri et ses rosiers qui embaumaient, les haricots grimpants et la balançoire, les allées bordées de pensées, la cuisine qui sentait bon la soupe de fèves et les crêpes aux pommes, la vanille et la cannelle, les bredele au beurre et les fraises à la chantilly ; les histoires de mon grand-père, les airs que nous chantions à tue-tête. Quel bonheur de retrouver les sensations de mon enfance !

Au cours de la séance, j'avais emprunté l'escalier teinté au brou de noix dont les contremarches étaient peintes en rouge, je m'étais attardée devant les cadres photo sur les murs, j'avais admiré les fenêtres étoilées de givre, entendu le parquet grincer sous le linoléum du palier et reconnu les portes qu'il desservait : la petite qui conduisait au grenier, toujours fermée, la verte qui menait à la pièce de couture et en face, la jaune, celle de ma chambre.

Mais au moment d'entrer, j'avais été frappée d'effroi.

Mr Smith avait tant peiné à m'extraire de la terreur où j'étais plongée qu'il avait refusé de programmer un nouveau rendez-vous, arguant qu'il n'était pas qualifié pour me guider plus loin dans mes souvenirs.

— Le démon qui hante vos nuits serait-il né dans cette chambre ?

— Pour Mr Smith, il s'agit de l'interprétation enfantine d'un moment traumatisant, oui. Tout a commencé peu après le départ de ma mère.

J'avais cinq ans, et le sommeil m'avait désertée pour ouvrir la porte à ce démon, qui hantait mes nuits jusqu'à me rendre folle.

— Et le rebouteux vous a offert cette statuette pour le chasser…

— Il prétendait que Mare m'avait choisie.

Edward s'approcha du bronze avec l'intérêt du collectionneur et l'émotion des retrouvailles. Un mélange si troublant, que j'aurais juré qu'il l'avait déjà croisé.

— Je peux ?

La demande d'Edward me toucha, car elle n'avait rien de rhétorique – Mare n'était pas qu'un objet, il était un prolongement de moi, fidèle et immuable depuis plus de vingt-cinq ans. Aucun des hommes météorites qui avaient diverti mes nuits ne l'avait jamais vu, encore moins touché.

— Oui, répondis-je sans hésiter.

D'une main experte, Edward attrapa le socle de la statuette et de l'autre, il explora chaque aspérité, chaque rondeur, chaque courbe du personnage à la manière d'un sculpteur, les paupières baissées et les yeux à l'extrémité de ses doigts.

— Quelque chose d'intangible vous entoure, murmurai-je en l'observant. Vous m'annonceriez vivre dans un monde parallèle, je vous croirais sans hésiter.

Edward me confia que les émotions insufflées par les artistes à la matière traverseraient encore les siècles quand nos corps seraient retournés à la poussière. Et c'est ce qui le fascinait.

— Nous cherchons sans cesse à revivre nos histoires préférées, poursuivit-il en reposant la statuette. L'art est un moyen d'y parvenir. Le héros qui vainc la peur, les amants maudits, les trahisons fraternelles…

— Quelle est votre histoire favorite ?

— Elle est en train de s'écrire à l'instant où nous parlons.

— Habile pirouette !

— Démasqué !

Je ris.

— Vous pouvez assumer votre réponse, lui dis-je. Je la trouve très belle.

Visiblement réjoui que je l'aie pris à son propre jeu, Edward me regarda avec cette intensité qui le caractérisait. Peu à peu, sous l'apparence flegmatique du Britannique, pointait l'impétuosité de l'Écossais.

— Que faites-vous ici un soir de tempête ? me demanda-t-il.

— Dans les contes pour dormir de mon grand-père, il y avait une île mystérieuse entourée de brume, où les chats errants pouvaient trouver refuge, à condition de connaître un marin suffisamment fou pour les y conduire à travers les récifs et le brouillard. J'ai décidé de vivre cette histoire-là, et vous ?

— J'ai bravé les éléments pour réclamer votre pardon.

Je le dévisageais, incapable de dire s'il me moquait.

— Ne vous a-t-on pas correctement reçue à Haven Stone ?

Sa question me surprit, car elle surgit sur un registre moins léger.

— Si, bien sûr !

— Pourtant, vous séjournez ici.

— Ce que vous êtes curieux !

— Vous espériez une embauche…

S'il n'avait tenu qu'à moi, je lui aurais dit que je ne pouvais travailler dans une maison où l'on exigeait de moi d'instruire une chaise vide. Mais je refusais de trahir la clause de confidentialité qui me liait à Lord MacLaine.

— Votre loyauté vous honore, vous empêche-t-elle de me répondre ?

— Disons que je n'avais pas les qualifications requises.

— Permettez-moi d'en douter.

À ces mots, je devinai que Liam avait parlé de ma profession à Archibald, et Edward me le confirma. La nouvelle qu'un docteur séjournait à l'auberge avait fait le tour de l'île en quelques heures.

— Étonnante conversion, que celle d'un médecin en gouvernante.

— Que voulez-vous savoir exactement ?

— Vous êtes le Graal pour nombre d'habitants. Tous espèrent que vous resterez.

— Je repartirai quand j'aurai gagné de quoi poursuivre ma route. En attendant, je suis ici *incognito*, ajoutai-je avec un sourire.

— Qu'espériez-vous trouver à Haven Stone que vous n'avez pas obtenu, et que vous chercherez ailleurs ?

Plus que la manière habile dont il conduisait notre échange, le sérieux qu'il manifesta juste après ses traits d'esprit aux accents si particuliers, me déstabilisa.

— Un emploi, quoi d'autre ?

Edward dégusta son whisky, les yeux rivés sur le feu, attendant que je comble son silence.

— Un nouveau départ, admis-je.

— En abandonnant la médecine ?

Il sentit aussitôt mon trouble.

— Veuillez m'excuser, je vous interroge sans vergogne. C'est à votre tour, ajouta-t-il après un silence.

Je brûlais de questions, mais il était si intimidant que je n'osai franchir la barrière de sa vie personnelle, malgré sa proposition.

— Vivez-vous à Haven Stone depuis longtemps ?

— Assez pour détester cet endroit, répondit-il sans quitter l'âtre des yeux.

— Mais vous y êtes trop attaché pour le quitter…

— Disons plutôt que je lui appartiens.

Apparemment, Lord MacLaine possédait les pierres et les gens.

— Lorsque j'en suis partie, j'ai eu l'impression que la maison voulait me retenir.

— Haven Stone est maudite, m'interrompit-il. S'il ne tenait qu'à moi, je brûlerais cette fichue demeure, de la lande aux tours en passant par les remparts.

— Vous ne pouvez pas la brûler !

— Donnez-moi une bonne raison de ne pas le faire.

— C'est un refuge, une âme forte, solitaire, éteinte par des années de chagrin et qui ne demande qu'à être choyée.

Je m'aperçus que j'aurais pu employer ces termes pour qualifier l'homme qui se tenait à mes côtés.

— Ce n'est pas un refuge, mais une ogresse. Personne n'aimerait y vivre…

— J'aurais aimé.

— Vraiment ?

— Ce sont les gens qui font les maisons et non l'inverse. Pourquoi le bonheur semble-t-il toujours hors de portée ?

— Probablement parce que nous naviguons sans cesse de la souffrance à l'ennui.

— Est-ce ainsi que vous vous définissez ? Éternel insatisfait ?

— Certains de mes aïeuls n'ont jamais pris la mer. Enfant, j'avais juré de m'affranchir de ce qui m'attachait à ces terres, je refusais d'être un chêne, je voulais être un oiseau. La vie en a décidé autrement. Et vous ?

— Dans la famille, nous sommes des nomades depuis trois générations.

J'ignorais ce que signifiait posséder une demeure où l'on célébrait les naissances, les mariages, les enterrements, les anniversaires ou les cousinades, les fêtes entre amis, les séparations et les retrouvailles.

Mon père avait travaillé dans plusieurs hôpitaux, provinces, métropoles et outre-mers. Jamais plus de deux ans dans la même ville. J'avais longtemps espéré qu'il cesse de faire de nous des itinérants – il ne s'était établi à Paris qu'après la fin de mes études.

— On a fait de vous un oiseau alors que vous êtes un chêne, constata Edward.

— Je n'ai pas l'impression d'avoir été contrainte.

— Ce qui ne signifie pas que vous ne l'avez pas été.

— N'est-ce pas un jugement hâtif ?

— Ne rêvez-vous pas d'une grande maison loin de la folie du monde ?

— Touché.

Dans ce havre encerclé par des vents furieux, nous dégustâmes le Glenrothes. Et si nos corps étaient distants et nos bouches silencieuses, j'eus la certitude que nos esprits voguaient l'un vers l'autre, curieux et affamés de se découvrir.

— Travailleuse acharnée, nomade, pas ou peu de famille, dit subitement Edward. Vous n'êtes donc pas mariée.

— Non.

— Mais vous avez un petit ami ?

— Non.

— Êtes-vous gay ?

— Non, lui répondis-je.

— Alors dites-moi Jo, comment une personne aussi séduisante…

— « … intelligente et bien élevée que vous peut-elle être aussi seule en ce monde ? »

J'avais compris qu'il s'amusait avec les répliques de *Meet Joe Black*[1] – fable modernisée de *La Belle et la Bête* – et ainsi, complété sans mal la dernière.

Edward sourit. Un sourire quasi imperceptible que je surpris avec bonheur parce que je l'espérais.

— *Je* vous pose la question, *Anam-charaid*.

— Piégée par mon envie d'aimer et d'être aimée, répondis-je avec sincérité. Deux fois.

— Quel genre de viles créatures ont osé vous faire souffrir ?

La première était un de mes professeurs de faculté, j'avais vingt ans, il était bien plus âgé que moi. Je m'étais évidemment brûlé les ailes ; la seconde c'était Benoît, un confrère. Nous n'avions même pas rompu. Après la mort d'Aurélien, il avait cessé de m'appeler et échangé ses gardes. Et contrairement à ce que j'avais redouté, je n'avais eu aucun mal à tourner la page de cette moitié d'histoire, qui n'en était pas une.

— À quoi ressemblerait une histoire complète ? s'interrogea Edward.

— À un amour simple et honnête.

Un partage où la souffrance infligée à l'autre et la frustration n'auraient pas de place, une communion des esprits et des corps où le compromis aurait plutôt des allures de générosité que de sacrifice. En grandissant, j'avais renoncé à le chercher, mais jamais cessé d'y croire. Et de ratages en aventures éphémères, je comblais la solitude que la vie m'imposait, en l'attendant.

---

1. *Rencontre avec Joe Black*, film de Martin Brest, sorti en 1998.

Aussi impassible soit-il, Edward m'avoua qu'il était ému par mes confidences et me proposa de l'interroger selon les termes de notre jeu.

— Êtes-vous marié ?

Je détestai lui poser la question. D'un autre côté, je désirais qu'il me parle de lui, ébaucher son portrait à travers ce qu'il me confierait et non des racontars.

— Non.

Je fus soulagée qu'il n'évoque pas son divorce, je préférais laisser son ex-femme loin de ce havre que nous nous étions bâti au cœur de la tempête.

— Une petite amie ?

— Non.

— Gay ?

— Non. Et j'ai choisi de rester seul, ajouta-t-il avant que je poursuive.

— Pourquoi ?

— Je ne crois pas que l'amour tel que vous le décrivez existe. Et si par miracle il s'avérait, il ne pourrait que s'achever de la pire des manières.

Je me fis la réflexion qu'Edward parlait de la mort avec la pudeur et la colère d'un homme qu'elle n'avait pas épargné.

Quant à sa lucidité sur la différence entre ce qu'il nommait l'illusion amoureuse et l'amour que j'évoquais, elle me frappa. Il affirma qu'il n'avait jamais éprouvé pour aucune des femmes qu'il avait connues la moindre admiration, ni aspiré aux mêmes idéaux ou seulement partagé une vision commune, et que de fait, la solitude avait fini par s'imposer.

Edward n'avait pas de regret. Ce contemplatif préférait demeurer à la frange du monde, loin de ses excès et de sa violence. Il ne se sentait pas concerné par ce qu'il nommait la turpitude des Hommes.

Son discours, ses traits d'humour, les attentions qu'il me portait témoignaient de cette fulgurante complicité qui nous unissait. Pourtant, son obsession à s'asseoir à l'autre bout du canapé et à veiller à ne jamais effleurer mes doigts trahissait sa méfiance et je lui demandai pourquoi il m'évitait, alors que je ne tentais pas de le séduire.

Pour toute réponse, Edward m'opposa son silence et nous restâmes longtemps immobiles, conscients qu'il y aurait un avant et un après ce moment partagé.

Puis, il se leva, ramassa son sac et sa veste, enfila ses bottes et ouvrit la porte qui donnait sur le couloir.

Alors qu'il allait sortir, il se ravisa.

— Je ne vous évite pas, *Anam-charaid*. Quand je vous regarde, que je vous écoute et je vous parle, je me sens en paix. Peut-être n'ai-je pas envie de découvrir que vous n'êtes qu'un mirage ?

Et le vantail se referma lentement sur lui.

18

Au lever du jour, une averse diluvienne s'abattit sur le village, prisonnier de nuages si bas qu'on avait l'impression de les franchir en traversant la rue. Les égouts vomissaient de la boue et des déchets de bruyère sur le macadam constellé de débris.

Si la lande était chauve, les abords du bourg et les jardins étaient boisés, et de nombreux arbres avaient été fauchés, et leurs branches arrachées, emportées par les torrents de pluie.

En attendant Erin, je m'employai à nettoyer le couloir et à éponger les sols.

La dévastation des alentours contrastait avec l'impression de calme qui m'habitait depuis le réveil. Bouleversée par cette rencontre inattendue, je me demandais encore si je n'avais pas rêvé. Mon humeur oscillait entre gravité et légèreté, joie et incrédulité.

Parler avec Edward avait suffi à colmater certaines de mes fêlures.

Avant d'échanger avec quelqu'un, je me demandais toujours comment et quand il ou elle choisirait de me trahir. Cette défiance, née de ma relation à ma mère et renforcée par de mauvaises rencontres, je l'avais oubliée auprès de lui.

Pas une fois notre conversation n'avait été dévoyée par la séduction. Elle était demeurée pure, dénuée des intentions contradictoires, antagonistes ou flatteuses qui bâtissaient les débats et les échanges. Et les questions d'Edward, si elles étaient précises, n'étaient pas vouées à me charmer ou à me confondre, mais à me découvrir.

Pourtant, la raison me souffla que ces sensations étaient enjolivées par l'euphorie du moment, que l'alcool avait délié nos langues et qu'il s'agissait d'un joli moment entre étrangers, hors du temps, de ces instants qu'il serait vain de tenter de revivre parce qu'ils sont par essence uniques.

De son côté, la déraison me chuchota de cesser d'entendre les verbiages de mon esprit et d'écouter la voix de mon cœur, la seule qui vaille : le havre dont m'avait parlé mon vieux capitaine n'était pas Haven Stone, mais son métayer. La chaleur d'un foyer n'est pas issue des murs, mais des gens qui le composent.

Auprès d'Edward, je m'étais sentie à l'abri.

Quand Erin arriva, j'achevais de dérouler les tapis. Il était dix heures.

Elle fut soulagée de constater que hormis quelques tuiles envolées et une porte cassée, l'auberge avait tenu, bien qu'elle ne rouvrirait pas avant des jours. Les liaisons inter-îles étant interrompues, les écoles avaient fermé, l'obligeant à laisser ses enfants seuls à la maison – elle était divorcée et son ex-mari avait déménagé à Portree. Rarement une tempête avait fait autant de dégâts sur ces terres pourtant rompues au mauvais temps.

— Vous êtes une invitée providentielle, Jo !

— Mr Cameron est intervenu au bon moment. J'ai cru m'envoler !

La présence nocturne du métayer de Haven Stone n'étonna pas Erin.

— Normalement, il est tenu de résider au cottage qui lui est réservé. Mais là-bas, pendant les tempêtes, la mer et les vents sont si bruyants qu'il ne peut pas fermer l'œil. Alors, je le laisse dormir ici.

— En tout cas, il m'a tout l'air de quelqu'un de bien !

— C'est un homme malheureux, que son divorce a terriblement marqué. Ils sont nombreux à le dénigrer parce qu'il boit un peu trop et ne parle pas à grand monde, mais moi, je l'aime bien. On se connaît depuis qu'on est gamins, il a grandi sur le domaine, son père travaillait déjà pour les MacLaine quand il est né.

Malgré mon désir d'en apprendre plus sur Edward, je gardai mes questions pour moi, et relançai la conversation sur un sujet plus urgent que mon intérêt pour le métayer de Haven Stone.

Le générateur avait lâché au petit matin. Or, les frigos regorgeaient de viande de mouton, de bœuf et de porc, et Erin avait prévu de revenir dans l'après-midi pour cuisiner des *meatloaf*. J'ignorais la recette du pain de viande, mais je lui proposai de me lancer dans la confection de baeckeoffe. Ainsi, elle pourrait rentrer s'occuper de ses enfants et la marchandise ne serait pas perdue.

19

À midi, la pluie avait cessé de jeter ses hallebardes glacées sur le bourg, mais le vent balayait rageusement la plaine. Pendant que la viande marinait, je profitai d'une éclaircie entre deux nappes de brume pour sortir.

Dans la rue principale, les commerces gardaient le rideau baissé et les habitants déblayaient devant chez eux avec l'air résigné de ceux que la nature rappelle souvent à l'ordre. Il y avait dans leurs yeux quelque chose d'enfantin et de grave, comme s'ils acceptaient de payer le prix de cette vie au grand air. Il en fallait de l'obstination pour planter des arbustes et des fleurs dans une région exposée aux quatre vents !

Le village s'enroulait sur la magnifique baie de Haven Stone, bordée à l'est par son petit port et ses cabanes colorées. Ses ruelles en pente dévalaient la colline vers la mer, et ses faubourgs étirés entre la côte et la montagne rousse et or étaient surplombés de pâturages.

Des rayons de soleil frappaient çà et là l'herbe d'un vert humide et les moutons, petits points noirs regroupés en grappe, s'agitaient par vagues à la manière d'un nuage d'étourneaux. C'était si beau, si paisible !

N'avais-je pas toujours rêvé de poser mes valises dans pareil endroit ?

Une affichette m'indiqua que les liaisons seraient interrompues jusqu'à vendredi au moins, de violentes rafales couplées à un fort coefficient de marée rendaient périlleuse la navigation dans les Hébrides.

Plus loin, dans la rue de l'église, vaste bâtisse aussi trapue qu'un bouledogue, des hommes de la voirie ramassaient les branches cassées, d'autres sciaient les arbres arrachés et tombés en travers de la route.

Chaque personne que je croisai durant cette courte promenade me salua, certains s'arrêtèrent pour me demander qui j'étais et d'où je venais. Ces instants d'humanité me réchauffèrent le cœur. Quand avais-je échangé un mot ou un sourire avec un inconnu dans la rue près de chez moi ?

Jamais.

Mes pas au hasard des venelles me conduisirent jusqu'au cimetière en bordure de village. Entouré d'un vieux mur de pierres, il avait miraculeusement échappé à la furie des éléments. Son sol gazonné était boueux et jonché des pétales de fleurs qui ornaient les tombes, mais cela ne m'arrêta guère.

Depuis l'enfance, j'aimais lire sur la pierre l'attachement aux disparus.

« Les morts ne sont morts que lorsque les vivants les oublient[1]. »

J'avais grandi loin des contes et légendes qui imprègnent la campagne écossaise et je ne craignais ni les démons ni les fantômes, pas plus que l'indiscrétion

1. Citation de saint Augustin.

de ces lutins qu'évoquait Mrs Whitmore. J'étais trop coutumière de la mort, trop avisée de ce qu'elle avait de définitif pour imaginer que l'esprit survivait au corps.

Là où d'autres espéraient un passage, je voyais l'anéantissement, un vide où plus rien n'était, ni le mal, ni le bien, ni le plaisir, ni la souffrance, pas même les souvenirs. C'était d'ailleurs, à mon sens, ce qui la rendait si terrifiante et cruelle, et poussait la plupart à s'inventer de jolies histoires.

Les stèles, dont certaines dataient du XVIIe siècle, étaient sculptées, gravées, jamais muettes et chacune racontait celui qu'elle célébrait. Têtes de squelettes, anges et chérubins, inscriptions latines telles que *Memento mori*, pour nous rappeler que nous étions mortels, le sablier, symbole du temps qui passe, un sextant pour un marin, un rouleau à pâtisserie pour un boulanger…

Sur la tombe d'Aurélien, ses parents avaient déposé sa peluche préférée sous une cloche de verre. La stèle sous le chêne à Haven Stone était quant à elle désespérément anonyme.

Ma mère avait choisi que ses cendres soient dispersées au jardin du souvenir, je n'y étais jamais allée pour m'y recueillir. Je pensais à elle devant chaque sépulture, parce que le deuil des autres me ramenait toujours au mien. Qui se cachait derrière cette femme qui m'avait mise au monde à son corps défendant ? Quelle enfant avait-elle été, quelle épouse pour mon père ? Quelle amie pour les siens ? Quel médecin ?

J'avais esquissé son portrait à travers mon regard d'enfant, je l'avais dessiné avec les rares vérités qu'elle avait accepté de me livrer sur elle et achevé de le peindre aux couleurs de l'amertume, avec ce que mon père m'avait dit d'elle, trois fois rien : ils s'étaient rencontrés sur les bancs de la faculté des Saints-Pères dans les années quatre-vingt-dix.

À l'époque, il payait ses études en jouant dans les bars du quartier de la Bastille. Amoureux des femmes et de la musique, il survolait les cours quelle que soit la matière, alors que d'autres trimaient pour de maigres résultats. Ma mère avait jeté son dévolu sur lui au premier regard et n'avait reculé devant aucun sacrifice pour le séduire.

Elle l'avait conquis comme on gagne un trophée, et payé le prix fort.

Mon père n'était pas de ces hommes qu'on met en cage. Tandis qu'elle passait des nuits blanches à étudier, il jouait et flirtait dans les bars. Lui prétendait qu'il l'avait demandée en mariage par amour, car aucune autre ne s'était autant battue pour le conquérir. Elle, qu'il l'avait épousée par fainéantise. Ils n'étaient restés mariés que six ans, puis elle avait quitté mon père avec armes et bagages, ne lui laissant que quelques souvenirs et une enfant qu'elle n'avait jamais désirée.

Comment me serait-elle apparue si je n'avais pas eu ces préjugés ?

Je l'avais peu connue, quelques heures au bord de la mer ou pour un chocolat chez Angelina et des macarons Ladurée le dimanche, jamais plus.

L'année de ma thèse, elle était morte un verre de gin à la main, asphyxiée par les fumées de l'incendie qu'elle avait déclenché en s'endormant, une cigarette aux lèvres.

Aujourd'hui, elle n'était plus qu'un tas de carbone et l'idée que je me faisais d'elle.

Serais-je à jamais l'orpheline de cette mère, malade de n'avoir su m'aimer ?

Perdue dans mes pensées, je déambulais dans les rues du village quand une impression de déjà-vu, que je mis d'abord sur le compte de la fatigue, m'arrêta devant une bâtisse semblable à une échoppe bordelaise adossée à un bloc de basalte.

J'étais parvenue dans les hauteurs, bien après le cimetière et la fromagerie, et de l'endroit où je me tenais, je voyais les toits du bourg, l'arche du port et les falaises.

D'un côté de la route il y avait les champs et de l'autre, cette maison qui avait retenu mon attention. Basse, une façade en pierres couleur cendre, envahie de lierre. De chaque côté, un mur cachait l'arrière aux curieux. Son toit en ardoise semblait avoir été étiré vers le ciel, et sa porte et ses deux fenêtres étroites arboraient la couleur des barques, le vert joyeux du *Fifie*.

Dans les histoires de mon grand-père, il y avait une maison grise aux huisseries vertes, des rues en pente et des moutons dans les prairies écrasées de soleil, nos ombres sur le trottoir, ma main dans la sienne, si grande et la mienne, minuscule.

J'aurais voulu redevenir cette enfant, l'entendre une dernière fois, et lui dire que ces contes qu'il inventait pour m'endormir avaient illuminé mon quotidien de femme cabossée par la vie.

Que ces moments magiques où il m'emmenait en voyage sur les ailes de sa voix me manquaient ! J'aurais tout donné pour vivre une dernière aventure avec lui.

— Tes pensées sont trop noires, *lass*, dit une voix dans mon dos. Tu vas faire de l'ombre aux défunts !

Je reconnus Cináed, le joueur de cartes, le voleur de clés. Appuyé sur sa canne tremblotante avec son Glengarry de travers, il me scrutait sous ses sourcils broussailleux.

— Savez-vous qui habite ici ? lui demandai-je.

— Ça fait belle lurette que plus personne n'y vit.

Le vieil Écossais balaya d'un geste le village et les pâturages, qui rougissaient sous le ciel couchant.

— Tout ce que tu vois ou presque appartient à Lord MacLaine. Quand il a hérité du titre, il a rénové les maisons et modernisé les entreprises du domaine. Il n'a jamais cherché à racheter des terres au contraire, il a vendu à ceux qui préféraient posséder plutôt que payer un loyer. Mais toujours à des gens d'ici. Il ne voulait pas que les touristes fassent grimper les prix. Bon, il n'a pas pu l'empêcher, mais il a limité la casse. Pourtant, ajouta-t-il d'un air mystérieux, il y a une maison qu'il a cherché à racheter sans jamais y parvenir, et c'est celle-ci.

Bien que les mots de Tòmas, taxant Cináed de vieux fou, m'étaient revenus en mémoire, je ne pus m'empêcher de lui demander pourquoi une simple échoppe intéressait tant Lord MacLaine.

— Quand on veut quelque chose, on le demande ! répondit-il comme s'il s'adressait à un enfant ignorant. Lui, il a demandé un dispensaire et moi, un docteur pour mes vieux jours. Et te voilà !

Devant ma mine stupéfaite, Cináed conclut d'un air satisfait.

— Et toi, que demanderas-tu ?

À mon retour à l'auberge, je constatai que le courant avait une nouvelle fois été coupé, et je dus renoncer à achever mes plats, faute de four. Heureusement, la viande et les légumes marinés se conserveraient jusqu'au lendemain. La température ayant brutalement chuté avec la fin du jour, j'entreposai mes préparations dans le patio.

Le pub, si attractif avec un feu de cheminée, de la musique et des rires, devenait sinistre sitôt plongé dans le noir. En hiver, la nuit tombait à seize heures trente, et je grelottais, la tourbe et le bois trempés refusant de s'allumer malgré mes efforts.

Frigorifiée, je me résignai à retourner dans ma chambre.

Allongée en chien de fusil sur mon petit lit en fer et enroulée dans mon loden, je songeai au vieux marin, qui m'avait conduite sur cette île. Si j'avais cru à l'invisible, j'aurais parié qu'il s'agissait probablement de ma conscience.

Quand je te regarde, je sais qui tu es.

Ces mots prononcés sur le seuil de Haven Stone, je les avais accueillis sans y penser, happée par le charme incroyable de l'ancestrale demeure. Puis, dorlotée dans l'antre chaleureux de Mrs Whitmore, je les avais oubliés jusqu'à ce que mes échanges avec Edward me les rappellent.

Qui étais-je ?

« Nous ne sommes bien souvent que le reflet de l'idée qu'on se fait de nous », avait-il affirmé.

Ainsi devait-il en être de moi aussi.

Ses mots étaient autant de graines dont il avait ensemencé mon esprit, et qui continuaient de grandir en son absence.

Quel regard Edward portait-il sur lui-même ? Probablement était-il sans complaisance, je ne l'imaginais pas se gausser ou se vanter.

Et moi, qui étais-je ?

Si j'avais écouté mon cœur et non la raison, j'exercerais en province, loin de mon père, loin de la folie hospitalière, des ordres hurlés sur les internes et les infirmières et surtout, je serais délivrée de l'impossible quête de suspendre le temps pour tenter de vaincre la mort quand elle a décidé de vous prendre un enfant.

Mais cette vie à laquelle mon père m'avait prédestinée m'avait avalée toute crue et j'ignorais si elle m'avait régurgitée indemne.

Qui étais-je ?

Un médecin en perdition, une fille en rébellion ?

Et si je n'étais ni l'un ni l'autre ?

Juste une femme, partie à la recherche d'elle-même.

20

La sensation d'un corps sur le mien me réveilla. Un homme au visage de démon était assis à califourchon sur mes hanches. Son torse nu, pareil à celui d'un dieu grec, luisait de sueur et ses traits ciselés étaient illuminés par des yeux aux iris ambre.

L'expression de son regard où brillait le stupre me frappa.

Il s'approcha pour que je sente son souffle sur mon front. Ses doigts immobilisèrent brutalement mes poignets et les ramenèrent au-dessus de ma tête.

Je me tétanisai tandis qu'il me reniflait tel un animal.

Sa langue fouilla le pavillon de mon oreille, ses dents mordillèrent mes lobes, il aspira la peau de mon cou et je crus qu'il cherchait à boire mon sang.

Puis d'un coup de reins, il s'allongea sur moi de tout son long.

Je voulus appeler à l'aide, aucun son ne franchit mes lèvres, scellées par les siennes. Je voulus ruer, mon corps, que son corps enfonçait dans le matelas, était paralysé.

Le poids de son torse broya ma poitrine et me fit suffoquer.

La peur se mua en panique quand il écarta mes cuisses d'un habile mouvement de genou et tenta de me pénétrer.

Avec un effort immense, je parvins à regarder vers la cheminée.

Il n'y avait pas de cheminée, Mare n'était pas là, j'ignorais même où je me trouvais. Des fleurs bizarres dansaient sur les murs et les yeux jaunes, qui m'observaient par la fenêtre, se confondirent avec les siens.

Il s'agissait d'un cauchemar. Je fermai les paupières et inspirai profondément pour chasser la vision.

Va-t'en ! Va-t'en !

L'injonction suffit à chasser la bête et soudain, un grand calme m'envahit.

Je rouvris les yeux. Edward s'était allongé sur moi pour me protéger.

J'eus l'impression d'être sur la crête d'une vague, qui me déposa en haut du phare avant de se retirer, aussi nue que son gardien aux premiers jours du monde.

Et je vis l'homme, il vit la femme, et je sus que nous étions destinés.

Edward posa son front sur le mien, libéra mes poignets et entremêla nos doigts.

Ses jambes s'enroulèrent autour de mes chevilles pour qu'aucun centimètre carré de ma peau n'échappe à la sienne et que mon désir rencontre le sien.

Alors que je me redressai pour lui donner un baiser, Edward disparut.

Et je me réveillai.

Je redécouvris la chambrette du *Haven's Inn*, avec la cagette posée sur la tranche où trônait ma statuette, le papier peint à fleurs, la table entre les fenêtres, la salle de douche avec les rideaux en plastique qui ondulaient dans les courants d'air.

Le matelas défoncé avait malmené mon dos, mais depuis mon petit lit en fer, je pouvais apercevoir la baie de Haven Stone, les nuages noirs déchiquetés sur l'horizon, les rares flocons qui virevoltaient dans la lumière et sur la pointe occidentale, la demeure.

Perchée sur une mer grise et démontée, la mélancolique s'était parée d'une épaisse cape neigeuse dont les pans scintillaient sous la lune.

Le souvenir de mon rêve me submergea aussi puissamment que si Edward avait *réellement* collé son corps contre le mien, et je sus que quoi que je fasse, ce songe modifierait à jamais mon regard sur lui.

J'émergeais de la gangue du sommeil, quand j'entendis qu'on m'appelait.

Archibald Lockhart tambourinait à la porte, clamant que la présence d'un médecin était requise d'urgence à Haven Stone.

21

Le 4 × 4 filait sur la *single track road*. Cette fois, je n'assistai à aucun spectacle grandiose : les vitres étaient maculées de terre, le ciel bouché et la campagne plongée dans une nuit sans étoiles.

Comme j'insistais, inquiète, Archibald sortit de la réserve à laquelle il était tenu, et m'informa qu'un rôdeur avait fait irruption dans la chambre de Mrs Whitmore pour lui soutirer les clés de la cave et y dérober plusieurs whiskies de grande valeur.

Devant son refus, l'homme l'avait frappée avec ce qui lui tombait sous la main, en l'occurrence un balai, et lui avait fracassé sur la tête, lui éclatant l'arcade sourcilière. Puis, alors qu'elle tentait de fuir, il l'avait jetée au sol et s'était acharné sur elle à coups de pied.

Elle ne devait son salut qu'à Mrs Burnett, que ses cris avaient alertée.

Que Mrs Whitmore ait été attaquée me tracassa autant que la gravité de ses blessures. Lorsqu'elle s'était déroulée à domicile, l'agression était encore plus traumatisante pour la victime, qui voyait son havre souillé.

Mòrag devait être très choquée et j'avais hâte d'arriver.

Dans la cascade d'évènements qui m'avaient conduite à quitter Haven Stone, elle était mon plus grand regret. Je ne lui reprochais pas de m'avoir caché le dessein tordu de Lord MacLaine – elle lui devait tout, le trahir n'effleurait sans doute jamais son esprit –, simplement, j'aurais aimé mieux la connaître.

Trop souvent, j'étais passée à côté des gens par manque de temps.

Bientôt, la silhouette massive de Haven Stone apparut au détour du chemin, ses yeux jaunes tournés vers nous.

Éblouissante et impressionnante mélancolique.

La nuée sombre au-dessus de ses remparts s'était déchirée, dévoilant un coin de ciel où luisaient une myriade d'étoiles. De la lumière provenait des fenêtres du rez-de-chaussée, et les lampadaires de la voie gravillonnée jetaient sur le jardin de longs halos verdâtres.

Archibald se gara entre deux voitures de police stationnées dans l'allée circulaire, devant la porte principale.

La trousse de premiers secours empruntée au taxi serrée contre ma poitrine, je rejoignis Mrs Burnett, qui se tenait sous le porche pour m'accueillir.

— Bienvenue à Haven Stone, Miss Granger. Si vous voulez bien me suivre.

En traversant le hall, je ralentis le pas pour jeter un coup d'œil dans la bibliothèque, où je distinguai plusieurs silhouettes en uniforme et celle d'un civil.

— Lord MacLaine est-il rentré ?

Naturellement, Mrs Burnett ignora ma question.

Je ravalai mon envie de l'ensevelir sous tout un tas de noms d'oiseaux et la suivis en silence jusque dans les entrailles de la maison.

Allongée sur le divan de la salle du personnel, Mrs Whitmore appuyait courageusement une compresse sur son œil. Son visage était tuméfié et son tablier couvert d'éclaboussures de sang. Elle s'éclaira d'un sourire en me voyant, puis s'assombrit aussitôt dans une grimace angoissée.

— Vous avez été blessée, vous aussi !

— C'est juste une estafilade, rien de méchant.

Cette fois, il n'y eut pas de badinage entre nous. La présence de Mrs Burnett nous coupait toute envie d'exprimer nos émotions. Les miennes étaient partagées entre la joie des retrouvailles et l'angoisse, qui m'éparpillaient vers mille pensées parasites, où Lord MacLaine, le rôdeur, Mrs Whitmore et Mrs Burnett tourbillonnaient, cherchant chacun sa place dans un scénario que j'étais bien en mal d'appréhender.

Comment un tel drame avait-il pu se produire ?

J'utilisai le temps du lavage des mains pour rassembler mes esprits. Depuis que j'exerçais, je n'avais jamais soigné un proche, et pour cause, la médecine d'urgence ne se pratique bien qu'en l'absence totale d'affect.

Je devais absolument me ressaisir, Mrs Whitmore n'avait personne d'autre que moi.

J'essuyai soigneusement mes mains et m'approchai de la cuisinière, qui se redressa en grimaçant.

— Prête ?

Elle hocha la tête.

J'enfilai les gants en latex trouvés dans la trousse de secours et soulevai la compresse. Elle était imbibée de sang. L'œil était intact, mais l'arcade sourcilière avait éclaté et les berges de la plaie bâillaient.

Je tamponnai délicatement les contours de la blessure avec une serviette humectée d'eau tiède que Mrs Burnett avait déposée à mon intention. Depuis mon arrivée, celle-ci était demeurée sur le seuil, attendant manifestement mes instructions.

— Vous êtes fâchée après moi, Miss Joséphine ? murmura Mrs Whitmore, que mon silence – je n'étais pas de ces médecins qui bavardent en travaillant – semblait déstabiliser.

— Pourquoi le serais-je, Mrs Whitmore ?

— Je ne vous ai pas dit, pour Liùsaidh.

— Vous êtes loyale envers votre employeur, pourquoi vous en voudrais-je ? Aucune de vous deux n'avait le choix, ajoutai-je avec un bref regard à l'intendante.

— Sachez, Miss Granger, rétorqua celle-ci, que personne ne m'oblige à rien. Gardez votre commisération pour vous.

— Vous êtes sévère ! J'essayais simplement d'être agréable.

— Contentez-vous d'être efficace.

— Je vais devoir désinfecter avant de suturer, répliquai-je sur le même ton. Vous trouverez le nécessaire…

Ma phrase n'était pas achevée, que Mrs Burnett était déjà sortie.

Doucement, j'aidai Mrs Whitmore à se déshabiller. Ses bras portaient la marque de la brutalité de son agresseur et ses jambes étaient contusionnées.

— Il n’y est pas allé de main morte, grimaça-t-elle.

Je brûlais de l’interroger, mais je me retins.

Il ne s’agissait pas d’abandonner une once de ma concentration à la colère ou à la frustration. Bien que je fus rompue à ce type d’examens – les victimes de maltraitance étaient nombreuses aux urgences pédiatriques –, je pris un soin particulier à vérifier chacun de mes gestes. La crainte d’oublier une lésion interne faisait trembler mes doigts.

Après avoir vérifié les réflexes de Mrs Whitmore, j’étudiai son cuir chevelu et vérifiai l’intérieur de sa bouche. Ses lèvres avaient été fendues et je craignais une dent cassée, ce qui ne fut pas le cas, heureusement.

Puis, j’entrepris une palpation généralisée à la recherche de fractures.

Je n’en détectai pas. En revanche, je redoutais un problème vasculaire à la jambe droite, qui présentait une plaie importante au mollet avec un hématome.

J’en étais là de mon examen quand Mrs Burnett nous rejoignit en poussant un chariot où elle avait disposé tout le nécessaire pour prodiguer les soins, dont des antibiotiques. Elle aurait fait une excellente infirmière, et je le lui dis.

J’eus le droit à un sourire pincé en retour de mon compliment.

— Acceptez-vous de m’aider à installer Mrs Whitmore ?

Ensemble, nous soutînmes ma patiente jusqu’à la table où elle s’allongea pour que je puisse agir au mieux. Lorsque celle-ci fut à son aise, la nuque calée avec un coussin, je nettoyai la plaie principale sous l'œil acéré de l'intendante.

Ces gestes me renvoyèrent à ceux d'Edward, la façon dont il avait secoué les gants avant de les passer, la précision avec laquelle il avait soigné ma blessure.

Contrairement à ce que j'aurais pu redouter, penser à lui ne me déconcentra pas, au contraire. Je me sentis apaisée, libérée de toute crainte, et lorsque je commençai la suture, je constatai avec soulagement que je ne tremblais plus.

Une demi-heure plus tard, je jetai les compresses sanglantes dans une poche en plastique que je refermai méticuleusement avant de la déposer dans le container à ordures situé dans la cour de service.

— Vérifiez auprès de votre médecin traitant que vous êtes à jour de vos rappels du tétanos, conseillai-je à Mrs Whitmore, en revenant dans la chambre.

— Je n'en ai pas.

— Il n'y a plus un docteur sur l'île, précisa amèrement Mrs Burnett. Personne ne veut s'installer ici.

Selon l'intendante ce n'était pas seulement une question d'argent. La plupart des jeunes praticiens étaient empêchés par leur conjoint, qui refusait de s'enterrer à la campagne.

— Alors, je serai votre médecin le temps de votre convalescence.

— Vous êtes un ange, Miss Joséphine.

« Vous êtes le Graal », m'avait dit Edward et, dans les paroles de ces deux femmes, je mesurai l'espoir que suscitait ma présence parmi les villageois.

— Je vais demander aux policiers de descendre pour prendre votre déposition, vous n'êtes pas en état d'aller là-haut.

— Non, Miss Joséphine ! Ça attendra demain !

Aux urgences, en plus des soins, nous étions chargés de repérer les victimes de violences et de prévenir les autorités, le cas échéant. Comment savoir si cet enfant de trois ans, qui s'était cassé la jambe à une heure où il était censé être couché, s'était blessé accidentellement, avait souffert de négligence ou avait été battu ?

Chaque nouveau cas était différent, parfois évident, parfois risqué.

Il y avait une constante dans ce que j'avais appris : on pouvait accorder un bref délai à la victime, mais il valait mieux qu'elle parle vite si on voulait approcher la vérité.

Malgré mes arguments, Mrs Whitmore rejeta l'idée avec véhémence.

— Croyez-moi, mon agresseur ne reviendra pas de sitôt.

— Comment pouvez-vous en être si certaine ?

Mon ton fut brusque. Bien plus que je l'aurais souhaité.

Lorsque j'interrogeais un patient, je savais toujours trouver les mots. Ma nature empathique, les conseils de mon père et l'expérience acquise avaient fait de moi un bon médecin, et rarement j'échouais à obtenir les informations nécessaires à l'instruction du dossier.

Face à Mrs Whitmore, ce que j'avais appris s'avéra inutile.

Alors que j'étais capable de conserver mon sang-froid devant les urgences les plus dramatiques, mon cœur battait à toute allure, comme si l'enjeu était de sauver la vie de ma propre mère.

Le soir de sa mort, celle-ci avait préparé ma chambre en espérant que je dormirais sur place ; j'avais décliné l'invitation. À vingt-sept ans, je n'avais plus envie de dormir chez ma mère. En revanche, lorsqu'à huit ans j'étais tombée à vélo, me brisant le tibia ou quand, ma jupe souillée avec mes premières règles, j'avais été la risée de ma classe, j'aurais adoré passer la nuit chez elle. Juste m'endormir dans ses bras, sentir ses doigts caresser mon front au son de rassurantes paroles. Même la veille de la première épreuve du bac, alors que je vomissais de peur d'échouer, j'aurais aimé me réfugier « dans les jupes » de ma mère.

Ce soir-là pourtant, j'aurais eu un chagrin à partager. Malheureusement, nous étions devenues trop étrangères, trop différentes ; deux inconnues qui se fréquentaient car mère et fille, mais qui n'auraient rien eu d'autre à se dire que des banalités.

Comment lui confier mes doutes sur ce parcours que je m'apprêtais à embrasser ? Comment lui avouer que je n'avais qu'une envie, échanger son quotidien de médecin de campagne contre mon poste aux urgences ?

Prête-moi ta vie, Maman, et prends la mienne.

J'avais choisi de me taire et ce soir-là, ma mère avait fini toute seule les bouteilles que nous avions entamées ensemble, et elle s'était endormie sur le canapé, la cigarette aux lèvres.

Je ne l'avais plus jamais revue.

« Dieu merci, tu es rentrée ! » avaient été les premiers mots de mon père, à l'annonce de l'effroyable nouvelle, puis : « tu aurais pu mourir avec elle ! »

Et si en restant, je l'avais sauvée ?

— Je vais passer la nuit sur place, annonçai-je à Mrs Burnett, en refermant la trousse de soins d'Archibald.

— Nous avons vécu plus de quarante ans sans vous, Miss Granger. Nous saurons nous débrouiller.

La dureté de l'intendante me déstabilisa.

— Partez tranquille, Miss Joséphine, renchérit Mrs Whitmore. Je vous assure que je vais bien. Je suis juste fatiguée.

— Promettez-moi de me faire appeler si vous ressentez la moindre douleur.

— C'est promis.

— Si Mrs Whitmore vous semble pâle ou agitée ou qu'elle a de la fièvre, n'attendez pas demain pour me prévenir, ajoutai-je avec fermeté à l'adresse de Mrs Burnett.

Celle-ci acquiesça avec raideur et me signifia qu'il était temps que je me retire.

— Ne vous inquiétez pas, Jo, me glissa Mrs Whitmore à l'oreille, alors que je la saluai. Allez mon enfant, partez vite, ajouta-t-elle sur un ton espiègle de comploteuse, et surtout, passez une bonne soirée !

•

22

J'avais prié Archibald de me déposer en amont du *Haven's Inn* ; besoin de marcher pour décompresser. Marcher pour revenir à l'essentiel et surtout, chasser cette fichue angoisse, qui m'empoisonnait l'esprit. Deux Joséphine l'habitaient, deux Joséphine s'y affrontaient : la première, certaine d'avoir accompli scrupuleusement l'examen ordonnait à la seconde de cesser de douter de ses capacités et la seconde, prompte à imaginer les pires scénarios, reprochait à la première son excès d'imprudence et sa désinvolture.

Lorsque je découvris Edward, debout à côté d'une moto garée sur le trottoir face à l'auberge, mes craintes s'envolèrent. Je ralentis le pas et profitai de ces quelques secondes qui me séparaient de lui pour le dévisager.

Mon rêve ne m'avait guère abusée, cet homme me plaisait comme aucun autre.

En attendant que j'arrive à sa hauteur, il se prêta sans broncher à mon œil inquisiteur, et m'adressa en retour un regard attentif et patient, légèrement amusé. Puis, il me tendit un blouson et des gants techniques en échange de mon vieux loden qu'il rangea dans le coffre de son engin.

Edward m'invitait en balade.

— Je ne pourrai pas m'éloigner trop, l'informai-je. Je suis d'astreinte à…

— Mrs Whitmore saura où vous trouver en cas d'urgence.

Nous n'échangeâmes pas un mot de plus. Notre complicité nous projetait hors de la réalité et du temps.

Après qu'il eut jugé que j'étais correctement emmitouflée – Edward avait remonté ma fermeture Éclair lui-même et enfilé une cagoule sur ma tête –, il fixa mon casque intégral dont il rabattit la visière.

Le monde devint alors gris-bleu.

Il s'équipa à son tour, grimpa sur la moto et me fit signe de l'imiter. Puis, il attrapa mes bras qu'il noua autour de sa taille. Et soudain, j'eus quinze ans.

— Prête, *Anam-charaid* ?

Je hochai la tête et me calai contre lui.

La clé tourna dans le contacteur, et la moto vrombit dans le silence avec le ronronnement feutré des belles machines.

Edward roulait à tombeau ouvert.

Son désespoir transpirait dans sa conduite, et quand les roues chassaient dans les virages, je fermais les yeux. Que cette course nocturne était grisante ! J'avais la sensation d'être immortelle sur ces routes sinueuses où nous frôlions l'abîme à chaque instant ; immortelle et unique.

Notre virée s'acheva au bout des falaises de Haven Stone.

Derrière, la maison dardait sur nous ses yeux jaunes et à droite, les lampadaires du port éclairaient les maisons colorées. Leur chaude lueur se reflétait dans une mer calme. Personne n'aurait pu imaginer que deux jours plus tôt, ses flots grimpaient à l'assaut des façades et que ses vagues écumantes enjambaient les toits.

Edward récupéra un sac dans le coffre et m'entraîna le long du sentier qui bordait l'à-pic. Sa paume légèrement posée sur mon dos, il prenait garde à rester entre le vide et moi.

Le râle des Hébrides se mêlait aux clapotis d'une cascade, qui s'écrasait sur les galets cent mètres en contrebas, et l'air humide sentait bon l'encre de Chine et le sel. Cette odeur me sembla familière. J'avais l'impression d'appartenir à cette terre. J'aurais pu décider de parcourir le monde, jamais ailleurs je ne me serais sentie autant chez moi qu'ici.

Nous foulâmes une mince couche de neige, jusqu'à la pointe septentrionale de l'île, qui fendait les flots agités d'une mer croisée, vaste échiquier mouvant. Sur la lande, trois menhirs s'élevaient vers le ciel. Au centre, un banc de pierre au pied duquel un cercle de moellons calcinés délimitait un foyer.

L'horizon s'étalait à nos pieds et la lune se mirait dans l'océan de mercure, éclipsant les milliers d'étoiles.

— Les gens de Haven Stone appellent cet endroit *Deireadh an t-saoghail*, me dit Edward, ce qui signifie la fin du monde, en gaélique.

Cette plaine vibrait des échos de son histoire, des fêtes qui s'y tenaient depuis des siècles, des cérémonies païennes et des serments dont j'imaginais sans peine qu'ils avaient été échangés par milliers. J'entendais presque le chant des prêtresses, le murmure des fées, et le son joyeux et mélodieux des cornemuses.

Tandis qu'Edward allumait le feu, j'étalai sur le banc la couverture qu'il avait apportée et je sortis de son sac une gourde, deux verres, une planche, un couteau, une bourriche d'huîtres et une bouteille de whisky à la forme généreuse.

— En Écosse, m'annonça-t-il en s'asseyant à califourchon sur le banc, on ne boit pas seulement pour l'ivresse. C'est aussi un art !

Il garda l'air sérieux et une fois encore, je fus incapable de deviner s'il plaisantait. Puis il s'autorisa un sourire que je trouvai beau – minuscule lumière dans sa nuit.

Edward surprit mon regard.

— Vous êtes une enchanteresse, *Anam-charaid*.

Après avoir ouvert une première huître avec la dextérité d'un chef, il la disposa sur la planche recouverte de neige qu'il avait placée entre nous. Son habileté et le soin avec lequel il prépara le plat m'évoquèrent le savoir-faire de Mrs Whitmore, et je songeai qu'il avait dû apprendre avec elle.

Quand il eut terminé, il ajouta dans chaque huître une pointe de beurre d'ail, des échalotes et du persil qu'il hacha sur place, puis il les déposa sur une pierre plate, qu'il plaça ensuite sur les braises.

Quelques minutes plus tard, il retira délicatement les huîtres du feu et me présenta le flacon. Il s'agissait d'un Lagavulin de seize ans d'âge au nez de tourbe et de feu de bois.

Edward en versa quelques gouttes dans chaque huître, et m'en tendit une.

— Goûtez.

D'abord, l'iode et le persil envahirent ma bouche, puis la saveur du beurre fondu et celle des échalotes, sucrée, les arômes du whisky se développèrent sur ma langue, une pointe de noisette, la rondeur de la vanille et enfin la brûlure de l'alcool.

Comme la dernière fois, Edward me dévisageait dans l'attente de mon avis, et son expression presque enfantine m'attendrit.

— L'huître et le whisky ont été créés pour être dégustés ensemble, affirmai-je.

Edward me jeta un coup d'œil espiègle

— Je ne suis pas l'huître ! protestai-je.

— L'ai-je seulement pensé ?

— Je parie que oui.

Nous achevâmes le plat, puis il me proposa de trinquer à notre rencontre.

— Si j'avais imaginé que vous existiez, je vous aurais cherchée à vingt ans.

Les mots d'Edward étaient beaux. Et je le lui dis.

En le regardant scruter l'horizon, je me remémorai cette expérience onirique où il avait tenu un rôle sensuel, et j'eus l'impression de le trahir.

Plus tôt, j'avais apprécié le ballet de ses doigts, qui maniaient habilement le couteau, rêvant à leurs caresses sur ma peau. À présent que je détaillais son profil, ses lèvres ourlées suscitaient en moi l'irrépressible envie de l'embrasser.

Les images de ce rêve troublant entre les rives de la violence et du plaisir déferlèrent en moi, et la certitude qu'il ne s'agissait pas d'une hallucination, mais de l'expression intime de mon désir pour lui, s'imposa à nouveau.

Je me maudis d'être aussi faible et je maudis Mare. Ces fantasmes oniriques qu'il m'avait inspirés m'emplissaient de l'impérieux besoin que le temps d'Edward, son esprit et son corps m'appartiennent.

— J'ai rêvé de vous, murmurai-je malgré moi.

Il abandonna sa contemplation de l'horizon pour me regarder. Son silence m'intima de poursuivre ; j'avais trop ou trop peu parlé.

Comme je me taisais, il s'exprima à ma place.

— Puisque je n'étais ni un frère ni un ami dans ce rêve, qui étais-je ?

— Un incube, lui avouai-je, sidérée par ce don qu'il avait de lire dans mes pensées.

Le coup d'œil perplexe qu'il m'adressa me fit rougir jusqu'aux oreilles.

— Vous ai-je possédée ?

— Non.

— Avais-je des pieds de bouc ?

— Non.

— Étais-je velu et hirsute ?

— Non, vous étiez beau.

— Mais j'étais effrayant…

— Aussi effrayant et troublant qu'un démon.

— Et j'ai tenté de vous séduire…

— Oui.

— Y suis-je parvenu ?

— Oui.

— Racontez-moi.

L'air grave, Edward m'écouta lui narrer les deux phases de mon rêve, la première où le démon de mon enfance avait resurgi après des années d'absence et tenté de me violer, ma lutte victorieuse pour le chasser et la seconde où lui, Edward, m'avait envoûtée.

— Je ne suis pas l'homme de vos rêves, *Anamcharaid*.

— Je le sais. Mais il subsiste de cette expérience onirique une rémanence, qui me poursuit.

— Avez-vous peur de moi ?

— Non.

— Vous nourrissez des sentiments nouveaux à mon égard.

— Ce rêve a créé un pont entre votre corps et le mien. Une passerelle charnelle, qui détourne certaines de mes pensées.

— Hier, vous me considériez comme un pur esprit, aujourd'hui comme un homme ?

— Oui.

— Pourquoi cela vous trouble-t-il ? Je n'apprécie pas moins votre compagnie. Appréciez-vous moins la mienne ?

— Non !

— Mais à présent, vous me trouvez plus beau qu'intéressant.

Je ne pus m'empêcher de sourire.

— Oui.

Outre le fait que je l'avais comparé à Mare dès notre rencontre – ce qui pouvait justifier le caractère sensuel de mon rêve car la statuette avait un fort potentiel érotique –, Edward était convaincu que mon démon avait revêtu son apparence, car je me méfiais de lui.

— Pas du tout. J'ai confiance en vous !

— Connaissez-vous mes intentions ?

— Non, mais…

— Nul ne craint plus les revenants que celui qui ne croit pas aux esprits, lâcha-t-il après une courte réflexion.

— C'est de vous ?

— C'est bien plus vieux que moi. Les fondations de Haven Stone, où sont ensevelis ses anciens propriétaires, regorgent de gravures de ce genre. Vous me craignez comme vous redoutez les fantômes de votre passé dont vous mésestimez la vraie nature. Soyez assurée que la mienne n'a rien de démoniaque, ajouta-t-il sur un ton mi-figue, mi-raisin.

J'aimais son esprit, même s'il me déroutait parfois.

— Et vos intentions ?

— Non plus.

Un long silence s'immisça entre nous. Le feu crépitant à nos pieds, les étincelles dans le froid, et au loin la mer, sombre et scintillante sous la lune.

Edward avait le don de s'entourer d'un mystère aussi infranchissable que les remparts de Haven Stone. Peut-être était-ce sa manière de préserver notre lien ?

— Ces falaises me rappellent ma mère. Elle est morte quand j'avais huit ans.

— Comment se prénommait-elle ?

— Kathryn. C'était une véritable *Sasannach*[1] ! Sans elle je me prénommerais certainement Fingal, Findlay ou Kenneth !

1. Terme en gaélique écossais utilisé pour désigner une personne d'origine anglaise.

— *Hey* Kathryn, dis-je en levant mon verre. Je m'appelle Jo et je serais heureuse de vous connaître à travers les mots d'Edward.

Nous trinquâmes à la mémoire de Kathryn.

— Plus qu'une image, il me reste des émotions, l'odeur de ses cheveux et sa voix qui chantonnait pour m'endormir. Ma mère ne riait jamais.

— Pourquoi ?

— Quand j'étais petit, je pensais qu'elle ne voulait pas montrer ses dents. Elle avait les incisives écartées. En réalité, elle n'avait pas l'occasion de rire aussi souvent qu'elle l'aurait voulu.

— Vous non plus, vous ne riez jamais.

— C'est vrai.

— J'aimerais vous voir rire.

— Il faudra rester plus que quelques jours…

— Je peux l'envisager, répliquai-je avec légèreté. Vous avez raison, je peux trouver ici ce que je cherche ailleurs.

— Elle vous aurait aimée.

— Qu'est-ce qui vous fait dire ça ?

— Ma mère a toujours échangé de nombreuses lettres avec ses parents. Une correspondance fournie, un véritable trésor, pour moi qui ne la connaissais guère. Ainsi, je sais qu'elle appréciait les gens sans faux-semblants. Une grande fille toute simple, c'est probablement ainsi qu'elle vous aurait décrite.

— La mienne aurait tenté de vous séduire.

— Comment ?

— Avec une œillade du genre : « J'aimerais beaucoup savoir qui se cache sous cette barbe et ces cheveux longs. »

— Et vous ?

— Moi ?

— Que feriez-vous pour me séduire ?

— Je ne cherche pas à vous séduire !

— Vous rêvez de moi.

— J'accuse mon inconscient !

— Il a bon dos, rétorqua Edward.

— Vous êtes déstabilisant.

— En quoi le suis-je ?

— Je ne saisis toujours pas vos intentions. Vous venez de flirter, n'est-ce pas ?

— J'accuse mon inconscient.

— Vous jouez, Edward !

Je ne l'avais jamais appelé par son prénom, et le prononcer m'emplit de joie.

— Ne croyez-vous pas qu'une relation platonique est plus jouissive que n'importe quelle partie de jambes en l'air ? demanda-t-il après un court instant.

— Je ne suis ni un pur esprit ni un mirage et certainement pas de marbre.

Toujours à califourchon sur le banc, Edward glissa jusqu'à me frôler. Il voulait que je cesse d'éviter son regard.

— Parlez-moi de ces fantômes du passé qui vous ont conduite jusqu'ici.

Le ton employé était autoritaire et doux, engageant et rassurant.

— Que voulez-vous savoir ?

— Pourquoi vous avez abandonné la médecine.

Une inexplicable angoisse m'étreignit.

Je lui confiai qu'un matin, je m'étais réveillée avec l'impression de m'être effondrée à l'intérieur. De n'être plus qu'une vague idée de moi-même, quelque chose de lointain et d'inconnu.

— Que s'est-il passé ?

— Rien de spécial, éludai-je. La veille de mon départ, le service était calme, quelques infections, des fractures, rien de bien méchant.

Aux urgences, j'avais appris très tôt la différence entre vitesse et précipitation. S'il s'agissait de ne pas perdre de temps dans la prise en charge des patients, nous n'avions pas le droit à l'erreur. Chacun d'entre nous y pensait les mauvais jours, mais l'oubliait au quotidien. Aucun pédiatre ne se lèverait le matin, s'il songeait au nombre de fois où ses choix thérapeutiques engagent la vie d'un enfant.

Le doute avait grandi pernicieusement. D'abord, il y avait eu le manque d'envie au réveil, puis la disparition de l'empathie pour les patients, l'agacement devant les questions des internes, les prises de bec avec les infirmières, l'épuisement physique, un malaise pendant la visite du soir, et enfin l'horrible question : et si ce môme était mort à cause de moi ?

J'eus une peur atroce, celle qu'Edward me juge. Alors, je lui confiai seulement que mon quotidien si trépidant et passionnant m'était apparu désespéré et vain.

Et hypocrite.

J'étais la proie d'un système que je cautionnais chaque jour à mon « cœur défendant » : abandonner des patients dans les couloirs faute de lits, soigner après des heures de garde sans repos, risquer l'erreur, parfois se tromper et se taire, et continuer à courir contre le temps et après la mort, toujours et encore…

Sans cesse remettre le métier sur l'ouvrage, ne jamais considérer le savoir comme acquis, mais en perpétuel mouvement. Et croire en son instinct. Précisément ce que je questionnais depuis la mort d'Aurélien.

Assise aux côtés d'Edward sur la berge du monde, je voyais défiler sous mes yeux les remous de ma vie, tandis que je me confiais à lui, plus clairvoyante que jamais.

— Les patients n'étaient plus que des numéros. Interchangeables. Les confrères, des numéros, les familles, des numéros, les dossiers, les réussites et les échecs, des numéros, les morts, des numéros. Un perpétuel défilé de numéros. Je suis devenue cynique.

Edward m'écouta lui narrer comment ma démission remise et mon appartement vidé, j'avais pris le premier train pour l'Écosse, comment une soirée à Inverness m'avait valu d'arriver sans le sou dans les Hébrides, et enfin comment, grâce à un vieux pêcheur, j'avais franchi les brumes, qui entouraient cette île, jusqu'à Haven Stone.

— Étiez-vous cynique, ce soir, avec Mrs Whitmore ?

— Non.

— Donc vous ne fuyez pas la médecine.

— Je n'allais pas lui refuser des soins !

— Mieux, vous n'avez pas hésité à lui en prodiguer. Et ce constat vous perturbe.

— Pourquoi dites-vous cela ?

— Il signifie que votre nouveau départ n'exclut pas forcément la pratique de votre métier, contrairement à ce que vous pensiez en arrivant ici.

— Parce que vous le savez ?

— Vous avez signé un engagement de gouvernante pour un an.

La façon logique, presque clinique, dont Edward lisait en moi, m'ébranla.

— Être utile aux autres, était-ce un rêve de petite fille ?

— Je voulais ressembler à mon père, travailler à ses côtés, être son héroïne. Je voulais qu'il m'aime pour deux.

Edward me lança un regard interrogateur.

— Ma mère ne me désirait pas. J'étais un empêchement à son épanouissement. Puis un poids, et plus tard une concurrente. Elle est partie le jour de mon entrée à l'école élémentaire et je ne l'ai quasiment plus revue. Elle est décédée il y a plusieurs années maintenant.

Un court silence nous rapprocha.

— Comment se prénommait-elle ? s'enquit Edward.

— Romy.

— À nos mères disparues et à tout ce que nous ne leur dirons jamais.

Edward versa un fond de Lagavulin dans nos verres, et nous trinquâmes.

— J'aurais aimé qu'elle me manque vraiment, lui avouai-je après un moment. Mais comment ? Je l'ai si peu connue ! Le plus douloureux, c'est le regret. De ce qu'elle n'a jamais été pour moi. Avez-vous des regrets, Edward ?

— J'ai toujours eu le regret du caractère inéluctable du temps, de son côté insaisissable. En revanche, je n'ai jamais regretté mes choix. Peut-on considérer que j'ai des regrets ?

Les paroles d'Edward m'évoquèrent celles de la chanson de Léo Ferré, *Avec le temps*, et l'émotion me submergea inexplicablement.

— Vous regrettez le temps qui passe et pourtant, vous avez le don de le suspendre, lui dis-je, la gorge nouée. Auprès de vous, j'ai l'impression qu'il ralentit. Que chaque seconde est une heure. Et c'est bon.

— Il faut être deux pour accomplir ce miracle.

Je ne pus retenir un sourire nostalgique, et nous regardâmes ensemble l'horizon, plongés chacun dans des pensées dont je ne doutais pas qu'elles soient communes.

D'ailleurs, alors que je songeais combien l'obstination de mon père à courir après le temps m'avait emportée dans une vaine poursuite où il n'y avait pas de place pour vivre l'instant, Edward me demanda si celui-ci était la raison de mon départ précipité.

— Vous avez *réellement* le don de lire dans mon esprit !

— Vous éludez ?

— Non ! Mon père est mon mentor. C'est sa déception que je cherche à éviter, pas lui.

— Ne soyez pas aussi sévère avec vous-même.

— Je me suis engagée dans son service, auprès de mes confrères, du personnel médical, de la direction de l'hôpital et des patients. Et je les ai abandonnés du jour au lendemain…

— J'ai plutôt l'impression que votre démission est un acte de bravoure.

Une nouvelle fois, les propos d'Edward me secouèrent.

— L'exercice de la médecine nous confronte à notre propre faillibilité, et la proximité avec la mort à la solitude. Mon père ne m'a jamais abandonnée à cette solitude.

Edward alimenta le feu. Je me fis la réflexion qu'il était devenu sombre.

— Mais vous ne retournerez pas travailler avec lui.

— Non.

— Et vous ne renoncerez pas à la médecine non plus.

Je lui avouai que je luttais entre deux Joséphine : celle que la perspective de se confronter à un patient jetait dans de terribles affres, qui faisaient galoper son cœur, et celle qui ne vivait que pour son besoin de prendre soin des gens.

— Votre première responsabilité est de vous réconcilier avec vous-même. Donc, de prendre soin de vous.

— Moi d'abord, reformulai-je doucement. Cela me paraît si égoïste !

— S'occuper de soi ne signifie pas être individualiste.

— Vous êtes philosophe…

— Et bien peu enclin à m'appliquer ces préceptes, je l'admets volontiers. Pourtant… si je le décidais, c'est à vous que je m'adresserais en premier.

— Et que me diriez-vous ?

Edward acheva de boire son whisky et posa son verre à ses pieds.

— Venez vivre à Haven Stone.

Je n'aurais pas été plus bouleversée s'il m'avait avoué qu'il m'aimait.

— Je croyais que vous détestiez cette maison !

J'étais si déstabilisée par sa demande que je n'avais pas trouvé mieux.

— Je ne la détesterais plus si vous l'habitiez.

Même s'il ne l'avait dit à aucun moment, Edward m'apparut soudain prisonnier de cette propriété dont il administrait le domaine, captif de Haven Stone et de son chagrin. Pourtant ce désir qu'il exprimait révélait sa volonté de s'arracher à cette obscurité dont il semblait bâti.

— Ne cherchez pas de raisons à mon désespoir, poursuivit Edward. Il m'habite depuis toujours. Chaque jour je me réveille en cherchant un but à ma vie. Tout est vain. Rien n'a vraiment de sens. Nous sommes de passage. Qu'est-ce que notre présence ici changera ?

— Choisir d'être parent, c'est modifier le cours des choses, non ?

— Ne trouvez-vous pas égoïste de mettre au monde un être en sachant qu'il va mourir ?

— Si nos aïeuls avaient raisonné ainsi, nous ne serions pas là pour en parler !

— Avez-vous envisagé d'en avoir ?

— Avec des moitiés d'histoire ?

— Touché.

Puis, il ajouta :

— Qu'espérez-vous à présent ?

— Être pleinement heureuse.

— Comment comptez-vous y parvenir ?

— En écoutant mon cœur, plutôt que la raison.

— Vivre à Haven Stone vous rendrait heureuse ?

— Je doute que Mrs Burnett tolère ma présence au quotidien ! Elle a refusé que je dorme sur place pour m'occuper de Mrs Whitmore…

— Au diable l'intendante ! Comptez sur moi pour la persuader de vous accueillir dignement.

Edward semblait si sûr de lui que je le crus sans peine.

— Hier encore je projetais de rentrer en France et aujourd'hui, m'établir en Écosse ne me paraît pas si farfelu ! M'avez-vous ensorcelée ?

— Je n'ai pas ce pouvoir. En revanche, cette île oui ! Regardez, m'enjoignit-il, en désignant la voûte étoilée. Elle aussi refuse de vous voir partir.

Je souris et levai la tête dans la direction qu'il m'indiquait.

Au début, je ne vis rien. Puis, au-dessus de nous dans le ciel, un faisceau de lumière pâle se jeta dans la mer, puis un autre, et plusieurs encore…

Plus nombreux ils étaient, plus ils persistaient éclairant l'obscurité.

Lentement, ils s'agrégèrent pour former un voile mouvant.

L'air était immobile et pourtant ils s'agitaient comme sous l'effet d'un grand vent. Peu à peu, le voile laiteux prit la couleur d'un vert irréel bordé de mauve et de rouge.

— Vous resterez ?

L'insistance d'Edward à me garder près de lui semblait aussi forte que mon envie de demeurer à ses côtés.

— Avez-vous donc si peur d'être heureuse ? ajouta-t-il avec gravité.

— Non !

— Vous avez peur d'aimer, alors.

L'ombre et la lumière dansaient sur son visage.

La pensée que je ne perdrais rien à lui dire la vérité me traversa.

— Non, je n'ai pas peur d'aimer !

Edward ferma les paupières pour inspirer, puis il releva les yeux vers moi.

— Pourquoi ?

Je gardai le silence, songeuse.

J'avais abandonné ma vie pour suivre le fil de l'eau, et le courant m'avait déposée sur ces berges inattendues où j'avais rencontré Edward.

— Pourquoi ? répéta-t-il, et je perçus une pointe d'impatience dans sa voix.

Les mots franchirent mes lèvres sans que je puisse les arrêter.

— Je vous aime déjà.

Il sourit. Un sourire niché dans ses yeux sombres bien plus doux et plus beau que s'il avait fleuri sur ses lèvres.

— Alors, nous sommes les deux personnes les plus insensées en ce monde, *Anam-charaid*.

Dans le mouvement, Edward glissa ses mains sous mes genoux, et souleva mes jambes pour les poser sur sa cuisse, enveloppant mon corps avec le sien.

Son étreinte n'eut rien d'équivoque. En fermant les yeux, j'aurais pu m'imaginer dans les bras de mon père, dans ceux de mon vieux capitaine, ou du frère que je n'avais jamais eu. Aussi animale et protectrice que celle d'une louve, elle était inénarrable.

Nous restâmes longtemps ainsi, blottis l'un contre l'autre, à contempler le ciel nimbé des lueurs ondulantes d'une aurore boréale.

« Tenir l'infini dans la paume de la main,
et l'éternité dans une heure. »

William BLAKE

23

À mon réveil, l'électricité avait été rétablie. Depuis, un tablier estampillé *Queen of the Haggis* autour de la taille, je cuisinais, les pensées tournées vers Edward. Après qu'il m'eut raccompagnée à l'auberge, nous nous étions quittés sur un sourire, sans convenir de nouveau rendez-vous.

Cet homme était aussi secret et énigmatique qu'un animal nocturne.

Songer à lui me tiraillait. J'étais ballottée entre plusieurs sentiments contradictoires : intriguée, captivée et méfiante face à son apparente perfection – « tout ce qui brille n'est pas fiable », disait souvent mon père.

Sa façon de recueillir mes confidences et de me guider dans ma propre nuit en disait long sur lui, en revanche, son silence sur l'agression de Mrs Whitmore, le fait qu'il n'ait pas eu un seul mot compatissant pour elle, me troublait.

J'avais beau me répéter que ce détail n'avait pas d'importance, le détachement d'Edward m'étonnait. Comment imaginer qu'il était capable d'autant d'indifférence ou même de pudeur, quand nous nous étions avoué nos sentiments avec tant de naturel que j'avais encore peine à y croire ?

Habituellement, éplucher les légumes m'aidait à réfléchir sur des dossiers compliqués. Aujourd'hui, il s'agissait plus de patienter en attendant qu'Archibald me conduise auprès de Mrs Whitmore que de résoudre le mystère Edward.

Perdue dans mes rêveries, je salai et poivrai les pommes de terre et les oignons émincés, et disposai un tiers de ma préparation dans le fond de trois terrines ovales. Puis, à l'aide d'une écumoire, je prélevai la moitié de la viande et des légumes de la marinade et les disposai sur les couches de pommes de terre et d'oignons. Je renouvelai l'opération pour tous les plats, et recouvris l'ensemble avec le restant de légumes.

Ces gestes répétés avec mon père, je les accomplissais seule pour la première fois. J'avais débuté avec lui en pâtissant le dimanche, puis c'était devenu un rendez-vous privilégié durant lequel nous préparions les repas de la semaine. Il m'avait transmis le goût des plats mitonnés, le plaisir d'équeuter les haricots et de les aligner dans les bocaux, ou encore de cueillir les mûres sauvages pour des confitures.

Nous n'habitions plus ensemble depuis longtemps, mais occupions des appartements voisins, et nous n'avions rien enlevé à nos habitudes. Lorsque l'un de nous travaillait le dimanche, nous reportions au lendemain.

Je me promis de l'appeler dès que les lignes seraient rétablies. Il devait être mort d'inquiétude, d'autant que j'étais injoignable depuis le vol de mes effets personnels.

Mon père et moi étions pareils aux doigts de la main, inséparables, complémentaires, et aussi parfois, chien et chat. Il me couvait, sauf à l'hôpital où il me traitait plus durement que mes confrères.

Ainsi, malgré les inévitables jalousies et rivalités, j'avais gravi les échelons au mérite et bâti ma carrière sans être taxée de « fille de ».

Mon confident et ange gardien détestait mes petits amis, leur attribuait tous les défauts du monde – il avait cassé la figure de ce professeur de faculté qui m'avait séduite – et argumentait pendant des heures pour m'ouvrir les yeux sur leur psychopathie, à tel point que j'avais fini par ne plus lui en parler. Jusqu'à Benoît.

Le professeur Granger et lui s'entendaient à merveille et pour cause, le premier m'avait présenté le deuxième.

Notre relation avait comblé mon père, notre non-rupture l'avait profondément contrarié, et il m'avait accusée de ne pas reconnaître le bonheur où il était – précisément ce que je m'employais à faire avec Edward depuis notre rencontre. Avant lui, je ne m'étais jamais interrogée sur mes motivations à travailler aux urgences pédiatriques. C'était l'objectif ultime – valorisant, digne de mes aïeux. Pourtant, en quelques heures, Edward m'avait amenée à admettre que je n'avais fait que rêver par procuration.

Qu'attendais-je de ma vie aujourd'hui ?

Si la raison me poussait à rentrer en France pour sauver les meubles de ma carrière – j'avais tant de responsabilités, tant de dossiers laissés en suspens, et mon père, qui comptait sur moi –, mon cœur refusait l'idée de m'éloigner d'Edward.

En quelques mots, cet homme avait su raviver l'espoir que j'avais cru mort avec Aurélien. Celui qui m'avait portée au long de mes études, des cours magistraux aux premiers gestes, des nuits hachées en salle de garde aux journées trépidantes. Quand les murs résonnaient des ordres et des invectives et que les portes entrebâillées laissaient échapper les sanglots, il était tout ce qui restait avant le néant.

Sans espoir, cette vie quasi monacale que je m'étais imposée pour soigner n'avait plus eu de sens.

Edward m'avait rappelé que le temps s'apprivoise, mais surtout, que *l'autre* était le trésor après lequel je courais en vain. Pour soigner, guérir, perdre la partie et recommencer, croire et souffrir sans cesse, il fallait garder espoir. Mais pour exister, il ne fallait pas oublier de vivre.

Alors que j'étais arrivée ici, persuadée d'avoir manqué de temps pour vivre, je comprenais enfin que les gens m'avaient manqué.

Et soudain, comme une flamme ouvre l'esprit, je vis avec clarté pourquoi mes rares amis n'étaient pas restés. Emportée par le tourbillon des urgences, j'avais été avare en confidences ou trop pressée.

Ici, au cœur de cette île qui abritait des caractères aussi âpres et lumineux que le temps qu'il fait, j'étais pareille à ceux qui avaient tenté de m'approcher, de me comprendre, de me connaître et à qui j'avais refusé de me confier : prête à donner sans rien attendre en échange.

Peu m'importait s'il me fallait essuyer des échecs pour conquérir le cœur de ces gens, et grimper à l'assaut des murailles dont s'entourait Edward.

J'avais tant à offrir !

Je conclus ma réflexion en enfournant mes terrines, dont j'avais scellé les couvercles avec la pâte : l'amitié doit être échangée. Partagée. Au gré des envies.

Et l'amour, protégé.

24

Malgré mes recommandations, Mrs Whitmore était retournée dans ses chères cuisines dès l'aube pour préparer ses commandes de Noël. Sa nuit, bien qu'agitée par des cauchemars, avait été cliniquement satisfaisante, mais des points avaient sauté, et sa blessure au mollet s'était remise à saigner.

La nouvelle de l'interruption des liaisons maritimes jusqu'à dimanche m'obligea à prolonger les antibiotiques pour pallier le risque d'infection.

Je désinfectai ses plaies, refis les sutures et changeai les pansements.

— Quelques jours loin de Haven Stone vous feraient le plus grand bien, affirmai-je, lorsque j'eus achevé les soins.

Mrs Whitmore tenta aussitôt de minimiser l'affaire, au prétexte qu'elle ne pouvait s'absenter. Je l'empêchai d'argumenter davantage.

— Mòrag, vous avez été attaquée chez vous, dans un endroit où vous êtes censée être à l'abri. Si après une telle agression vous ignorez mes recommandations, vous finirez par haïr cette maison.

— Qui s'occupera de Lord MacLaine à son retour ?

— Lui-même, lâchai-je du bout des lèvres.

— Mais non, c'est impossible !

En quarante ans de service, Mrs Whitmore n'avait jamais quitté son poste et toujours critiqué le personnel qui prenait des vacances – une trahison selon elle.

Je songeai attendrie que nous n'étions pas si différentes. Durant des années, je n'avais vécu que pour travailler, cherchant dans le tourbillon de mon quotidien ce grain de folie qui manquait tant à ma vie de femme.

Mon père avait coutume de dire qu'à jouer avec la mort nous tutoyions les dieux, et qu'il n'y avait rien de plus exaltant au monde que la médecine. Ma rencontre avec Edward avait rebattu les cartes. Aujourd'hui, je n'avais rien vécu de plus excitant que d'admirer une aurore boréale entre les bras d'un quasi-inconnu.

— Et puis, où irais-je ? ronchonna la cuisinière, les joues rouges et les poings sur les hanches, comme un enfant contrarié. Vous voulez m'envoyer dans un asile pour vieux, loin de chez moi ?

— Je parlais de prendre quelques congés, pas de vous faire interner, Mòrag ! Promettez-moi au moins d'y réfléchir.

À la façon dont Mrs Whitmore hocha la tête, je sus aussitôt que le sujet était clos.

— Bobby me dit que vous aimeriez vous établir ici, à Haven Stone.

Je souris. Ce n'était pas un lutin aux yeux bleus qui avait soufflé à Mrs Whitmore mon intention de vivre à Haven Stone, mais Edward œuvrant à servir notre dessein commun !

— Vous avez l'air béat, Miss Joséphine !

Mrs Whitmore avait ce don de valser dans la conversation comme elle virevoltait dans sa cuisine, avec en prime l'air ingénu d'une jouvencelle. En réalité, derrière son apparence avenante et simple se cachait un esprit aussi fantasque que les légendes locales et aussi aiguisé que ses couteaux.

— Je suis heureuse de vous voir si heureuse ! conclut-elle, en lançant des coups d'œil du côté de la cheminée, lieu favori de son lutin.

Sa joie soudaine me rendit perplexe. Ne m'avait-elle pas affirmé que le métayer n'était pas un homme pour moi ?

Lorsque je lui fis part de mes réflexions, elle lança un nouveau regard derrière elle, et éluda habilement ma question.

— Bobby vous trouve vraiment mignonne !

— Oui, et apparemment, il rit à mes dépens !

— Pas du tout ! Il est friand de bonheur ! Et moi aussi !

La mort brutale des anciens maîtres de Haven Stone avait frappé la demeure et ses habitants de mélancolie, le décès de Liùsaidh les avait traumatisés et Mrs Whitmore n'avait pas vu de visage heureux depuis longtemps.

— Vous êtes notre rayon de soleil à tous, Jo. Il n'est pas question que je vous laisse partir d'ici ! Et je crois qu'Edward n'en a pas du tout envie non plus !

— J'ai peur qu'il disparaisse. Que tout ce que nous avons vécu ensemble n'ait été qu'illusion, lui confiai-je après un instant.

En prononçant ces mots, je m'aperçus qu'Edward avait exprimé la même crainte, la nuit de la tempête – celle que je ne sois qu'un mirage.

Mrs Whitmore, elle, m'adressa un regard teinté d'appréhension.

Comment interpréter cette soudaine inquiétude que la cuisinière tentait de me dissimuler tant bien que mal ?

— Ne me cachez rien que je devrais savoir sur lui, Mòrag.

— Vous apaiserez sa noirceur, répondit-elle après un soupir. Et il guérira ce mal qui vous empêche de dormir la nuit.

— Pourquoi ai-je l'impression que vous ne me dites pas tout ? Se peut-il que Lord MacLaine refuse de me recevoir à Haven Stone ?

Après tout, nous étions liés par un contrat que je n'avais pas l'intention d'honorer. Pourquoi cet homme accepterait-il de me loger sans contrepartie ?

— Que vous séjourniez à l'auberge ou ici ne change rien. Sur cette île, vous êtes partout chez lui !

— J'espère, dans ce cas, que Mrs Burnett ne s'y opposera pas.

— Si vous ouvrez ce dispensaire que nous appelons tous de nos vœux, elle sera la première à se réjouir !

L'intendante surgit sur le seuil, tel un diable hors de sa boîte. Elle se déplaçait si discrètement, qu'elle donnait vraiment l'impression d'apparaître.

— Miss Granger n'a pas besoin d'ouvrir un dispensaire pour s'établir à Haven Stone si elle le souhaite.

Je saisis la main de Mrs Whitmore, qui avait sursauté violemment à son arrivée.

— Tout va bien ?

— Je suis épuisée, Miss Joséphine, rien de plus. Pouvez-vous m'accompagner à ma chambre ?

J'aidai la cuisinière à s'allonger confortablement, je veillai à ce qu'elle ne manque de rien, puis je rejoignis l'intendante, qui patientait stoïquement dans le couloir. Nous empruntâmes le colimaçon jusqu'au grand hall d'entrée.

— Accepteriez-vous que Mrs Whitmore s'absente pendant deux ou trois semaines ? lui dis-je alors que nous débouchions dans le hall. J'ai bien conscience que les fêtes approchent, mais un séjour au calme, loin d'ici, lui ferait le plus grand bien. Vous avez pu remarquer comme elle sursaute au moindre bruit.

— Je ne m'opposerai évidemment pas à son départ, mais il faudra en informer Lord MacLaine, qui décidera s'il lui accorde ou non son congé.

L'idée que le tout-puissant maître de Haven Stone pourrait entraver mon projet thérapeutique pour Mrs Whitmore m'exaspéra.

— On ne refuse pas un congé à quelqu'un qui souffre de stress post-traumatique !

— Vous aurez l'opportunité de lui exposer vous-même la situation, Miss Granger. Il rentre dimanche.

Soudain, la perspective de rencontrer Lord MacLaine m'angoissa. Car si j'espérais de tout cœur demeurer auprès d'Edward, je n'étais pas disposée à me prêter à la comédie de la chaise vide.

— Si je reste ici, ce ne sera ni au titre de gouvernante fantoche ni en tant que médecin particulier de Lord MacLaine…

— Il a été clair sur ce point, m'interrompit-elle sans un sourire. Vous êtes son invitée.

Je fus envahie d'une bouffée de joie. Edward avait tenu sa promesse.

— Dans ce cas, j'accepte son invitation ! dis-je sans prendre la peine de masquer un sourire heureux.

Quand l'intendante ouvrit la porte du hall, Archibald patientait déjà au volant de son taxi, prêt à me conduire à l'auberge pour que j'y récupère mes affaires.

Mon installation à Haven Stone était déjà écrite.

25

L'annonce du retour imminent de Lord MacLaine, qu'elle tenait de Tòmas, qui le tenait de leur père, maraîcher, qui le tenait lui-même de Mrs Whitmore, inquiétait tant Erin qu'elle me rejoignit dans ma chambrette où j'empaquetais mes affaires.

Elle voulait me dissuader de m'établir au domaine. Selon elle, j'étais le type de femme que le maître de Haven Stone aimait séduire, pour mieux la rejeter ensuite : étrangère, intelligente et vulnérable, la proie idéale.

— Personne ne lui résiste.

— Personne ne me contraint !

— Vous n'avez jamais rencontré un homme tel que lui !

Dans une auberge, on voit les gens du matin au soir, on découvre leur visage froissé par le sommeil au petit déjeuner, on essuie leur bonne ou mauvaise humeur du jour, on les regarde manger – et voir manger quelqu'un en dit long sur lui –, on leur sert à boire, parfois jusqu'à l'ivresse.

Qu'on soit aubergiste ou médecin, notre amour d'autrui nous pousse à prendre soin des gens quelle que soit leur histoire. Et probablement aurais-je été encline à entendre les réserves d'Erin, si ses propos ne m'étaient pas apparus aussi irréalistes qu'extravagants et sa crainte disproportionnée.

À l'écouter, j'allais m'établir dans l'antre de Lucifer.

— Rassurez-vous, je ne suis pas une oie blanche !

Dès la préadolescence, j'avais subi les avances des garçons de mon âge, mais aussi les regards salaces des adultes. L'un d'eux m'avait marquée plus que les autres. J'avais onze ans et je portais une robe et une couronne de fleurs pour la fête du collège.

Je me souvenais encore du sourire narquois de cet inconnu, dissimulé sous l'ombre commode d'un porche, et de la main glissée négligemment sous la ceinture de son jean. Il n'avait rien tenté, mais son expression gourmande m'avait tellement salie que j'étais rentrée en pleurs.

Mon père était absent. Et je refusais d'attendre son retour pour lui narrer cette mésaventure où j'apparaissais victime et non héroïne. Alors, après avoir séché mes larmes, j'étais ressortie pour dire à cet homme qu'il était dégoûtant. Mon courage (ou mon culot) l'avait désarmé. Et il s'était excusé.

J'avais appris de cet instant qu'il est parfois plus salvateur d'affronter le danger que de le fuir, et j'avais eu à me défendre souvent, dans le milieu où j'exerçais. De l'interne au professeur, les prédateurs n'étaient pas plus nombreux que dans la population générale, mais ils étaient auréolés de leur succès, de leur titre ou tout simplement de leur statut et ils étaient d'autant plus redoutables que nous ne nous méfiions pas d'eux.

Ainsi, un professeur de cardiologie m'avait exclue de son équipe après que j'avais refusé ses avances, mon gynécologue avait tenté de m'embrasser pendant un examen, et un confrère de garde m'avait reluquée dans les vestiaires. Toutes ces histoires s'étaient achevées de la même manière, avec une gifle parfois, et un rapport à la direction toujours – dont la majorité était restée sans effet.

En me dévisageant dans la rue, cet homme m'avait en quelque sorte appris la rébellion. Seuls mes cauchemars, où se nichaient mes peurs les plus intimes, me tétanisaient.

J'étais bien trop avisée de la nature de certains pour être embobinée par un don Juan, aussi séduisant soit-il.

— Jo, insista Erin. Il ne s'agit pas de ce type de gros lourdaud ! Cet homme est un démon au visage d'ange. Il vous capturera en un regard !

Le souvenir du portrait du maître de Haven Stone s'imposa à moi tandis qu'Erin me décrivait ce qui le rendait aussi intransigeant qu'irrésistible : élégant, cultivé, amateur de belles voitures, casse-cou et charmant, il était la coqueluche des filles et de leur mère, le gendre idéal que toutes rêvaient d'amener devant l'autel. En réalité, Lord MacLaine était un surdoué, doublé d'une tête brûlée : alcool, sport automobile, fêtes, musique et les femmes. Beaucoup de femmes.

— Tout ce qu'il recherche, c'est le plaisir. Il promet monts et merveilles à ses conquêtes, couche avec elles et ensuite, disparaît !

Pour ne pas être importuné par les chasseuses de dot quand il étudiait à Londres, Lord MacLaine avait pris l'habitude de travestir son identité. Beau parleur, il enfilait indifféremment le costume de professeur d'irlandais, d'étudiant en littérature, de commerçant étranger ou de touriste fauché.

— Alors, si en plus d'habiter au château vous travaillez pour lui, vous êtes fichue !

— Je ne travaille pour personne, et certainement pas pour Lord MacLaine.

— Il ne vous autorisera jamais à l'écarter du dispensaire, c'est son projet depuis toujours.

— Je n'ai jamais dit que j'allais ouvrir un dispensaire ! répliquai-je, mi-amusée mi-agacée. Quand les gens cesseront-ils de se mêler de tout ?

— Vous seriez bergère, aubergiste ou couturière, tout le monde se ficherait de savoir ce que vous déciderez ! Mais vous êtes médecin, et nombreux sont ceux qui sont prêts à tout pour vous voir rester ! Lui en tête.

J'avançai alors qu'un homme qui cherchait à améliorer le quotidien de ses concitoyens ne pouvait être aussi mauvais qu'elle le prétendait, mais je gardai pour moi la réflexion que plus un être est compliqué à lire, plus il suscite curiosité, défiance et racontars. Il y avait certainement autant de Lord MacLaine que de gens qui parlaient de lui.

— Rassurez-moi Erin, ajoutai-je avec malice, alors qu'elle se navrait de mon inconscience. Mr Cameron, le métayer, il est bien métayer ?

— Oh oui, et c'est un gentil à côté de Lord MacLaine !

Soudain, l'amertume d'Erin m'apparut limpide. Elle n'essayait pas de me sauver d'un danger réel ou imaginaire, elle souffrait d'imaginer que je puisse être réellement séduite par cet homme !

— Si vous me disiez plutôt ce qui s'est passé entre vous ? lui proposai-je, en m'installant sur la chaise, devant la fenêtre.

Soulagée, Erin se laissa choir sur le petit lit en fer, qui émit un couinement sinistre.

— Je l'ai rencontré quand j'avais douze ans, mais la première fois que nous nous sommes parlé, j'en avais quinze. C'était pendant une course d'aviron interlycées en Angleterre. Issus des mêmes terres, nous avons aussitôt sympathisé. J'espérais que le temps passant, il serait moins volage, et qu'il s'intéresserait à moi. En vain.

Erin libéra un flot de frustration retenu pendant des années, certainement tu quand elle avait été mariée. Souvent, on enterre son passé pour ne pas blesser qui partage notre vie en oubliant que ce partenaire a contribué à nous modeler tels que nous sommes aujourd'hui. Et que sans lui, nous aurions pris une autre voie.

— Cinq ans et d'innombrables conquêtes plus tard, il est rentré à Haven Stone pour le mariage de son frère. Elizabeth et Jamie ouvraient la maison à tous les villageois, ils organisaient des bals, des pique-niques avec les enfants du pays, des *Highlands Games*. C'était une autre époque ! Pour leurs noces, il y a eu une semaine de festivités ! C'est là qu'enfin, il m'a remarquée, soupira-t-elle, visiblement émue.

Erin me raconta comment elle se déchaînait sur la piste de danse vêtue d'une robe sexy, dans l'espoir d'être vue, quand il y avait eu une bousculade. Elle avait perdu l'équilibre et soudain, une main l'avait rattrapée et elle s'était trouvée entre les bras de celui dont elle rêvait depuis des années.

— Je m'en souviens comme si c'était hier. Son regard, la façon dont il m'a enlacée.

Elle ajouta que Lord MacLaine l'avait fait danser toute la soirée, puis qu'il l'avait raccompagnée chez elle, où ils avaient fait l'amour.

— Il est parti juste après. Oh, il a été poli, mais le lendemain, il m'a signifié qu'il ne désirait pas poursuivre notre relation. Il n'avait aucune intention de s'engager. Jamais. Et lorsque je lui ai dit qu'il ne pouvait pas me traiter ainsi, que j'étais son amie, il a répondu : « Si tu étais mon amie, tu n'aurais pas voulu coucher avec moi. »

Ces propos me provoquèrent la chair de poule.

— Si je n'avais pas rencontré le père de mes enfants l'année suivante, je ne m'en serais jamais remise.

Je brûlai de dire à Erin qu'il n'y avait aucune chance pour que je succombe au charme vénéneux de Lord MacLaine. L'amour dont je rêvais depuis toujours avait l'esprit d'Edward, sa fragilité et sa tendresse. Nous avions des trésors à échanger. Notre connivence était si précieuse que je ne la trahirais pour aucun autre, aussi séduisant et riche soit-il.

Je choisis pourtant de me taire. Erin ne voyait pas le métayer de Haven Stone avec mes yeux, et je ne voyais pas Lord MacLaine avec les siens.

Nous marchions côte à côte, dans la même dimension, sans nous comprendre.

— Vous ne changerez pas d'avis, n'est-ce pas ?

— Je saurai garder mes distances, affirmai-je en me levant. À présent, il est temps que je m'en aille. Archibald m'attend.

Je rassemblai mes affaires sous le regard mi-navré mi-désespéré de l'aubergiste, qui se leva à son tour.

— Vous allez souffrir, Jo.

— Merci, Erin. Je n'oublierai pas que vous avez été là pour moi.

Je m'engouffrai dans l'escalier, avec le cœur léger d'une aventurière.

Mes raisons de retourner à Haven Stone étaient trop nombreuses pour que je laisse quiconque me dissuader de m'y établir. Outre mon désir de me rapprocher d'Edward, les soins à Mrs Whitmore et ma fascination pour l'ancestrale demeure, je devais avouer une certaine curiosité à l'égard de Lord MacLaine.

Quel genre d'homme méprise à ce point les femmes et impose à ses employées d'embaucher une gouvernante pour une chaise vide ?

26

Installée dans le rocking-chair, Mrs Whitmore me dispensait ses directives avec une jubilatoire intransigeance tandis que je m'activais devant les fourneaux. Bien que je lui aie proposé de goûter à mon baeckeoffe, elle s'était lancée dans la confection d'une de ses spécialités, rivale de mon plat alsacien, un *Scottish stovies*, ragoût à base de pommes de terre et de viande, et j'avais dû abandonner ma partie de cartes avec Liam pour voler à son secours, car elle tenait à peine sur ses jambes.

Sa blessure au mollet avait pris un caractère œdémateux. En cause, son incapacité à garder le repos que je lui avais préconisé. La perspective du retour imminent de Lord MacLaine paraissait l'exciter et l'inquiéter tout autant.

— Heureusement que vous ne marchez pas sur la tête, grinçai-je en posant le couvercle sur la cocotte en fonte, parce que vous finiriez borgne !

Mrs Whitmore m'adressa un sourire radieux.

— Si vous renoncez à votre métier, vous pourriez être marmiton !

— Si vous persévérez à me désobéir, Mòrag, je vous sangle à votre lit ! Mrs Burnett m'a déjà donné son accord, ajoutai-je en plantant une bise affectueuse sur sa joue.

— *O mo chreach*[1] ! s'exclama la cuisinière avec une grimace faussement horrifiée.

Puis elle replongea son nez dans son livre de recettes, et je retournai auprès de Liam. Attablé près de nous, il dessinait dans un petit carnet en attendant de manger.

Je n'avais pas étudié la psychologie cachée derrière les dessins d'enfants, je possédais quelques notions apprises avec mon père, lorsque nous regardions ensemble mes œuvres de gamine : mon arbre immense illustrait la place qu'il tenait dans ma vie, m'avait-il enseigné avec sérieux. Ma mère n'apparaissait jamais, celle de Liam était aussi haute que sa maison. Son père était là également, bonhomme bâton, mais à distance et cela m'attrista. Liam avait aussi représenté Liùsaidh. Dans une bulle au-dessus de leur tête, il crayonnait un cœur.

— Pourquoi vous n'arrivez pas toujours à guérir les gens, docteur Joséphine ?

— Certains sont plus fragiles que d'autres. Parfois il y a des raisons à cela, et parfois nous n'en trouvons aucune. Un médecin ne sait malheureusement pas tout. Il arrive qu'il ne connaisse pas la maladie, qu'il n'ait pas les bons médicaments ou qu'il intervienne trop tard.

Je gardai pour moi qu'un praticien, aussi dévoué soit-il, pouvait aussi jouer de malchance, être méconseillé, se tromper. Ou les trois à la fois.

---

1. « Oh mon Dieu ! » en gaélique écossais.

— Tous les médecins rêveraient d'avoir des pouvoirs magiques. Mais nous ne sommes que des gens.

Dans l'interrogation de Liam, il y avait mon propre drame, mes batailles contre des moulins à vent, d'abord inscrites dans mes gènes et dans la spécialité choisie par trois générations avant moi, avant qu'elle ne devienne mon sacerdoce, pire encore, mon obsession : urgences pédiatriques. Ainsi accolés, ces mots étaient aussi dérangeants que l'association des termes « enfant » et « cancer » ou « nourrisson » et « traumatologie ».

J'avais été une idéaliste bravant l'inéluctable. La mort se fichait bien de qui elle emportait, tant qu'elle assouvissait son appétit d'ogre.

Liùsaidh et Liam avaient grandi ensemble à Haven Stone – la fille du lord et le fils du métayer, amoureux en herbe des tendres années. Ils se voyaient à chaque vacances et avaient prévu de se marier quand ils seraient grands.

C'était la première fois que le garçonnet séjournait sur l'île des brumes, depuis que la *Bean Sith*[1] était venue lui annoncer que Liùsaidh avait rendez-vous avec la mort.

— J'ai demandé à Maman si je pouvais lui dire au revoir, me confia Liam. Mais elle n'a pas voulu que je manque l'école.

Dans ses yeux, je vis tout le mal que lui avait imposé le silence des adultes quand ces derniers auraient dû lui offrir des réponses. Perdre une amie à dix ans,

1. La banshee est un esprit féminin qui annonce la mort. C'est un messager de l'au-delà.

c'était prendre en pleine figure la réalité de notre mortalité à un âge où l'on n'était pas censé l'envisager.

— Elle nous a quittés le 28 janvier dernier, dit Mrs Whitmore.

Elle s'était interrompue dans sa lecture pour nous rejoindre en clopinant.

— Liùsaidh n'avait pas peur, ajouta-t-elle à l'adresse de Liam, en passant une main affectueuse sur ses cheveux. Elle s'est endormie paisiblement.

Liùsaidh n'avait pas peur… les mots de Mòrag me secouèrent, même si je savais qu'ils n'étaient destinés qu'à rassurer Liam.

Quel enfant de dix ans serait assez sage pour ne pas craindre la mort ? Quel enfant ne serait pas terrifié, dans l'incompréhension, hanté par un sentiment d'injustice, angoissé de quitter ses proches pour un endroit que nul ne pouvait décrire puisque nul n'en était jamais revenu ?

— De quoi souffrait-elle ? m'enquis-je auprès de Mrs Whitmore.

— Une maladie rare au nom compliqué.

— Liùsaidh espérait qu'on fabriquerait bientôt un nouveau médicament pour elle, précisa Liam. Elle avait souvent du mal à respirer.

— Ce petit bonhomme a été très courageux quand elle est décédée, renchérit la cuisinière. Bien plus que la majorité d'entre nous.

— Je vais mourir, moi aussi ?

— Rassure-toi, la plupart du temps, cela arrive lorsqu'on est très vieux. Et toi, tu es un petit garçon en pleine santé.

— Mais pourquoi on est obligé de mourir ?

Cette interrogation, je l'avais entendue à maintes reprises dans la bouche de mes patients, de leurs amis, leurs frères et sœurs, et chaque réponse suscitait de nouvelles questions.

La réalité physique n'était-elle pas finalement la plus simple de toutes les explications ? Nous aussi étions soumis à l'obsolescence programmée. Qui l'avait décidée et pourquoi importait peu. Si incroyables fussent les mécanismes chimiques, physiologiques et physiques qui nous gouvernaient, nous n'étions que de merveilleux instruments destinés à pérenniser l'espèce. Une fois notre objectif atteint, nous devenions inutiles.

— Notre corps est semblable à une merveilleuse machine. Quand cette machine cesse de fonctionner parce qu'elle est usée, on s'éteint avec elle.

Liam acheva de colorier son cœur au-dessus de Liùsaidh, puis il me demanda si j'avais un amoureux, moi aussi.

— Oui, il y a quelqu'un ici, que j'aime beaucoup.

— C'est qui ?

À ces mots, Mrs Whitmore me lança un drôle de regard.

— Disons que c'est mon amoureux secret.

Et l'enfant m'adressa son plus joli sourire.

27

Je retrouvai ma chambre à Haven Stone avec un plaisir non dissimulé.

Mrs Burnett avait changé les draps, allumé la cheminée et le chauffe-bain en cuivre. Une corbeille de pommes, des gâteaux secs, des chocolats, et divers jus de fruits m'attendaient sur la table.

Apparemment, mon statut d'invitée de Lord MacLaine m'octroyait de nouveaux égards. Il faisait bon malgré le froid humide qui noyait la lande alentour et je n'eus aucun mal à me déshabiller pour me tremper avec délices dans la baignoire sur pieds.

J'avais apprécié déguster le *stovies* de Mrs Whitmore et souper avec Liam. À présent, il me tardait que la maison s'endorme pour qu'Edward et moi puissions enfin nous retrouver.

Devrais-je descendre à la cuisine au milieu de la nuit ou frapperait-il à ma porte ?

Malgré ce qu'il m'avait confié, Edward demeurait empreint de mystère. Il n'évoquait jamais Liam, la mort de Liùsaidh, son divorce ou son travail au domaine. Son passé était, à l'instar de son quotidien à Haven Stone, un brouhaha négligeable dans le murmure de nos vies.

Peu importe l'occupation des hommes lorsqu'ils ont de l'esprit et du cœur, songeai-je, en m'attardant, délicieusement enveloppée dans l'eau tiède.

Je rêvais à lui, bercée par le ressac et le chant du vent qui longeait les courtines, apaisée et abritée telle une fillette dans le sein de sa mère, câlinée par Haven Stone la mélancolique, que j'avais fuie l'avant-veille, jurant de ne jamais y revenir.

Cette île, cette maison et cet homme m'ensorcelaient.

À travers le paravent ajouré, la lueur du feu couvrait les murs d'ombres mouvantes, suggérant de sensuels effeuillages et le bouquet de fleurs séchées de l'alcôve, tiédi par l'atmosphère, distillait un agréable parfum à la pointe musquée.

Je fermai les yeux en écoutant vibrer la demeure. Où Edward se trouvait-il à cet instant ? Quelles affaires l'avaient retenu loin de son fils ? Était-ce en rapport avec le retour prochain de Lord MacLaine ?

J'avais beau me répéter qu'il n'était pas sage de me lancer dans des conjectures, je redoutais l'idée que ce dernier s'oppose à ma présence auprès d'Edward. Ma détestation des ragots n'avait pas suffi à adoucir l'image que j'avais de lui, depuis les confidences d'Erin. Si son ressentiment la rendait partiale, elle n'avait pas tout inventé.

Lorsque l'eau du bain fut presque froide, je me séchai devant l'âtre. J'allais brosser mes cheveux, agréablement enveloppée dans mon peignoir, quand je remarquai une carte de visite posée contre le miroir. Frappée aux armes des MacLaine elle était couverte d'une élégante écriture :

Retrouvez-moi devant la porte bleue à minuit. Edward.

À l'heure dite, je sortis de ma chambre et longeai le couloir, aussi silencieuse qu'une ombre. Le portrait éclairé de Lord MacLaine sembla m'examiner de pied en cap dans la pénombre.

— Pourquoi tant de cruauté ? lui murmurai-je au passage.

Parvenue au grand escalier, j'enjambai le cordon rouge et grimpai vers le dernier étage où aucune autre lueur que celle de la lune ne traversait les vitraux.

L'épais tapis vermillon étouffa le bruit de mes pas, du palier jusqu'à la galerie où je m'arrêtai pour m'appuyer sur les balustres sculptés. Immobile, le buste penché au-dessus du vide, je m'accordai une plongée dans ces nuances de noir que mes yeux scrutaient. La nuit avalait les marches de pierre, et si je n'avais pas su qu'elles s'arrêtaient trois niveaux en dessous, j'aurais pu imaginer qu'elles s'enroulaient vers un puits sans fond.

Edward m'attendait devant la porte ouvragée. J'avais senti son regard sur moi avant même de le voir, et je sus qu'il goûtait lui aussi cet instant.

Le tic-tac régulier du balancier nous parvenait depuis le hall, me rappelant que le temps ne cessait de s'écouler dans ce lieu où il paraissait suspendu. Tout autour de nous, le silence de Haven Stone était bordé par le grondement de la mer. D'ici, on avait l'impression que la houle cernait la maison et que ses vagues léchaient les fondations – ainsi la demeure semblait née des flots.

Soudain, le pas de Mrs Burnett qui remontait l'escalier depuis les profondeurs, jetant sur les murs l'ombre et la lumière de son candélabre, rompit le silence, et je reculai pour échapper à son regard aiguisé.

Je me heurtai à Edward, qui m'entraîna dans un recoin entre deux colonnes, où nous nous dissimulâmes, tels deux mômes farceurs.

— Chut, si l'intendante nous surprend, vous allez finir la nuit au cachot.

J'eus un rire joyeux. Edward posa sa main sur mes lèvres, et le contact de sa paume m'électrisa.

Silencieux et le cœur battant, nous restâmes ainsi le temps que Mrs Burnett achève sa ronde nocturne. Le corps d'Edward contre le mien et le parfum de sa peau suscitèrent en moi des sensations nouvelles et je sus que je n'avais jamais désiré personne avant lui.

— La lune pour vos pensées, murmura-t-il à mon oreille, lorsque nous nous détachâmes l'un de l'autre.

— Vous êtes la tentation incarnée.

Edward garda le silence comme à l'accoutumée lorsqu'il espérait que je lui livre l'entièreté de mes réflexions ou qu'il ne se satisfaisait pas de ma réponse.

Je me contentai d'avancer sur le palier pour regarder son visage au clair de lune, ce pont entre nos chagrins dans ses yeux, les rides sur les commissures de ses lèvres, les mèches de ses cheveux qui couraient sur son front.

— Allez-vous me dévisager ainsi jusqu'à l'aube, *Anam-charaid* ? Ne brûlez-vous pas de savoir ce qui se cache derrière cette porte ?

— S'agit-il de vos intentions à mon égard ?

Pour toute réponse, Edward déverrouilla la porte bleue et m'invita à entrer.

28

Le dernier étage de Haven Stone avait été rénové. Il subsistait de l'architecture d'origine les murs en moellons, la charpente cathédrale, les dalles usées par le temps, les fenêtres géminées, fermées par des volets intérieurs en bois. En revanche, les cloisons avaient été abattues pour offrir au regard une salle pareille à un loft new-yorkais. Dans cet espace où j'aurais dispersé un joyeux fouillis si je l'avais habité, il n'y avait aucun objet personnel, aucune photo, aucune trace de vie en dehors d'une collection de peintures et de livres anciens et contemporains, tous ayant trait à l'art, un futon dépourvu de literie et un coin douche-W.-C., séparé du reste par une verrière d'atelier.

L'endroit était inhabité depuis longtemps.

Edward m'entraîna au fond de la salle où une baie à petits carreaux donnait sur la mer. La neige couvrant la lande jusque sur les plages luisait à peine sous le ciel. La haute lune était accompagnée d'une traîne de nuages fins et noirs, qui jetaient tout autour d'eux les pans déchiquetés d'une cape grisâtre.

— L'ouverture a été pratiquée par un boulet de canon au XVIIe siècle. La façade est restée éventrée jusqu'au début des années soixante, quand l'avant-dernier Lord MacLaine a restauré l'endroit.

Un chevalet était disposé devant la baie, une table chargée de pigments, d'aquarelle, d'huiles, de cordelettes et autres produits dont j'ignorais l'usage, des cadres vides, des essais sur toile et des esquisses au fusain complétaient l'ensemble. Il ne s'agissait pas d'un lieu de vie, mais de création.

— Que faisons-nous ici ?

Edward plaça la lampe torche entre mes mains et orienta le faisceau vers le mur.

Dans la lumière, je découvris une cheminée massive surmontée d'une peinture de la taille d'un trumeau, dont la vue me laissa sans voix. Il s'agissait d'une reproduction de *Nightmare* !

D'habiles coups de pinceau avaient donné vie à la femme endormie, principal sujet de la toile. Vêtue d'une robe de satin blanc dont les plis étaient rendus à la perfection, son corps généreux abandonné au sommeil, elle illuminait l'œuvre, le visage encadré par ses bras lancés au-dessus de sa tête, penchée dans le vide. Ses traits étaient différents de ceux du sujet original, et si cela n'avait été impossible, j'aurais juré qu'elle me ressemblait.

Assis sur sa poitrine, l'incube au poil sombre et aux yeux d'ambre me suivait du regard. Bizarrement, la tête de cheval ne figurait pas sur cette reproduction, en revanche, le clair-obscur de ce tableau était plus marqué encore que celui de l'original. Sublime.

— Qu'est devenue la jument noire aux yeux d'argent ? lui demandai-je, bouleversée par la vision.

Ma question sembla surprendre Edward.

— Vous en êtes le peintre, n'est-ce pas ? Vous avez une âme d'artiste.

Plus que sa présence ici, dans cette partie de Haven Stone, ses relations avec Lord MacLaine, les raisons de ces privilèges, l'accès à cet atelier, je voulais savoir pourquoi il manquait à sa copie l'un des sujets principaux de l'œuvre.

— L'un des deux seulement.

— Qui d'autre l'a peinte avec vous ?

— Mon grand-père maternel. Initialement, c'était une reproduction assez fidèle. Nous l'avons amendée ensemble le jour de l'enterrement de mon père. Le cheval n'avait plus lieu d'être, puisque l'un de ses semblables m'avait libéré de mon cauchemar.

J'étais incapable de détacher mes yeux du tableau, éblouie qu'Edward en ait été l'un des auteurs.

Quelle folle coïncidence que d'admirer ici la copie d'une œuvre qui m'était si familière et d'apprendre, en outre, qu'elle était aussi intimement liée au passé d'Edward qu'elle l'était au mien !

— Mon père est mort piétiné par son alezan, précisa-t-il après un silence que je n'avais osé rompre. Une bête magnifique et fidèle qu'il cravachait comme il cravachait ses fils. J'avais douze ans.

Le regard d'Edward abandonna le tableau pour se poser sur moi.

— Lorsque j'ai appris son décès, j'ai hurlé de joie si fort et si longtemps, que je n'ai plus été capable de parler pendant des jours.

La main crispée autour de la lampe dont j'avais abandonné le halo à mes pieds, je l'écoutai me raconter ce père qu'il avait haï à l'instant même où son cœur d'enfant avait appris qu'il pouvait éprouver autre chose que la terreur et l'incompréhension.

Edward me livra avec pudeur l'abîme dans lequel il avait grandi et qui avait forgé l'homme qu'il était devenu. Sa souffrance quand résonnaient les cris de sa mère et sa culpabilité face à son impuissance à la sauver.

— Plus je tentais de la défendre, plus il s'en prenait à elle. Elle a fui avec moi. Il nous a rattrapés et a menacé de me tuer si elle recommençait. Elle a fini par s'évader en se jetant du haut des falaises, à *Deireadh an t-saoghail.*

Pendant qu'Edward parlait, j'éprouvai pour la première fois la violence de la compassion véritable. Je tremblais autant qu'il avait tremblé, et mes yeux débordaient de larmes vaines puisque le mal était fait et le passé révolu.

J'aurais voulu être le temps pour changer le cours de son histoire, le voir grandir auprès de sa mère, loin de son tortionnaire, et devenir un homme heureux. J'éprouvai la même haine que lui pour ce monstre et la même joie à l'idée qu'il ait fini sous les sabots de son cheval.

Un irrépressible besoin de consoler ce môme perdu me jeta contre lui. Je n'étais pas une femme amoureuse qui se rêvait en passe-murailles, mais une fillette dont les blessures vibraient au diapason d'un autre.

Edward se raidit aussitôt et se détacha de mon étreinte avec douceur et fermeté.

— D'abord, je vous dis qui je suis, articula-t-il, perturbé par mon élan. Quand vous saurez, vous déciderez en toute connaissance de cause.

Jamais je ne lui avais vu un regard aussi dur et insondable que les abysses dont il semblait issu.

— J'ai tenté de tuer mon père. La première fois, j'avais huit ans.

D'une voix blanche, Edward m'avoua qu'il l'avait poignardé, une nuit où il l'avait surpris en train de violer sa mère. Mais que peut un garçonnet contre un adulte dont la cruauté n'a d'égale que sa force ?

— Il a ri quand la lame a pénétré sa chair. Et le lendemain, il m'a contraint à boire du whisky jusqu'à ce que je perde connaissance.

Je ne pus retenir un cri d'horreur.

— Ce n'était pas une punition, mais une récompense. Mon père considérait que j'avais fait preuve de courage en le frappant. Et il était fier que je lui ressemble.

— Vous n'êtes pas lui, Edward !

— J'aimerais en être aussi sûr que vous. Mais j'ai recommencé, plusieurs fois, et je n'ai cessé qu'au jour de sa mort. Croyez-moi, cette violence à laquelle je me suis juré de ne jamais plus céder est tapie au fond de moi, imprévisible. Je n'ai qu'une crainte, qu'elle rejaillisse, qu'elle me possède, comme elle possédait mon père. Et qu'elle se déchaîne.

Dans l'obscurité qui nous entourait, je saisis la main d'Edward.

— Merci de m'accorder votre confiance, et merci pour votre droiture et votre honnêteté.

— Nulle autre que vous n'avait jamais cherché à me voir tel que je suis.

Edward me lança un de ses regards mi-figue, mi-raisin dont il avait le secret et ajouta :

— J'espère qu'à présent que vous savez, vous n'allez pas vous enfuir.

— Pourquoi m'enfuirais-je ?

— Vous ne me craignez pas ?

Sa gravité contrastait avec la joie qui m'envahissait. Le gardien du phare m'avait entrouvert la porte de sa forteresse et mes flots aimants s'étaient engouffrés derrière ses murailles, mêlant à jamais nos existences.

— Non, Edward. Et puis, ajoutai-je avec une feinte légèreté, vous êtes la deuxième plus belle rencontre de ma vie !

— Qui ose me supplanter dans votre cœur ?

— Mr Smith, qui d'autre ?

En me transmettant Mare, le vieux rebouteux m'avait fait une prédiction à laquelle je n'avais jamais repensé avant cette nuit : il m'avait assuré que cette statuette m'aiderait à trouver ma voie. Et de fait, elle m'avait permis de rencontrer Edward dans les cuisines de Mrs Whitmore.

Lorsque je me tus, celui-ci s'approcha pour me faire face.

— Vous vouliez connaître mes intentions, *Anamcharaid*…

— D'abord je vous dis, moi aussi, qui je suis, l'interrompis-je doucement, et je ne reconnus pas ma voix. Depuis le premier soir, vous m'encouragez à devenir meilleure, à ne pas abandonner mon métier et vous m'avez redonné l'espoir que je pourrais me rendre utile à nouveau. Mais je n'ai pas été franche avec vous, Edward.

Son silence m'encouragea. Je ne perçus aucune inquiétude dans son regard, aucun signe de contrariété. Simplement de l'attention.

— Ce n'est pas le cynisme qui m'a poussée à quitter la médecine, même s'il y a contribué. Mais la mort d'un enfant.

— Racontez-moi, m'intima-t-il après un court silence.

— Il s'appelait Aurélien et il avait six ans.

La nuit de son admission, je gérais seule le service, et ce fut le moment que choisit l'univers pour se mettre au diapason de la malchance : les infirmières étaient en sous-effectif, les internes épuisés, les parents excédés par les heures d'attente, les confrères débordés et les services de radiologie embouteillés.

— Lorsque j'ai été appelée auprès de lui, il était dans un état critique, le cardiologue d'astreinte au bloc et le délai pour une échographie trop long.

À son arrivée, le personnel chargé de hiérarchiser les dossiers l'avait admis pour une infection digestive, ce qui avait eu pour conséquence de le classer parmi les patients non prioritaires. Et l'interne qui l'avait examiné trois heures plus tard n'avait pas jugé utile de prescrire des examens ou de me soumettre le cas, malgré un tableau clinique peu commun.

Les questions précises d'Edward révélèrent une connaissance pointue de l'anatomie, probablement acquise en apprenant la peinture. Ainsi, je pus lui décrire comme s'il avait été un confrère les symptômes observés, l'hypothèse que j'avais formulée – la complication d'une affection cardiaque rare – et le difficile choix thérapeutique qui s'était présenté à moi, quand il s'était agi de décider de la thérapie sans les examens et les résultats nécessaires au diagnostic.

— Habituellement, ces décisions se prennent de façon collégiale. Mon père absent, j'aurais dû suivre les recommandations d'usage, qui préconisent d'attendre le cinquième jour de fièvre avant de traiter. Je ne l'ai pas fait. Aurélien est décédé la nuit suivante.

— Je voudrais effacer votre douleur, vous rassurer, vous dire que pour mille réussites il y a toujours un prix à payer, mais il n'est rien d'autre que je puisse faire qu'être à vos côtés.

Edward m'enlaça tendrement, et nous contemplâmes la reproduction de Füssli, témoin du fil indéniable qui nous liait depuis le premier regard.

Dans ses non-dits, je sus qu'il devinait mon déchirement entre la crainte d'une nouvelle erreur et ma volonté d'être utile à la communauté. Il savait ma douleur de n'être pas le dieu idéal, capable de sauver le monde, mais un colosse aux pieds d'argile et dans son regard, immense et aussi profond que le ciel, je sus qu'auprès de lui, je ne craindrais plus rien. Et certainement pas le jugement.

— Qui serais-je pour vous reprocher d'être effrayée ? De culpabiliser ? La médecine exige le courage des héros et vous êtes si… humaine !

— Merci de m'aimer assez pour comprendre mon silence, Edward.

— Je ne vous aime pas, *pas seulement*. Depuis notre rencontre, je cherche comment vous dire ce que je ressens pour vous et aujourd'hui, enfin, je le sais.

Edward porta mes doigts à ses lèvres, puis il ajouta :

— Auprès de vous, j'éprouve la même liberté qu'à la mort de mon père. La puissance de ce souvenir que j'ai cherché en vain à revivre au long de ces années, vous me l'avez offerte en un regard. Aujourd'hui, je ne suis plus seul. Quelqu'un me comprend sans que je parle, quelqu'un m'écoute sans me juger. Et de la même façon que j'ai ressenti que ma vie allait enfin débuter ce jour funeste, j'ai su, en vous voyant la première fois, qu'elle n'était pas terminée.

Une vague immense s'empara de moi.

Je voulus lui rendre le bonheur qu'il venait de m'offrir, je demeurai sans mots.

Sonnée.

— Vous ne dites rien ? s'inquiéta-t-il aussitôt.

— Je veux tout, lui répondis-je après un silence.

— Tout ?

— Oui, tout. Je veux vous regarder, vous sentir, vous entendre et vous écouter, je veux vous parler, vous voir rire, pleurer et jouir et jouir avec vous, je veux vivre à vos côtés chaque jour et chaque nuit qui me reste. Je veux vivre une histoire d'amour infinie et entière.

— Et si nous échouons ?

— Et si nous réussissons ?

— Vous êtes une enchanteresse, *Anam-charaid*.

Edward saisit ma tête entre ses paumes et m'embrassa à pleine bouche.

Il n'y eut aucune douceur dans ce baiser, mais la manifestation d'un désir absolu dans la façon dont il happa mes lèvres et m'explora avec sa langue, tandis que ses doigts glissaient de ma nuque le long de mon dos jusqu'à la chute de mes reins ; et dans la manière qu'il eut de m'étreindre pour que nos corps s'épousent et se répondent, et que chacun sente sans ambiguïté grandir l'envie de l'autre.

L'émotion me coupa les jambes et Edward dut me retenir contre lui. Il le fit avec une joie farouche, sans cesser de m'embrasser.

Jamais je n'avais été ainsi prise par une bouche et transcendée par des caresses dont la douceur impérieuse voulait me posséder. Jamais mon corps n'avait autant voulu aimer un autre corps.

Il se détacha de moi pour me dévorer des yeux, et ce regard qu'il me jeta alors m'emporta aussi loin que ses baisers.

La torche avait roulé sur le sol, les ombres découpaient son visage et l'éclairaient par endroits. Ses mains qui m'étreignaient, d'habitude si sûres d'elles, tremblaient.

— Me direz-vous quel jour nous sommes ? souffla-t-il.

Je le regardai sans comprendre.

— Samedi, le 17 décembre ?

— Et vous êtes arrivée ici le 13, n'est-ce pas ?

Je hochai la tête.

Contre lui, je voulais que ce moment dure toujours.

— Nous nous sommes rencontrés la nuit du 14, vous êtes d'accord ? Nous nous connaissons donc depuis trois jours.

Je hochai la tête une nouvelle fois, chamboulée par son expression où je lisais à la fois le bonheur et cet emballement sauvage et désespéré, qui le caractérisait.

— Sommes-nous en train de rêver ?

— Non, Edward.

— Et vous jurez de ne pas renoncer à nous, quoi que je vous dise ?

Je secouai la tête.

— Quoi que j'aie fait ?

Je secouai une nouvelle fois la tête.

— Même si je suis fou ?

— Même si vous êtes fou.

— Vous ne mentez pas ? Vous n'êtes pas en train de m'ensorceler avec de belles promesses ?

— Je ne laisserai rien ni personne m'arracher à vous, Edward. Vous et vos démons compris.

Sans me lâcher, il m'entraîna vers sa table de peintre où s'empilaient divers objets dont il se servait pour tendre ses toiles. Parmi eux, une fine cordelette.

Il en découpa un morceau et la tressa pour en faire un anneau.

Je le regardai, incrédule, convaincue que je vivais un de ces instants où le destin bascule.

Quand il eut fini, Edward enferma mes mains entre les siennes.

— Mon âme sœur, ma meilleure amie, mon amour depuis trois jours et à jamais, m'épouserez-vous ?

— Oui, répondis-je sans hésiter. Oui, Edward, je vous épouserai.

Il glissa l'anneau à mon annulaire et m'embrassa avec passion. Et à travers ce baiser qui scella notre engagement, je vécus l'éternité en un instant.

« Si tu vois les montagnes au loin,
c'est qu'il va pleuvoir.
Si tu ne les vois pas, c'est qu'il pleut déjà. »

Proverbe écossais

29

Si Edward était entier dans sa folie, il était aussi le dernier des gentlemen. Le désir nous consumait tant qu'il tint à me raccompagner à ma chambre avant qu'il nous emporte. Bien qu'il n'y eût dans son esprit aucune comparaison possible, il tenait à me traiter différemment de celles qu'il avait connues avant moi.

Au réveil, j'avais découvert sur la cheminée de ma chambre la reproduction de *Nightmare*. Une carte de visite accompagnait la peinture.

Bientôt il ne subsistera plus sur cette toile que la belle endormie.

À vous, toujours,

Edward.

Son élégance et sa générosité témoignaient de l'extraordinaire amour qu'il me portait.

Mrs Whitmore ne m'interrompit pas une fois durant ce bref récit de ma nuit qu'elle avait réclamé avec insistance, voyant que je tremblais de fatigue en changeant ses pansements. Et je n'avais eu d'autre choix que de lui avouer pourquoi j'avais encore si peu dormi.

— *Anam-charaid*, cela signifie âme sœur, n'est-ce pas ?

— Oui, Jo.

Ainsi Edward m'avait-il nommée le premier soir, comme s'il avait su depuis toujours.

— Quand on croit en quelque chose que le monde dénie, on se sent étrangement seule, murmurai-je, les yeux posés sur l'anneau qui ornait mon annulaire. Qui peut comprendre ce que je ressens, en dehors de vous ?

Lorsque je me tus, Mrs Whitmore referma ses doigts potelés autour des miens.

— Bobby m'informe que Lord MacLaine est finalement rentré ce matin. Allez vite le rejoindre !

L'empressement de la cuisinière à m'envoyer rencontrer son employeur sans même réagir à mes confidences me décontenança.

— Ne vous méprenez pas, Jo, se reprit-elle. Je suis aussi heureuse que si la fille que je n'ai pas eue m'annonçait ses fiançailles ! Mais il est temps à présent pour vous de parler à Lord MacLaine.

— Il n'était pas censé rentrer aujourd'hui. De toute façon, nous avons rendez-vous demain. Là, je n'ai qu'une envie, me glisser sous les draps et dormir !

Depuis mon arrivée sur l'île des brumes, je n'avais quasiment pas fermé l'œil. Mon expérience des gardes m'avait permis de veiller très tard quatre nuits d'affilée, mais je ne tenais plus qu'avec les nerfs, et je finirais par m'écrouler de fatigue si je ne m'accordais pas un peu de repos. Et puis, je préférais être en pleine possession de mes moyens pour affronter le redoutable et redouté maître de Haven Stone.

— Voulez-vous m'écouter à la fin ?

L'urgence qui sourdait dans les propos de Mrs Whitmore m'alarma.

— Mòrag, si vous me disiez plutôt en quoi la demande d'Edward concerne Lord MacLaine ?

Une idée folle me traversa l'esprit : ce dernier pouvait-il contrecarrer nos projets de mariage ? Il n'y avait rien d'impossible dans cette demeure où les employés semblaient lui appartenir corps et âme.

— C'est à lui de vous l'expliquer, pas à moi ! argua Mrs Whitmore, visiblement toute retournée.

— M'expliquer quoi ?

Le pas rapide de l'intendante résonna dans le couloir et la main de la cuisinière se crispa sur la mienne.

— Quoi que vous entendiez, Jo, ne perdez pas confiance en celui que vous aimez !

Mes tripes se nouèrent alors que la grise silhouette de Mrs Burnett s'encadrait dans le chambranle.

— Habillez-vous au lieu de bavarder, ordonna-t-elle à la cuisinière. Mr Lockhart attend pour vous conduire.

Mrs Burnett m'apparut plus tendue que jamais. Probablement la présence de Lord MacLaine à Haven Stone ajoutait-elle beaucoup à sa charge. Mais je détestais la façon qu'elle avait de commander Mrs Whitmore.

— Mrs Whitmore mérite que vous la traitiez avec autant d'égards que n'importe qui d'autre ! Et je ne recommande pas de sortie pour l'instant, elle est trop faible.

L'intendante m'adressa un regard indifférent, et se désintéressa de moi pour river un œil sévère sur la pauvre cuisinière, lui intimant de m'expliquer la situation.

— Ils ont appréhendé mon agresseur au port, tôt ce matin, alors qu'il cherchait à fuir. Je dois l'identifier.

Cette annonce de Mrs Whitmore aurait dû me soulager instantanément. La menace s'éloignait de Haven Stone. Si l'arrestation du coupable n'apaisait pas le traumatisme, elle contribuait à rendre à la victime un semblant de sécurité. Pourtant, un fond d'angoisse subsista dans ma poitrine. Que signifiait son étrange mise en garde ?

— Ne vous inquiétez pas, se méprit Mrs Whitmore, alors que je fronçai les sourcils, préoccupée. Mr Lockhart est assez robuste pour me soutenir.

— Je vais terminer votre pansement.

Les soins achevés, j'aidai ma patiente à enfiler son manteau, quand Archibald Lockhart déboula dans la pièce, pâle comme un mort.

— Mrs Whitmore, pourquoi n'avez-vous rien dit ? Lord MacLaine vient de m'informer !

— Que se passe-t-il, Archibald ? lui demandai-je.

— C'est Mr Cameron, il a été arrêté !

Ne pas m'abandonner aux émotions et rester en contact avec mon raisonnement, tels étaient mes réflexes devant les urgences les plus graves. J'en fus incapable, malgré mes efforts pour garder mon calme, mon cœur grimpa en flèche jusque dans ma gorge et mes jambes tremblèrent.

— Pourquoi a-t-il été arrêté ?

— Mr Lockhart ! le morigéna l'intendante, alors qu'il allait me répondre. Nous ne sommes pas à la foire des cancans !

— Mrs Burnett ?

Ma véhémence ne troubla aucunement l'intendante, qui m'envoya un de ses regards aussi gris, froid et impassible qu'elle. En revanche, ses mâchoires se crispèrent vivement, lorsqu'elle remarqua l'anneau tressé que je portais à l'annulaire.

— Pourquoi refusez-vous de me répondre ? Cela n'a aucun sens !

— Je n'ai pas cette prérogative, Miss Granger ! Lord MacLaine tient à vous exposer la situation en personne.

Je me tournai vers le chauffeur.

— Archibald ? Quelqu'un va-t-il m'expliquer ce qui se passe, à la fin ? Pourquoi la police…

Le coup d'œil affolé que le pauvre homme adressa à Mrs Whitmore valut toutes les réponses : le métayer de Haven Stone était suspecté d'avoir agressé la cuisinière.

La sidération me cloua sur place.

— Mòrag… Vous savez que c'est impossible ! Dites-leur que jamais Edward ne ferait de mal à…

— Miss Joséphine ! s'affola Mrs Whitmore, rouge de confusion. N'oubliez pas ce que je vous ai dit tout à l'heure !

Si l'intendante avait été un ogre, elle l'aurait dévorée pour qu'elle se taise.

— J'exige immédiatement des explications sur ce que je viens d'entendre, Mrs Whitmore !

Les deux femmes conversèrent brièvement en gaélique, m'abandonnant littéralement au bord du chemin de leur échange, qui sembla s'envenimer.

— Cessez de parler comme si je n'existais pas ! C'est insupportable à la fin !

Soudain, je mesurai mon égoïsme. Je ne serais pas la plus affectée par cette terrible nouvelle. Un enfant de dix ans allait apprendre que son papa avait été interpellé pour violences. J'imaginais sans mal dans quelles affres cette annonce allait le plonger et je décidai de lui parler, plutôt que laisser la glaciale intendante s'en occuper.

— Où est Liam ? Je vais l'informer moi-même.

Visiblement choquée par les propos de Mrs Whitmore, l'intendante mit quelques secondes seulement à reprendre son calme.

— Lord MacLaine s'est déjà chargé de parler à l'enfant, m'informa-t-elle comme s'il s'agissait d'une évidence. Si vous voulez bien me suivre à présent, Miss Granger. Il vous attend.

— Qu'il attende, je ne suis pas son employée ! Mrs Whitmore, je vous accompagne au poste.

La façon dont le personnel de Haven Stone se pliait sans rechigner aux désirs de son maître m'exaspérait. Et puis, il ne s'agissait pas d'une proposition altruiste de ma part. J'espérais confronter Edward en personne pour comprendre comment il avait pu se trouver impliqué dans l'agression de Mrs Whitmore.

Son arrestation opposait deux réalités impossibles à conjuguer. D'un côté il y avait une brute capable de jeter une femme à terre et de l'autre un homme aussi droit qu'un chêne, dont la mère était morte d'avoir subi les sévices de son père – Edward l'obscur, le désespoir incarné, l'enfant perdu peut-être, mais qui ne violenterait jamais une femme. Il était forcément innocent de ce dont on l'accusait !

— Il suffit ! Mr Lockhart, veuillez conduire Mrs Whitmore au village.

— Vous savez que je *dois* vous accompagner ! insistai-je à l'adresse de la cuisinière.

— Non, Jo ! Vous ne *devez pas* manquer votre entrevue avec Lord MacLaine !

Jamais Mrs Whitmore n'avait autant fait montre d'autorité à mon égard.

Il y avait dans sa voix un mélange de fermeté et de panique, qui m'imposa d'accéder à sa demande. Et c'est le cœur sombre et les pensées emplies de crainte et de questions concernant Edward que je remontai dans le cœur de Haven Stone pour rencontrer Lord MacLaine.

30

Mrs Burnett avait ressuscité la demeure. Les lustres et les lampes de table du rez-de-chaussée étaient allumés et les vases débordaient de bruyère, d'autres de plantains et d'œillets marins qu'elle était allée cueillir elle-même dans le parc. Je redécouvris la splendeur de la bibliothèque, les murs marquetés, les tableaux des différents lords, les hauts rideaux en velours de tartan et les tapisseries.

— Lord MacLaine est retenu par un appel urgent. Il sera là dans une dizaine de minutes tout au plus. Si vous voulez téléphoner chez vous en attendant, il y a un poste ici. Je vous ouvre la ligne ?

Je hochai la tête.

Enfin, les communications avaient été rétablies et l'île des brumes avait cessé d'être un lieu hors du temps, coupé du monde. Un paradis pour certains, une prison pour d'autres – Haven Stone, caillou perdu dans l'univers et dérivant dans le néant allait enfin se reconnecter avec la civilisation.

Malgré le froid qui s'était abattu sur la lande et figeait les vestiges de la tempête sous un voile étincelant de givre, il faisait bon au rez-de-chaussée. Un poêle à bois tempérait le courant d'air qui provenait de l'escalier et les cheminées ronronnaient dans toutes les salles.

J'étais glacée d'angoisse.

Voyant que je grelottais, Mrs Burnett me servit un thé. Cette nouvelle attention m'irrita. L'amabilité n'était pas la principale vertu de l'intendante, sauf quand son maître était dans les parages.

— N'hésitez pas à me sonner en cas de besoin. Miss Granger.

Lorsqu'elle fut sortie, je restai de longues minutes devant le téléphone, combiné en main, avant de raccrocher. Qu'aurais-je pu dire à mon père pour le rassurer, alors que j'étais plongée dans des eaux troubles dont je peinais à émerger ?

Mon premier réflexe fut de quitter cette salle immense et ses dorures pour rejoindre Edward au poste de police. En outre, la perspective de rencontrer Lord MacLaine dans ces difficiles circonstances, où j'étais anéantie par la fatigue et l'inquiétude, me rebutait. Cependant, il serait en mesure de m'apporter des réponses et surtout, d'empêcher Edward d'être la victime d'une terrible erreur.

En l'attendant, je détaillai les rayonnages pour me donner une contenance et, fait improbable, j'y trouvai parmi une fabuleuse collection d'éditions anciennes des livres de Rouvière – ouvrages d'anatomie qui avaient enchanté mon enfance.

Alors que les mômes de mon âge dessinaient leur héros de manga préféré, des paysages ou leur chien, je reproduisais des coupes de cerveau, des mains et leur système vasculaire ; mes modèles étaient les magnifiques gravures dont regorgeaient ces livres.

Je compulsais le tome un, consacré à l'étude de la tête et du cou, quand la voix de Mrs Burnett résonna dans mon dos. En deux mots, elle traduisit son admiration pour cet homme et sa fierté d'être à son service. Elle me rappela aussi une réalité que j'avais occultée : à Haven Stone j'évoluais dans une autre dimension, un monde qui n'était pas le mien. Attirant sous les atours de cette demeure, excitant dans les romans et les films qui avaient nourri mes rêves d'adolescente, il était bien trop rigide et lointain pour que j'imagine lui appartenir un jour.

— Lord MacLaine !

Un pas décidé, né dans le hall, s'épanouit sur le parquet de la bibliothèque pour s'arrêter à distance.

Un pas étrangement familier, qui fit trembler mon cœur.

— Mon grand-père s'appuyait sur ces ouvrages pour m'apprendre à étudier le dessin. Je serais heureux qu'ils vous reviennent.

Un gouffre s'ouvrit sous mes pieds quand je relevai les yeux.

Je faillis ne pas le reconnaître.

Debout derrière le bureau situé au centre de la salle, Edward était rasé de près et portait les cheveux courts.

Son incroyable beauté me stupéfia : ce visage, que je découvrais imberbe, cette stature avantagée par sa tenue, loin de ses hardes informes, l'arc de ses sourcils mis en valeur par l'élégante coupe qui dégageait son front. Avec ce costume en tweed beige porté sur un cachemire sombre à col roulé, il n'avait plus rien du vagabond rencontré dans les cuisines de Mrs Whitmore.

Et ce regard… celui de Mare, celui d'Edward ; celui de Lord MacLaine, le maître de Haven Stone.

31

La brutalité de cette révélation balaya la crainte que j'avais eue de le perdre, puisqu'en le voyant ainsi, je sus qu'il ne m'avait jamais appartenu. Dans ses habits de lord, Edward MacLaine était irrésistible et son apparence si classieuse et intemporelle illustrait parfaitement la mise en garde d'Erin. Après avoir joué à me courtiser, caché sous sa barbe et ses haillons, il m'apparaissait tel qu'il était, aussi parfait qu'une image sur papier glacé, à jamais inaccessible.

Personne ne lui résiste. Vous n'avez jamais rencontré un homme tel que lui.

Soudain, face à celui que les gens nommaient *my Lord*, et dont le patronyme était consigné dans des registres ancestraux, je me sentis idiote. Comment avais-je pu imaginer que cet homme si raffiné et cultivé, maître dans l'art de la conversation et artiste accompli n'était qu'un simple fermier !

Partagée entre hilarité incrédule et sanglots d'embarras, je fus transpercée par une douleur insupportable en l'imaginant dans les bras de l'aubergiste.

— Me direz-vous ce qui vous peine, *Anam-charaid* ?

— Je vous défends de m'appeler comme ça ! m'écriai-je en reculant, la main levée pour qu'il n'approche pas plus. Vous moquer de moi ne suffisait pas ! Non, il fallait aussi m'humilier !

Edward s'immobilisa, visiblement surpris par la véhémence de mes propos.

Je l'aimais tant que j'aurais pu tout lui pardonner : l'omission, parce qu'elle est par essence gardienne du jardin secret de chacun, la manipulation, talent des grands communicants dont il était, et la violence aussi, car lorsqu'on a grandi avec, elle peut conduire à de terribles erreurs. Bien qu'elle reste l'apanage des faibles et ne soit pas excusable, elle est amendable.

Mais la duplicité et la traîtrise, jamais.

— Vous n'avez rien à dire pour votre défense, Lord MacLaine ?

La façon qu'il eut de plisser les paupières me fit songer qu'il n'avait qu'une envie, tourner les talons, pourtant il attendit paisiblement que je précise mon propos.

— Pourquoi vous révéler à moi aujourd'hui, si ce n'est parce que l'arrestation de Mr Cameron vous y oblige ?

— J'espère que vous me pardonnerez d'avoir provoqué bien malgré moi cette terrible méprise, Miss Granger, dit-il après avoir observé un bref silence, durant lequel il ne m'avait pas lâchée des yeux. Veuillez, je vous prie, accepter mes plus plates excuses.

Son attitude affable, son front où affleurait une vague inquiétude et sa rhétorique si adroite m'auraient aisément envoûtée, si je n'avais eu la certitude qu'il faisait mine d'endosser la responsabilité du quiproquo, pour mieux éluder mes questions.

— Vous êtes un sacré manipulateur ! Je ne veux pas des excuses, mais des réponses !

Edward se raidit imperceptiblement, sans pour autant se départir de son flegme.

Il était le calme, j'étais la tempête.

Il était le silence, j'étais le vent.

— Quand vous avez su que je refusais la place de gouvernante, vous êtes venu jusqu'à l'auberge pour me faire votre numéro de charme ! Oui ou non ?

— Ai-je jamais prétendu être un autre, Miss Granger ?

— Comment je pouvais deviner ? Avec vos airs de bandit de grand chemin !

— Mon nom ne change ni les sentiments que j'éprouve pour vous ni mes intentions à votre égard. Je vous avoue être troublé par votre soudaine propension à en douter.

— Je ne douterais pas de vous si vous n'aviez l'habitude de dissimuler votre identité pour esquiver les croqueuses d'héritiers ! Que se serait-il passé si Mr Cameron n'avait pas été appréhendé ? Vous m'auriez mise dans votre lit cette nuit et larguée demain à l'aube ?

— Vous jugez un homme que vous n'avez jamais rencontré, Miss Granger. Si vous écoutiez votre cœur plutôt que l'acrimonie de certaines, vous sauriez que cet homme-là est celui d'une obscurité passée.

Son impassibilité me déstabilisa et ses mots me mortifièrent, car ils visaient mes préjugés. Précisément ce qui m'avait amenée à questionner sa sincérité.

N'avais-je cependant pas de nombreuses raisons de le soupçonner de m'avoir dupée ?

— Pourquoi, dans ce cas, Mrs Whitmore ne m'a-t-elle pas détrompée quand je lui ai parlé « d'Edward le métayer » ? Et Mrs Burnett ? N'a-t-elle pas délibérément œuvré pour me cacher votre présence à Haven Stone ?

— Je n'ai pas coutume de parler pour autrui.

— C'est trop facile !

— En revanche je peux me porter garant devant vous de la probité de mes employées.

— Si je comprends bien, comme vous êtes aussi irréprochable que vos employées, j'ai forcément tout imaginé. Ou peut-être me suis-je égarée dans un monde parallèle où vous êtes le métayer, et où l'ombrageux Lord MacLaine est un don Juan qui contraint son personnel à mentir pour lui, et à embaucher une gouvernante pour veiller sur une chaise vide !

Une incommensurable tristesse ombra les yeux d'Edward, qui accrochèrent les miens aussi sûrement qu'un harpon.

— Miss Granger, il me semble plus sage de reporter cette discussion, en attendant d'éclaircir la situation.

Alors qu'il m'invitait d'un geste gracieux à le suivre, je demeurai pétrifiée par la colère et l'incompréhension.

Mes interrogations étaient légitimes, et je ne lui demandais qu'une toute petite chose humaine, qu'il s'explique ne serait-ce qu'en souvenir de ce que nous avions partagé.

Je ne l'avais pas rêvé !

Mais l'homme qui se tenait devant moi – et dont le comportement quasi illisible, résultat de siècles d'histoire, de généalogie, de traditions était hors de ma portée – n'avait manifestement pas l'intention de s'expliquer, et encore moins de se justifier.

— Ne vous donnez pas cette peine, lui dis-je sèchement, alors qu'il s'apprêtait tout naturellement à me raccompagner.

Arrivée devant la porte, je ne pus m'empêcher de me retourner pour le regarder.

À force de s'être vainement heurtée à ses murailles, ma colère alimentée par la frustration et le chagrin enfla subitement, et je sus que si je m'abandonnais à elle, je dirais des mots que je regretterais. Mais à l'instant où mes doigts enfermaient la poignée pour ouvrir la porte, elle déferla en moi, et me submergea.

— Vous êtes le type le plus cruel que j'aie jamais rencontré, MacLaine ! Bravo, *milord*, non content de me briser le cœur, vous vous êtes bien fichu de moi !

— Non, Miss Granger, je vous ai demandée en mariage et je ne me dédirai pas !

Sa réplique cinglante et sa façon hautaine de me jeter sa demande au visage me laissèrent sans voix. Et son regard soudain glacial me cloua sur place.

— Si vous avez changé d'avis, informez-moi. J'annulerai la demande de visa que je viens de faire pour vous et décommanderai le notaire. C'était notamment l'objet de cette entrevue que j'espérais bien différente, ajouta-t-il d'une voix si neutre que je me retins de hurler de rage.

Immobile, Edward fixait un point lointain à travers la fenêtre en attendant ma réponse. Rien, ni dans son attitude ni sur ses traits, ne dénonçait la violence de notre dernier échange, alors que je me sentais vidée, épuisée comme si j'avais combattu sur un ring.

Je le dévisageai un long moment sans qu'il bouge un cil. J'étais tout simplement incapable de croire que cet homme si indifférent à mon désarroi était celui qui avait noué une alliance de pacotille à mon doigt en prononçant des vœux inoubliables.

J'eus un sursaut d'orgueil, alors que ma gorge se serrait d'angoisse.

— Je resterai à Haven Stone le temps de trouver un lieu de convalescence à Mrs Whitmore. Pas un jour de plus.

— C'est donc votre réponse, lâcha-t-il après un instant.

— C'est ma réponse.

Dans le regard qu'il posa sur moi, il n'y eut ni tendresse ni passion. Il n'y eut pas de désespoir ou de folie. Pas une once de ressentiment non plus.

Juste le néant. Lord MacLaine de retour, Edward n'était plus.

32

Sitôt sortie de la bibliothèque j'empruntai le grand escalier vers ma chambre, les pensées assombries par la tristesse. Chacun de mes pas pesait une tonne et mes doigts étaient aussi glacés que les murs de Haven Stone.

Je n'aurais pas eu plus mal si le monde s'était écroulé.

J'avais attribué l'aisance d'Edward, sa culture et son autorité naturelle à sa fonction de gérant du domaine et j'en avais déduit, après les confidences d'Erin, que le fait que ses parents aient travaillé pour les MacLaine expliquait certains des privilèges dont il bénéficiait et le niveau de son éducation.

Je n'avais pas imaginé qu'il puisse *être* un MacLaine.

Le nom ne fait pas nécessairement l'homme, et pourtant. Cet Edward-là m'avait semblé si lointain, une autre version de celui dont les baisers m'avaient emportée la veille, un double glacial. Presque effrayant.

Un autre.

J'étais parvenue au premier niveau, quand Mrs Burnett m'interpella.

— Miss Granger !

Je l'ignorai et poursuivis mon ascension jusqu'au palier du deuxième étage où trônait le portrait de Charles James Neill MacLaine dit Jamie – je le compris en redécouvrant son nom complet – le frère aîné d'Edward et père naturel de Liùsaidh, avant-dernier propriétaire de Haven Stone.

Pourquoi la peinture de l'actuel maître des lieux n'était-elle pas exposée comme il est d'usage dans ces grandes maisons ? Blond-roux, les yeux clairs, Jamie n'avait aucun trait commun avec son frère cadet.

Ce portrait avait, en plus des manigances de Mrs Whitmore et de Mrs Burnett, grandement contribué à ma méprise.

— Vous fuyez encore ? me héla sèchement l'intendante, en arrivant à ma hauteur.

— Chaque jour depuis plus de dix ans, je suis confrontée à la douleur des parents qui perdent un enfant, répliquai-je, les yeux accrochés à ceux du tableau. Mais le deuil, si monstrueux soit-il, n'excuse ni le mensonge ni la manipulation, conclus-je, en me tournant vers elle. Et il ne devrait pas être prétexte à se moquer du monde.

Mrs Burnett pâlit.

— Qu'avez-vous dit à Lord MacLaine ?

Irritée par le ton qu'elle employait, je remontai le couloir sans répondre. L'intendante me rattrapa par le bras au moment où je parvenais à ma chambre.

— Que lui avez-vous dit ?

Ses doigts de squelette ambulant possédaient une force peu commune.

— Vous avez perdu la tête ?

Je me dégageai de son emprise.

— Lui avez-vous parlé de Liùsaidh ?

— Vous voulez dire de la chaise vide ?

Mrs Burnett pinça les lèvres et me lança un regard méprisant.

— Vous êtes indigne de cette famille, articula-t-elle, visiblement choquée par mes propos.

— Pourquoi ? Parce que je recrache les couleuvres plutôt que de les avaler et que j'exprime mes sentiments et non du dédain pour les autres ?

— Vous confondez éducation et mépris, Miss Granger.

— Et vous prenez des vessies pour des lanternes, Mrs Burnett ! Lord MacLaine est rentré depuis des jours et jusqu'à hier encore, il se promenait sous votre nez, vêtu comme un vagabond !

L'intendante me regarda, interloquée.

— Dois-je en conclure que vous ignorez ce qui se passe dans votre propre maison ?

— Je n'ai pas l'habitude de me justifier, répliqua-t-elle après un bref silence.

— Bien sûr, que je suis idiote ! Décidément, vous êtes aussi perchée dans votre monde de coincés que votre maître !

— Vous n'avez aucune idée de qui il est, sinon vous ne parleriez pas de lui dans ces termes.

— Au moins, nous sommes d'accord sur un point ! J'ignore qui il est !

Et je lui claquai la porte au nez.

33

En fin de matinée, Liam s'invita dans la salle du personnel où je m'étais retranchée pour téléphoner. Malgré des heures passées à tenter de négocier dans une langue dont je ne maîtrisais pas toujours les subtilités, j'échouai à trouver un lieu de convalescence approprié pour Mrs Whitmore, un endroit accueillant où elle bénéficierait d'une prise en charge psychologique, pas un hôpital de seconde zone.

— Tu m'emmènes manger des *mince pies* au marché de Noël ?

Absorbée par ma tâche, je ne lui répondis pas.

Malheureusement et sans surprise, les délais d'attente étaient de plusieurs mois ou les établissements trop éloignés de Haven Stone. Mrs Whitmore n'ayant aucune famille, elle ne pourrait compter que sur les gens d'ici pour la visiter. Pas question que je l'isole, surtout après ce qui lui était arrivé.

Lui dénicher un refuge ne serait pas la fin de mes soucis. La cuisinière n'avait pas quitté cette maison en quarante ans et il faudrait que j'use des meilleurs arguments pour la convaincre de s'en éloigner quelques jours.

Un peu plus tôt, j'avais préparé mon retour en France. Dans un message adressé à mon père, je l'avais prié de rassembler les papiers nécessaires à l'obtention d'un laissez-passer, seul moyen de sortir d'Écosse sans passeport.

Ma confrontation avec Edward et l'animosité de Mrs Burnett m'avaient ôté toute envie de rester sur l'île des brumes, et je n'avais guère l'énergie de poursuivre cette fugue qui ne me mènerait nulle part.

En outre, je ne craignais plus d'annoncer à mon père que dorénavant je suivrais ma propre voie. J'ignorais encore ce que cela signifiait ou ce que je déciderais en rentrant à Paris, et peu m'importait. Hier, j'étais résolue à épouser un homme qu'aujourd'hui je ne songeais qu'à fuir.

J'avais perdu le goût de me projeter dans l'avenir.

— Docteur Joséphine ?

En relevant les yeux, je vis que Liam s'était planté devant le bureau.

Front plissé et petits poings sur ses hanches à la façon d'un garnement, il me fixait d'un air contrarié.

— J'attends des coups de fil importants, prétextai-je, en replongeant le nez dans mes dossiers. Nous irons demain ?

— Demain je rentre chez ma maman !

— Alors ce soir ?

J'espérais d'autres réponses de maisons de convalescence d'ici la fin de l'après-midi et des nouvelles de mon père.

Liam ne bougea pas d'un pouce.

— Il va aller en prison, mon papa ?

— C'est au juge d'en décider.

— Tu ne sais pas ?

— Non, répondis-je en le regardant cette fois. Je suis désolée, mon bonhomme.

— Ce n'est pas ta faute, tu ne dois pas être désolée.

Le bon sens de Liam me touchait bien plus que je l'aurais voulu. Il acceptait les travers de son père tout en se protégeant de ses frasques, ce que j'avais été incapable de faire avec ma propre mère. Je naviguais sans cesse entre la frustration liée à son absence et la terrible sensation qu'elle m'avait trahie en me reprochant d'être née et en mourant sans me laisser le temps d'être assez sage pour apaiser nos liens.

— Lord MacLaine dit qu'on a le papa qu'on a et qu'on doit faire avec.

— C'est juste.

Liam l'ignorait, mais Edward et lui avaient beaucoup en commun. Je fis mine de parcourir mes documents pour cacher mon émotion, le garçonnet ne l'entendit pas de cette oreille.

— Pourquoi on met les papas en prison ?

— C'est ainsi que la société fonctionne. À l'école ou à la maison, si tu fais une bêtise, on te réprimande. Dans le monde des adultes, quand on ne respecte pas les lois, on va en prison.

— Oui, mais ça sert à quoi de punir les gens ?

— L'idée est de te faire réfléchir pour que tu ne recommences pas.

— S'il a recommencé, c'est qu'il est méchant ?

— Il n'y a pas que les méchants qui font des bêtises. Cela arrive lorsqu'on n'a pas assez réfléchi. Ou qu'on est fâché ou malheureux, précisai-je, attendrie par son manège.

— Ou quand on n'écoute pas ses parents, hein, docteur Joséphine !

— Absolument ! Allez, viens, allons manger des *mince pies*, conclus-je en me levant. Mais on reste une heure, pas plus, OK ?

34

La tempête avait fracassé la plupart des maisonnettes en bois, mais les commerçants s'étaient battus pour offrir à tous un endroit convivial malgré les dommages causés par les intempéries.

Les plus chanceux avaient rafistolé leur chalet, les autres s'étaient employés à fabriquer des stands de bric et de broc pour exposer leurs produits : art, décorations, bijoux fantaisie, whisky et spécialités locales.

L'ambiance joyeuse de cette bourgade écossaise me rappela les marchés de Noël de mon enfance avec sa neige légère et virevoltante, l'odeur des sucreries et du chocolat chaud, celle des grillades et des bougies parfumées.

Après avoir visité chaque cabane et acheté une babiole pour la mère de Liam (j'avais emprunté quelques dizaines de livres dans l'enveloppe de ma paie de gouvernante, qui n'avait pas bougé de la table de la salle à manger), nous jetâmes notre dévolu sur le stand du *Haven's Inn* pour déjeuner.

Son bonnet de père Noël sur la tête et en kilt sous son tablier, Tòmas faisait griller des saucisses dont les arômes excitaient les papilles. Tandis que Liam s'entraînait au jeu de la corde avec des enfants sous l'œil attentif de leurs parents, installés par grappes aux tables d'hôtes avec du vin chaud, j'attendais notre commande en regardant passer les gens.

Une femme s'approcha du comptoir pour commander un whisky. Brune, grosses lunettes en écaille à la mode des années soixante-dix, la cigarette aux lèvres, indifférente à mon salut, elle fit bondir mon cœur.

— Maman ?

Le mirage s'évanouit quand je l'entendis complimenter Tòmas sur ses mollets. Elle rit et, une fois servie, s'éloigna d'une démarche chaloupée, sans même me jeter un regard. Le barman, qui avait perçu mon trouble, s'approcha avec une bouteille et un verre, qu'il posa devant moi.

— Ah, ces fichues Anglaises qui se croient tout permis au prétexte qu'elles viennent dépenser leur *quid*[1] chez nous ! Elles nous considèrent comme les clowns de service, et fantasment en imaginant notre cul nu sous le kilt. Au moins, celle-ci apprécie le bon whisky. Tiens, ajouta Tòmas en me servant. Goûte, c'est pour elle !

L'étiquette indiquait qu'il s'agissait d'un *blended*[2] Isle of Skye de huit ans d'âge, vieilli en fût de chêne, qui mêlait agréablement (selon le barman) des notes marines liées aux embruns et d'autres plus fumées issues des terres.

Ces parfums contraires m'évoquèrent aussitôt Edward.

---

1. Expression familière pour livre sterling.
2. Assemblage de plusieurs whiskies issus de distilleries différentes en opposition au single malt – composé d'un seul whisky.

— Tu as déjà aimé, Tòmas ?

Occupé à garnir nos assiettes de saucisses et de bacon, il haussa les épaules.

— Depuis que j'ai quinze ans, je tombe amoureux deux fois par mois Jo, en particulier quand je vais m'éclater à Édimbourg !

Tòmas me confia qu'il était trop addict – ce furent ses mots – au flirt pour aimer. Il préférait la rencontre, ce moment où les yeux de l'autre dévoilent le même penchant, la même envie. Ce jeu pouvait durer cinq minutes ou trois semaines, il était aussi excitant : l'attente, les fantasmes et puis l'instant où enfin, les bouches et les corps se découvrent.

— Après ce feu d'artifice, le pénis est morne et l'haleine chargée, et moi je m'envole vers d'autres horizons ! Bon, ajouta-t-il en posant les plats devant moi, dis-moi plutôt qui a volé ton cœur ?

— Docteur Joséphine a un amoureux secret, s'écria Liam, qui s'était précipité pour récupérer son assiette.

— Et tu connais son nom ?

— Oui, mais je ne le dis pas, sinon ce n'est plus un secret !

Et l'enfant repartit vers les tables, chargé de son repas et d'un chocolat chaud.

— Un homme assez charmant pour te séduire en quelques jours, il n'y a rien d'aussi sexy dans le coin ! J'en déduis que le ténébreux MacLaine est de retour !

Je m'employai à engloutir les délicieuses spécialités écossaises que Tòmas avait sélectionnées pour moi, le nez dans mon assiette. Manger me rassérénait et boire déliait les nœuds d'angoisse nichés au creux de mon ventre.

— Alors, insista Tòmas. J'ai deviné juste ?

— Parfois, il arrive qu'on se sente instantanément proche d'un inconnu, répondis-je, en mordant dans une part de saucisse juteuse. Plus proche qu'on ne le sera jamais de nos parents, de nos collègues ou de nos amis. Tu vois ce que je veux dire ?

— Pas du tout, s'esclaffa Tòmas, tout en dressant de nouvelles assiettes. Il faudrait déjà que les gens soient francs et ne cherchent pas à se montrer à leur avantage. Or, la définition de la séduction c'est la tentative de détourner l'autre du droit chemin. Et l'un des moyens les plus efficaces d'y parvenir est d'être attractif. Si l'on en croit la santé florissante des industries de la lingerie, du maquillage, du parfum, des belles fringues, des accessoires, des voitures de sport, des restos chics et des diamants, et j'en oublie, ce n'est pas en étant honnête qu'on y parvient !

— J'ai l'impression d'entendre parler mon père !

— Tu as déjà vu quelqu'un aller à un *date* en pyjama ?

— La première fois que j'ai vu Lord MacLaine, j'étais en robe de chambre et pantoufles.

— Alors, où est le problème ?

— J'ai cru que c'était le métayer !

— Tu as pécho sans le savoir le plus beau parti à des *miles* à la ronde ! Tout ce que tu risques, c'est d'être lestée et jetée à l'eau par tes rivales !

— Tòmas, maugréai-je, en admirant le fond de mon verre où le whisky séchait en dégageant une odeur de tourbe. J'ai besoin d'un ami pas d'un geai moqueur.

— Ce perdreau immature, un ami ? Mieux vaut un geai moqueur !

La femme qui s'invitait sans chichi dans notre conversation était âgée d'une soixantaine d'années. Ses cheveux d'un blanc pur entouraient un visage plissé de rides qu'illuminaient deux yeux bleus, aussi doux que ceux de Tòmas.

— Tu nous présentes, espèce de gamin mal élevé ?

— Jo, voici ma mère, Mrs Siùbhan Murray. Maman, voici Jo.

— Joséphine Granger, précisai-je en répondant à sa poignée de main. Mais tout le monde m'appelle Jo.

Siùbhan me sourit avec chaleur et commanda une bière.

— *Slàinte !*

Elle choqua sa bouteille contre mon verre de whisky, que Tòmas avait de nouveau rempli malgré mes protestations.

— Ravie de rencontrer une collègue, Jo !

Ancienne sage-femme, Siùbhan avait dû renoncer à la pratique de l'obstétrique à cause d'une maladie inflammatoire invalidante qui touchait ses articulations. Mais elle assurait quelques suivis gynécologiques pour que ses concitoyennes les plus fragiles ne pâtissent pas des décisions politiques successives, qui avaient engendré ici, comme dans de nombreux pays du continent européen, des déserts médicaux.

— Mrs Whitmore nous a confié que vous projetiez d'ouvrir le dispensaire.

L'enthousiasme de Siùbhan me ramena brutalement à une réalité bien plus cruelle que la duplicité d'Edward MacLaine, et mon chagrin m'apparut dérisoire.

La cuisinière avait habilement œuvré en faisant courir le bruit que j'envisageais de m'installer sur l'île des brumes. Que ma vie personnelle soit sens dessus dessous ne changeait rien à mon désir d'être utile à la communauté et elle l'avait deviné dès le premier jour.

En revanche, Mrs Whitmore ignorait tout de mon histoire – les circonstances de la mort d'Aurélien – et me croyait seulement épuisée par un travail qui ne me convenait plus. Or, veiller sur plusieurs dizaines de familles, ce n'était pas aussi facile que de rassurer quelqu'un après une agression ou panser des plaies !

— C'est plus une vague intention qu'un projet ! contrai-je, embarrassée. Je suis arrivée mardi !

— Alors Grant et moi serions prêts à toutes les bassesses pour vous convaincre de rester !

— Qui est Grant ?

— Mr Gilchrist est le directeur du *community*, l'hôpital local. C'est lui qui est chargé de la paperasse, quand on a la chance de voir le bout du nez d'un médecin ! L'année où Lord MacLaine a offert de salarier les volontaires et de mettre la tour ouest de Haven Stone à leur disposition, nous avons eu de nombreux candidats. Malheureusement, aucun d'entre eux n'est resté plus de quelques mois.

— Pourquoi ?

— Certains avancent la charge de travail trop importante et le climat, d'autres le manque d'accès à la culture. La plupart souffrent de l'isolement.

— Jo, crois-moi, il faut une vie amoureuse épanouie pour vivre sur l'île des brumes à l'année ! La campagne, c'est rude pour les gens de notre âge ! Et c'est dur pour les soignants.

— Ce peut-être aussi gratifiant !

— Arrête, Maman, tu ne nous as pas vus grandir, Erin et moi ! Elle partait à cinq heures du mat' et rentrait quand on était couchés, ajouta-t-il à mon intention. Et puis, Jo est ici pour se reposer, pas pour passer un entretien d'embauche !

Tòmas m'adressa une grimace faussement navrée, de celles qu'on laisse échapper quand le comportement d'un proche vous embarrasse. Je le rassurai avec un sourire.

— Sachez simplement que si vous vous installez ici, vous ne serez pas seule.

La douceur de la voix de Siùbhan contrastait avec la volonté qui éclairait ses yeux. Son regard brillait de ce que j'aimais chez les gens d'ici. Quelque chose de vaste et d'authentique, comme si dans ces contrées sauvages, on ne s'encombrait pas d'hypocrisie.

Les rapports étaient rugueux, mais sincères.

— Vous ne me connaissez pas.

— Les gens bien sont assez rares, et je sais les reconnaître. Vous êtes quelqu'un de bien, Jo.

Amère, je songeai que mon premier réflexe après la découverte de la véritable identité d'Edward avait été de réserver un billet pour Paris, alors que la seule perspective de retourner aux urgences me glaçait.

— J'ai quitté l'hôpital après une erreur qui a coûté la vie à un enfant, Siùbhan. Je ne suis pas qualifiée pour endosser la responsabilité d'une communauté.

— Si nous craignons de mettre nos tripes sur la table et notre tête à couper, alors comment pourrions-nous sauver des vies ?

Et je sus que Siùbhan avait traversé la même obscurité que moi.

— Docteur Joséphine ! Tu viens ?

— Reparlons-en autour d'un souper, Jo. Je proposerai à Mr Gilchrist de nous rejoindre.

— Les gens d'ici ont besoin d'un médecin qui s'engage à ne pas les abandonner dans trois semaines. Je ne suis pas certaine d'être cette personne-là.

— Un *fish and chips* au *Haven's Inn* ne vous engage à rien, en revanche, ça nous permettra de mieux nous connaître ! Vous y penserez ? conclut-elle, ses yeux bleus plantés dans les miens.

Impatient, l'enfant tirait sur ma manche.

— Docteur Joséphine, on nous attend !

— J'y penserai. Pardonnez-moi, ajoutai-je, alors que Liam m'attirait vers un attroupement, qui s'était formé non loin de notre stand. J'ai une urgence relative à gérer.

— Faites signe à Tòmas quand vous serez disponible, il nous organisera ça !

Composée de six hommes et femmes en tenue traditionnelle, d'un violoniste et d'un joueur de cornemuse, la chorale ambulante s'apprêtait à interpréter *The Twelve Days of Christmas* à la demande de Liam.

— C'était notre chanson de Noël préférée, à Liùsaidh et moi !

— Alors, chantons pour elle !

Nous entonnâmes la ritournelle en chœur, et Liam s'amusa de m'entendre trébucher à chaque couplet à la façon d'une danseuse débutante qui imite les ballerines avec un léger décalage :

« On the seventh day of Christmas
My true love sent to me :
Seven swans a-swimming,
Six geese a-laying,
Five golden rings,
Four calling birds,
Three French hens,
Two turtledoves
And a partridge in a pear tree[1]. »

Quand je revins au stand du *Haven's Inn*, Siùbhan s'était éloignée pour bavarder avec un élégant trentenaire, et ils me lançaient de réguliers coups d'œil.

— Qui est cet homme, avec ta mère ? demandai-je à Tòmas en me réinstallant au comptoir.

— D'abord, tu me confies tes secrets les plus inavouables.

— Tu veux que je te raconte qu'à vingt ans j'ai séduit un de mes profs de fac ou que dans mon envie de briller dans les yeux de mon père, j'ai évincé certains concurrents ?

— Non !! Je veux savoir pourquoi tu t'es littéralement décomposée quand ma mère a parlé de Lord MacLaine !

— Je ne me suis pas décomposée !

— Tu étais livide ! Cette histoire de métayer, c'est pourtant si romantique !

— Il n'y a rien de romantique à être prise pour une imbécile ! s'exclama Erin, qui s'affairait dans la réserve, et dont je n'avais pas remarqué la présence.

1. *The Twelve Days of Christmas* est un chant de Noël très connu dans les pays anglophones.

Elle nous rejoignit. Ses cheveux roux étaient rassemblés sous un bonnet de laine, ses joues et son nez, rosis de froid.

Sa vue suffit à me tordre les tripes de jalousie.

— *Sis*, arrête ! râla Tòmas en lui faisant les gros yeux.

— Alors, le métayer, il ne l'avait jamais osé, mais il s'est déjà fait passer pour un espion du MI5 ! Alors pourquoi pas ! Tu étais prévenue, Jo !

Lorsqu'elle fut retournée à l'arrière du stand, Tòmas déposa deux parts de *mince pies* devant moi. J'étais dépitée.

La méchanceté m'atteignait invariablement. Et face à l'animosité d'Erin, dont je comprenais pourtant les origines, j'éprouvais le chagrin d'une fillette malmenée ; était-ce la douleur de constater qu'on s'était joué de moi ? La peine d'être moquée par cette femme bien plus jolie, plus sexy et dont j'enviais l'aisance ?

Ou encore la déception, tant j'avais cru qu'Edward et moi pourrions balayer un passé qui ne nous convenait pas, oublier de quelle terre, de quelle matière nous étions issus, de quelles expériences, de quelles erreurs et de quelles aspirations ?

— Ma frangine a le béguin pour Lord MacLaine depuis qu'elle a douze ans, me glissa Tòmas, m'extrayant ainsi de mes pensées. Elle n'est pas méchante, Jo ! Juste un peu jalouse !

Je lui répondis avec une grimace sceptique.

J'avais habituellement une bonne analyse du caractère des gens, et Erin n'était peut-être pas méchante, mais elle était tout sauf gentille.

— Il y a quelque chose d'inachevé dans sa tête, ajouta-t-il. Un rêve de gamine, de ceux qui poussent certains à tout ficher en l'air pour s'apercevoir qu'à quarante piges on n'en a plus quinze depuis un bail ! C'est arrivé à un des cuisiniers de l'auberge. Marié, heureux en ménage, un gosse en route, et puis un jour, il reçoit un message sur les réseaux sociaux : un premier amour datant du collège, un truc de vacances, je ne sais plus. Il a tout fichu en l'air pour elle. Ça a duré trois semaines.

— Et ? me contentai-je de répondre.

— Peut-être qu'elle a tort et que ton lord est un gentleman. Ou peut-être que c'est le pire de tous les salauds. Ici, il y'a ceux qui l'adulent, ma mère en tête, et ceux qui prétendent qu'il est fou à lier.

— Et toi ? Que penses-tu de lui ?

— Tu connais l'histoire de la reine Victoria et du rince-doigts ?

Je lui dis que non d'un signe de tête. Mes pauvres connaissances sur la noblesse britannique se bornaient à quelques souvenirs de mes cours d'histoire, mes lectures et ma passion inavouée pour la série *Downton Abbey*, dont je dévorais les épisodes en salle de garde, tandis que mes confrères débattaient des derniers rebondissements de *Grey's Anatomy*.

— On raconte qu'un prince oriental, invité à souper à Buckingham Palace et ignorant nos coutumes, a pris l'eau du rince-doigts pour un cocktail et l'a avalé d'un trait. Eh bien, la reine l'a imité, aussitôt suivie par tous les convives. Plutôt que de lui dire qu'il se trompait, ce que n'importe lequel d'entre nous aurait fait…

— … elle a inventé une nouvelle coutume pour ne pas embarrasser son hôte.

— Exactement ! Alors, quand tu me demandes ce que je pense de Lord MacLaine, eh bien je te réponds qu'il est un peu comme elle. Différent de nous. C'est pour ça que je me garderais bien de le juger.

— Lui aussi accuse mes préjugés, dis-je sur un ton sinistre.

— Quand tu es arrivée l'autre soir, tu ne te prenais pas la tête comme ça ! Tu m'as avoué que tu n'avais pas un rond, accepté de travailler contre un hébergement et tu n'as jamais tenté de nous la faire à l'envers, à Erin et moi. Et c'est d'ailleurs ce que ma mère était en train de dire au directeur du *community*, tout à l'heure. Je ne suis pas là pour te faire la morale, Jo. Juste pour te rappeler que tu es d'abord quelqu'un de bien.

Abandonnée par ma mère, je craignais tant la trahison que j'avais baissé les bras avant même de chercher à découvrir la vérité sur Edward, jugeant d'emblée son silence coupable. Et si je m'étais trompée ?

— Je me suis comportée comme une idiote.

— Non, tu étais malheureuse et en colère ! Et c'est normal ! Mais à présent que mon excellent doublé whisky-saucisses t'a apaisée, tu peux essayer de voir les choses sous un autre angle, non ?

Tòmas répondit à mon regard interrogateur par un sourire.

— Ne te laisse pas déstabiliser par les coups fourrés de ma frangine ou impressionner par le titre ronflant d'Edward MacLaine. Sa maison est plus grande que la tienne, c'est vrai, il ne pense pas comme nous, c'est vrai aussi. Mais, sincère ou manipulateur, il n'est qu'un homme !

35

Il était quinze heures passées quand Archibald nous déposa devant la grande porte. Les niveaux inférieurs de la maison-tour sommeillaient dans l'obscurité, et la baie du dernier étage inondée de soleil renvoyait un éclat aveuglant sur les jardins qu'elle irisait de mille nuances. Au-delà, la lande se couvrait d'une couleur fauve et la neige étincelait sur les sommets sous un ciel d'ardoise. En contrebas du chemin, la mer léchait les remparts dans un sinistre grondement.

Haven Stone la mystérieuse, tout en clair-obscur, semblait vouloir nous éblouir. Mais son hall dénué de vie où j'aidais Liam à se débarrasser de son blouson et de ses bottes couvertes de neige me rappela combien le cœur de cette maison était aussi torturé que celui de son maître.

— Liam, peux-tu prévenir Mrs Burnett que nous sommes rentrés ? Je voudrais m'entretenir avec Lord MacLaine.

L'enfant hocha la tête et se précipita dans le bureau de l'intendante. Je m'assurai qu'elle était présente, avant de frapper à la porte de la bibliothèque.

La voix d'Edward m'invita à entrer.

Il s'était levé et m'attendait à côté de son bureau, une main posée sur le plateau, l'autre négligemment glissée dans la poche de son pantalon. En le voyant ainsi, j'eus envie de me jeter dans ses bras et je me fustigeai d'être aussi mièvre.

— Que puis-je pour vous, Miss Granger ?

D'un geste, il m'invita à prendre place face à lui.

— Edward, osai-je doucement, sommes-nous obligés d'être… si formels ?

J'avais cédé à une impulsion en m'aventurant auprès de lui, grisée par le whisky et les paroles rassurantes de Tòmas. Et sur la route du retour, j'avais cherché les mots qui amèneraient Lord MacLaine à m'accorder un instant. Et puis, tout au fond de moi, j'espérais que si je venais simplement à lui, comme je l'avais fait le premier soir, il me répondrait tout aussi simplement, et non comme un homme prêt à avaler le rince-doigts de ma colère pour m'éviter l'humiliation.

— Vous n'aviez pas rendez-vous, notre entrevue n'a donc rien de formel. Souhaitiez-vous m'informer d'un changement dans vos projets ?

— Non, soufflai-je, je voulais…

… juste qu'il m'aide à dénouer cet imbroglio qui nous avait conduits à nous déchirer quelques heures seulement après avoir envisagé de nous marier.

Face à son impassibilité surhumaine, j'ignorais comment m'y prendre.

Désarmée, voilà comment je me sentais. Ce n'était pourtant pas dans mon caractère. Les hommes que je fréquentais au quotidien ne n'intimidaient guère car nous appartenions au même monde, un monde dont je maîtrisais les règles.

J'avais beau me dire qu'il n'était qu'un homme, Lord MacLaine était né sur une autre planète, ses codes s'opposaient aux miens, sa langue possédait des subtilités que j'étais en peine de comprendre.

Et ma confusion fut prompte à lui apparaître.

— Votre torture s'achèvera à midi demain, Miss Granger. Une voiture viendra vous prendre pour vous conduire où vous le voudrez.

— Je n'ai pas l'intention de partir demain ! protestai-je, prise de court.

— Il m'a semblé que c'était là votre souhait.

— J'ai dit que je resterais le temps de trouver un hébergement à Mrs Whitmore.

— Mrs Whitmore n'est qu'un prétexte.

— Mrs Whitmore est ma patiente !

— Sa santé n'est plus votre problème désormais.

— Tant que je ne lui ai pas trouvé de maison de repos, elle est sous ma responsabilité !

— Elle sera accueillie dès demain dans le Tayside, avec Mrs Burnett, chez la nièce de cette dernière. Leur médecin de famille a accepté de la visiter quotidiennement, les rendez-vous de radiologie sont pris, et un psychologue la recevra dès mardi prochain, ainsi que vous l'avez préconisé.

En organisant le départ de Mrs Whitmore, Edward précipitait le mien.

— Ma présence à Haven Stone vous est-elle devenue à ce point insupportable ?

— Si vous voulez demeurer ici, Miss Granger, vous êtes évidemment la bienvenue. À une condition.

— Je ne jouerai pas aux gouvernantes fantoches !

Edward fronça les sourcils, et j'eus la fugace impression qu'il ne comprenait pas l'allusion, puis elle disparut.

— Vous devrez simplement assumer que si vous souhaitez vous établir ici, c'est pour vivre à mes côtés.

— Pourquoi resterais-je avec un homme qui refuse de me donner la moindre explication sur ce qui est arrivé ?

— Personne d'autre que vous ne peut répondre à cette question, rétorqua-t-il avec une logique implacable.

Jamais l'impression de briser mes vagues sur ses murailles n'avait été plus tangible qu'à cet instant.

— Vous ne me pardonnerez jamais d'avoir douté de vous, n'est-ce pas ?

— Je ne vous pardonne pas de douter encore.

Edward avait raison à un détail près : je n'étais pas indécise, j'étais paumée.

Ce matin, j'avais tenté d'ôter l'anneau qu'il avait passé à mon doigt, mais incapable de me résoudre à le découper, j'avais renoncé. Probablement attendrais-je qu'il quitte ma main, effiloché par les années comme les porte-bonheur brésiliens. Ainsi, il me rappellerait combien la naïveté, si elle semble idéale dans ce monde gouverné par la défiance et les préjugés, est à double tranchant.

J'avais passé ma vie de femme loin des sentiments et mon manque d'expérience me poussait à me méfier des feux soudains. En m'émerveillant et m'apprivoisant, Edward avait gagné mon cœur et je n'avais pas craint de m'ouvrir à lui avec spontanéité. Ainsi, je l'avais découvert sans l'œil désabusé de l'adulte et je m'étais offerte à son regard avec sincérité. Mais à présent que je confrontais Lord MacLaine, ma naïveté n'était-elle pas plutôt crédulité et ma spontanéité, inconscience ?

Comment savoir si cet homme qui prétendait m'aimer était sincère, ou s'il ne cherchait qu'à accomplir jusqu'au bout son dessein ?

Le deuil révèle la nature des hommes. Si la sienne était de vivre l'ivresse de la solitude et de la liberté, et de consumer son existence entre les bras d'une autre femme chaque soir, elle n'aurait pas disparu à la mort de Liùsaidh. Éros et Thanatos étaient liés depuis la nuit des temps, et la vie, une éternelle insatisfaite.

Et puis, n'était-il pas celui qui avait ordonné à son intendante de recruter une gouvernante pour sa fille décédée ?

— Je me garderai bien d'interpréter votre silence, poursuivit Edward. Sachez simplement que si l'idée de vous voir quitter Haven Stone me désespère, c'est une douleur supportable en regard de la défiance que vous me témoignez.

Ses mots me blessèrent autant qu'ils m'ensorcelèrent.

Nous étions si proches que je pouvais sentir l'odeur de ses vêtements, mêlée à celle de sa peau. En avançant à peine la main, j'aurais pu toucher la sienne.

Je *pouvais* toucher la sienne si j'osais revenir à l'essentiel, oublier mes peurs et mes doutes et des convenances dont je n'avais que faire – et une réalité trop sombre pour moi, qui ne rêvait que de vibrer.

Tòmas avait raison, Edward MacLaine était un homme et j'étais une femme. Et je n'avais pas fantasmé ce que nous avions vécu.

Soudain, il n'y eut plus rien d'autre que lui et moi.

Peu m'importaient ses véritables intentions, je n'avais qu'une obsession : caresser cette veine qui palpitait sur sa tempe, ouvrir sa chemise et nicher mon visage au creux de son aisselle, sentir l'humain et non l'héritier, marier nos épidermes de la tête aux pieds. Et assouvir enfin ce désir qu'il avait réveillé devant la porte bleue.

Je cédai à l'élan qui me consumait et l'embrassai.

Hélas ce soir, Edward n'était pas un homme, il était de marbre.

Choquée par sa froideur, je reculai aussitôt, et il appuya sur la sonnette posée sur son bureau, comme s'il s'enfuyait. Oui, il s'enfuyait, il m'échappait tout en demeurant immobile et aussi lointain que ses pairs dont les portraits ornaient les murs de sa maison. Sinistres et intouchables. Si différents.

On frappa aussitôt. La porte s'ouvrit sur Mrs Burnett.

— Nous avons terminé, lâcha Edward sur un ton aimable, totalement décalé avec l'instant. Vous pouvez m'envoyer Liam.

— Bien, *my Lord*, dit Mrs Burnett, qui se retira aussitôt.

Je voulus lui dire que non, nous n'avions pas terminé, que nous ne nous étions rien dit, qu'il devait redescendre de sa tour et me parler comme un homme à une femme et non un robot empêché par des siècles de traditions !

Mais Liam s'engouffra dans la bibliothèque et je choisis de ravaler ma langue.

— Je ne vous reverrai pas d'ici votre départ, Miss Granger. Je vous souhaite le meilleur pour vos projets futurs.

— Lord MacLaine, le saluai-je.

Puis, je me dirigeai seule vers la sortie.

Liam campa sur le seuil, m'interdisant le passage, les bras écartés.

— Pourquoi tu laisses partir docteur Joséphine ?

Edward haussa un sourcil, visiblement surpris.

— Je sais que c'est toi, son amoureux secret. Les fées me l'ont dit.

— Les fées ne mentent jamais, admit Edward.

— Tu vois, docteur Joséphine ! Alors, pourquoi tu pars ?

— Parfois, aimer ne suffit pas, mon bonhomme.

Le regard d'Edward me transperça.

— Monsieur, tu es d'accord avec docteur Joséphine ?

J'eus, l'espace d'un instant, l'impression qu'Edward allait se jeter sur moi. Il demeura immobile et silencieux. Glacial derrière ses remparts.

— Il arrive que certaines choses s'avèrent un jour et s'infirment le lendemain, dit-il. Et crois-moi, Liam, je le regrette infiniment.

L'enfant gratifia Lord MacLaine d'un regard soucieux, front plissé.

— Alors, je ne vais pas pouvoir rester, monsieur. Je dois emmener Joséphine chez les fées.

36

Sa petite main dans la mienne, Liam m'entraîna dans le parc de Haven Stone. Une fine couche de neige glacée craquait sous nos pas, et il prenait beaucoup de plaisir à sauter sur le chemin, s'amusant du bruit de coquille d'œuf que nous émettions.

Des pans de bâches arrachées par la tempête jonchaient le sol, et le lierre enroulé autour des structures métalliques de la serre avait été dénudé, ses feuilles déchiquetées par le vent. À l'intérieur, les poteries multicolores avaient été brisées et leur contenu renversé, les tables broyées. De la boue gelée cristallisait les plantes et les fleurs hachées dans une impressionnante nature morte.

Si je m'étais établie ici, j'aurais adoré cultiver des fruits, des légumes et des succulentes. J'appréciais ces plantes grasses quasi immortelles que l'on pouvait tronçonner, découper, arracher, replanter à loisir. Quels que soient la surface ou le terreau, l'exposition ou la température, leur surprenante nature triomphait, épanouissant leurs innombrables pétales et inflorescences. Au lieu de cela, je finirais chef de service comme mon père, et le week-end je rempoterais seule mes cactus dans mon petit appartement avec vue sur l'entrée des urgences.

Le chemin vers l'étang avait été labouré par des sangliers et je trébuchai plusieurs fois sur les mottes de terre. Pourtant rompue à la marche, j'étais incapable de veiller sur mes propres pas, déchirée entre raison et déraison, devoir et envie, destinée et liberté, Edward et MacLaine.

Ici ou ailleurs. Mais où ?

Lorsque nous parvînmes sous le grand chêne, Liam poussa la grille en fer forgé, et s'avança jusqu'au banc situé devant la tombe de Liùsaidh. La neige qui avait recouvert la pierre était elle-même cachée sous un tapis de feuilles.

À travers la ramure d'hiver se faufilaient de pâles rayons du soleil. Ils jetaient des taches changeantes autour de nous.

— Où sont-elles ? demandai-je doucement à Liam.

— Il faut attendre un peu.

Un vent léger caressa les branchages presque nus. Liam avait saisi ma main et il posa sa tête sur mon épaule. Ce geste, cent fois partagé avec d'autres, me rappela les enfants que j'avais soignés, ceux que j'avais échoué à sauver, mais dont j'avais soulagé la douleur, ceux que j'avais rassurés et enfin ceux que j'avais pleurés.

Je les avais tous aimés, même brièvement. Certains s'étaient perdus dans ma mémoire, d'autres s'y étaient arrêtés quelque temps, et d'autres enfin, tel Aurélien, y demeureraient à jamais. Tout simplement parce qu'ils m'avaient changée.

La tendresse de Liam me rappela aussi l'éphémère caractère des choses.

La beauté des rencontres. Jamais avant lui, je n'avais choisi de prendre soin d'un enfant en particulier, et jamais avant lui un enfant ne m'avait choisie pour prendre soin de lui.

Ce que j'espérais trouver avec Liùsaidh, Liam me l'avait offert.

La Joséphine d'avant serait restée dans son bureau à téléphoner, convaincue que sa tâche était plus importante que d'emmener un petit garçon en bonne santé au marché de Noël. Elle devait rentabiliser chaque minute, prioriser ses actes. Trier les cas par gravité, traiter les plus critiques en premier, faire patienter les blessures relatives et refouler les bobos.

Ainsi allait la vie aux urgences pédiatriques.

Ici, dans le parc de Haven Stone, la Joséphine d'après vivait le temps présent.

— Elles arrivent, me susurra Liam.

Une bourrasque secoua le grand chêne, qui déposa à mes pieds un rameau comportant trois glands et trois feuilles rabougries.

— C'est pour toi.

Je ramassai la branche avec un pincement au cœur. Lorsque j'étais enfant, je traquais les trios de noisettes pour faire des vœux.

— Tu as le droit de leur poser trois questions.

— Qui va me répondre, puisque je ne les vois pas. Toi ?

Liam hocha la tête avec un sourire malicieux.

— On venait souvent ici, avec Liùsaidh. Son papa nous a appris à y croire et surtout, à les entendre.

— Lord MacLaine parle aux fées ?

— Son grand-père lui a donné la formule magique pour les appeler. Avant, ici, il y avait une balançoire. Les fées aiment les balançoires.

Liam poussa un profond soupir.

— Vas-y, ajouta-t-il. Elles ne restent jamais longtemps au même endroit.

— Tu me prends au dépourvu !

— Qu'est-ce qui te rend triste ?

Je me levai pour épousseter la neige et les feuilles accumulées sur la stèle et révéler ainsi l'épitaphe : *Elle aimait trop les étoiles pour avoir peur de la nuit.*

— Que personne ne sache quelle merveilleuse fillette vivait ici.

Je détachai délicatement la cupule contenant le fruit et la déposai sur la tombe de Liùsaidh.

— Mesdames les fées, pouvez-vous guider le papa de Liùsaidh au bout de son deuil ?

— C'est quoi le deuil, docteur Joséphine ?

— Le chemin que ceux qui ont perdu un être cher doivent emprunter pour enterrer leur chagrin.

— Comment on sait où est le chemin ?

— Chacun le sien, Liam. Il arrive que parfois on s'égare en route et que ce soit plus long. C'est pourquoi il est important de parler avec les gens qu'on aime, surtout quand on est triste.

Liam hocha la tête.

— Mesdames les fées, ajoutai-je en glissant le deuxième fruit du chêne entre les mains de l'enfant. Pourrez-vous veiller sur Liam jusqu'à ce que son papa rentre à la maison ?

— Tu ne demandes rien pour toi ?

— Qu'en pensez-vous mesdames les fées ? Dois-je demander quelque chose pour moi ?

— Oh non ! On ne demande jamais aux fées ce qu'elles pensent ! Tu as gâché ta chance !

— Ne t'inquiète pas. Je suis heureuse de savoir qu'elles veilleront sur toi. À ton tour. As-tu des questions ? De celles qui restent coincées dans ton cœur, te préoccupent ou suscitent ta curiosité ?

— Tu n'es pas une fée !

— Je suis docteur, donc une créature d'un autre monde sans pouvoirs magiques !

— Je te reverrai, docteur Joséphine ?

— Je ne crois pas, Liam.

— Monsieur et toi, vous n'êtes plus amoureux ?

— Pour s'aimer, il faut se comprendre. Il arrive que des gens ne sachent pas comment se parler ou qu'ils soient trop en colère ou trop malheureux. Et puis, tout l'amour du monde ne suffit pas toujours à sauver les gens…

— Sinon, Liùsaidh ne serait pas morte.

Quelques flocons de neige dansèrent autour de nous et l'enfant s'amusa à les attraper.

— Je peux te poser une troisième question ?

— Oh zut ! Tu viens de la griller !

Liam pointa le bout de sa langue entre ses dents.

— À quoi tu penses, docteur Joséphine ?

Au fait que l'obscurité d'Edward gît sous ce chêne, dans cette tombe anonyme.

Je me souvins alors que j'avais entrevu l'abîme à la mort d'Aurélien et mesuré la violence de l'absence d'un enfant, dans la souffrance des siens. Ce néant qui habitait les yeux de ses parents et ceux d'Edward était le même, et j'avais refusé de le reconnaître tant il m'effrayait.

Quoi que j'aie fait. Même si je suis fou.

Je sus alors que je n'avais pas le droit de rompre notre serment.

Ici, sur la tombe de Liùsaidh, je compris enfin ce qu'il avait tenté de me dire un peu plus tôt, lorsqu'il avait évoqué ma défiance : la femme qui l'aimait ne lui aurait jamais tourné le dos sans chercher à dénouer le fil des évènements qui nous avait conduits à nous déchirer et à nous mésentendre.

Liam et moi nous levâmes, main dans la main.

Avant de partir, je promis à Liùsaidh de rendre justice à l'homme que j'avais rencontré dans les cuisines de Mrs Whitmore, et Liam salua Liùsaidh comme s'il allait bientôt la revoir.

Quand nous reprîmes le chemin de la maison, la nuit était tombée.

37

Liam et moi dînâmes en tête à tête. Lord MacLaine était sorti, Mrs Whitmore se reposait, éprouvée après son audition par les enquêteurs, quant à Mrs Burnett, elle ne se serait jamais attablée avec un invité de Haven Stone, fût-il un garçonnet.

Quand l'heure du coucher arriva, je proposai à Liam de lui raconter une histoire.

Cette habitude que je perpétuais au quotidien auprès de mes patients, je la tenais de mon grand-père, celui-là même dont les fables m'avaient conduite en Écosse.

Comme le temps me manquait souvent à l'hôpital, j'inventais de très courts récits, souvent drôles, tous voués à faire naître un sourire amusé ou éclater un rire joyeux dans ces chambres où la mort se tenait en embuscade. Très vite, le bruit avait couru dans les couloirs et parfois, la créature du docteur Frankenstein héritait d'un autre sobriquet : la Shéhérazade des urgences.

— Je préfère que tu lises la mienne, m'annonça Liam, après que je lui eus proposé de lui narrer les aventures de Bobby, le lutin aux yeux bleus.

Il me passa un carnet illustré par ses soins où il avait recopié son histoire favorite pour dormir.

— Tu veux que je te lise le mythe d'Orphée ! m'étonnai-je en feuilletant le cahier. Liam, c'est l'une des histoires d'amour les plus tristes que je connaisse !

— Non, pas la mienne !

Je m'installai à son chevet et il se glissa dans mes bras.

— « Orphée jouait si bien de la lyre », commençai-je, émue de tenir cet enfant dans mes bras.

— Tu n'as pas lu le titre et les auteurs !

— Oups, pardon ! Je reprends : « Histoire magnifique d'Orphée et d'Eurydice revue et corrigée par Liùsaidh MacLaine et Liam Cameron ». C'est donc une réécriture à quatre mains ?

Liam m'adressa un regard doux et posa sa tête sur mon épaule.

— Recommence tout au début, s'il te plaît.

— « Orphée jouait si bien de la lyre que même la mer et les chênes des falaises du bout du monde aimaient sa musique… »

Le hasard était facétieux sur l'île des brumes, car il me sembla qu'à travers ce conte, écrit des années plus tôt, il s'amusait avec ma propre histoire. Dans cette version, Orphée, fils d'une muse et d'un roi, et Eurydice, une nymphe des forêts, tombaient amoureux au premier regard et décidaient de se marier trois jours plus tard.

L'émotion me submergea au fil de ma lecture, et je dus m'interrompre quelques secondes après le passage où, le soir des noces d'Orphée, une vipère mordit Eurydice et l'emporta au pays des morts.

— « Incapable de vivre sans elle, Orphée décida de la rejoindre en enfer. Sur ce chemin tortueux et sinistre se trouvaient de nombreuses créatures effrayantes, qui murmuraient dans le noir. Orphée joua de la lyre sans s'arrêter pour surmonter sa frayeur et poursuivre sa route. Sa musique était si belle que le redoutable passeur du Styx et le chien à trois têtes, bouleversés, lui ouvrirent la voie alors interdite aux vivants.

Ainsi, Orphée fut reçu par Hadès, qui lui demanda de jouer de la musique pour sa femme, la belle et redoutable Perséphone. Touchée à son tour par la musique d'Orphée, celle-ci convainquit son mari de délivrer Eurydice. Hadès accepta, mais ajouta une condition à cette libération : Orphée devrait avoir suffisamment confiance en la parole d'Hadès pour sortir de son royaume sans se retourner. Or chacun sait que ce dernier est menteur, fourbe et malhonnête.

Pourtant, et bien qu'il brûlât de vérifier à chaque pas qu'Eurydice le suivait, car il ne pouvait ni la voir ni l'entendre, Orphée tint sa promesse et sortit de l'enfer sans se retourner. L'espoir qui le porta tout au long de son chemin fut plus fort que sa peur d'avoir été trompé par Hadès et ainsi, Orphée sauva Eurydice et l'amour triompha. »

Épuisé par les émotions, Liam s'était endormi avant la fin de l'histoire.

Attendrie, je restai auprès de lui, le cœur empli d'un sentiment nouveau, comblée de l'entendre respirer par le nez et de voir tressaillir ses paupières. Cet enfant était ma bonne fée, en quelque sorte, et ce conte qu'il avait tenu à partager avec moi, une lueur dans la nuit.

Lorsque je quittai sa chambre, Haven Stone somnolait, dragon veillant d'un œil sur son trésor, et j'arpentai seule ses couloirs, j'explorai ses salles, et je parcourus ses étages à la recherche d'Edward.

En vain.

Le diable l'avait emporté loin de moi.

La porte bleue étant verrouillée et sourde à mes appels, je m'aventurai dans la cour d'honneur pour regarder si ses baies illuminées trahiraient une présence. Mais l'obscurité avait avalé la grande demeure et ses yeux jaunes étaient clos.

Edward MacLaine n'était pas rentré.

Je me résignai à me coucher, l'oreille aux aguets.

J'espérais entendre le bruit de sa moto ou découvrir qu'il avait glissé un mot sous la porte pour me donner rendez-vous quelque part.

J'espérais insensément Edward, Lord MacLaine ne viendrait pas.

« Ici, quand on veut quelque chose, on le demande », m'avait dit Cináed.

Puisque j'avais gâché mes questions aux fées, j'eus la folle idée d'interroger Bobby, le lutin de Mrs Whitmore. Peut-être pouvait-il m'aider à renouer le dialogue avec Edward ? Ou tout du moins, à le comprendre ?

Ma voix résonna dans les grandes cuisines et quand je fus épuisée d'avoir parlé au vide, je remontai me coucher.

Je finis par m'assoupir les yeux brûlants d'avoir fixé ce tableau que le maître de Haven Stone avait fait installer dans ma chambre, preuve que notre histoire était plus ancienne que notre rencontre. Elle représentait nos peurs d'enfant les plus intimes.

Edward et moi avions traversé les mêmes drames, et la persistance de ces meurtrissures et le vide qu'elles avaient engendré nous avaient rapprochés.

Ensemble, nous avions parlé de les vaincre, j'admirais l'artiste et lui le médecin et surtout, nous rêvions de liberté.

Un bruit sourd me réveilla au milieu de la nuit.

J'allumai la bougie et écoutai le silence vivant de Haven Stone, le cœur tambourinant entre mes côtes. La mer était calme. Seul le ronronnement du vent sur la plaine traversait ses murailles.

Je me levai pour ranimer le feu, puis restai assise au bord du lit, les pieds dans le vide, les yeux rivés sur les flammes.

Il y avait quelque chose d'inhabituel.

Je mis plusieurs secondes à comprendre ce qui me chafouinait. Mare n'était pas à sa place sur la cheminée, et je me pinçai.

Étais-je en train de rêver ?

Non, j'étais consciente – pourtant, ma statuette n'était pas à sa place.

Je me rappelai avoir remarqué plus tôt qu'elle avait été déposée sur la table, probablement au moment où l'on avait installé la toile sur la cheminée.

Elle ne s'y trouvait pas non plus.

Intriguée, j'enfilai mes chaussons et ma robe de chambre et me mis en quête de Mare. J'avais dû, dans mon sommeil agité, faire tomber la statuette, causant ainsi le bruit sourd qui m'avait réveillée.

La bougie à la main, je secouai les rideaux du baldaquin, puis je m'accroupis pour regarder sous le lit.

Mare était là, et il me fixait.

Je tendis la main pour l'attraper. C'est alors que je distinguai une forme blanche coincée derrière la plinthe, une enveloppe qui n'avait apparemment pas envie d'être trouvée.

D'un papier de belle facture, elle était cachetée à la cire.

Elle ne semblait pas là depuis longtemps, le papier était sec. Probablement avait-elle été chassée de la table de nuit par un courant d'air. Quoi qu'il en soit, elle avait échappé à l'œil laser de Mrs Burnett.

Mes doigts tremblaient quand j'ouvris l'enveloppe. Elle contenait une carte de visite aux armes des MacLaine.

Je reconnus aussitôt l'écriture d'Edward. Et la date.

Il s'agissait de celle du lendemain de mon arrivée, le mercredi 14 décembre, la nuit où j'avais reconnu les yeux de Mare dans les cuisines de Mrs Whitmore.

Chère Anam-charaid,

Je me suis permis de vous raccompagner à votre chambre pour que vous passiez la nuit au chaud. N'ayez crainte, votre honneur est sauf, je me suis contenté de retirer vos chaussures.

Apprenez que notre rencontre n'a pas seulement illuminé ma nuit, elle a bouleversé ma vie d'une façon irrémédiable.

Je suis heureux de vous connaître et j'espère vous compter longtemps parmi nous à Haven Stone.

Votre dévoué compagnon de beuverie,

Lord E.J.L. MacLaine

38

Les mots d'Edward m'accompagnèrent du seuil de ma chambre jusque dans le ventre de Haven Stone, ils m'escortèrent dans l'escalier de pierre et le colimaçon, me portant dans ces nuances d'obscurité que je bravais sans peur, guidant mes pas aveugles et impatients sur les dalles du couloir, jusqu'à la chambre de Mrs Whitmore où j'espérais que la vérité s'exprimerait enfin.

Sous la porte filtrait la pâle lueur d'une lampe à pétrole. Je frappai.

— C'est vous, Miss Joséphine ? Entrez !

Malgré l'heure tardive, la cuisinière veillait, assise dans son lit, le dos soutenu par des coussins. Elle était pâle et le bandeau que j'avais confectionné ce matin à la hâte pour maintenir le pansement en place sur l'arcade avait glissé sur son œil, lui donnant l'apparence d'un pirate à qui Susan Boyle aurait prêté ses traits.

— Approchez. Je désespérais de vous parler hors la présence de Mrs Burnett avant notre départ demain. J'ai préparé de la verveine, servez-vous.

J'approchai une chaise à côté du lit et remplis deux mugs de tisane.

— Vous peinez à trouver le sommeil, n'est-ce pas ? lui demandai-je en réajustant le bandage.

— J'ai beau savoir que Mr Cameron ne reviendra pas, je l'imagine derrière chaque porte.

— La peur passera avec le temps.

Rien de ce que j'aurais pu lui dire ce soir n'aurait apaisé l'anxiété de Mrs Whitmore. Soutenir la victime d'une agression était un travail au long cours, j'espérais simplement que la mise à l'écart de Mr Cameron serait une première étape vers la résilience, tout en souhaitant pour Liam que son père apprendrait de la peine encourue, et ne rentrerait pas plus amer et violent encore.

— Comment s'est déroulée votre audition ?

— Aussi bien que possible, Edward était à mes côtés. Si cela n'avait tenu qu'à lui, cette brute aurait quitté Haven Stone depuis longtemps.

Ainsi, j'appris que le métayer ne devait son emploi qu'à une promesse de Jamie MacLaine à Mr Cameron père de ne jamais licencier son fils, bien qu'il fût un mauvais garçon. Edward avait respecté la parole de son frère disparu jusqu'à ce que l'agression de Mrs Whitmore la rende impossible à tenir.

— Il l'a soupçonné aussitôt et s'est mis à sa recherche. C'est lui qui l'a convaincu de se rendre sans faire d'histoire quand la police est arrivée sur le port, où il se cachait. Vous imaginez bien que jamais Edward ne se ferait passer pour lui ! ajouta-t-elle avec force.

— Je viens tout juste de le comprendre, répliquai-je, acerbe, en lui montrant l'enveloppe que j'avais trouvée.

J'ignore d'ailleurs qui je dois remercier, la providence ou un brownie nommé Bobby !

Je regrettai aussitôt ma brusquerie. La cuisinière enflammait mon cœur de fillette, et je n'aurais pas plus mal réagi si un mensonge de ma mère avait été à l'origine de ma méprise.

— Vous et Mrs Burnett m'avez laissée croire qu'Edward était le métayer, lui demandai-je sur un ton plus doux. Pourquoi ?

— Mrs Burnett n'est pas responsable de votre méprise, tout simplement parce qu'elle ignorait qu'Edward était rentré la nuit de votre arrivée. Et je me suis bien gardée de lui dire que je m'étais arrangée pour que vous le rencontriez !

— En grattant à la porte de ma chambre pour me réveiller ?

Mrs Whitmore m'adressa un sourire charmant.

— À cette heure, je dors ! C'est Bobby qui s'en est chargé.

— Vous êtes une incroyable manipulatrice ! Donc, lorsque je vous ai avoué que j'avais bu le whisky avec le métayer, vous saviez déjà qu'il s'agissait d'Edward…

— … et je ne vous ai pas contredite. À quoi bon vous révéler que notre maître errait en haillons dans sa propre maison ?

— D'accord, mais pourquoi continuer à me cacher la vérité quand je suis revenue à Haven Stone ?

— Vous sembliez si heureuse de le connaître que je n'ai pas vu malice à vous laisser dans l'ignorance. Plutôt un léger coup de pouce au destin. Je n'avais pas l'intention de vous embarrasser !

— Eh bien c'est raté !

— Je suis désolée, Jo. J'aurais aimé tout vous avouer avant votre rencontre officielle avec Lord MacLaine, mais je n'en avais pas le droit !

— Qui vous l'a interdit ? Mrs Burnett ? Elle a découvert ma méprise le matin de l'arrestation de Mr Cameron.

— Ne soyez pas fâchée contre elle, Jo. De nombreuses femmes ont longtemps cherché à rentrer dans ses bonnes grâces pour approcher Edward, et elle a du mal à accorder sa confiance à autrui. Mais elle est aussi juste qu'elle est sévère, et si parfois elle a tendance à outrepasser son rôle, c'est toujours dans l'intérêt de la famille. Or, ce matin-là, elle ne pouvait vous détromper sans contrarier la volonté d'Edward, qui tenait à vous annoncer lui-même l'interpellation de mon agresseur. Vous connaissez Mrs Burnett, la parole de Lord MacLaine vaut évangile ! Elle était aussi impuissante que moi !

— Qui vous a interdit de me parler, alors ?

— Personne ! Je ne voulais pas gâcher la surprise ! Edward s'était rasé et habillé pour vous honorer, vous sa future lady. Il espérait annoncer officiellement la nouvelle à Mrs Burnett avec vous à ses côtés. Je ne l'avais jamais vu aussi heureux.

— Vous saviez ? Et vous m'avez interrogée, l'air de rien !

— Bobby réclamait votre version.

Je ne pus m'empêcher de rire. Décidément, ces Écossais étaient fantasques !

— Quoi qu'il en soit, vous n'auriez pas dû me laisser dans l'ignorance. Edward s'était présenté à moi le premier soir, en signant sa carte Lord MacLaine. Vous n'aviez pas à décider pour moi.

— Que serait-il advenu si vous l'aviez revu en sachant qui il était ?

— Ce n'est pas la question !

— Jo, je connais la langue d'Erin, et elle est fourchue ! Si tel avait été le cas, vous n'auriez jamais vu son cœur, renchérit Mrs Whitmore, qui se réjouissait de voir que ma colère s'évanouissait déjà.

— J'aurais été plus méfiante, j'en conviens

— Et vous l'auriez d'emblée interrogé sur sa volonté d'embaucher une gouvernante pour sa fille décédée.

— Il se trouve que j'ai apposé ma signature à côté de la sienne sur le contrat ! Pouvez-vous m'expliquer pourquoi il a publié cette annonce délirante ?

Mrs Whitmore but deux gorgées de tisane brûlante pour s'éclaircir la voix.

— Quand Liùsaidh nous a quittés, Edward était en Australie. J'ai dû lui annoncer la nouvelle au téléphone, il était seul à son hôtel. Comme vous pouvez l'imaginer, le choc a été épouvantable.

Je tus les questions qui se bousculaient à mes lèvres au sujet du mal qui frappait Liùsaidh et des raisons qui avaient éloigné Edward de son chevet, et l'écoutai me narrer comment, à son retour, celui-ci avait reproché à Mrs Burnett le renvoi du personnel qui s'occupait de l'enfant.

— Edward n'est pas venu aux funérailles de sa fille, Jo. Sa douleur était telle qu'elle l'a rendu à moitié fou. Il disparaissait pendant des jours et revenait sans prévenir. La plupart du temps nous découvrions sa présence par hasard, quand il dormait dans la chambre de Liùsaidh ou s'irritait en pleine nuit de ne pas trouver sa gouvernante.

Démunie par son comportement irrationnel, Mrs Burnett avait eu l'idée d'engager une professionnelle pour l'accompagner dans son deuil. Malheureusement, ce qui aurait dû apaiser la souffrance d'Edward s'était avéré un cuisant échec. Alors qu'elle avait déniché la perle rare, une psychiatre tout juste retraitée qui avait accepté de se prêter à la comédie de la chaise vide pour l'encourager à parler de sa fille, Edward l'avait rejetée sans ménagement.

La dépression. Ainsi cette praticienne expérimentée avait-elle expliqué ses manies d'aller et venir *incognito*, de se cacher sous des vêtements de vagabond et de renvoyer ceux qui pouvaient l'aider.

Edward était prisonnier de son malheur, esclave de son deuil.

— Quand vous vous êtes présentée à la porte de Haven Stone, Mrs Burnett avait abandonné ce projet depuis des mois. Il était hors de question de retenter cette expérimentation désastreuse.

La vérité brutalement exposée aurait assurément changé le cours de notre histoire et plus j'y réfléchissais, plus la perte de cette carte de visite où il se présentait m'apparut providentielle.

— Vous n'auriez pas osé entrer dans ma chambre pour escamoter la carte de visite, tout de même ?

Les joues de Mrs Whitmore se teintèrent de rouge vif.

— Mòrag ?

Elle fixa un point derrière moi. Je me retournai, mais aucun brownie aux yeux bleus ne m'apparut.

— Vous êtes incroyable !

— Bobby jure qu'il ne l'a pas cachée, mais prétend qu'il vous aurait aidée à la retrouver. Vous lui avez parlé ? Parce qu'il ne fait jamais rien sans qu'on lui demande !

— Vous savez bien que je ne discute pas avec les lutins !

— Permettez-moi d'en douter, lâcha la cuisinière d'un air mystérieux. D'ailleurs, qui vous a dit, pour la petite annonce ?

— Logan Hamilton, c'est sur sa recommandation que je me suis présentée à Haven Stone. Mrs Burnett ne vous l'a pas dit ?

Mrs Whitmore sembla troublée par mes propos.

— Non.

— Pourquoi m'a-t-elle infligé la comédie de la chaise vide ? N'était-il pas plus simple de m'annoncer qu'il n'y avait aucun poste à pourvoir ?

— Vous étiez recommandée par le grand-père d'Edward !

— Ce n'est pas une raison !

Puis je réalisai ce que Mrs Whitmore venait de me révéler.

— Le capitaine du *Fifie* est le grand-père d'Edward ? Savez-vous où je peux le joindre ? Je désespère de lui parler !

— Personne ne sait où le trouver, commença Mrs Whitmore…

— « … c'est lui qui vous trouve », je sais. Allez-vous aussi me dire qu'il est dans la baie, par quinze mètres de fond ?

Une soudaine émotion me serra la gorge.

Sitôt ranimé, l'espoir de retrouver mon vieux capitaine avait été balayé. J'étais égarée dans un monde où la réalité n'était pas ce qu'elle semblait, noyée par un désagréable sentiment, aussi grisâtre que la traîne de nuages qui encadrent la lune les soirs de tempête – l'amertume.

— Quand Logan partait en mer, Edward se réfugiait dans mes cuisines pour échapper à la violence de son père. Ce garnement se glissait entre mes casiers de légumes, sous la grande table. Là, il se figeait en retenant sa respiration. Il parvenait à rester si calme et immobile, que ce monstre de MacLaine n'a jamais trouvé sa cachette. Le silence, c'est son arme pour laisser passer les orages. Mais quand une personne pour qui il a de l'estime doute de sa parole ou de sa probité, alors il devient glacial. C'est la douleur qui le rend si froid. C'est sa façon à lui de s'y soustraire.

Mrs Whitmore me parla avec pudeur de celui qu'elle n'osait nommer Edward que devant moi, ce môme qu'elle avait vu naître et grandir, un esprit libre et indépendant, sans contrainte parce que puîné.

— À la mort de Lady Kathryn, nous avons tout fait pour apaiser sa douleur. Malheureusement, Jamie, son aîné de dix ans, étudiait à l'université d'Édimbourg, et Edward a dû affronter seul la violence de leur père.

Elle me confia qu'au cours des cinq années suivantes, Mrs Burnett et elle-même avaient maintes fois appelé le médecin en urgence pour soigner les blessures d'Edward. Brûlures, commotions, fractures, il était martyrisé.

— Nous n'étions pas de taille à nous interposer, Charles MacLaine avait notre vie entre ses mains, et les autorités locales dans la poche. Sa mort a été une libération pour nous tous.

Edward, l'oiseau, s'était reclus derrière des murailles séculaires, captif d'un nom et d'un domaine transmis de père en fils depuis des siècles.

— Il aurait pu renoncer à l'héritage et partir s'installer à Londres ou ailleurs avec Liùsaidh. Mais le comté de Bheinn Mòr serait revenu à son cousin, un homme d'affaires redoutable, qui rêve de démanteler la propriété, et de revendre les entreprises et les biens à des fonds de pension. Et c'en aurait été fini de nous tous, ici.

S'il se fichait de son titre et de sa fortune, qu'il engloutissait dans l'entretien du château et la rénovation des entreprises, Edward avait de l'affection pour les villageois et ses employés. Et puisqu'il ne pouvait quitter Haven Stone sans les abandonner, il s'était résolu à veiller sur cette grande dame solitaire, perchée sur la falaise. Sa prison.

— Vous savez, Jo, on dit beaucoup de choses sur cet homme, mais on ne peut lui nier un vrai sens de la famille et de l'honneur. Alors, n'en doutez pas, quand il s'engage, c'est pour la vie.

Lorsque Mrs Whitmore se tut, le souvenir de mes échanges avec Edward rejaillit aussi clairement dans mon esprit que s'il avait eu lieu quelques minutes plus tôt.

Ai-je jamais prétendu être un autre ?

— J'étais si en colère que je ne l'ai même pas écouté !

— Ne vous blâmez pas, Jo. Nous vous avons abandonnée, Mrs Burnett et moi. Nous vous avons laissée découvrir la vérité toute seule, alors que vous étiez dans l'incompréhension et le chagrin. Nous pardonnerez-vous ? ajouta-t-elle, inquiète, alors que je gardai le silence, écrasée par un immense sentiment de gâchis.

Mrs Whitmore m'ouvrit ses bras, et je m'accroupis pour me blottir contre elle, ma joue écrasée sur sa généreuse poitrine. Ses habits sentaient bon la fleur d'oranger. Une douce mère, voilà qui était Mrs Whitmore, une confidente auprès de laquelle il était bon de s'épancher sans crainte, et un havre où se dissimulaient des trésors de l'enfance comme l'insouciance, la tendresse, et la confiance.

Tout ce que je n'avais pas eu.

39

Je n'aimais pas les départs, je ne les avais jamais aimés. Je n'aimais pas les au revoir non plus. Que l'on parte ou que l'on reste, on se coupe de ceux qu'on aime, alors autant que ce soit bref. Précipiter les choses m'épargnait les attentes interminables sur les quais de gare, les matinées à tourner en rond, les valises alignées devant la porte en attendant le taxi, les mots maladroits, les promesses vaines et les angoisses. Car après tout, si l'on s'arrête un instant pour envisager les infinies conséquences d'un départ, on ne peut manquer d'imaginer qu'il s'agit de la dernière étreinte, du baiser final ou de l'ultime dispute, qui nous hantera à jamais.

« Brisons », avait coutume de dire mon père, lorsque nos désaccords nous entraînaient sur la pente glissante de la colère et de la frustration.

« Brisons », pensais-je chaque fois que j'esquivais un au revoir, évitons de souffrir inutilement, chassons les pensées obscures, les idées de fin du monde, stoppons la torture des silences et acceptons la séparation puisqu'elle est inévitable.

Mais aujourd'hui, dimanche 18 décembre, des départs s'opéreraient en rafale, et je ne pourrais y échapper, car je serais la dernière à quitter Haven Stone.

J'avais l'impression d'être une barque dont on détachait une à une les amarres qui la gardaient à l'abri des murailles, vouée à la dérive sur des flots inconnus. Liam, Mrs Burnett et Mrs Whitmore partis, je n'aurais d'autre choix que de me confronter à Edward.

« Brisons », avait-il décrété sans le dire, en m'imposant de choisir de rester ou de partir. Cessons les faux-semblants et allons au bout de nos rêves ou séparons-nous sans attendre de nous haïr.

À ces pensées, je sus qu'Edward redoutait les départs autant que moi.

En revanche, Haven Stone la magnifique s'en régalait. Parée de ses plus beaux atours, elle semblait joyeuse de voir se déverser dans la cour les valises et les gens. Ainsi, elle se débarrassait d'un pan de sa tristesse. Si elle avait été une femme, je l'aurais soupçonnée de se réjouir de voir son environnement renouvelé. Mais elle était une ogresse et probablement se délectait-elle déjà à la perspective de s'abreuver de larmes.

Sublime et intemporelle, la demeure resplendissait sous le soleil. Ses murs ocre et bruns tranchaient avec le bleu profond de la mer et la neige, sur la lande. L'air qui l'enveloppait, telle une fragrance accrochée à une étole, était chargé de l'odeur de la terre humide et des relents iodés du goémon, que le vent d'ouest charriait avec les embruns.

La grise Mrs Burnett s'avança vers moi la première. Un pâle sourire fendait son visage en deux dimensions. À travers ses brèves paroles aussi revêches que l'étoffe de son uniforme, je devinai combien la fin de mon séjour à Haven Stone la comblait, joie à peine ombrée par la frustration de partir avant moi.

Son application à me fournir les détails sur la voiture qui me prendrait à midi pile pour me conduire où bon me semblerait, ainsi que l'avait souhaité Lord MacLaine, le soin qu'elle avait mis à préparer mon retour en France, avec le ticket et les horaires du bac, le train vers Édimbourg, la chambre réservée à côté de la gare, et pour finir la remise solennelle de mon contrat annulé jumelé à une coquette somme d'argent, dénonçaient son soulagement, bien qu'elle m'opposât jusqu'au bout de notre entretien une figure neutre où pointait un semblant de bienveillance.

Pourtant, s'il m'apparut d'abord libérateur de voir Mrs Burnett s'asseoir à l'avant du 4 × 4 d'Archibald et claquer la portière sans un regard pour moi, je sentis tanguer mon cœur à la perspective de son absence. L'intendante était la colonne vertébrale de Haven Stone, sa mémoire et sa gardienne. Sans elle, la grande maison ne serait plus qu'un tas de pierrailles glaciales, remplies de courants d'air hululant et sinistres.

Pour Mrs Whitmore, s'en aller loin de ses chères cuisines s'apparentait à une désertion. Un drame. Un déchirement. Un séisme dans une existence vécue à l'abri des turbulences du monde. Mòrag quittait son havre et il n'était pas nécessaire d'être devin pour comprendre combien la séparation serait douloureuse.

Au moment d'empaqueter ses affaires, la pauvre femme s'était trouvée désemparée devant la valise que lui avait prêtée Mrs Burnett. Pour celle qui était arrivée ici à seize ans avec un baluchon sur le dos, laisser aux trois quarts vide un bagage qui aurait pu en contenir le triple était inconcevable. Elle avait donc achevé de la remplir avec des conserves, des fromages et des paquets d'herbes sèches « au cas où il faudrait cuisiner pour les gens qui l'accueilleraient ».

En revanche, malgré ses craintes, elle n'avait pas reculé au moment du départ. Que son employeur ait surpassé mes recommandations médicales en accordant à ses employées un congé payé de trois mois ne pouvait à son sens signifier qu'une chose : Edward désirait se confronter à son chagrin. Et il n'y parviendrait que si je demeurais à ses côtés.

Au moment fatidique, Mrs Whitmore m'enlaça, les yeux larmoyants, et je m'abandonnai de bonne grâce à ses effusions, plus désireuse d'engloutir chacun de ces gestes maternels que pour conclure dignement nos au revoir.

Elle me fit jurer de veiller sur Bobby, son brownie, de ne jamais oublier de lui servir son assiette de porridge avant d'aller me coucher, et bien sûr, de prendre soin de son cher Edward. De mon côté, je lui fis promettre de se ménager et de profiter de ces moments loin d'ici pour raccommoder son corps et son cœur abîmés. J'ignorais si nous nous reverrions ici ou ailleurs, mais nous nous reverrions sans aucun doute car elle et moi nous aimions déjà beaucoup.

La peine que je ressentis en la saluant fut de celles que j'avais désespéré d'éprouver avant de la connaître, et savoir que la distance ne suffirait pas à rompre notre lien, si neuf et ténu soit-il, la rendit plus douce qu'amère.

Mrs Whitmore serait à jamais chère à mon cœur.

À ces mots que je prononçais pour elle, la cuisinière pleura. C'est donc avec les yeux encore humides qu'elle rejoignit Mrs Burnett dans la voiture, tandis que je saluai Liam, mon ultime amarre à Haven Stone.

Le souvenir de son regard sur les gens et de sa sagesse me donnerait le courage de conduire ma barque sur les rapides où j'avais choisi de m'engager.

Ses grands yeux levés vers moi, Liam m'avoua qu'il lui tardait de partir, car cette maison où Liùsaidh n'était plus lui semblait morte. S'en aller était une vraie libération.

— Tu crois que c'est mal de penser ça, docteur Joséphine ?

— C'est naturel, au contraire ! À ton âge, on ne devrait pas avoir déjà rencontré la mort. Mais à présent que tu la connais, il te faudra apprendre à vivre avec. Et lorsque le temps aura adouci les choses, nous nous reverrons pour nous souvenir ensemble de Liùsaidh.

Je l'aidai à grimper dans le taxi et à fixer sa ceinture de sécurité.

— Tu me manqueras, docteur Joséphine.

— Toi aussi, tu me manqueras.

Liam me chuchota que sur la recommandation des fées, il avait laissé à mon intention son carnet à dessin dans la cuisine.

— J'espère que ça t'aidera à retrouver ton amoureux secret.

Alors, quand le taxi emportant le garçonnet et ses joyeux au revoir franchit le portail, je le vis disparaître sans tristesse, le cœur en paix.

40

La pointe de ses bottes dans le vide, Edward MacLaine contemplait l'horizon du bord de la falaise. Là où le ciel et la mer se rejoignent roulaient d'épais nuages aussi dodus que des édredons.

Bien qu'il ne puisse ignorer mon arrivée – la neige grinçait sous mes pas –, il ne fit pas un geste pour m'accueillir. D'abord tentée de rebrousser chemin, j'étouffai les doutes qui m'assaillaient.

Edward était capable de souffrir le martyre sans un frémissement quand d'autres traversaient les émotions dans leur expression la plus humaine. Pourtant, il avait aussi été ce jeune garçon qui s'était cassé la voix en hurlant de joie à la mort de son père.

Le flegme n'était pas dans sa nature et ce n'était pas non plus une posture liée à son éducation. Cet homme libre et indifférent à sa propre finitude était devenu le prisonnier du destin d'un autre.

— Je vous demande pardon de vous avoir accusé de duplicité et d'avoir douté de vous, lançai-je, la voix mal assurée.

Il resta silencieux, érigeant d'autres murailles pour me garder à distance, craignant que je le blesse encore.

— Edward, j'ai renvoyé la voiture.

À ces mots, il pivota pour me faire face et s'éloigner du vide.

Je redécouvris avec bonheur son visage couvert par la barbe du soir et son regard fervent, qui me déshabilla jusqu'à l'os.

Son silence m'enjoignit de poursuivre, et je sus qu'il ne ferait rien, ni pour m'encourager ni pour m'interrompre. Pourtant, il semblait aussi tendu qu'un prévenu dans l'attente du verdict.

— Vous n'avez cessé d'être tendre, attentif, aimant et je vous ai traité comme un homme sans morale. Pire encore, je vous ai reproché d'être qui vous êtes. Ma peur d'être indigne d'un homme tel que vous, et je ne parle pas de votre nom, Edward, même s'il m'intimide, mais de votre esprit et de votre cœur, cette peur m'a fait oublier notre complicité. J'ai écouté les ragots et je vous ai accusé de mensonge. Je vous ai cru métayer, alors que vous m'avez ouvert les portes de votre maison. En me parlant de votre mère, en m'offrant *Nightmare* vous ne cessiez de me dire qui vous étiez et pourtant j'ai refusé de le voir et de l'entendre.

Son silence m'inspirait autant qu'il m'impressionnait.

Puisque j'étais le vent, je n'avais qu'à souffler ce que je pensais de tout mon être, ne pas calculer, ne pas craindre d'être. Je me souvins du gardien de phare, de l'homme que j'avais vu, aimant et attentionné, et je me jetai contre ses remparts aussi déterminée que les vagues qui léchaient le pied des falaises en contrebas de la lande où nous nous tenions.

— En accostant sur l'île des brumes, j'avais imaginé abandonner la folie du monde, en réalité, je l'ai apportée. Face à vous, j'ai été tout ce que je déteste : aveugle et sourde, prisonnière de mes craintes et de mes préjugés. Il a fallu que je croie vous perdre pour comprendre que je ne pourrai pas le supporter.

« Pendant la tempête, vous m'avez demandé ce que j'étais venue chercher à Haven Stone. J'espérais l'oubli, je m'étais perdue dans une vie qui ne me correspondait plus. J'aspirais à un nouveau foyer et à un travail où j'aurais été plus heureuse. Il est ici mon rêve de petite fille, Edward : prendre soin des gens que j'aime, et veiller sur une communauté dont les membres ne seraient pas des numéros, mais des passés, des présents et des futurs. Ne plus jamais vivre en oubliant de vivre, donner un sens à chaque jour qui passe. »

Je lâchai un court instant son regard pour observer la mer et le bois flotté échoué sur la plage de galets, vestiges d'une tempête qui rugissait encore dans mon cœur.

— Ce que j'ai trouvé à Haven Stone, c'est vous. Notre lien est aussi magnifique et déraisonnable que ce mot que vous avez déposé sur ma table de nuit le premier soir, et j'ai l'intime conviction qu'il est indestructible.

Comme je parlais, Edward me dévorait des yeux avec cette joie sauvage qui l'emportait parfois et le rendait si émouvant.

Comment avais-je pu seulement douter de lui ?

— Hier, j'ai fait le serment de ne jamais m'enfuir quels que soient les bonheurs ou les tourmentes à venir, conclus-je avec force. Je tiendrai cette promesse, si vous voulez toujours de moi.

Lorsque je me tus, Edward m'enlaça et baisa mon front et mes cheveux avec une tendresse infinie.

— Il n'est déjà plus question de le vouloir ou non, me dit-il à l'oreille. L'univers peut prétendre que l'amour ne se bâtit pas en quelques heures, les fâcheux pourront tenter de nous dissuader et les rumeurs s'éveiller pour nous abattre, je sais que quoi qu'il arrive, je t'aimerai jusqu'à mon dernier souffle.

Et il m'embrassa.

Dans ses baisers vibraient la douceur du monde, la folie d'un homme, son désir, sa noirceur, le grondement de la mer, le murmure lancinant du ressac, le sifflement du vent et le silence de l'île des brumes, dont les géants de pierre veillaient sur nous.

— Viens, dit-il en prenant ma main, rentrons. Le monde peut rugir et protester, je t'épouserai à *Hogmanay*[1], foi de MacLaine !

Les premiers flocons voletèrent autour de nous et la nuit nous rattrapa sur le chemin. À travers les chênes tordus, les yeux jaunes de Haven Stone nous guidaient.

---

1. Nouvel An écossais

41

Edward était ce genre d'homme qui sait ce qu'il veut et met tout en œuvre pour l'obtenir. Il souhaitait que je devienne sa femme la nuit du 31 décembre et il était prêt à remuer ciel et terre pour que cela se réalise.

À nos âges et dans ce siècle où tout allait vite, nous aurions pu choisir de ne pas nous presser, mais pour lui, unir nos destinées pendant les célébrations du Nouvel An imprégnerait nos noces de la magie des Highlands et leur donnerait un air joyeux, car l'Écosse festoyait à l'unisson.

Puisque nous avions décidé de nous marier, pourquoi attendre ?

Lorsque je le rejoignis dans la bibliothèque après m'être baignée et changée, il était au téléphone. Rasé de près, vêtu d'un pantalon en tweed sur une chemise en laine, un foulard en soie autour du cou, il était aussi charmant qu'autoritaire. Il n'eut jamais un mot plus haut que l'autre, mais son interlocuteur en prit pour son grade ; et je n'eus pas besoin d'entendre ses répliques pour avoir la certitude qu'il ferait tout pour satisfaire Lord MacLaine dans les meilleurs délais.

Nous étions le 18 décembre, il restait donc soixante-douze heures pour afficher les bans au consulat général de France pendant la dizaine réglementaire.

Après qu'il eut raccroché, Edward me pria de le rejoindre à son bureau où il avait étalé plusieurs dossiers. Il s'agissait en outre de dater et signer une demande de visa accélérée. Pour ce qui concernait les extraits d'acte de naissance, justificatifs de domicile, et le *certificate of no impediment to marriage*[1], maître Roy, son avocat, s'était déjà chargé de les réclamer à l'ambassade.

Stupéfaite, j'appris que la nuit où il m'avait fait sa demande, il avait réveillé ce dernier pour qu'il rédige un nouveau testament. Bien sûr, seul un fils de Lord MacLaine pouvait hériter du titre et du domaine, mais nous partagerions la propriété d'un appartement londonien et d'une bergerie sur l'île des brumes.

— Tu ne peux pas faire ça ! protestai-je. Puis je m'interrompis, Edward était un homme libre.

— Rien de ce que je possède ne m'importe si nous ne le partageons pas.

Tout ce qui concernait la succession était réglé. En revanche, le vol de mon passeport biométrique compliquait les démarches. Si Edward avait le bras long en Grande-Bretagne, il ne pouvait rien contre la lenteur de l'administration française et je devrais téléphoner à mon père pour qu'il m'adresse l'attestation de remise de passeport, qu'il conservait précieusement dans son coffre.

— Que dis-tu de l'appeler maintenant ?

---

1. Certificat de non-empêchement à mariage.

L'impatience que je lisais dans les yeux d'Edward, je la ressentais moi aussi. Je n'avais pas le sentiment d'épouser un inconnu, seulement d'être parvenue à la croisée des chemins, où mes choix passés m'avaient conduite. Les ramures, les branches et les nervures de l'arbre de ma vie, mes hésitations et mes envies, mes renoncements et le hasard, les rencontres et les absences, les évitements, les accidents, la mort et la peine, le temps, le soleil et la pluie des dimanches, tout ce qui avait constitué la femme en devenir que j'étais, m'avait guidée jusqu'à cet homme.

Edward n'avait pas besoin d'exister pour que j'éprouve la complétude, je n'étais pas à demi sans lui. Tant de Joséphine auraient pu fouler cette terre si certains rameaux s'étaient brisés, si ma mère ne m'avait pas abandonnée ou si je n'avais pas été de garde un soir d'octobre. Chacune aurait été entière dans son existence, heureuse ou malheureuse, épanouie ou aussi revêche que Mrs Burnett. Certaines seraient mortes, d'autres en souffrance. Il n'était pas question d'être ou de ne pas être, mais de choisir qui être.

Je serais l'épouse d'Edward MacLaine. Une femme. Une mère, je l'espérais de tout mon cœur, un médecin proche des gens, mais surtout et avant tout, je serais enfin heureuse.

Pourtant, si mon choix m'apparaissait comme évident en composant le numéro de mon père, j'ignorais comment lui annoncer la nouvelle. Cet homme m'avait modelée, forgée et élevée comme une réimpression de lui et j'étais le miroir où il pouvait se gausser d'avoir été le parent idéal et un mentor inspirant.

Et plus je lui ressemblais, plus il m'aimait, moi, son reflet. Mais si l'eau soudain se troublait, si l'impeccable Joséphine Granger se muait en une créature reprochable, le pilier de mon enfance me renierait-il ?

Mon père décrocha après une sonnerie. Sur mon invitation, Edward avait placé son oreille près du combiné et caressait doucement mes épaules.

— Joséphine ? C'est toi ?

— Bonsoir, Papa.

— J'étais fou d'inquiétude !

Je le crus sans mal. « Fou d'inquiétude » était en bonne place dans son jargon protecteur souvent excessif de papa poule. Pour une fois, il l'employa à bon escient et non pour me reprocher deux minutes de retard.

— Je vais bien, ne t'en fais pas.

— Ma secrétaire a dit que tu étais en Écosse ?

— Oui.

— Pourquoi là-bas ?

— Pourquoi pas ?

— La police britannique m'a téléphoné. Ils ont retrouvé ton sac sur un délinquant à Édimbourg. Tu peux le récupérer à l'ambassade. Que s'est-il passé ? Tu as été agressée ?

— On a volé mes affaires dans le car pendant que je dormais. Rien de grave !

— Tu es partie si brusquement ! Rendre ton appartement, tu ne crois pas que c'est un peu… radical ?

— Je ne t'appelle pas pour ça, Papa, mais…

— Tu es ma douce, mon trésor, m'interrompit-il une nouvelle fois, et le meilleur médecin de mon service. J'ai refusé ta démission.

— Tu n'as pas le droit !

— Ton poste t'attend, Joséphine. J'ai dit à la direction que tu prenais quelques jours de congé, bref, j'ai sauvé les meubles et Benoît a repris tes gardes. D'ailleurs, je n'ai pas saisi pourquoi tu ne le vois plus et lui non plus…

Tandis que mon père continuait de me vanter les qualités de Benoît – ce confrère audacieux d'une agréable compagnie saurait me rendre heureuse, etc. –, les mains d'Edward quittèrent mes épaules et soulevèrent le pull glissé sous ma ceinture pour se poser sur mon ventre. Le contact de ses paumes m'apaisa aussitôt.

— … je t'ai inscrite avec lui à un congrès de cardiopédia au Brésil, tu verras, Salvador de Bahia c'est fabuleux et j'ai organisé une entrevue avec les parents du jeune Aurélien début janvier…

— Papa, je ne rentre pas à Paris.

— Je sais que tu m'en veux, Joséphine, mais ce n'est pas en t'enfuyant que nous réglerons cette histoire.

— Aurélien n'est pas une histoire !

Edward, qui sentit mon corps se tendre, m'étreignit. Son regard s'assombrit.

— Je comprends, ma douce, mais nous devons clore cette douloureuse affaire une bonne fois pour toutes, toi et moi. Et nous pourrons retravailler ensemble.

— Tu vas m'écouter ?

Mon ton cassant le surprit.

— Oui, Joséphine, soupira mon père, l'air faussement vexé, je t'écoute.

— Je vais me marier.

— Tu vas quoi ?

— Je vais me marier. Il se prénomme Edward.

Le formuler à haute voix me rendit plus euphorique que si j'avais consommé de l'ecstasy. J'étais heureuse de parler de ce bonheur qui me tombait dessus et je ne songeais pas aux conséquences d'un tel chambardement. Pas encore.

— Tu n'es pas sérieuse !

— Si, Papa, je n'ai jamais été plus sérieuse.

Un nouveau silence nous sépara.

J'imaginais mon père à son bureau, seul dans son appartement avec vue sur l'hôpital, je le vis se laisser choir dans son fauteuil, la bouche ouverte sur un cri muet.

— Joséphine…

Et il se tut.

— Je ne te demande pas de comprendre Papa. Seulement de te réjouir pour moi.

— Il y a deux jours tu me laisses un message pour me dire que tu rentres, et aujourd'hui tu m'annonces que tu restes en Écosse pour te marier ? Que m'inventeras-tu demain ?

Le choc passé, mon père avait récupéré son mordant.

C'était un animal à sang-froid qui ne montrait ses émotions qu'en de rares occasions et à peu de personnes, dont j'étais. Il avait ce côté scientifique obsessionnel, féru de recherche, qui lui avait valu le surnom de docteur Frankenstein, et une propension à imposer sa volonté à ses confrères et subordonnés. Il partageait ce trait de caractère avec Edward, mais l'origine de cette rigueur et de cette fermeté qu'ils affichaient tous deux était différente.

Edward dissimulait son versant doux et généreux derrière sa rigidité. Mon père, en revanche, était un général né qui ne souffrait aucune contradiction et vous tirait dessus à boulets rouges lorsqu'il perdait le contrôle des opérations.

— Papa, c'est décidé. Je veux vivre ici, chez Edward.

— Tu abandonnes ton poste à l'hôpital ?

— Oui.

— La médecine ?

L'oreille collée sur l'écouteur, Edward secoua la tête silencieusement en me regardant avec insistance.

— Ne renonce pas à ton travail pour moi ! me chuchota-t-il à l'oreille.

Sa générosité était d'autant plus belle qu'il avait échoué à attirer un médecin sur l'île pour prendre soin de sa fille et des habitants. J'étais arrivée trop tard pour rencontrer Liùsaidh et cette pensée m'attrista.

— Je ne renonce pas à la pédiatrie, mais à l'urgence. Je vais ouvrir un dispensaire en Écosse.

À ces mots, Edward happa mes lèvres et m'embrassa. Le goût de sa langue dans ma bouche et sur mes dents et la chaleur de ses doigts sur ma peau ; je dus me faire violence pour ne pas raccrocher.

— Arrête, lui dis-je, sans le penser.

— Merci, me souffla-t-il pour toute réponse. Merci. Merci. Merci.

— Peut-être devrais-tu réfléchir avant de t'engager à quitter ce que tu as mis près de quinze ans à construire ! explosa mon père après un silence stupéfait.

— J'ai arrêté ma décision, Papa. Je pense à moi, d'abord.

Nouveau silence. Rageur, cette fois.

— De quoi as-tu besoin ? D'une lettre de recommandation ?

Edward désigna le combiné, signe qu'il voulait parler à mon père.

Sa demande me laissa perplexe. Je connaissais suffisamment bien l'homme qui m'avait élevée pour savoir qu'il détesterait qu'on lui impose de parler avec l'inconnu qui enlevait sa fille.

— Je suis un grand garçon, articula silencieusement Edward. Fais-moi confiance.

— Papa, Edward souhaite te parler. Acceptes-tu de le prendre au téléphone ?

— Oui, passe-le-moi, je suis curieux d'entendre ce monsieur.

Edward attrapa le combiné d'une main. De l'autre, il enserra ma taille.

— Professeur Granger, dit-il, Edward MacLaine.

Le nouveau silence qui suivit n'impressionna pas Edward, qui les utilisait avec intelligence.

Mon père craqua le premier.

— Monsieur MacLaine. Êtes-vous à l'origine de cette, de cette…

Le professeur Granger bafouillait, cherchant comment se sortir la tête haute de cette conversation. Lui qui maîtrisait parfaitement l'anglais butait sur les mots.

J'eus soudain des scrupules à le torturer ainsi. N'aurait-il pas mieux valu que je prétende avoir besoin de mes papiers pour voyager et retirer de l'argent ? Une fois mariés, Edward et moi serions allés à Paris, pour le mettre devant le fait accompli.

Comment pouvait-il accepter en quelques minutes ce que j'étais moi-même en peine d'expliquer, alors que je l'avais vécu ?

— Ne culpabilise pas, *Anam-charaid*, me susurra Edward, la main sur le micro. Je suis à l'origine de cette demande en mariage, absolument, compléta-t-il à l'attention de mon père. Nous avons un point commun, monsieur. Nous aimons Joséphine. C'est pourquoi je me tourne vers vous pour qu'ensemble, nous soyons les artisans de son bonheur.

Je ne pus m'empêcher de sourire.

— Qu'attendez-vous de moi ? grinça mon père, déstabilisé par le trait d'esprit. Vous vous êtes passés de ma permission, il me semble ?

— Une copie certifiée de votre livret de famille. Nous nous dispenserons de la lettre de recommandation.

— Avez-vous arrêté une date ?

— Le 31 décembre.

Nouveau silence halluciné de mon père.

— Vous allez vite en besogne !

— Selon vos critères.

— Vous parlez du bonheur de ma fille. Vous rendez-vous compte qu'elle s'apprête à abandonner un travail essentiel à l'hôpital pour…

— … pratiquer la médecine qu'elle aime, oui.

Edward acheva la phrase de mon père. Le calme qu'il lui opposait était saisissant.

— Vous la connaissez depuis quoi, trois jours ? Que pouvez-vous me dire sur elle ?

Je sus aussitôt qu'Edward ne tomberait pas dans le piège ; Lord MacLaine ne se justifiait jamais.

— Votre défiance à mon égard signifie que vous considérez Joséphine comme étant une personne incapable de faire un bon choix.

— Je pense que vous avez profité d'un instant de faiblesse pour lui retourner la tête.

— Détrompez-vous, elle a une vision claire des événements qui l'ont conduite en Écosse.

— Savez-vous ce que cela signifie l'arrêt de la pratique pour un urgentiste ? Il perd du savoir-faire, ses réflexes s'émoussent, son expertise aussi. Si vous aimez Joséphine comme vous le prétendez, vous refuserez de la voir gâcher des années de travail acharné pour quoi ? Torcher des vieux, donner des suppos aux gosses et dégriser des alcooliques ?

— J'ignore quelle conception vous avez du mariage, la mienne est que ma femme sera libre de ses choix.

— Et vous, de quoi vivez-vous, monsieur ?

Cette question m'agaça plus que le reste, car elle sous-entendait que mon père imaginait que sans Edward, je serais incapable de subvenir à mes besoins. D'un regard, ce dernier me dissuada de réagir.

— Je possède des biens, répondit-il à mon père sur un ton neutre.

— Mais encore ?

— Un titre, des entreprises et des propriétés.

— Quel titre ? s'enquit mon père après un autre silence.

— Celui du comté de Bheinn Mòr, dans les Highlands.

— Passez-la-moi.

Edward salua poliment mon père avant de me rendre le combiné.

— Ce type va te rendre malheureuse, Joséphine ! Tu abandonnes ton travail à l'hôpital alors que dans six mois tu vas être nommée PH[1], que dans cinq ans tu peux être maître de conférences et dans quinze tout au plus, chef de service des urgences pédiatriques, une première à ton âge ! Et tu choisis de tout quitter pour lui !

— Papa, ce que je veux, c'est être heureuse. Avec Edward, je le suis.

— C'est ça ton avenir rêvé : exercer à la cambrousse comme ta mère et jouer aux comtesses ?

— Oui.

— Très bien, envoie-moi l'adresse par mail. Je posterai les documents demain.

Et il raccrocha.

1. Praticien hospitalier.

42

Confortablement installés devant la cheminée de la bibliothèque, salle préférée d'Edward après son atelier, nous bavardions en picorant dans le plateau-repas composé de conserves de poissons, de fromages frais et de pain que Mrs Whitmore avait préparé pour nous.

Edward considérait mon coup de fil à mon père comme une véritable prise de position, doublée du courage d'affronter mon mentor. Et de fait, la manière dont je lui avais annoncé sans trembler que je m'apprêtais à épouser un homme rencontré cinq jours plus tôt, et que je quittais mon poste aux urgences pour m'installer à la campagne, affirmait le sérieux de ma démarche. Enfin, selon Edward, elle confirmait mon émancipation d'un homme, qui avait trop décidé à ma place.

Son opinion pourrait apparaître sévère, pourtant je n'eus aucun mal à le comprendre. Après le départ de ma mère, mon père et moi avions vécu tels des jumeaux inséparables. Il avait rempli les rôles du confident, du professeur, du père et de la mère, et m'avait élevée dans l'idée qu'il serait toujours là pour me guider.

Ma rencontre avec Edward n'était pas sans conséquence. L'inévitable rivalité entre les hommes de ma vie serait l'une d'elles. D'autres nous arriveraient par vagues successives, autant de répliques après un tremblement de terre.

Autant de déferlantes qu'il nous faudrait surmonter.

Je n'espérais pas de mon père qu'il accepte d'emblée mon choix. Il lui faudrait des années pour admettre que j'étais capable de voler de mes propres ailes.

Travailler avec ses parents a des inconvénients : on n'est jamais complètement adulte, toujours un peu enfant. Seule la distance nous permet de faire nos propres choix, quitte à nous égarer, sans subir leur regard prompt à distiller reproches ou conseils. La brutale séparation que je lui imposais serait douloureuse.

— La lune pour tes pensées, *Anam-charaid*.

— J'installerai le dispensaire au cœur du village, pas dans la tour ouest.

D'après ce que j'avais analysé de la situation sanitaire locale, les enfants scolarisés et les adultes en activité, suivis sur la plus grande île de l'archipel, n'avaient guère besoin de soins sur place, sauf en cas d'urgence et en saison hivernale, puisqu'aux beaux jours, un hélicoptère ralliait le *community* en dix minutes.

En revanche, ceux qui avaient toujours vécu ici et préféraient mourir chez eux que finir leurs jours à l'hôpital rechigneraient à se déplacer jusqu'au château pour se faire soigner.

— Ton cœur est assez immense pour que je le partage avec les gens d'ici, murmura Edward, en m'enlaçant avec passion.

Qu'il cache un sourire, un mot d'amour ou un silence, chacun de ses baisers m'emportait ailleurs, toujours différent, pareil au ciel de l'île des brumes, tantôt serein, tantôt tumultueux. Edward MacLaine ne donnait jamais dans la demi-mesure. J'ignorais avant lui qu'il existait des êtres aussi entiers et passionnés.

— Pour la première fois de ma vie, j'ai l'impression d'être à ma place, lui dis-je, quand ses lèvres abandonnèrent les miennes pour courir sur ma joue. Comme si tout ce que j'avais vécu n'avait eu cours que pour me conduire à Haven Stone, près de toi.

En proposant de m'épouser, Edward avait ravivé mes rêves sacrifiés sur l'autel du travail : voir chaque jour le visage de celui qu'on aurait choisi, auprès duquel on aimerait vieillir. Une maison à moi. Rien de bien extraordinaire, juste un nid, pas ces quatre murs impersonnels encombrés de cartons jamais ouverts et décorés de cadres Ikea où j'avais toujours vécu.

Mais cette demeure pourrait-elle abriter notre bonheur tant qu'Edward ne serait pas réconcilié avec elle ?

— Entretenir Haven Stone par loyauté pour le personnel ne signifie pas forcément envisager d'y bâtir ton foyer.

— Auprès de toi, je serai heureux partout. Même ici. Tu es mon eau, *Anam-charaid*. Mon *home sweet home*.

Edward effleura la trace de l'estafilade qu'il avait soignée sous ma paupière, un soir de tempête, puis il enserra mes doigts entre les siens. Son regard soucieux contrastait avec la légèreté de ses propos.

— La lune pour tes pensées, Edward. Les plus secrètes, les plus inavouables. Celles que tu me caches, et qui plissent ton front, ici et là, lui murmurai-je en effleurant sa peau.

— Depuis que j'ai croisé ton regard dans les cuisines de Mrs Whitmore, tout ce qui t'égratigne me déchire et ce qui te chagrine me désespère. Et puisque ce qui pourrait te blesser me tuerait, je n'autoriserai jamais personne à te faire du mal, personne. Ton père compris, ajouta-t-il avec fermeté.

— Il a tendance à être agressif quand il est inquiet. Et après il regrette. Il reviendra avec de meilleures intentions, tu verras.

— Souhaitons-le pour lui. Je n'hésiterai pas à le provoquer en duel s'il te fait du mal, lâcha Edward. Et je n'aurais su dire à quel point il plaisantait.

Bien qu'il ne soit pas homme à juger autrui, à la seule évocation de mon père, il se crispait.

— En tout cas, tu l'as intrigué !

— Pourquoi prétend-il que tu lui en veux ?

Je redoutais de m'immerger à nouveau dans les eaux troubles de cette tragique nuit du 17 octobre. Mais Edward m'offrait l'occasion d'effacer les derniers non-dits qui nous séparaient.

Une douleur commune, une obscurité à partager.

Mon père disait toujours qu'imaginer le fond de l'abîme c'est admettre qu'il existe. Ce soir, Edward ne verrait peut-être pas le fond de son abîme, mais il entrapercevrait le mien.

— Mon père a refusé d'ouvrir une enquête interne après la mort d'Aurélien, alors que je le lui avais demandé.

Je lui confiai comment, d'une coche sur la case *obstacle médico-légal* de l'acte de décès, j'avais exprimé mes doutes sur les causes de la mort, et engagé « la responsabilité d'un tiers dans l'exercice de la médecine » – en l'occurrence moi, puisque j'étais de garde. Ce faisant, j'avais livré le corps d'un môme de six ans aux scalpels du légiste et jeté ma carrière aux oubliettes avec la précision d'un sniper.

D'une pierre deux coups.

— Comment s'y est-il pris pour éviter l'enquête, puisque tu avais rempli l'acte de décès ?

— Il l'a déchiré et en a rédigé un nouveau où il stipulait que la mort était liée à la pathologie.

Curieusement, Edward ne me donna pas l'impression de s'émouvoir des actions illégales de mon père, qui lui auraient valu des ennuis judiciaires si je l'avais dénoncé. Il semblait plutôt douter des raisons de son geste, comme s'il estimait que ses motivations ne s'accordaient pas à la conclusion qui s'imposait au premier abord : quel parent choisirait de livrer son enfant aux autorités ?

— Il était bien trop furieux après moi pour chercher à me couvrir ! Il m'a dit que les urgences agonisaient, et qu'avec une histoire pareille, je les achèverais.

En réclamant une autopsie, j'avais agi selon mon éthique. En l'empêchant, mon père avait préservé le personnel du service et offert à la famille de ne pas revivre mille fois le film des évènements qui avaient conduit au décès de leur fils. Et il avait probablement aussi sauvé ma carrière.

D'une pierre trois coups.

— À t'entendre, on pourrait déduire que tu approuves sa décision.

— Disons que j'admets qu'elle était la plus opportune, surtout pour le chef d'un service qui reçoit des milliers d'enfants en situation d'urgence. Mais pour moi, qui ai dû annoncer la mort d'Aurélien à ses parents, elle était injustifiée et totalement inique. Et pour la première fois de ma vie, j'ai eu honte d'être médecin.

— Que dirais-tu à ces personnes, si tu pouvais leur parler aujourd'hui ?

— Edward, j'ai analysé ce cas des dizaines de fois. Sans autopsie, il restera mystérieux.

Il garda le silence, et je me coulai entre ses bras.

Edward m'étreignit comme s'il voulait me garder d'un danger. Il n'était plus un cocon rassurant, comme sur la falaise, mais un bouclier, et je sus qu'il ne plaisantait pas, quand il promettait de veiller sur moi.

— Ton père ne supportera jamais que tu le quittes.

— On ne quitte pas son père, mais son mari ! plaisantai-je, désireuse de teinter notre conversation de nuances plus gaies.

— Détrompe-toi, répondit Edward sur le même ton. On ne quitte pas un MacLaine.

Mon compagnon de jeu était de retour. Ensemble, nous étions capables de parer nos échanges des couleurs de l'arc-en-ciel.

— Et pourquoi donc ?

— D'abord, on n'épouse pas un MacLaine, mais tous les MacLaine.

— Je n'épouserai nul autre que toi !

— Tu seras Lady MacLaine, la Très Honorable Comtesse de Bheinn Mòr.

J'ouvris des yeux faussement émerveillés.

— Non !

— Si, et tous devront t'appeler *my Lady*, Mrs Burnett en tête, sous peine d'être châtiés !

Je pouffai, partagée entre hilarité et incrédulité – l'impression d'être dans un rêve éveillé – et pourtant, je n'avais jamais été aussi vivante qu'entre les bras de cet homme-là.

— Je porterai des robes longues, comme ta grand-mère sur le tableau ?

— Oui, et tu devras te pavaner dans le parc avec un ou deux Border Collie.

— Et chevaucher à tes côtés au soleil couchant.

— Absolument. Mais tu te doutes bien que tous ces privilèges ont un prix. La nouvelle Lady MacLaine devra connaître par cœur l'arbre généalogique et l'histoire de la famille sur dix-sept générations, poser des heures pour un portraitiste, et prendre des leçons d'étiquette avec Mrs Burnett.

— Tu veux dire qu'elle m'apprendra à faire la révérence et à m'asseoir comme une dame ?

— Je ne peux t'emmener dans le monde sans te dévoyer, tu es trop merveilleusement spontanée !

— Je te promets de ne jamais t'expliquer pourquoi j'exigerai que Mrs Burnett soit tout de rose vêtue quand elle m'apprendra à boire l'eau du rince-doigts, ou qu'elle me fera copier cent fois au tableau « *never complain, never explain* ».

— Ne te moque pas, *Anam-charaid*, les devoirs d'une lady ne se cantonnent pas à satisfaire son lord et à diriger la maison et ses gens. Il te faudra aussi être fidèle à la devise de notre clan, *Semper custodiat*[1].

— Cela ne devrait pas poser de problème. Quoi d'autre ?

Avec un sourire, Edward me fit tendrement basculer sur le canapé. Dans le mouvement, il enroula ses jambes autour de mes chevilles, comme dans le rêve que j'avais eu de lui.

— Le plus important : tous les habitants de l'île, son époux en premier, espèrent qu'elle remplira la maison de petits héritiers.

— Tu es sérieux ?

— Je suis très sérieux.

— Je ne suis pas une usine à fabriquer des minilords MacLaine !

— Commençons par un ?

Ses doigts, glissés sous mon pull, dégrafèrent mon soutien-gorge et il pressa son désir contre le mien, m'irradiant d'une flamme nouvelle.

— On pourrait d'abord adopter des chats errants et quelques corneilles ?

— Tu auras des moutons, beaucoup de moutons, et des bovins poilus.

— Et dans la maison, des tégénaires, des rats et des mulots !

— Il n'y a pas de mulots ici, mais des écureuils. Pourquoi as-tu si peur de répondre quand je te parle de fonder une famille ?

Bouleversée, je me redressai, pour le dévisager. Ses lèvres étaient rouges de nos baisers, et il souriait.

1. « Toujours protéger ».

— Tu envisages *vraiment* d'avoir d'autres enfants ?

— Avec toi, je veux tout. Que veux-tu, *Anamcharaid* ?

Comment lui dire que je ne pouvais envisager de fonder une famille sans que nous ayons seulement évoqué ensemble la mort de sa fille ?

— Tu ne réponds pas. Me serais-je mépris sur ton désir de maternité ?

— Non Edward, moi aussi, je veux tout.

— Mais ? Parce qu'il y a un mais ?

Je respirai lentement, pour calmer les battements de mon cœur.

— D'abord, je veux qu'on parle de Liùsaidh.

— Nous en parlerons, murmura Edward, ses yeux noirs plantés dans les miens. Mais demain.

Subjuguée par son regard, où je lus soudain un feu obscur, je demeurai sans voix.

— J'ai prévu de te présenter Liùsaidh au dîner. Tu verras, vous partagez le même courage et la même joie de vivre. Elle pourrait être ta fille !

43

L'horreur de ce qu'Edward vivait me figea instantanément, l'impression de m'être pris un bus en pleine poitrine.

Mon silence l'inquiéta.

— J'ai froid, marmonnai-je pour justifier les tremblements qui m'agitaient.

— Pardon, je manque à tous mes devoirs.

Il se leva pour raviver le feu, tandis que je cherchais une issue au cauchemar qui se profilait, recroquevillée sur le canapé, un coussin contre ma poitrine.

Liùsaidh était morte depuis près d'un an, Edward ne pouvait être dupe. Il ne souffrait ni d'un délire hallucinatoire ni de psychose. Il ne *voyait* pas son enfant décédée, il refusait désespérément d'imaginer qu'elle n'était plus là.

Et tant qu'il n'accepterait pas la réalité, nos rêves se confronteraient sans cesse à son deuil impossible, tristement perpétué par une épitaphe inachevée.

Pourquoi veux-tu lui dire qu'elle est morte alors que ça fait plus d'un an ?

Je fis le vœu secret de vendre mon âme au diable, pour que dure à jamais notre histoire. Et le diable, perfide, me chuchota qu'Edward ne m'appartiendrait jamais, car il était déjà le sien.

Debout devant la table des alcools, il versait à présent un whisky ambré dans des verres en cristal.

— Tiens, me dit-il en s'asseyant à mes côtés. C'est un Glenrothes, le whisky des tempêtes. Il te réchauffera.

Nous trinquâmes à nos fiançailles, aux âmes sœurs et à la déraison.

Ce soir, ma vie ressemblait aux cieux parsemés de nuées noires de l'île des brumes, aux vagues de basalte d'un vert tendre parfois fluorescent parfois cuivré, qui mouraient abruptement sur la plaine ; aussi enragée que la mer cendrée et échevelée, prête à engloutir les terres qui refuseraient de se soumettre.

Si j'écoutais le diable, ma vie serait un champ fleuri sous un ciel d'été, mon corps s'ouvrirait chaque jour, telle une fleur épanouie, et la jouissance, l'amour et le désir m'empliraient de joie.

Mais le cœur d'Edward demeurerait sombre à jamais.

Et chaque jour et chaque nuit, telle Shéhérazade, je devrais lui conter une nouvelle fable et il me dirait les siennes et je ferais mine d'y croire.

Ainsi l'avaient protégé celles qui l'aimaient ; libre de fuir sa propre maison et libre d'y revenir, bercé de l'illusion qu'au premier étage, une fillette nommée Liùsaidh jouait à la marchande en attendant son papa.

Bien sûr, je pouvais attendre que la vérité se jette sur lui telle une chienne enragée et devenir la providence qui le sauverait. Mais comment l'aimer, si pendant que je prenais son corps et lui offrais le mien, j'autorisais mon cœur à lui mentir ?

Alors, je me fis violence pour ne pas céder à l'abandon dans ses bras et aux murmures du pire. Et le diable me chuchota que la vérité anéantirait son désir, alors que mon silence en ferait un homme heureux.

— Edward, le repoussai-je doucement. Tu sais que je te respecte trop pour te mentir.

— Pourquoi mentirais-tu ?

Une fugace inquiétude ombra sa voix.

— Si la vie devait nous séparer, sache que j'ai vécu en quelques heures à tes côtés une vie entière d'amour.

— Tu n'as pas changé d'avis. Je n'y crois pas un instant. Alors que t'arrive-t-il ? Que cherches-tu à me dire avec ces yeux qui brillent ? On dirait que tu vas pleurer !

Edward le passionné, l'impétueux, l'amoureux, l'imprévisible, mon Edward, que je m'apprêtais à perdre dans l'espoir que je le retrouverais.

— Tu penses toujours à la mort d'Aurélien, n'est-ce pas ?

Je le soupçonnai de chercher inconsciemment une issue à l'ouragan qui se lèverait, lorsque nous évoquerions à nouveau sa fille.

— Comme tu as dû souffrir !

L'espace d'un instant, je me revis au chevet de la dépouille d'Aurélien. J'avais eu mal alors, un mal atroce que j'avais rejeté avec force tant mes sentiments m'apparaissaient obscènes. Face à Edward qui avait perdu sa fille, je ressentais cette même illégitimité. Et cette sensation perfide et destructrice qui me réduisait au silence me poussait à nier ma propre douleur.

— Je me suis interdit de souffrir.

— Il n'y a rien d'indécent à la compassion ; et je sus qu'il évoquait la maladie de Liùsaidh à demi-mot et ceux qui avaient échoué à la sauver.

Alors qu'il souffrait plus que moi, Edward cherchait à me guérir.

Pourquoi veux-tu le sauver, puisqu'il t'aime déjà ?

— Ceux qu'on aime choisissent toujours de partir quand on n'est pas là, dis-je doucement.

Le visage tourmenté d'Edward s'assombrit.

Et j'eus la sensation que mon démon s'asseyait sur ma cage thoracique, tant je peinais à trouver mon souffle.

— Tu évoques Liùsaidh comme si elle était présente, Edward.

— Que sous-entends-tu ? souffla-t-il d'une voix blanche.

— Je ne prétendrais pas qu'elle vit encore alors qu'elle n'est plus.

J'achevai mon verre de whisky cul sec pour me donner du courage.

— Elle est morte, Edward. Liùsaidh est morte.

— Tais-toi !

En se levant, il envoya valser le plateau. La porcelaine et les verres en cristal éclatèrent sur les dalles, au milieu des reliefs de notre repas.

Lorsque je me redressai à mon tour, mes jambes flageolaient.

Edward me toisait à moins d'un mètre, les jointures blanches d'avoir les poings serrés.

J'étais coutumière de la violence et je ne la craignais pas.

À l'hôpital, j'avais été agressée à plusieurs reprises par des parents fous de douleur. L'un d'eux m'avait giflée à l'annonce de la mort de son enfant, un autre menacé avec une arme.

La rage qui animait Edward était d'une autre dimension. Je n'étais pas un médecin anonyme ou une gouvernante embauchée pour lui plaire, j'étais son amour, son havre et je venais de lui asséner l'indicible.

— Jamais je ne ferai semblant. Ce serait te trahir. Crois-moi, je sais ce que tu ressens…

— Tu crois savoir, mais tu ne sais rien.

— Edward, tu n'es pas obligé de t'infliger tant de souffrance. Il y a d'autres voies vers la résilience.

— Cesse de discourir comme une Petite Sœur des Pauvres. Je n'ai pas besoin d'être sauvé et encore moins par toi.

— Je t'ai fait une promesse !

— Ne pouvais-tu pas te contenter de m'aimer ?

Je tremblais, tant sa violence était palpable. Pourtant, il n'éleva la voix à aucun moment. Son ton était devenu rauque, il naissait aux tréfonds de son être. Un être terrifiant de calme.

— Je te donne jusqu'à demain midi pour quitter ma maison.

Malgré la douleur atroce que provoquèrent ces mots, je soutins son regard avec un seul objectif, qu'il voie que jamais je ne l'abandonnerais.

Mais ce soir, il était aveugle.

— Vous m'avez bien entendu, Miss Granger ? ajouta-t-il, repassant soudain dans le registre qui ouvrait une faille entre nos mondes. Si je vous trouve chez moi passé ce délai, je vous jure que je ne répondrai de rien.

Il ramassa la bouteille de Glenrothes et avant de sortir, donna un coup de poing dans le mur où il abandonna une trace de sang, témoin de la violence du choc.

« Les larmes qui coulent sont amères.
Plus amères encore sont celles qui ne coulent pas. »

Proverbe gaélique

44

L'âtre était froid quand je décidai de me réfugier dans le ventre de Haven Stone. J'avais espéré longtemps qu'Edward réapparaîtrait et que même dans le silence, nous pourrions être ensemble. Mais il s'était jeté dans le grand escalier pour s'enfermer au dernier étage et n'en était pas redescendu.

Dans l'antique salle voûtée, j'appréciais cette sensation d'être hors du temps, hors d'atteinte du monde. Ici, l'absence de réseau téléphonique me rassurait étrangement.

Je ravivai le feu moribond et m'affalai dans le rocking-chair, emmitouflée dans un plaid que Mrs Whitmore avait laissé à mon intention. Qu'Edward m'ait ordonné de quitter sa maison n'était pas ma préoccupation première : c'était la nature de son déni. Pourquoi y était-il retourné un an après la mort de sa fille si ce n'était par crainte de céder à cette violence qui le terrifiait tant, et dont je venais d'être témoin ?

Il y a autant de deuils que d'histoires personnelles, m'avait enseigné mon père, et celle d'Edward était tragique car elle le condamnait à une colère sans fin, à l'image de cette demeure l'emprisonnant dans une vie qu'il abhorrait.

Edward devrait dépasser cette colère pour enterrer son chagrin.

Tout en me balançant doucement, je feuilletais le carnet à dessin que Liam avait laissé à mon intention, cherchant dans les traits joyeux et colorés de ces portraits le fantôme d'une fillette qui bouleversait ma vie.

Nulle part à Haven Stone je n'avais vu de photo d'elle. Pourtant, celui qui s'attardait sur les détails constatait qu'elle était partout, même ici, dans l'antre de Mrs Whitmore.

Un tableau noir accroché au fond de la salle et partiellement caché sous des bouquets de fleurs mis à sécher était couvert de son écriture, que je distinguais de celle de Liam sans mal. Des lettres énergiques et pointues formaient des mots en gaélique, et en dehors de son nom à elle et de celui de son *daid*[1], je ne sus ce qu'ils signifiaient. Au bas du tableau, elle avait dessiné un personnage aux grandes oreilles. Ses mains et le haut de sa tête seulement dépassaient et il semblait se hisser là pour espionner ceux qui se trouvaient dans la cuisine.

Bobby ?

Sur ses croquis, Liam la représentait un peu plus grande que lui, les cheveux d'un blond vénitien, mélange de crayons jaune et orange, des joues roses et des yeux bleus. Souvent, Liùsaidh portait une jupe plissée à carreaux aux couleurs de la famille, un bonnet et des bottines couvrant ses mollets. Un large

1. « Papa » en gaélique écossais.

sourire illuminait ses traits et ce sourire pourtant en deux dimensions semblait si réel (bien plus que celui de Mrs Burnett) qu'elle m'apparut, attablée, son regard curieux posé sur moi.

Ma Liùsaidh imaginaire eut cette façon particulière qu'ont certains enfants de s'asseoir à genoux, une jambe repliée sous ses fesses, l'autre étirée sur le côté. Je lui ajoutai les fossettes d'Aurélien et ces longues nattes dont je rêvais enfant, alors que mon père s'obstinait à me coiffer en bol – *dégageons le front, cela donne l'air plus intelligent que des tresses !*

— As-tu déjà fait un bonhomme de neige ? demandai-je au silence qui m'entourait. Moi non. En ville tout est toujours noir, gris, brun ou fondu.

D'épais flocons immaculés s'accumulaient sur les rebords des fenêtres depuis plus d'une heure. Si ma Liùsaidh avait été de chair, nous aurions volé des carottes et des châtaignes dans les casiers de Mrs Whitmore, un balai dans le placard, le chapeau de Mrs Burnett, et nous serions sorties emmitouflées de la tête aux pieds, sous la lune.

Quand la lune était haute, on y voyait aussi bien que par temps clair.

Seul le silence me répondit.

Je fis chauffer de l'eau pour le thé et me dégourdis les jambes jusqu'au tableau noir. Besoin de chasser l'angoisse qui étreignait ma poitrine. Imaginer Edward seul, occupé à ruminer, me tordait les tripes. Je détestais l'impuissance, j'avais toujours répondu à l'angoisse en agissant. Mais après la violence qu'il avait exprimée, je me sentais démunie.

Attendre que l'orage passe, je n'avais d'autre choix.

Sous les bouquets de fleurs séchées il y avait des initiales, deux *L* entourés d'un cœur et plus haut, une phrase dont je sus aussitôt qu'elle était de la main d'Edward : *Je crois en toi.*

Comparés à cette déclaration d'amour aussi simple que sublime d'un père à sa fille, les « je t'aime » que je rêvais d'entendre m'apparurent soudain dérisoires. Et si ces mots avaient seulement été prononcés, n'auraient-ils de toute façon pas été les « je t'aime » les plus creux et vides de sens qu'une mère aurait dits à sa fille ?

Les mots d'Edward incarnaient l'essence de ce qu'elle m'avait refusé : la confiance. Mais bien plus que ces regrets égoïstes qu'ils suscitaient, ils exprimaient l'amour devenu vain d'un père pour une enfant qui n'était plus.

Cet amour-là pleurait dans les couloirs de la demeure et non le vent, il hurlait dans les pièces vides et non le vent, il glaçait les chairs et le cœur des vivants.

Et non le vent.

Es-tu celle que mon papa espérait ?

Ma Liùsaidh imaginaire avait glissé le long du banc et se tenait tout près de moi. Je lui avais prêté la voix de Clara, une voisine dont le rire éclairait les communs de l'immeuble où nous habitions. Une tonalité chantante, un brin stridente dans les aigus, cristalline et naturellement gaie.

La main de Liùsaidh était posée sur un des livres de recettes de Mrs Whitmore, le plus gros, celui qui était consacré aux entremets des cinq continents. En le feuilletant, je trouvai des marque-pages à l'endroit des desserts favoris de la famille MacLaine.

Chacun des cartons rectangulaires avait été décoré par Liùsaidh et Liam, et sur l'un d'eux était représenté l'arbre à fées sous lequel gisait à présent la tombe anonyme d'une enfant. Entre d'autres pages se glissaient des cartes de vœux des années passées, où se mêlait l'écriture d'Edward, de Liùsaidh et de Liam.

Ainsi, j'en déduisis que la fillette privilégiait la peinture aux crayons de couleur et qu'elle fabriquait les décorations de Noël avec son père, mais aussi qu'elle préférait jouer dans la cuisine avec Mrs Whitmore plutôt qu'à l'étage. En attestaient les nombreux puzzles et autres boîtes de jeu rangées sur une étagère à côté des torchons.

Peu à peu, l'image de cette enfant que j'aurais tant voulu connaître s'esquissait. Liùsaidh, ni tout à fait vivante ni tout à fait morte, Liùsaidh que je devrais apprendre à aimer à travers les yeux d'Edward, pour mieux l'aider à lui dire adieu.

— J'aimerais être celle qui croira en lui autant qu'il croyait en toi, dis-je au silence.

Ma Liùsaidh imaginaire était accroupie près de l'âtre et gratouillait le ventre d'un petit personnage aux yeux bleus, poilu comme un singe.

Tu n'oublies pas quelque chose ?

— Le porridge pour Bobby !

Le lait bouillant, j'y ajoutai les flocons d'avoine, le sel et la cannelle et je baissai le feu. Depuis l'enfance, j'aimais inventer les absents, dessiner leur visage dans le noir avant de m'endormir, invoquer leur compagnie pendant les harassantes nuits de garde ou entendre leur voix dans les couloirs déserts.

Donner corps à Liùsaidh avait plus de sens que de me morfondre dans les brumes qui s'étaient abattues sur ma vie.

Mon propre déni de la douleur d'Edward se levait peu à peu, dévoilant la couleur des épreuves à venir.

La mort était mon ennemie et j'étais armée pour la combattre.

Mais le deuil d'un enfant…

Y avait-il au monde un enfer plus douloureux, une souffrance plus inaccessible ?

Je versais la bouillie tiède dans l'écuelle de Bobby, lorsque résonna le pas d'Edward dans le couloir. Je lâchai la cuiller et glissai précipitamment les dessins de Liam dans le livre de recettes. Il ne s'agissait pas de les lui dissimuler, mais de l'empêcher de les détruire.

Au moment où sa haute silhouette s'encadra dans le chambranle, j'arrêtai de respirer.

Edward ne me jeta pas un regard. Il attrapa la clé de la réserve à alcool accrochée près de la porte et ressortit.

Bientôt, le silence retomba sur le ventre de Haven Stone. J'eus alors la sensation d'être nue au pied de l'Everest et qu'il me faudrait l'escalader seule pour peut-être un jour, revoir la lumière.

45

Le froid me réveilla.

Ou alors était-ce le vent qui râlait pareil à un monstre avide grondant aux fenêtres et gonflant la mer qui écrasait ses inlassables rouleaux contre les remparts ?

J'avais pourtant nourri le feu avant d'aller me coucher ; les bûches s'étaient consumées et il ne restait dans l'âtre qu'un tas de cendres.

J'allumai la bougie posée sur la table de nuit et poussai un cri de surprise en découvrant qu'Edward se tenait au pied de mon lit.

Ses yeux montraient qu'il avait trop bu, mais en bon Écossais, il ne chancelait pas.

Je me redressai lentement, les couvertures remontées jusqu'au menton, attendant qu'il parle. J'avais beau me dire que l'homme débraillé qui me fixait sans vergogne n'était pas un inconnu, il était mon amour, je ne reconnus pas son regard. En revanche, dans les yeux de ce double obscur dont il tentait de contenir la violence, je vis ce qui ressemblait à du ressentiment.

Je décidai de rester immobile en attendant qu'il reparte de lui-même.

Il ne bougea pas.

Des années d'éducation et de peur lui avaient appris à demeurer aussi raide qu'une statue – personne, en dehors de la garde royale, n'en était capable.

Je me mis à claquer des dents, effrayée par sa façon de me dévisager avec hostilité.

Malgré le deuil et bien qu'il eût effacé la tête de cheval et affamé la violence qui l'habitait, Edward restait un homme en colère. Hargne contre ce père qui avait ruiné son enfance, haine de cet homme qui avait violé sa mère, rage contre sa destinée qui lui avait imposé de perdre sa fille.

J'étais devenue l'objet de cette colère qui l'envahissait et qu'il ne devait pas comprendre lui-même.

Où en était-il ? Mes mots avaient-ils fait leur chemin ou les avait-il déjà balayés ?

Personne avant moi n'avait osé formuler devant lui l'indicible.

L'amour de l'intendante et de la cuisinière pour celui qu'elles avaient élevé les avait conduites à la pire des erreurs : entretenir l'illusion que Liùsaidh était vivante quelque part, là où Edward n'était pas.

Les membres ankylosés, je finis par me lever.

Mon cœur cognait à mes tempes. Je n'aurais pas été plus effrayée si un rôdeur s'était introduit chez moi.

Avec des gestes lents, j'enfilai ma robe de chambre et me dirigeai vers la cheminée pour raviver le feu.

Edward ne fit pas un geste, mais je sentis son regard sur ma nuque et l'espace d'un instant, j'eus peur qu'il se jette sur moi.

Lorsque les flammes illuminèrent la pièce, je récupérai Mare et m'installai sur le fauteuil, ma statuette serrée contre mon cœur.

Ainsi, je tournais ostensiblement le dos à Edward. Il ne s'agissait pas de lui montrer du mépris ou de l'indifférence, mais la confiance inouïe que je lui témoignais.

Malgré l'angoisse, je finis par m'assoupir, engourdie par la chaleur du feu et écrasée de fatigue après plusieurs nuits blanches.

À l'aube, Edward était parti.

46

La barbe pointue de Mare avait marqué ma poitrine à travers la chemise de nuit. Je n'avais pas lâché ma statuette dans mon sommeil et je m'étais réveillée les mains raides et la mâchoire douloureuse, comme au lendemain d'un week-end aux urgences.

Après une toilette sommaire à l'eau froide, je descendis me réfugier dans la cuisine. J'étais bien en peine d'interpréter la visite nocturne d'Edward et je décidai de m'abstenir de vaines spéculations sur ses intentions. En revanche, j'étais résolue à ne pas le laisser sombrer sans agir.

Il n'y a guère de recette miracle pour accompagner un parent endeuillé et c'est d'ailleurs ce qui effraie tant. Qu'y a-t-il de plus personnel que l'affliction ? Autant de peines que d'hommes, autant de réactions que de caractères.

Alors bien sûr, on avait tenté de cataloguer les émotions, on les avait définies, répertoriées, classées et triées. Mais elles n'étaient qu'une boussole dans la nuit. Et si elles indiquaient un cap, un point à atteindre, elles ne donnaient pas le mode d'emploi.

J'avais l'intime conviction qu'Edward me reviendrait lorsqu'il aurait assez erré dans ce monde où vivait l'illusion de sa fille, parce qu'il y avait quelque chose qui nous liait au-delà du cœur et de l'esprit ; l'attraction des corps. Plus que notre désir inassouvi, cette pulsion si animale qu'il avait de vouloir me protéger le pousserait à sortir de son obscurité. Il n'y avait que la vie pour vaincre le deuil, l'exaltation pour terrasser la dépression et la réalité pour écraser le déni.

Un livre de recettes écossaises ouvert devant moi, je m'apprêtais à confectionner un bouillon de bœuf et des œufs brouillés au bacon, page annotée par Mòrag, comme toutes celles des plats préférés d'Edward. J'espérais lui offrir un peu de réconfort à défaut d'un miracle.

Ma Liùsaidh imaginaire surgit, assise sur la table, et me lança un regard goguenard.

Ce n'est pas avec la cuisine de Mrs Whitmore que tu vas consoler mon papa !

Si ma tentative de contenter Bobby avec une portion de porridge s'était soldée par un échec – la bouillie avait séché en surface, preuve s'il en fallait qu'aucune des créatures magiques peuplant l'île ne raffolait de ma cuisine –, mon lutin personnel m'intimait d'être plus imaginative.

— Tu as raison, dis-je au silence, il vaut mieux que j'essaie de le dépayser.

Avec les ingrédients que je trouvai dans la chambre froide, j'avais de quoi fabriquer un gratin de spaetzle à la saucisse.

— Un petit peu de chez moi, loin de chez moi, ajoutai-je en direction de la fillette qui balançait ses jambes en tapant en rythme sur le massif pied de la table.

On ressemble souvent plus à ceux qu'on aime et qui nous ont élevés qu'à nos géniteurs. Les traits ne suffisent pas à construire un visage. Les expressions issues de nos aînés, leurs manières et leurs rictus, l'animent.

Je raccourcis ses cheveux et les bouclai, j'effaçai la fossette d'Aurélien, qui ne lui appartenait pas, et lui donnait le sourire de son père. Ce sourire si rare qui dévoilait une canine pointue sur le côté droit et lui donnait un charme fou.

Ainsi, les contours de ma Liùsaidh m'apparurent plus nets que la veille.

Tout en cuisinant, je lui détaillai les différentes étapes de ma recette.

— D'abord, on met la farine dans un saladier en terre cuite, ensuite on casse les œufs dans le puits creusé à cet effet, puis on ajoute la bière et on mélange énergiquement.

Lorsque la pâte fut onctueuse, je la salai et la versai à travers une écumoire à gros trous, que je tenais au-dessus de l'eau bouillante. Ainsi formés, les spaetzle ressemblaient à des spaghettis gondolés et boursouflés. Dès qu'ils flottèrent à la surface de l'eau, je les égouttai.

Tout en m'activant, je songeai à mon père qui devait ruminer la nouvelle de mon mariage. S'il découvrait que je parlais à la fille décédée de mon fiancé pendant que ce dernier se saoulait à l'étage, il me conseillerait de prendre des vacances au soleil, avec lui de préférence.

Quel être sensé m'encouragerait dans ma démarche ?

On dit souvent que les gens qui s'aiment sont seuls au monde et qu'ils n'ont pas d'histoire à raconter. Non parce qu'ils n'ont rien à dire, mais parce que rares sont ceux qui les comprennent.

Je le croyais volontiers.

Lorsque sonna midi, heure à laquelle le maître de Haven Stone m'avait priée de quitter les lieux, je recouvris les spaetzle avec de fines tranches de saucisse écossaise – à défaut de montbéliarde – et arrosai le tout d'une pointe du savoureux coulis de tomates que Mrs Whitmore conservait dans des bocaux à confiture.

Puis, je chargeai un plateau avec deux assiettes recouvertes de cloches, et remontai vers le cœur de la maison.

Devant le portrait de Jamie, où je m'arrêtai un instant, je songeai que la malédiction d'Edward n'était pas Haven Stone, mais la tragique disparition de tous ceux qu'il aimait. La mort brutale de son frère aîné l'avait frappé d'une triple peine : lui qui détestait les traditions familiales était devenu leur gardien, lui qui rechignait à gérer le domaine était contraint de le rendre prospère, lui qui comptait rester libre, était devenu père.

L'oiseau avait été changé en chêne pétrifié.

47

Edward s'était retranché dans le salon de jeu au premier étage.

Installé à la table de bridge, il buvait en assemblant les pièces d'un puzzle dont l'image, tirée d'une photographie, représentait un cerf dans une vallée entourée de montagnes verdoyantes. Des cernes se creusaient sous ses yeux et une barbe de deux jours assombrissait son visage et son cou. Son corps dégageait des relents acides de sueur et d'alcool.

Les tentures le plongeaient dans une nuit à peine éclairée par une lampe à pétrole. Le poêle à tourbe était éteint et un courant d'air humide s'engouffrait par les portes grandes ouvertes.

Je posai le plateau sur le coffre à jouets pour ouvrir les rideaux.

La lumière du soleil qui se réverbérait sur la neige était éblouissante, pourtant Edward plissa à peine les yeux. Il avala une rasade de whisky sans lever la tête, occupé à trier les pièces du puzzle en fonction de leur couleur.

— J'ai fait des spaetzle. C'est une spécialité de mon pays, j'ai pensé que tu aimerais y goûter.

Ces mots que je venais de prononcer paraissaient futiles en regard de la douleur qui l'habitait. Mais je lui proposais la vie, un peu de douceur, une pause, un moment partagé.

— Je n'ai besoin de rien, répliqua-t-il en soulevant la bouteille de whisky.

— Edward, tu as besoin de soins.

En frappant du poing sur le mur, il s'était brisé le cinquième métacarpien. Sa main était enflée et bleue et la plaie recouverte de croûtes de sang séché.

S'il m'autorisait à le soigner, peut-être parviendrais-je à renouer le contact ?

Sans attendre sa réponse, je parcourus les pièces en enfilade, puis le couloir jusqu'à la chambre de Liùsaidh. Lors de ma visite des lieux, j'avais remarqué que l'armoire du cabinet de toilette renfermait des bandages et du désinfectant.

Les draps froissés et les peluches éparpillées sur le matelas montraient qu'Edward avait passé la nuit ici.

Comment imaginer que ce corps qu'il avait nourri, choyé et cajolé avait à jamais disparu ? Comment pouvait-il se passer de sa chaleur, de l'odeur de ses cheveux et du son de sa voix ?

Terminées les chasses au doudou perdu dans le parc, effacés les devoirs de maths, volatilisées les parties de billes. Anéantis les câlins avant le coucher, oubliées les histoires des guerriers du clan MacLaine ou les jeux de balançoire avec les fées malicieuses.

Dans cette chambre imprégnée de souvenirs, ma Liùsaidh imaginaire apparut au pied de son lit, plongée dans la lecture des *Mutinés de l'Elseneur* de Jack London.

Son petit front plissé et son regard attentif me rappelèrent la frimousse d'Aurélien. Avant d'instaurer le traitement, je lui avais décrit la médecine d'urgence comme un voyage en terre inconnue : on avait beau posséder une carte des lieux et les prévisions météorologiques, un orage ou une rencontre pouvait changer le cours des choses. Pour le rassurer, j'avais précisé que mon sac à dos de docteur contenait le nécessaire en cas de coup dur ; une boussole, une tente, des barres de céréales et bien sûr ma gourde et il avait ri, parce qu'il avait confiance en moi.

Je ramassai le roman de Jack London abandonné sur la table de nuit. À l'intérieur se cachait un double marque-page : d'un côté, la fillette avait peint des bandes colorées et de l'autre, collé un ruban de photomaton où figurait une femme d'une vingtaine d'années – cheveux clairs, taillés à la garçonne et taches de rousseur –, Lady Elizabeth MacLaine.

Le visage de ma Liùsaidh imaginaire se métamorphosa quand j'y fusionnai les traits de sa mère à ceux de Jamie, dont je ne connaissais que le portrait. Et toujours, une pincée du sourire d'Edward, dans les yeux et sur ses lèvres.

Ainsi, elle ressemblait à ses parents et à son père de cœur dont elle avait pris le meilleur, sorte de mélange d'amour.

Aujourd'hui, tout le paradoxe de ma situation consistait en une phrase : pour aider Edward à s'extraire de son déni, je devrais l'amener à me parler de Liùsaidh.

— Vous n'avez rien à faire ici, Miss Granger.

Je sursautai.

Edward se tenait sur le seuil. À son expression aussi dure que le basalte, je sus qu'il ne supportait pas de me voir dans la chambre de sa fille.

Ne l'abandonne pas !

— Jamais, murmurai-je à ma Liùsaidh. Je te le promets.

Edward fut ébranlé de m'entendre parler au vide. Mais l'impression qu'il m'entrouvrait la porte disparut aussitôt.

Alors, je décidai de faire ce pour quoi j'avais été formée : apaiser sa douleur physique en espérant qu'à travers ces gestes, nous retrouverions notre complicité.

— Laisse-moi regarder ta main. Je pense qu'il faut réduire la fracture.

Edward attrapa mon poignet avec vivacité, interrompant le geste que j'avais entamé vers lui.

— Je vous ai demandé de partir. Qu'est-ce que vous ne saisissez pas dans ces mots ?

La rage qui éclairait ses yeux sombres m'effraya plus que la force avec laquelle il immobilisait mon bras. Ses doigts me comprimaient si fort que je gémis de douleur.

— Edward, tu me fais mal !

Il me relâcha aussitôt et recula, blanc comme un linge.

— Tu n'aurais jamais dû venir ici.

Et dans le regard qu'il me lança avant de quitter la pièce, je vis sa douleur, infinie, et quelque chose qui me désola plus encore : le renoncement.

48

Le ciel était gris blanc, la fraîcheur tombait ; ce soir encore, il neigerait sur Haven Stone. Emmitouflée dans le vieux loden, je chaussai mes bottines de randonnée et enfonçai un bonnet sur ma tête. Je m'apprêtais à quitter le hall en direction de la poterne, quand Mrs Whitmore téléphona.

Nous parlâmes brièvement.

Elle voulait m'informer que Mrs Burnett et elle étaient bien arrivées, et s'enquérir des nouvelles de la maison. Edward et moi nous étions-nous réconciliés ? Avais-je songé à nourrir Bobby ?

Malgré mon désarroi, je lui servis le pieux mensonge du bonheur et Mrs Whitmore s'en gargarisa avec son optimisme habituel. Elle s'accrochait à l'illusion qu'il suffirait que j'épouse Edward pour qu'il guérisse, brûlant de l'espoir qui consume les mères lorsqu'elles voient leurs enfants malheureux, emplie du souhait des jours meilleurs.

Nous raccrochâmes en nous promettant de nous rappeler avant Noël.

Quelques instants plus tard, je traversais la haute cour et franchissais le porche à la balançoire. Le long des courtines, je fus abritée du vent, puis il me poussa vers la mer, sur le chemin des falaises. Affaibli par la chênaie sauvage, il redoubla de violence quand je dépassai le mur d'enceinte. Ses rafales battaient la campagne aux nuances d'automne, et arrachaient ses brins à la bruyère. Sous mes pas, les herbes et la neige formaient de longues traînes de givre d'un fauve scintillant.

Le vent n'était guère différent d'Edward. Tant que je tenterais de me confronter à lui, il répliquerait. Gifles, hurlements, bourrasques ou silences, glacial ou brûlant, il manifesterait sa fureur. Et je ne pourrais m'y soustraire.

Indissociable du processus de deuil, la colère entraînait certains à commettre l'irréparable. Si je n'avais pas eu la certitude que ce geste d'Edward demeurerait un acte isolé, j'aurais quitté la maison sur-le-champ. Devenir l'objet de son ressentiment ne m'aiderait pas à l'accompagner, au contraire. Libérée, sa violence l'arracherait au déni mais l'enfoncerait plus encore dans son enfer.

Je devais à ma carrière aux urgences un certain sang-froid dans les situations critiques et un formidable instinct de préservation. Si j'avais échoué dans ma pratique ou mes relations à autrui, je cherchais aussitôt des solutions alternatives. Se tromper est humain, ne pas apprendre de ses erreurs, risqué.

Edward était aussi agressif et dangereux qu'un loup blessé.

Tout en marchant d'un bon pas vers les falaises, je songeai qu'en pénétrant dans la chambre de Liùsaidh, j'avais moi-même usé de brutalité à son égard. Ma présence dans ce lieu intime où il communiait avec sa fille revenait à lui jeter son déni à la figure. Dans le monde d'Edward, Liùsaidh vivait alors que dans le mien elle était morte. Comment faire coexister ces univers incompatibles ?

Sans le vouloir, je lui avais imposé un choix impossible. Probablement s'était-il alors senti aussi inutile dans son chagrin que moi illégitime dans le mien.

Le cœur gros, j'empruntai un étroit escalier taillé dans la falaise, laissant derrière moi la lande et les menhirs de *Deireadh an t-saoghail* où nous nous étions avoué notre amour.

Aux pieds des murs de basalte, la plage couleur ardoise était couverte d'écume et de branches cassées où s'accrochaient des lambeaux de goémon.

Ici plus qu'ailleurs, le vent décoiffait la crête des vagues.

Grises et ourlées de blanc, elles se cabraient sur les hauts-fonds et se précipitaient vers le rivage comme autant de chevaux fous, déferlant à mes pieds en grondant. Puis, elles refluaient dans une révérence. Les galets, ainsi arrachés à la grève, roulaient sur eux-mêmes avec le bruit apaisant d'une cascade.

Alors, bien que le crépuscule rendrait périlleux mon retour, je m'assis dos contre la falaise pour entendre encore un peu le chant des cailloux.

49

Traverser le parc enténébré sous la neige m'avait revigorée, l'impression de rentrer à la maison me rassérénait. J'ignorais ce que me réservait ma prochaine confrontation avec Edward, mais j'avais l'esprit plus clair : il ne s'autoriserait jamais à vivre pour lui-même.

La mort de ceux qu'on aime nous entraîne dans d'étranges détours. Alors que nous devrions jouir d'être vivants, nous cherchons à les rejoindre dans l'obscure immobilité du deuil. Comme si rire, s'amuser et prendre du plaisir revenait à trahir nos disparus.

La grande solitude d'Edward et sa peur de céder à la colère expliquaient sa difficulté à reprendre goût à la vie, cependant elles ne suffisaient pas à justifier son déni. En revanche, si je découvrais pourquoi Edward était en Australie au moment de la mort de Liùsaidh, ce qui avait contribué à son incapacité à admettre la réalité, probablement pourrais-je mieux le soutenir dans cette épreuve.

Je tapai les semelles de mes chaussures sur le seuil de la poterne pour les débarrasser de la boue et glissai mes pieds dans les chaussons. Mrs Burnett absente, le couloir aux flambeaux était plongé dans le noir et je progressai à petits pas, guidée par la lumière que diffusaient les lustres du hall.

Déambuler dans Haven Stone en pantoufles me procurait chaque fois un curieux sentiment, l'impression d'être discordante dans cet endroit imposant – une anomalie. Je n'aurais pas été plus troublée de déambuler dans Buckingham Palace en charentaises.

Alors que je pénétrais au cœur de la maison, Edward dévalait les marches du grand escalier, son sac militaire à la main.

En me voyant, il s'arrêta net.

— Vous êtes encore ici, soupira-t-il d'un ton las.

Il avait l'air épuisé et j'eus mal de le voir ainsi.

— Croyais-tu vraiment que j'allais renoncer à toi pour quelques mots prononcés sous le coup de la colère ?

— Je ne suis pas en colère.

Ses yeux glissèrent sur moi avec détachement. J'eus l'impression qu'on m'arrachait les entrailles.

— Je ne suis pas en colère, répéta-t-il comme pour s'en convaincre.

— Bien sûr que tu es en colère et tu as des raisons de l'être, Edward. Je n'aurais jamais dû…

— Peu m'importe. Partez, où je finirai par vous blesser.

— C'est toi que tu blesses, contrai-je en désignant sa main cassée. Edward, je ne t'abandonnerai pas deux fois !

— Gardez cette maison, dit-il sur un ton lugubre. Je m'en vais.

Ma Liùsaidh imaginaire nous observait depuis la galerie du dernier étage.

Le corps à moitié penché dans le vide, elle se balança doucement pour jeter sur nous des pétales séchés de fleurs de bruyère en chantonnant :

« *On the first day of Christmas,*
My true love sent to me
A partridge in a pear tree,
On the second day of Christmas,
My true love sent to me
Two turtledoves and a partridge in a pear tree. »

— Tu es sérieux ? Vraiment ?

Edward garda le silence. Son regard fermé illustrait l'impasse dans laquelle il se trouvait.

Jamais il ne *tuerait* Liùsaidh pour moi.

— Tu n'es pas sérieux, répétai-je plus calmement. Pas après ce que nous avons partagé.

— Miss Granger, en insistant de la sorte, vous nous mettez tous deux dans l'embarras.

La violence de ses propos me fit chanceler.

Je luttai pour ne pas céder à la panique. Mes cris n'y changeraient rien, au contraire. Edward était de ces hommes que les transports d'autrui laissent de marbre. Je devais parler son langage pour espérer l'atteindre derrière ses murailles.

— Aide-moi, murmurai-je au silence.

Liùsaidh sautilla sur les marches jusqu'à nous. Elle me fit un signe de la main, et disparut.

— Puisque tu as décidé de rompre, fais-le au moins avec élégance et offre-moi un dernier verre, lançai-je à Edward, alors qu'il parvenait sur le seuil.

Si ma requête le surprit, il n'en montra rien. Après une brève hésitation où son éducation lutta contre son désir de partir, Edward posa son sac et m'invita à le suivre dans le petit salon.

Au-dessus des boiseries, les murs étaient tapissés d'un papier gaufré rouge sombre et les vastes canapés garnis de coussins fleuris, assortis aux rideaux. C'était probablement la plus moderne de toutes les pièces de Haven Stone. Ici, aucun portrait d'ancêtre en kilt ou robe d'apparat, mais des toiles contemporaines, un large canapé moelleux recouvert de coussins multicolores, et un miroir façonné en pâte de verre au-dessus d'un meuble bas aux portes vitrées où s'exposaient les alcools.

Très vite, le poêle à tourbe disposé dans la cheminée crépita.

Edward me rejoignit avec deux verres et une bouteille qu'il ouvrit devant moi. Il s'agissait d'un whisky de 1971 au nom évocateur : The Last Drop, la dernière goutte.

— J'ignore si je dois le prendre pour de l'élégance ou du sarcasme, lui dis-je en saisissant le verre qu'il venait de remplir.

— Fruits secs, caramel, vanille, chêne, épices. Il a la couleur et le goût de l'instant.

— Alors trinquons ! dis-je avec amertume, en choquant mon verre contre le sien. Trinquons mon âme sœur, mon meilleur ami, mon amour depuis six jours et à jamais !

Edward demeura impassible. Sa capacité à dissimuler, voire à nier ses sentiments, était effrayante.

Nous bûmes loin l'un de l'autre. De parfaits étrangers qui, hier encore, s'aimaient à la folie.

Je me contentais de le regarder comme si le simple fait de poser les yeux sur lui pouvait me donner les clés de la forteresse où il se retranchait.

— Pourquoi tenez-vous tant à nous infliger ce simulacre de rupture ? lâcha-t-il devant mon silence.

— Parce que je mérite que tu t'expliques à défaut de te justifier.

— Il m'a semblé pourtant être clair.

— Aussi clair que lorsque tu m'as demandée en mariage ! Ou était-ce un moment d'égarement ?

— Je n'ai guère eu le sentiment de me perdre en vous proposant d'être ma femme.

— Sais-tu au moins pourquoi tu as changé d'avis ?

— Je n'ai pas changé d'avis.

Dans mon cœur, le chaos se leva.

— Tu dis que tu m'aimes et tu t'en vas ?

— Ce n'est pas antinomique.

— Tu n'es pas humain !

— L'humanité ne se résume pas à l'expression des émotions, Miss Granger.

Dans le monde d'Edward où se dévoiler à autrui était indigne, il n'y aurait jamais aucune place pour la démonstration du doute, de la tristesse, de la colère ou de la peur.

— Qu'attends-tu de moi ? Que je fasse semblant comme tous les autres ? Que je nie la réalité ?

— Je n'ai jamais rien réclamé de tel non plus.

— Mais tu me rejettes parce que je refuse d'être…

…la mère fantoche de ta fille décédée.

Je ravalai ma langue. J'avais l'horrible sensation de surnager dans des eaux troubles, grouillant de monstres, qui pourraient m'engloutir au moindre faux pas.

Assise à nos pieds, ma Liùsaidh imaginaire fredonnait sa ritournelle en jouant aux billes, indifférente à mes tourments.

Sur l'instant, j'ignorai pourquoi mon esprit avait choisi ces jouets pour la distraire, puis je m'aperçus que mes doigts, qui malaxaient nerveusement un coussin, titillaient des aspérités sous la housse.

Enfant, je cachais mes trésors sous le revêtement du canapé. Fèves, coquillages, bonbons, figurines et parfois des fruits avec les conséquences qu'on imagine, lorsque quelqu'un s'asseyait dessus.

Je ne pus retenir un bref sourire, qui n'échappa guère à Edward.

— J'étais le cauchemar de mes parents, lui dis-je, en réponse à son regard interrogateur. Tout ce qui me tombait sous la main, je le cachais là, ajoutai-je en déhoussant le coussin. Je vois que je n'étais pas la seule ! Ce sont les tiennes ?

Dans ma paume s'entassaient plusieurs billes multicolores, des agates et un calot de porcelaine, que je déposai délicatement devant Edward, qui blêmit.

— Non, bien sûr, murmurai-je. Ce sont celles de Liùsaidh…

Il fixa les billes posées sur la table basse comme si sa seule volonté aurait pu les faire disparaître.

— Ta fille est partout ici, et pourtant je ne sais pas qui elle est. J'aimerais la connaître, si tu veux bien.

Avec un profond soupir, Edward saisit ma main et fit glisser ma manche vers le coude, dévoilant mon poignet. Ma peau avait gardé la trace bleue de ses doigts.

— Tu n'as rien en commun avec ton père, Edward. Tu ne seras jamais cet homme-là.

Il posa ses lèvres sur ma meurtrissure et m'adressa un coup d'œil aussi profond et insondable que les abîmes dans lesquels il s'enfonçait.

— Il ne s'agit pas seulement du mal que je t'ai fait. Mais de celui que tu me fais.

— Quel mal ?

Nos silences qui avaient été les témoins de notre indéniable lien étaient devenus le symbole du gouffre qui nous séparait, pire encore, les artisans de notre déchirure, les architectes de notre néant.

— Arrête de te comporter comme un fichu robot et parle ! Dis quelque chose ! Dis que tu me hais, que tu as changé d'avis et que c'est pour ça que tu pars ! Mais ne prétends pas m'aimer alors que tu me quittes, c'est insupportable !

— Je préférerais te haïr.

Des eaux grises me submergèrent et me glacèrent de la tête aux pieds. Une main écrasa ma cage thoracique et j'eus l'impression que mon démon s'emparait de moi.

— Pourquoi dis-tu cela ?

— Lorsque je te regarde, dit-il simplement, je vois mon désespoir et je vois ma nuit.

50

Aucun bateau ne se balançait sur les flots mouvants d'une mer grise.

Aucune annexe n'était posée sur la berge.

Et il n'y avait personne aux alentours, personne au bout du fil, que des sonneries dans le vide, des messageries saturées, ou le clic de celui qui raccroche sans savoir qui appelle.

Ma solitude n'était guère différente de celle d'Edward à la nuance près que s'il était capable de se retrancher des jours dans le silence, j'aurais voulu écouter une voix familière, rire avec un ami, ou même n'importe qui, juste parler.

Assise au bout du ponton, ma Liùsaidh imaginaire lançait des cailloux dans l'eau. Seuls les géants de pierre et un groupe de pies entendaient ma voix, alors que je les dénombrais en fredonnant sans y penser :

« *One for sorrow,*
Two for joy,
Three for a girl,
Four for a boy,
Five for silver,

Six for gold,
Seven for a secret never to be told[1]. »

En achevant la comptine, je m'aperçus que je ne me souvenais pas où je l'avais entendue. Tant de bribes d'enfance m'avaient abandonnée après le départ de ma mère.

Je me rappelais les histoires écossaises de mon grand-père et ses personnages devenus des familiers dans ma solitude de fillette, quelques fêtes d'anniversaires capturées par l'objectif et non ma mémoire, les instants clichés comme le goût de la première tarte aux pommes confectionnée avec mon père, ou le parfum de ma mère.

Tous mes souvenirs avaient été remplacés par la connaissance dont on m'avait abreuvée, pour que je brille de la primaire à la faculté. Je savais reconnaître une maladie de Kawasaki ou un syndrome de Reye, et réanimer un nourrisson en arrêt cardiaque, mais j'étais incapable de me rappeler ma première balade à vélo ou mon institutrice de CP. Et je n'avais pas reconnu Virginie, ma voisine de classe durant mes trois années de lycée, quand elle s'était présentée aux urgences avec son premier-né de trois ans, en détresse respiratoire après une fausse-route.

J'avais sauvé l'enfant, et ignoré la mère.

Ma mémoire n'était-elle devenue qu'une banque de données médicales ?

---

1. « Un pour la peine, deux pour la joie, trois pour une fille, quatre pour un garçon, cinq pour l'argent, six pour l'or, sept pour un secret à ne jamais révéler » (comptine anglaise).

Le reflet du vécu de mon père ?

Assise sur une pierre à hauteur de la rive, là où le vent souffle moins fort, je fixais un horizon invisible en espérant que la proue du *Fifie* surgirait des nappes de brume, vision libératrice qui m'arracherait à ma stupeur.

— Logan ! hurlai-je dans le noir. Logan ! Qu'est-ce que j'ai fait de mal ?

51

La sonnerie stridente du téléphone résonna dans le hall vers vingt heures, le mercredi 21 décembre. Recroquevillée sur le futon de l'atelier d'Edward, un traversin serré contre moi, je l'écoutai étriller le silence puis s'éteindre.

J'oscillais entre l'envie de fuir et le désir de rester, le sentiment qu'on ne peut aider qui refuse de l'être et la conviction qu'on n'abandonne pas ceux qu'on aime.

Sauve-toi !

Ma vie est ici.

Alors tu vivras seule dans le vide des sentiments.

Je préfère mes souvenirs avec lui plutôt que le réel sans lui.

Tu ne sais pas ce que tu dis.

Je sais ce que j'ai vécu.

Pour Edward, être heureux avec toi signifie oublier Liùsaidh.

Et se dédire est impossible parce qu'il est amoureux.

La sonnerie s'éleva à nouveau, interrompant mon dialogue intérieur.

Elle se tut. Puis reprit.

Exigeante. Insistante.

Je m'extirpai avec difficulté de la souffrance qui m'engluait.

La salle était aussi glaciale et humide que le vent qui s'enroulait autour de Haven Stone et aussi silencieuse qu'un tombeau.

J'eus l'impression qu'il s'était écoulé un siècle.

Le trumeau au verre piqué, qui remplaçait *Nightmare* sur la cheminée, me renvoya un reflet dans lequel je ne me reconnus pas. Elle était loin, cette Joséphine radieuse qui s'était tant aimée dans les yeux d'Edward.

Enveloppée dans une couverture, je me traînai jusqu'à la bibliothèque, et me laissai choir sur son fauteuil, sous les ors et le regard de ses ancêtres.

— Joséphine ?

La voix de mon père me coupa la langue.

— Ne pleure pas ma douce. Ne pleure pas.

Ses mots me renvoyèrent vingt ans plus tôt, dans le bureau du proviseur où j'avais été convoquée pour avoir déclenché une bagarre pendant la récréation. Tout le temps où j'avais exposé les faits, j'étais restée digne : ce garçon, plus vieux de deux classes me plaisait, j'étais allée demander son prénom – Nicolas – à ses camarades, qui le lui avaient répété.

Lorsque Nicolas m'avait fait signe d'approcher le jour suivant, je m'étais exécutée avec la naïveté et l'espoir d'une adolescente amoureuse.

Il m'avait craché au visage.

La douleur passée, je m'étais ruée sur lui tête baissée. Ses complices s'étaient aussitôt jetés sur moi. L'un d'eux m'avait arraché une poignée de cheveux, un autre m'avait frappée à la poitrine, et j'avais pris un coup de poing sur la tempe.

J'étais sonnée, mon honneur était sauf.

Je n'avais pleuré ni devant Nicolas ni devant le proviseur. Mais lorsque mon père était venu me chercher pour me conduire à l'hôpital, j'avais fondu en larmes. J'avais treize ans, un soutien-gorge bonnet C et je dépassais en taille les filles de ma classe.

« Ne pleure pas ma douce, avait dit mon père, en m'enlaçant. Papa est là. »

Depuis ce jour, je n'avais plus pleuré.

Dans mon refus absolu d'exprimer ma peine et ma frustration devant autrui, je ressemblais à Edward.

— Je ne pleure pas.

J'entendis le sourire de mon père à l'autre bout du fil.

— Sèche tes larmes, Joséphine. Je ne t'en veux pas.

C'était la phrase favorite de mon père après nos disputes. Il avait toujours une excuse à son comportement, une raison de m'adresser des reproches ou de m'encourager à prendre une voie plutôt qu'une autre, et me considérait invariablement comme l'unique instigatrice de nos désaccords.

En revanche, il ne m'en tenait pas rigueur car selon ses propres termes, j'avais beaucoup à apprendre de lui. Mon père dirigeait ma vie avec amour et je l'avais laissé faire parce qu'il est bon d'être à l'abri d'un géant, lorsqu'on nous lâche dans le monde des adultes.

— J'ai été surpris, tu comprends ? Il y a deux semaines on petit-déjeunait ensemble, on cuisinait le dimanche, on s'engueulait presque tous les jours. Alors, ce départ soudain, je ne m'y attendais pas. Promets-moi seulement que tu n'abandonneras pas les urgences sur un coup de tête, et on en reparle le 30. Tu veux bien prendre le bras de ton vieux père pour qu'il t'accompagne jusqu'à l'autel ?

À ces mots, je poussai un gémissement de douleur.

— Qu'est-ce qui t'arrive, Joséphine ? Ce n'est pas ce que tu voulais ?

— Si, soufflai-je, la gorge étranglée par l'émotion.

— J'ai réfléchi ma douce, je peux tout à fait organiser ton planning. Tu pourras continuer à travailler avec moi et épouser ton prince charmant.

Mon silence trahit mon désarroi. Celui de mon père me raconta le jaillissement de sa colère. C'était une montagne, cent trente kilos de muscles, près de deux mètres, c'était un roc, un ours et sa voix de stentor rassurait autant qu'elle terrifiait. Je n'avais pas besoin de le voir pour deviner qu'il n'eut qu'une envie à cet instant, broyer Edward.

— Où est-il ?

— Je ne sais pas.

— OK, j'arrive demain. Joséphine ? Tu m'entends ?

52

Mon père rappela une dizaine de fois au cours de la soirée. Faute de remplaçant, il ne pourrait arriver en Écosse avant la semaine suivante.

Je tentai pourtant de le rassurer, il s'agissait d'une simple querelle, malgré ou à cause de son amour pour moi, il refusa de m'écouter. Que je n'espère ni ses conseils ni sa venue prouvait à mon père combien j'étais sous influence.

Puisqu'il n'était pas en mesure de se déplacer, le professeur Granger remua ciel et terre pour que sa précieuse fille ne demeure pas seule à Haven Stone.

Et Tòmas se présenta à la grande porte à la fin de son service.

Ainsi, j'appris qu'en appelant à l'auberge du village pour réserver une chambre, mon père était tombé sur Erin, qui lui avait brossé un sinistre portrait de Lord MacLaine. Il n'en avait pas fallu plus pour que la nouvelle circule, qu'après m'avoir séduite, le comte de Bheinn Mòr m'abandonnait dans son immense château.

J'eus beau lui expliquer qu'il ne s'agissait que de racontars, qu'Edward n'était pas un rustre, mais un homme malheureux d'avoir perdu son enfant, mon père fit la sourde oreille. Il ne s'agissait pas cette fois d'un petit ami qu'il aurait détesté ou dont le profil ne correspondait pas au gendre idéal, mais d'un salaud qui avait séduit sa fille en trois jours pour mieux l'humilier. La raison avait quitté son cœur de père et il n'avait qu'un objectif : me protéger des basses manœuvres de ce lord vénéneux… et me ramener dans son giron.

Au menu de Tòmas il y avait des clubs-sandwichs à base de saumon, d'avocat, d'oignons et de chèvre frais et nous nous retranchâmes dans les cuisines de Mrs Whitmore, seul endroit de la maison où il faisait encore bon vivre.

Edward n'était ni à l'auberge ni au village – on l'aurait su. En hiver, le bac assurait les liaisons matin et soir, peut-être avait-il déjà traversé d'autres rives.

— Personne ne l'a vu nulle part, et tout le monde ne parle que de ça ! Lord MacLaine a demandé le docteur en mariage !

J'ignorais si je devais me réjouir d'alimenter les rumeurs ou me maudire d'avoir parlé à mon père.

— Il a vraiment dit qu'il voulait t'épouser ? Après trois jours ?

Tòmas saisit ma main gauche pour examiner l'anneau tressé autour de mon annulaire. Je hochai la tête plus machinalement que pour lui répondre.

Peut-être avais-je rêvé ?

— Alors c'est un poète ou un pingre. Ou les deux ?

— Un artiste.

— Un pro de la commedia dell'arte, apparemment.

— Sa demande était sincère, Tòmas.

— Pardonne-moi, je suis idiot.

— La plupart pensent que c'est moi, l'idiote.

— La plupart ne regardent pas la lune, mais le doigt ! s'exclama-t-il en ouvrant deux bouteilles d'Irn-Bru.

— *Slàinte !*

Nous trinquâmes.

— On mange ? geignit faussement Tòmas. Je meurs de faim !

Je mis le couvert, tandis qu'il dressait les assiettes.

— C'est fou comme rien n'a changé ici ! ajouta-t-il en brandissant le panier à épices que la cuisinière cachait à côté de la pierre à eau.

— Tu es déjà venu ?

— Avec mon père.

Éleveur et maraîcher, Cillian Murray était l'un des principaux fournisseurs de Haven Stone depuis trois décennies, et Tòmas l'accompagnait dans ses tournées le week-end quand il était enfant.

— Je garde un souvenir ému des *cranachan* de Mrs Whitmore.

— Et moi, de ses friandises au beurre.

— Elle parle toujours à son *brùnaidh* ?

J'acquiesçai, Tòmas éclata de rire.

— C'est ça, la vieille assiette de porridge moisi qui traîne par terre près de la cheminée ? Elle t'a convertie !

Je ris à mon tour. Et ce fut bon de rire aussi librement que des mômes espiègles et farceurs.

Puis ma bonne humeur s'évanouit, alors que mes yeux se posaient sur le tableau noir, couvert de l'écriture d'une enfant qui n'était plus.

— Tu as connu Liùsaidh ?

Ma fillette imaginaire enjamba le banc pour s'asseoir à côté de Tòmas.

— Je l'ai vue tout bébé. Après l'accident, mon père n'a plus voulu que je l'accompagne. Je me rappelle que les soirs où il rentrait de Haven Stone, il était plus ronchon que d'habitude. Tout le monde ici a souffert de la mort de Lord et Lady MacLaine. Je n'imagine pas ce que son frère a enduré.

Nous mangeâmes en silence.

— Mais tu as connu Edward, repris-je après la dernière bouchée. Avant le drame.

— Trop peu pour te parler de lui. Désolé Jo, je ne peux pas satisfaire ta curiosité.

Je ne cherchais pas à en apprendre plus sur Edward à travers le regard d'autrui. J'avais juste envie d'entendre parler de lui, pour être avec lui.

Une porte claqua quelque part et je tendis l'oreille, remplie d'espoir.

Il n'y avait personne dehors, juste le vent qui remontait le couloir, remplissait les salles désertes à se cogner dans les murs, puis s'échappait par le colimaçon et le grand escalier pour jouer contre les vitraux, faire trembler les portes et gémir les cheminées.

Devant mon désarroi, Tòmas me donna une tendre pichenette sur la joue.

— Pas question que tu restes toute seule dans ce château plein de courants d'air ! Y'a plus une chambre de libre au village, ta piaule est occupée par un saisonnier, mais tu n'auras qu'à squatter l'étage MacLaine ! Il n'en saura rien puisqu'il n'y vient jamais !

La question ne se résumait pas seulement à partir ou rester, mais à dépasser la croisée des chemins où je m'étais arrêtée en débarquant sur l'île des brumes. Deux jours plus tôt, je m'apprêtais à quitter une existence sans saveur pour vivre un conte de fées. Aujourd'hui, le diable qui chuchotait à mon oreille se moquait bien de moi.

— Franchement, je ne sais plus où j'en suis !

— Donc, tu n'es rien sans ton Lord MacLaine. Pauvre petite fille triste !

La flèche de Tòmas réveilla mon orgueil.

— Celle-ci, je l'ai bien méritée, ronchonnai-je.

— Je ne te le fais pas dire ! Le travail d'une vie, c'est de la rendre épanouissante, Jo. Alors, au boulot !

— Et par quel bout ça se prend, le bonheur ?

— Qu'est-ce que tu veux ? Te morfondre dans ton château façon « Waity Katie[1] » ?

— Il n'en a jamais été question !

J'avais passé des heures cloîtrée dans l'atelier d'Edward, seule face à moi-même et au vide intérieur. L'incube avait visité mes rêves hallucinés et j'avais eu l'impression de retourner dans le ventre de ma mère, à l'origine de ma vie.

Aux racines de celle que j'étais.

J'avais toujours accompli ce que mon père voulait et hier encore, celui qui m'avait modelée ébauchait pour moi un quotidien entre Paris et l'Écosse, incapable d'admettre que mon départ signifiait qu'une page s'était tournée.

1. Littéralement « la Kate qui attend ». Surnom donné par la presse à Kate Middleton durant les sept ans qu'a duré sa liaison avec le prince William avant qu'il fasse sa demande.

Quelques jours plus tôt, j'imaginais que sans ma rencontre avec Edward, j'aurais fini par reprendre ma vie où je l'avais abandonnée. Ce soir je n'en étais plus si sûre. Mon départ précipité de Paris était moins une fuite irréfléchie comme le prétendait mon père qu'une rupture que j'espérais depuis longtemps sans oser me l'avouer.

— Tu ne veux pas retravailler aux urgences, mais ton job est trop indispensable pour que tu l'abandonnes ! Donc tu restes et tu ouvres le dispensaire avec ma mère !

— Je peux aussi construire ma vie loin de Paris.

Fin octobre, la communauté de communes d'une île française m'avait proposé de diriger une maison médicale, mais mon père m'avait convaincue de refuser, arguant qu'à l'instar des hommes de la famille, j'étais une enfant du service public. Or, ces gens m'avaient récemment contactée pour que je reconsidère leur offre. Ne serait-il pas judicieux d'accepter ? Comment m'expatrier ici sans être à jamais « celle qui attend » ?

— Tout dépend des raisons qui ont poussé Lord MacLaine à te quitter, Jo.

— Personne n'avait jamais osé évoquer la mort de Liùsaidh devant lui.

— Et tu l'as fait.

Je hochai la tête, les yeux posés sur ma Liùsaidh, qui nous regardait, attentive, le menton posé dans ses mains.

— *Damned*, murmura Tòmas, qui devina à la tristesse de mon expression la violence du choc qu'avait subi Edward. Tu es sacrément amoureuse pour avoir pris le risque de le perdre ! Mais est-ce la vraie raison de son départ ?

— Sa fille et moi ne pouvons cohabiter dans le même monde.

Ma Liùsaidh imaginaire se mit à rire.

— Et tu n'es pas vraiment sérieuse quand tu parles de quitter cette île !

— Tòmas…

— OK, relança-t-il après une courte réflexion. Tu as contraint Lord MacLaine à ouvrir les yeux et il a pris le truc en pleine figure. Mais ce n'est pas une raison pour rompre vos fiançailles ! Quand on s'aime assez pour décider en trois jours de se marier, on s'aime assez pour affronter le pire !

— C'est aussi ce que je crois.

Plus que de revoir Edward, il m'importait de le libérer de sa souffrance. Imaginer cet homme capable d'offrir tant de bonheur, en train d'endurer seul la perte de sa fille, enfermé dans un chagrin inouï, me coûtait plus que d'envisager de vivre à des milliers de kilomètres de lui.

— Vous en avez parlé ?

— Tu n'as jamais tenté de faire entendre raison à Lord MacLaine !

— « Edward, tu es malheureux d'avoir perdu ta fille, mais ça ne t'autorise pas à me jeter comme une merde ! » me singea Tòmas. Si tous les hommes endeuillés devenaient des mufles, où irait le monde ?

— Je ne peux pas lui dire ça !

— Et pourquoi donc ? Il n'est pas en sucre !

« Un parent en deuil est un être désemparé, en colère, perdu, mais ce n'est pas un bonhomme en mousse ! avait coutume de dire mon père aux étudiants qu'il recevait dans son service. Respect, professionnalisme et rigueur sont de mise, et on évite le sentimentalisme de bazar en tournant autour du pot ! »

Exactement ce que j'avais fait avec Edward. Tourner autour du pot.

— Bon, en général, tu ne crains pas d'être larguée par le père d'un de tes patients, concéda Tòmas. Et c'est justement ça ton problème. Tu avais tellement la trouille de le perdre, que tu n'as pas osé lui parler franchement.

En partant, Edward ne me quittait pas. Il m'offrait la possibilité de l'aider.

« Avez-vous peur d'être heureuse ? » m'avait-il demandé.

Dans cette question, il y avait la voie vers mon émancipation professionnelle, et surtout, le chemin vers lui.

— Tu peux dire à ta mère que c'est OK pour le *fish and chips*. Je ferai mes valises dans la matinée et on se retrouvera demain soir au *Haven's Inn*. C'est bon pour toi ?

Le visage de Tòmas s'éclaira dans un sourire.

53

Adossé au chambranle, Logan tira sur sa pipe à bec, les mains enfoncées dans les poches de sa vareuse. Le tuyau coincé entre ses dents, il rejeta un rond de fumée qui s'éloigna de lui en se dandinant. Ses prunelles délavées me fixaient d'un air rieur, tandis que je grelottais sous les couvertures.

— Certains changements sont douloureux, me dit-il. Tu apprends.

S'affranchir de ses peurs est de ceux qui coûtent le plus.

Contrairement à ce que j'avais imaginé, je ne craignais pas de m'affranchir d'une vie dont j'avais été trop longtemps prisonnière et encore moins de m'établir sur l'île des brumes : quitter enfin la ville, l'hôpital où j'avais bâti ma carrière, le service où j'étais destinée à œuvrer jusqu'à la retraite, m'éloigner de mon père qui m'avait forgée pour que je lui succède, laisser de côté de faux amis et de vrais confrères, abandonner des patients et leurs parents pour m'établir dans un village du bout du monde, fort de quelque cinq ou six mille habitants qui parlaient une langue dont je peinais à saisir les nuances si ce n'était le sens général.

Et exercer un métier bien différent du mien.

Je ne craignais pas tout cela, j'en avais rêvé. Si je manquais de courage pour me jeter à l'eau, je n'avais pas peur de l'eau.

— Es-tu réel ? demandai-je au vieil homme, qui me regardait depuis le seuil.

— Regarde, Jo, me répondit-il, en désignant la table de nuit sur laquelle trônait Mare, ma statuette.

Elle était ici, donc je ne rêvais pas.

Lentement, je me glissai hors des draps sans quitter Logan du regard. Je voulais m'assurer qu'il n'était pas un fantôme dans un château écossais, mais ce vieux capitaine qui m'avait offert la traversée de ma vie.

— Touche, Jo.

Logan sortit les mains des poches de sa vareuse pour attraper les miennes. Et je sentis avec bonheur la chaleur sèche de ses doigts, où traînaient encore des traces de la peinture verte du *Fifie*.

— Écoute, Jo.

Et le vent rugit, et la mer gronda, une fenêtre grinça et une porte claqua.

On dit que les maisons heureuses sont silencieuses, car elles ne bruissent que des voix et des rires des vivants, vibrent au son de leur musique et résonnent de leurs occupations.

C'est vrai.

On entend vraiment les maisons que dans la solitude. Celles qui sont abandonnées pleurent, soufflent et gémissent, craquent et remplissent le vide que les gens laissent en partant.

Ainsi résonna le cœur de Haven Stone cette nuit-là.

De néant.

Pourtant, en tendant l'oreille, on pouvait déceler derrière ces manifestations bruyantes le murmure du temps passé.

Si les pierres semblent plus silencieuses encore que les poutres, elles sont bien plus bavardes, et celles de Haven Stone renvoyaient, avec une lancinante obstination, l'écho des cris et des pleurs des absents.

Mais pas seulement.

Ce soir-là, alors que Logan me visitait, la demeure me parla.

Elle s'incarna au travers de mes rêves éveillés empruntant les traits d'une chimère, mi-femme mi-oiseau, elle me dit qu'ici le malheur n'avait pas toujours été le maître, et que la joie avait longtemps régné avant que frappe la mort.

Ici, Edward était né, il avait grandi dans l'amour conjoint de sa mère, de Mrs Whitmore et Mrs Burnett, appris l'art avec Logan et partagé de nombreux jours de félicité avec Jamie. Ici, Edward avait élevé Liùsaidh et l'avait aimée plus que toute autre personne en ce monde.

Enfin, Haven Stone me rappela que c'était en son sein qu'il m'avait rencontrée.

Cette nuit-là, les murs de la demeure, ses boiseries et ses cachettes, ses courants d'air et ses cheminées me chuchotèrent qu'ils abritaient ma destinée et que si je parvenais à chercher Edward en enfer, comme Orphée Eurydice, ils seraient le gardien de nos vies.

Haven Stone n'aspirait qu'à se taire pour écouter notre bonheur couler des jours heureux.

Ainsi Logan l'avait voulu.

Mon vieux capitaine passa ses paumes sur mes yeux, pour clore mes paupières.

Le temps d'un clignement, et il était parti.

54

Depuis l'atelier d'Edward, on voyait les menhirs de *Deireadh an t-saoghail* et la pointe de l'île jusqu'à l'horizon. Sur le seuil de la baie ouverte, j'avais l'impression de me tenir à la proue d'un navire transportant d'étranges passagers, fendant les flots agités d'une mer aussi grise que les cieux de l'île des brumes.

Mon ciel à moi était limpide, bien plus qu'il ne l'avait jamais été.

Personne ne choisirait plus le cap à ma place. J'avais enfin quitté les eaux troubles de l'hésitation, de l'inconstance et de l'indécision. Ma vie serait ici, dans ce village, quoi que décide Edward.

Pour lui rendre une existence digne de ce nom, j'étais prête à affronter le diable en personne. Il n'y avait rien de désespéré dans ma démarche, elle n'était pas désintéressée non plus.

Sauver l'homme signifiait sauver notre histoire.

En quelques jours, Edward m'avait offert d'être vivante et si j'étais prête à renoncer à lui, je chercherais toujours à retrouver ce goût de l'absolu à ses côtés.

Et puis, en demeurant ici, je ne sacrifiais rien, au contraire. J'irais au bout de mes rêves de médecin : battre la campagne pour soigner les abandonnés, les vieux, les familles, les indigents, les alcooliques et les malheureux, n'en déplaise à mon père.

À la première heure, j'avais annulé mon billet de retour et ordonné un virement bancaire sur le compte de l'auberge. Je n'étais pas ravie à l'idée de loger à l'étage MacLaine, cependant je refusais d'entraver mes projets avec de mauvaises excuses. J'avais toujours en tête l'échoppe grise et les paroles de Cináed, et j'espérais que le voleur de clés m'indiquerait comment louer cette maison.

Le reste de la matinée, j'avais entrepris d'effacer les traces de mon passage à Haven Stone, une habitude que je tenais de mon père et de son père avant lui. Il ne s'agissait pas de masquer notre présence à ceux qui nous succéderaient, mais de ne pas perturber le bon ordonnancement des choses que d'autres avaient décidé.

Ainsi, j'avais replacé le livre de Mary Shelley sur le guéridon de la bibliothèque, briqué la salle de bains, rangé et aéré ma chambre, puis nettoyé la cuisine et empilé le linge de maison dans les panières du sous-sol prévues à cet effet – le blanchisseur passait les jeudis.

Une fois n'est pas coutume, je décidai de laisser une preuve évidente de ma venue, en faisant le lit d'Edward. J'espérais qu'ainsi il se rappellerait que sa place n'était pas dans les draps et l'odeur de sa fille, mais dans son atelier, sur ce futon.

Ma Liùsaidh imaginaire se matérialisa à l'extrémité du matelas, alors que je plaçai le drap-housse. Elle se tenait debout, l'air contrarié, les bras croisés sur sa poitrine.

Ne m'abandonne pas toute seule ici, comme Papa.

— Je ne t'abandonne pas. Tu viens avec moi.

Je ne peux pas.

— Bien sûr que si tu peux, lui dis-je en enfilant la housse de couette, tu es dans ma tête !

Je secouai l'ensemble quand une enveloppe glissa à mes pieds. L'écriture de Liùsaidh remplissait le rectangle blanc d'un énorme : *For my Daid.*

Elle n'avait jamais été ouverte.

Que faisait-elle dans le placard, dissimulée entre les piles de draps ?

Mue par une intuition soudaine, je fouillai les étagères et découvris divers objets ayant appartenu à la fillette.

Il y en avait dans le linge de lit, dans les chaussures, les chaussettes, les vêtements, les accessoires de toilette, les serviettes et les gants, partout. Cette accumulation de petites choses – des pinces à cheveux, des habits de poupée, des agates, encore, des galets et des coquillages peints, des paquets de *shortbreads* et des cookies, un bracelet de perles, un morceau de céramique gravée d'un cœur et identique aux poteries qui jonchaient le sol de la serre – avaient été placées là par Liùsaidh, pour que son papa ne l'oublie jamais.

Edward les avait-il seulement vues ?

Je glissai l'enveloppe dans la poche de mon jean et soufflai un « chut » au silence, l'index posé sur mes lèvres.

Ma Liùsaidh m'imita avec ce sourire dans les yeux qui me rappelait furieusement celui de son père : *shhh shhh* !

55

Mrs Whitmore répondit à la première sonnerie. Il était midi passé. Elle était inquiète car elle avait maintes fois tenté d'appeler, mais ça sonnait occupé. (J'avais en effet décroché le téléphone pour éviter les appels de mon père, qui n'avait de cesse de me convaincre de rentrer à Paris.) Erin avait répété à Archibald Lockhart, qui avait confié à Mrs Whitmore, qu'Edward m'avait abandonnée dans la grande maison vide.

Il était vain de mentir à Mòrag pour la rassurer. Comme il était inutile de lui reprocher de m'avoir dissimulé le déni d'Edward. Avait-elle seulement conscience de la douleur qu'elle avait provoquée en entretenant en filigrane l'illusion que Liùsaidh existait toujours, quelque part où il n'était pas ?

La plupart des mensonges sont aisés à débusquer avec une pincée de volonté, d'attention et de jugeote. L'omission est plus sournoise, car sa fable n'est pas créée par celui qui la pratique, mais par celui qui la reçoit : Edward désirait que sa fille vive et ceux qui négligeaient d'évoquer sa mort l'entretenaient dans ce monde imaginaire où peu à peu, il s'était coupé de la réalité.

Puisque j'étais impuissante à réécrire le passé, je me contentai d'expliquer à Mrs Whitmore mon refus de trahir Edward en l'encourageant dans une voie sans issue.

— Vous savez où il a pu aller ? J'ai besoin de lui parler.

— Personne ne sait où il part quand il part, Miss Joséphine.

J'avais redouté cette réponse, je m'y attendais aussi. Edward n'était pas un homme de demi-mesure, quand il aimait, il n'aimait pas à moitié.

Pourquoi aurait-il *presque* disparu ?

Je me pliai encore un peu au badinage inquiet de Mrs Whitmore, nous parlâmes du temps qu'il faisait à la campagne, des réserves de porridge que j'avais préparées pour ne pas laisser Bobby mourir de faim, je m'enquis de l'état de ses blessures, de son moral et du bon déroulement de ses séances de rééducation, elle me parla de Mrs Burnett, qui, semblait-il, s'était métamorphosée au contact de ses neveux, de son « mal de Haven Stone » et de sa crainte d'imaginer que la maison serait vide – elle ne l'avait jamais été en plusieurs siècles –, puis je raccrochai, non sans avoir promis de lui donner régulièrement de mes nouvelles.

Après avoir veillé à ce que chaque volet intérieur soit correctement fermé, ce qui me prit plus d'une heure, je quittai Haven Stone par la poterne – seule issue dont Edward possédait un double selon Mrs Whitmore, les autres clés étaient accrochées au trousseau de Mrs Burnett et rangées dans le coffre-fort.

La fourgonnette étant stationnée devant l'entrée de service, je dus contourner la maison. De lourds nuages plongeaient le parc dans une semi-obscurité et pourtant, certains détails s'imprimèrent dans ma mémoire comme en plein jour : les bâches de la serre qui claquent sous le vent, les pots brisés et la silhouette torturée de la chênaie sur le sentier des falaises.

Je me garai dans l'allée principale, puis m'aventurai jusqu'à la tombe de Liùsaidh pour y déposer un bouquet composé de branches d'aromates, de sapin et de graminées qui gelaient sous le vent, glanées çà et là en début d'après-midi.

Je saluai les fées au cas où, elles me laissèrent sans réponse. Liam et Mrs Whitmore absents, j'étais déconnectée de la magie des lieux.

C'est alors que je remarquai au pied de la stèle une poterie céladon, qui contenait de la terre et de la bruyère séchée. Plus maladroite que celles que j'avais remarquées dans la serre, elle semblait avoir été fabriquée par un débutant. Sur le fond était gravé : *L. pour L.*

De retour sur mes pas, j'eus le plaisir de retrouver ma Liùsaidh côté passager, le carnet à dessin de Liam sur les genoux. Jamais elle ne m'était apparue aussi rayonnante, et j'eus la conviction que l'image que je m'étais créée était enfin fidèle à ce qu'elle avait été.

Outre son physique et sa personnalité, échafaudés à travers des portraits, les dessins de Liam et les objets dont elle avait parsemé la maison, la fillette affichait cette fois une expression humaine, loin des clichés ou des détails physiques dont je l'avais affublée pour qu'elle ressemble à Edward.

Dans ce regard qu'elle m'adressa, je reconnus la pétillance de son père, le sérieux de son éducation, et cette douceur dont il semblait pétri, et que les épreuves l'avaient contraint à enterrer.

Durant sa trop courte existence, Liùsaidh MacLaine avait tant marqué Haven Stone que la puissance des souvenirs que restituaient ses murs m'avait permis de lui rendre vie.

En quelque sorte.

Après un dernier coup d'œil à la demeure, Liùsaidh et moi échangeâmes un sourire, et je franchis le portail avec l'impression d'emporter avec moi le meilleur de ce qui avait fait cet endroit.

« L'œil d'un ami est un bon miroir. »

Proverbe gaélique

56

En traversant le village à bord de la fourgonnette, j'eus l'étrange sentiment de changer d'époque et de dimension. La tempête du 15 décembre n'était plus qu'un mauvais souvenir, les devantures s'étaient parées des branches arrachées et de guirlandes lumineuses, les vitrines vantaient les produits locaux aux touristes et de nombreux villageois déambulaient vêtus du kilt. Le bonheur faisait chanter les rues, les parents couraient, les bras chargés de paquets, des amoureux flânaient main dans la main, les mamies trottinaient, leur panier chargé de victuailles, l'esprit à la fête et la joie au cœur.

Sur la place de l'église, la chorale répétait, des hommes déchargeaient les flambeaux pour préparer la procession de *Hogmanay*, d'autres dressaient les stands sur la place où se tiendraient les jeux de fin d'année.

J'étais étrangère à ce qui m'entourait, maussade parmi les gens heureux. Si les murailles séculaires de Haven Stone m'avaient confié le souvenir de Liùsaidh, elles semblaient avoir emprisonné mon âme d'enfant.

Ma fillette imaginaire chantait sa ritournelle, le nez collé à la vitre passager. Le carnet de Liam était ouvert sur le dessin d'une cabane entourée de pots de fleurs multicolores.

Au téléphone, le garçonnet que j'avais pu joindre chez sa mère m'avait confirmé l'existence d'un atelier sur l'île des brumes, « dans les champs au milieu des montagnes ».

Je m'étais mise en quête de cet endroit dans l'espoir d'y retrouver Edward. Tour à tour, j'avais interrogé Archibald, Mrs Whitmore, les gens de la capitainerie, de la mairie, les commerçants et les passants, en vain. Contrairement à ce que prétendait Liam, il n'existait pas de tour de potier sur l'île, et personne n'avait aperçu Lord MacLaine depuis des jours. En revanche, tous s'amusaient ou s'émouvaient, selon, de voir *lady doctor* chercher partout son fiancé.

« Si un tel atelier existe, tu seras la première informée ! » m'avait promis Tòmas, qui avait téléphoné pour confirmer la présence de sa mère et Mr Gilchrist au souper de ce soir. Il avait ajouté qu'un pilier de comptoir lui avait révélé que son neveu avait parlé à un *policeman*, qui avait raconté qu'un commerçant croyait savoir que Lord MacLaine avait quitté l'Écosse pour affaires.

Avant de rejoindre Siùbhan à l'auberge, je décidai d'un dernier détour.

L'échoppe ne correspondait guère à la description de Liam, mais elle était inhabitée. Peut-être Edward s'y était-il réfugié ?

Je descendis de la fourgonnette et m'avançai vers la porte d'entrée, angoissée à l'idée qu'elle s'ouvre, malheureuse à l'idée qu'elle demeure close.

Je frappai au vantail de la couleur du *Fifie.*

Seul le silence me répondit, et je sentis poindre le découragement.

Comment retrouver quelqu'un qui refuse de l'être ?

— Où est-il ? Où est ton papa ?

Liùsaidh s'était échappée pour se fondre dans le brouillard qui nappait les hauts du village et nimbait d'un blanc crémeux l'herbe émeraude des pâturages.

Je m'enhardis et regardai à travers l'imposte vitrée.

L'intérieur était plongé dans l'obscurité, mais je distinguai le papier peint qui ornait le mur voisin de l'entrée, et son motif fleuri mua l'impression de déjà-vu, qui m'avait intriguée lors de ma première visite, en certitude.

J'étais déjà venue ici.

Prise d'une impulsion subite, j'ôtai délicatement les tiges ligneuses et feuillues du lierre qui masquaient la sonnette. La plaque émaillée était couverte de moisissures, mais on pouvait y lire : *Mr SMITH – BONESETTER – BY APPOINTMENT ONLY*[1].

1. « Rebouteux – Uniquement sur RDV ».

57

Combien d'actes déterminés ou aléatoires, de volontés ou d'oublis, quelles décisions et quels hasards m'avaient ramenée devant la porte d'une maison où un homme, aujourd'hui disparu, avait à jamais changé ma vie ?

Et surtout, comment avais-je pu oublier que j'étais déjà venue ?

Je me revis devant cette maison, mes petits bras autour de Mare, ma statuette, mon secret, mon havre, et la voix de Mr Smith, son français aussi rocailleux que les falaises, et ses mots, à une fillette qu'il ne reverrait jamais : « Pour toi, cette porte sera toujours ouverte. »

Mes doigts emprisonnèrent la poignée et l'abaissèrent.

Et la porte s'ouvrit.

La clé, accrochée à une lanière de cuir par un nœud marin, était introduite dans la serrure, côté intérieur. Je l'empochai, un réflexe de citadine, car lorsque je franchis le seuil, une multitude d'émotions m'assaillirent.

D'abord, l'impression de rentrer chez moi, puis l'exaltation, une excitation quasi enfantine, qui m'arrêta dans l'entrée, les sens aux aguets et les yeux traquant le moindre indice dans les recoins, pareille au chercheur de trésor qui s'introduit dans la caverne d'Ali Baba.

Mon Graal ne serait pas de précieux artefacts ou de l'or et des pierreries, mais les souvenirs de ces heures qui avaient bouleversé ma vie, et dont ma mémoire d'enfant n'avait conservé qu'un écho.

Je repérai aisément le tableau électrique encastré dans le mur de l'entrée. Ainsi, je pus commuter le disjoncteur et chasser l'obscurité humide qui hantait les lieux.

La lueur palpitante d'une vieille ampoule dévoila une pièce aussi désincarnée qu'une salle d'attente. Juste deux chaises en bois et une plus petite. Ni revue ni prospectus, aucune recommandation de dépistage ou tarifs affichés, pas de plante défraîchie ou de porte-parapluie. Aucun souvenir ici, mais une rémanence de ce que j'avais éprouvé, assise sur cette petite chaise, alors que je n'avais pas huit ans, une inquiétude mêlée d'espoir.

J'étais incapable de me rappeler précisément cette pièce et pourtant, tout ce qui m'entourait m'était familier. Peut-être les motifs des carreaux de ciment évoquaient-ils ceux de l'auberge, les odeurs de cire à bois et de salpêtre, la maison de mon grand-père, la poussière virevoltant, les couloirs de Haven Stone ou le bruit… oui c'était cela, le bruit des vagues qui semblaient si proches, trop proches alors que la mer était loin, en contrebas.

Mon premier trésor.

Le souvenir de ce ronronnement m'avait longtemps bercée quand, pour m'endormir, je retournais en pensée chez Mr Smith, ma bulle, loin des angoisses que les adultes jettent sur nous, loin de l'absence atroce de ma mère et des questions que mon père s'obstinait à laisser sans réponses.

L'enfant du béton et des villes s'endormait avec le ressac.

J'ouvris les rideaux et les fenêtres vertes pour accueillir la lumière gris rosâtre d'un milieu d'après-midi où perçaient les derniers rayons du soleil rasant l'horizon.

Un passant ralentit, curieux, et répondit à mon signe de la main. Bientôt, tout le monde saurait que *lady doctor* avait rouvert la maison du *bonesetter*.

Cette tâche achevée, je poursuivis mon exploration.

Depuis la salle d'attente, on pouvait accéder à un cabinet de toilette avec lavabo et W.-C. Les canalisations refoulaient, mais l'eau n'avait pas été coupée, et je pus chasser les odeurs en remplissant les siphons.

La pièce voisine avait dû être le cabinet de Mr Smith. Les étagères et le mobilier avaient été débarrassés, mais il demeurait le large fauteuil à roulettes en cuir élimé, son bureau, une simple table en bois pourvue de deux tiroirs qui avaient été vidés de leur contenu et une toise en bois fixée au mur.

— Qu'êtes-vous devenu, monsieur Smith ?

Nul ne répondit.

J'ouvris mon sac à dos et positionnai Mare sur le plateau de la table, puis je m'installai face à lui, côté patient, sur une chaise récupérée dans la salle d'attente. Je cherchais éperdument les traits du rebouteux dans le fauteuil vide, une caractéristique de son visage ou de sa voix, un parfum peut-être.

Sans lui, cette pièce semblait privée de substance.

Comment était-elle aménagée autrefois ?

Probablement y avait-il un siège sur lequel je m'étais assise pendant qu'il m'hypnotisait, ou peut-être était-ce un canapé club ou encore une méridienne ?

Les doigts crispés sur l'assise de la chaise et les pieds sur les barreaux, genoux remontés, position de la fillette attentive, je fermai les yeux, traquant dans les vibrations de l'air et le grondement de la mer la madeleine de ces instants passés, celle qui me raccrocherait à ce passage important de ma vie.

Pourquoi m'en restait-il si peu de choses ?

Comment avais-je pu oublier, en embarquant sur le *Fifie*, que j'avais déjà navigué sur les Hébrides, accosté sur l'île des brumes et rencontré ses géants de pierre ?

Pourquoi mon père ne s'était-il pas étonné de la coïncidence qui m'avait amenée à me réfugier ici ?

Je renonçai à l'appeler pour réclamer des explications.

Quelles que soient les raisons de son silence, elles ne détermineraient pas mes décisions à venir.

Un nouveau sentiment naquit et chassa la nostalgie : la joie. L'envie d'entreprendre me secoua. Il était urgent d'agir pour le futur, le passé pouvait attendre ! Car dans la maison de Mr Smith, il y avait un autre trésor plus précieux encore que mes souvenirs : le lieu où j'installerais mon dispensaire.

58

Rassemblées pour accueillir six convives et recouvertes d'une nappe rouge, deux tables du pub décorées de fleurs, de branches ornées et de bougeoirs en argent ployaient sous les victuailles et les bouteilles.

Les parents de Tòmas et Mr Gilchrist, le directeur du *community*, partageaient une dinde rôtie enveloppée de bacon, servie avec des pommes de terre grillées et des choux de Bruxelles. Les enceintes fredonnaient des chants de Noël et les lumières du sapin clignotaient en rythme. On se serait cru un soir de réveillon.

— Mais je suis terriblement en retard ! m'exclamai-je, déconfite.

Bouleversée par ma découverte de la maison de Mr Smith, j'étais allée marcher dans la lande pour regarder le soleil se coucher sur la mer.

Tòmas se précipita pour m'accueillir.

— Il faudra perdre tes mauvaises habitudes de *Frangach*. Ici, on soupe à dix-sept heures trente ! Et couvre-feu à vingt heures !

Il accrocha au perroquet mon loden trempé par le crachin du soir et m'accompagna jusqu'à la table.

— *Aye* ! dis-je à la cantonade, en agitant la main.

Tous se levèrent pour me saluer.

— Approchez, Jo, m'invita Siùbhan. Je vous présente Mr Gilchrist et Cillian, mon mari !

Sans conteste, Erin tenait sa grande beauté aux couleurs irlandaises de son père, un sexagénaire au regard doux, qui se précipita vers moi pour m'embrasser comme du bon pain.

— Jo, quel plaisir de vous rencontrer !

— Docteur Granger, s'exclama à son tour Mr Gilchrist, je suis ravi de faire enfin votre connaissance !

— Je préfère Jo !

— Alors, appelez-moi Grant !

Les politesses d'usage échangées, je m'attablai aux côtés de Tòmas.

— On avait parlé d'un *fish and chips*, lui soufflai-je à l'oreille, pas d'un dîner de famille !

— Erin a pris l'habitude d'organiser des répétitions pour tester ses menus de fête, m'expliqua Cillian, à qui ma remarque n'avait pas échappé. Ce qui fait que chez elle, on mange bien toute l'année.

— Merci, P'pa ! lança l'aubergiste en surgissant des cuisines, chargée d'un plateau.

Elle était splendide dans sa robe évasée aux couleurs de son rouge à lèvres.

— Lady MacLaine, bienvenue chez vous ! dit-elle en déposant l'entrée devant moi avec une brève révérence.

— Merci, Erin, mais vous pouvez m'appeler Jo, lui dis-je, sans la quitter des yeux.

Un silence gêné l'accompagna, alors qu'elle s'asseyait face à moi. Tòmas s'apprêtait à la remettre à sa place, je lui donnai un coup de genou sous la table.

— Ça sent très bon, qu'est-ce que c'est ?

— Une soupe aux haddock et pommes de terre, le *Cullen skink*.

Le mélange de la saveur fumée de l'églefin, le crémeux de la soupe et la douceur de la patate s'alliaient parfaitement.

— C'est délicieux, Erin, lui dis-je aimablement.

Malgré la jalousie qui me piquait invariablement quand je l'imaginais dans les bras d'Edward, et la pointe d'agacement que provoquaient ses moqueries, je décidai d'ignorer son jeu cruel.

Au contraire, je m'enthousiasmai de la chance que j'avais d'être si bien reçue dans cette communauté.

Erin me décocha aussitôt une nouvelle flèche.

— Vous pourriez être la pire des garces, docteur, ici tout le monde vous lèchera les bottes parce que chacun a besoin de vous !

— Je t'assure que je préfère lécher ta sauce à la mie de pain que les bottes du docteur Granger ! lança Grant, qui s'était contenté d'observer la scène.

Erin grimaça.

— Contrôle-toi ! s'insurgea Siùbhan. Elle reçut en retour un regard noir.

— Je suis désolée, Jo, articula silencieusement Tòmas. Tu vois ce que je t'avais dit Maman, ajouta-t-il, ce n'était pas une bonne idée de souper ici !

— Au contraire, m'interposai-je. C'est l'occasion parfaite de faire connaissance !

Nous bavardâmes à bâtons rompus, chacun parla de ce qui l'avait amené ici ce soir, Grant me détailla son parcours et je lui parlai du mien, Siùbhan exprima sa frustration de ne plus exercer, mais sa volonté de participer à l'ouverture du dispensaire, et Cillian, qui travaillait sur les marchés et rencontrait beaucoup de monde, m'exposa le désarroi des villageois abandonnés par la médecine.

Quand arriva son tour, Erin annonça qu'elle et ses enfants se satisfaisaient des excellents médecins d'Inverness, et se leva pour débarrasser mon assiette de soupe.

Je la remerciai et lui signifiai que je me servirais dans le plat moi-même.

— Je ne suis pas une magicienne, repris-je. Et j'ai conscience de vos nombreuses attentes. Sachez que je n'en ai pas moins !

Si je maîtrisais les urgences pédiatriques, je ne saurais pas forcément reconnaître une démence sénile ou pratiquer un examen gynécologique. Ma spécialité était si pointue que je n'avais plus le savoir-faire d'un omnipraticien. De plus, j'avais des difficultés à comprendre et à me faire comprendre de certains villageois usant le gaélique, ou parlant un anglais si déformé par l'accent écossais que j'étais bien en peine de le traduire.

— Quoi qu'il en soit, conclus-je en me découpant une tranche de dinde, je peux vous assurer que si j'ouvre ce dispensaire, ce ne sera pas pour quelques semaines.

Lors de la marche qui m'avait retardée à ce souper, j'avais réfléchi à la proposition que je ferais à Siùbhan et à Mr Gilchrist. Une année pour se familiariser avec un pays étranger, ses coutumes et sa langue était insuffisante. Outre ces barrières culturelles, je devrais apprendre à connaître les patients, leur famille, leurs habitudes et me former à la médecine de campagne.

— Combien de temps envisagez-vous de rester ?

— Au minimum trois ans, répondis-je sans hésiter.

J'étais si sûre de mon choix que j'aurais pu leur proposer de m'engager à vie.

Ce retour aux sources dans la maison de Mr Smith m'avait emplie de la certitude que rien n'est impossible aux gens de bonne volonté.

D'aucuns diraient que j'étais une rêveuse, une naïve ou une fantasque, mais derrière la scientifique se dissimulaient une fillette, qui croyait à l'invisible, et une femme persuadée que la destinée n'entravait pas totalement le libre arbitre, mais qu'elle rendait l'existence aussi belle qu'une poésie de chaque instant, où s'accumulaient mille petits bonheurs pour ceux qui voulaient bien les regarder.

— Un objectif doit être atteignable pour devenir un accomplissement et ouvrir la porte à de nouvelles perspectives. Grant, comme je ne suis pas certaine d'obtenir rapidement un visa de travail, je vous propose de commencer les consultations dans le cadre d'une mission humanitaire. J'ai déjà travaillé pour Médecins sans frontières, ce ne devrait donc pas être un problème.

Trois ans, ce serait aussi l'occasion de prospecter pour trouver un confrère, un associé ou un remplaçant. Il n'était pas raisonnable d'envisager d'assurer seule le fonctionnement d'un dispensaire. J'espérais à terme qu'il pourrait accueillir une ou deux fois par mois des spécialistes vacataires, dont la discipline est indispensable dans les lieux isolés : dentiste, ophtalmologiste, chirurgien orthopédiste, pédiatre, etc.

— Et j'espère être prête courant janvier, conclus-je.

— C'est Noël avant l'heure ! s'exclama Siùbhan, émue.

— Vous n'imaginez pas à quel point nous avons tous espéré ce moment ! ajouta Grant.

— Votre père m'a dit que vous étiez un grand médecin, m'apostropha Erin, qui assistait à notre échange depuis le seuil. Ne gâchez pas votre carrière pour vous enterrer ici !

— Trois ans, vous êtes sûre ? renchérit Cillian. Dans le coin, il n'y a aucun magasin, ni ciné, ni musée en dehors de celui du whisky, et encore moins de gens de votre âge !

— Tu oublies le métayer, Papa ! lui glissa Erin.

— Tu peux compter sur le seul meilleur ami de ton âge que tu auras ici, lança Tòmas, en foudroyant sa sœur du regard.

— Trois ans, c'est long ! insista Siùbhan.

— C'est le rêve d'une vie ! répondis-je avec un sourire heureux.

Il y eut un silence et tous se mirent à m'applaudir avec enthousiasme sur l'initiative de Grant. Même le marmiton sortit de la cuisine.

Erin se joignit à cette manifestation de reconnaissance, mais son regard trahissait sa crainte à l'idée que je m'établisse ici. La détestation qu'elle me vouait témoignait d'une grande souffrance à laquelle je ne pouvais rien.

— Je m'occuperai des démarches administratives nécessaires à votre installation en Écosse. Vous aurez mieux à faire que de la paperasse.

En outre, Grant proposa de me rattacher au *community*, comme d'autres médecins humanitaires étrangers l'avaient été avant moi, pour me donner les moyens de travailler rapidement. Et il m'organiserait plusieurs journées de stage pour compléter ma formation, et ce tout au long de l'année.

Je le remerciai chaleureusement et nous nous attelâmes à établir l'inventaire de mes besoins en mobilier et matériel, liste que j'avais commencé à établir mentalement dans la lande.

— J'aimerais des chaises confortables pour la salle d'attente, une table basse et quelques jouets pour les enfants.

Je me passerais aisément d'un ordinateur et d'une imprimante, mais pas d'une table d'examen, ni d'une armoire à pharmacie. Il me faudrait aussi un stéthoscope, un tensiomètre, une balance, un électrocardiographe et une mallette pour les visites à domicile. J'en voulais une bien dodue en cuir fauve, pareille à celle des vieux médecins dans les films.

— Je peux financer une partie du mobilier, en revanche je n'ai pas assez d'économies pour tout acheter maintenant. Je devrais emprunter, mais sans emploi, c'est un peu le serpent qui se mord la queue.

— Il n'en est pas question, Jo ! Nous allons tous participer !

— Pour commencer je vous lègue mon lit d'auscultation et un doppler fœtal, proposa spontanément Siùbhan. Ce n'est pas le dernier cri en matière de technologie, mais il dépanne en cas d'urgence.

Elle ajouta que le village disposait d'un cabinet infirmier et que s'il n'y avait pas de laboratoire sur place, tous les types de prélèvements étaient analysés dans les quarante-huit heures, sauf en cas de tempête, naturellement.

— Mais le plus pressé, c'est la trousse d'urgence.

Je refusais de me trouver dans la même angoisse que lorsque j'avais dû emprunter le kit de premiers secours d'Archibald pour soigner Mrs Whitmore. Que je ne possède pas encore de visa de travail importait peu, il était de mon devoir de médecin de porter secours à quiconque en aurait besoin. Population décuplée, alcool à profusion, jeux sportifs, feux d'artifice et procession aux flambeaux, les fêtes approchaient et avec elles, nombreux étaient les facteurs de risques et les probabilités d'accidents, multiples.

Siùbhan et Grant échangèrent un regard entendu.

— On s'en occupe !

— J'aurai également besoin d'un stock de médicaments de base : salbutamol, corticoïdes injectables, Betadine, insuline et glucagon, furosémide, morphine et ceftriaxone, dis-je, après les avoir chaleureusement remerciés.

— Vous aurez tout ça dans la semaine, la pharmacie a du stock !

— Et moi je m'occupe du mobilier ! annonça Cillian.

Lorsque Tòmas était revenu de Londres, il s'était installé chez ses parents pour économiser le loyer et se constituer une cagnotte de voyage. Il rêvait de visiter la Mongolie, et pourquoi pas y faire sa vie.

En attendant, il avait stocké ses affaires dans la maison familiale. Les années passant, le compte épargne de Tòmas avait fructifié et les cartons ramollissaient.

— Bonne idée ! se réjouit Siùbhan. On va enfin débarrasser le garage !

Attendrie, je regardai Tòmas et ses parents se chamailler à propos de caisses moisies, remplies de choses inutiles, en dégustant le contenu de mon assiette.

Erin était un véritable cordon-bleu et je songeai que mon père adorerait prendre des cours de cuisine écossaise avec elle. Ce que je lui dis.

— Je me ferai un plaisir de l'accueillir durant son séjour. Il arrive toujours le 30 ?

— Oui.

Avec un sourire ironique, elle débarrassa en fredonnant la marche nuptiale, et je me levai à mon tour pour entasser les assiettes.

Tòmas se joignit naturellement à nous, et s'il n'y avait eu autant de défiance d'Erin à mon égard, j'aurais pu m'imaginer appartenir à une fratrie bousculée par les railleries, les jalousies, mais aussi la complicité.

Nous rangeâmes ensemble la cuisine, puis Erin s'attela à la préparation de sa fameuse sauce au caramel, destinée à accompagner son pudding au chocolat.

Elle profita d'un moment où nous étions seules, pour me décocher un carreau en plein cœur.

— Il paraît que vous cherchez désespérément Lord MacLaine ?

— N'insistez pas, Erin. Je ne rentrerai pas dans votre petit jeu.

— Vous êtes rentrée dans le sien ! Il a son dispensaire ! Comment une femme aussi intelligente que vous a pu croire à ses paroles ? L'amour en trois jours ! Quelle blague !

— Si je n'étais pas certaine que vous n'espérez que ça, je vous flanquerais ma main dans la figure, lui dis-je posément, alors que mon cœur battait la chamade. Mais Lord MacLaine est tout à fait capable de défendre lui-même son honneur.

Aux urgences, perdre son sang-froid pouvait signifier perdre une vie ou provoquer un accident grave. J'étais allée à bonne école et pourtant, jamais je n'avais eu autant de mal à rester calme.

— Allez lui demander vous-même, il est à son étage !

— Je ne vous crois pas.

Erin sourit effrontément.

— Tentez la chambre du fond. Ne vous inquiétez pas, je vous garderai une part de pudding !

59

Je m'étais élancée dans l'escalier sans autre but que le revoir. Chaque recoin de cette auberge me ramenait à Edward. Le couloir où il s'était tenu pieds nus dans la tempête, le pub où nous avions parlé des heures, émerveillés de découvrir qu'un autre nous connaissait mieux que nous-mêmes, et cette aile qu'il se réservait dans cette auberge, et où j'espérais et redoutais tout autant de le trouver.

La lettre de Liùsaidh était glissée dans la poche de mon jean, et elle suffirait à me donner un prétexte pour lui parler. Il ne s'agissait cependant pas de cela. À l'instant où je débouchai sur le palier, la chamade dans la poitrine, je n'avais qu'une peur, qu'il se soit reclus ici telle une épave mise au rebut, seul, noyé dans le chagrin et le whisky.

Le niveau comportait six chambres dont cinq étaient inoccupées, portes grandes ouvertes. En passant, je découvris qu'elles étaient décorées à la manière des maisons anciennes, douillettes mais sans chichi.

Sous la dernière porte, celle de la chambre du fond, filtrait un rai de lumière.

Avec les jambes flageolantes d'une adolescente, je m'approchai à pas de loup et posai mon oreille sur le vantail. Il y avait manifestement quelqu'un.

Tétanisée par le trac, je demeurai une bonne minute indécise.

Qu'allais-je lui dire ?

Je n'en avais pas la moindre idée, alors que je toquai.

— Oui ?

Grant Gilchrist parut aussi étonné de me trouver sur le seuil que je fus surprise – et déçue – de l'y voir.

— Quelle impatience !

Dans l'entrebâillement où je glissai un œil curieux, je vis le lit défait, une valise-cabine à roulettes, mais pas le sac militaire d'Edward.

— Le dessert est prêt ! improvisai-je.

Je me traitai d'idiote.

— Pardon Grant, je ne voulais pas vous déranger. Je pensai trouver Lord MacLaine.

— Edward m'aide à régler un problème de personnel à l'hôpital.

— Edward ? répétai-je, surprise qu'il le prénomme aussi familièrement.

— Nous nous connaissons depuis l'enfance. Entrez, me proposa Grant.

Avant que j'aie l'occasion de protester, il ouvrit la porte et je découvris qu'Edward se tenait devant un bureau. Penché sur un ordinateur portable, il téléphonait, écouteurs dans les oreilles. Ses doigts gantés de cuir voltigeaient sur le clavier. Il semblait tout juste arrivé. Il n'avait pas quitté son blouson, et ses bottes cavalières étaient mouillées. À ses pieds, un carton qu'il avait visiblement apporté avec lui était gondolé d'humidité.

En le voyant rasé et correctement vêtu, je fus envahie par un immense soulagement.

— MacLaine ? l'appela Grant, aussitôt. Tu as de la visite !

— Ne le dérangez pas pendant son appel ! bafouillai-je, prise de court. Je voulais juste m'assurer qu'il allait bien. Je vous retrouve en bas.

— Il rédige un mail d'après des notes, il ne téléphone pas, m'expliqua Grant, en tapotant l'épaule d'Edward.

Celui-ci releva la tête, alors que je rebroussai chemin.

— Miss Granger, dit-il abruptement.

Si son visage resta impassible, sa voix trahit son émotion. Il semblait aussi déconcerté de me voir, que je l'avais été de le trouver ici.

— Lord MacLaine, le saluai-je sur le même ton.

Nous restâmes à nous dévisager, distants, immobiles et silencieux.

— Je vous laisse, offrit Grant, après un temps qui me parut une éternité.

— Ne te donne pas cette peine, Grant, je ne peux pas rester. Je t'appelle dès que c'est réglé.

Edward referma le clapet de son ordinateur, qu'il glissa dans un sac à bandoulière.

— Miss Granger.

Alors qu'il me croisait pour atteindre la porte, Edward me frôla au passage, et ferma brièvement les yeux, et je sus qu'il emportait avec lui l'odeur de mes vêtements et de mes cheveux, car j'eus le même réflexe.

Je m'emplis des effluves du cuir mouillé de son blouson, celles de la terre et du bois humide, et du parfum de sa peau. Il sentait bon le savon au citron de Mrs Burnett, et il sentait lui, les embruns, le musc et la bergamote.

— Attends !

Ma demande fut étouffée par le claquement de la porte, qui se refermait sur lui.

Le cœur en vrac, je ne fis pas un geste pour le rattraper. Edward était de ces hommes qui ne transigent pas avec leurs propres décisions, et qui détestent les effusions en public. Je n'allais pas le poursuivre dans les couloirs de l'auberge pour lui donner la lettre de sa fille.

— Pouvez-vous la lui remettre pour moi ? tentai-je auprès de Grant.

— Je rentre à Portree ce soir. Et franchement, je suis certain qu'il préférera qu'elle lui vienne de vous.

— Mais j'ignore où il réside en ce moment !

— Vous n'êtes pas la seule.

— Vous me donnerez son numéro ?

— Edward ne répond plus au téléphone depuis son retour d'Australie. Pour le joindre, les gens laissent un message à l'auberge ou à Haven Stone.

Je laissai échapper un long soupir de découragement.

— Posez-vous deux minutes, je vous offre un verre. Le pudding attendra, ajouta-t-il en me voyant hésiter. Je préviens Siùbhan.

La chambre occupait l'angle du bâtiment et bénéficiait d'une surface plus grande que les autres. Devant les fenêtres qui donnaient sur la baie, il y avait un coin cosy, composé de deux fauteuils club et d'une table basse.

Après avoir informé notre hôtesse qu'il désirait me parler en tête à tête, Grant servit deux whiskies, et s'installa face à moi.

— À chacune de mes venues sur l'île, avant la mort de Liùsaidh, Edward et moi on se retrouvait dans cette piaule, pour boire un verre et parler de tout, comme au bon vieux temps.

Grant et Edward s'étaient rencontrés à l'internat de la Sevenoaks School dans le Kent. Réunis par de nombreux intérêts communs, mais surtout par leur solitude, ils étaient devenus inséparables et avaient intégré Cambridge ensemble, à dix-sept ans.

Fils d'une grande famille écossaise, Edward aurait dû étudier à Édimbourg, mais Jamie, conscient qu'il avait été martyrisé pendant son absence, avait accepté qu'il quitte l'Écosse à la mort de leur père. Il avait alors douze ans.

— Edward n'est jamais rentré à Haven Stone. Il n'y est retourné que treize ans plus tard, à la naissance de Liùsaidh. J'étais avec lui.

Les mots de Grant se heurtèrent soudain à ceux d'Erin, qui prétendait qu'elle avait eu une brève liaison avec Edward, au cours des festivités entourant les noces d'Elizabeth et Jamie.

— Edward n'a pas assisté au mariage de son frère ?

— Non. Nous étions en voyage en Inde. De toute façon, personne n'aurait pu le convaincre de rentrer en Écosse à cette époque-là. Edward avait rayé de sa vie Haven Stone, il refusait même d'y être enterré. Cet homme ne mérite pas qu'on le calomnie, précisa Grant, conscient de mon trouble.

— Erin était si convaincante, murmurai-je estomaquée. Elle qui perd l'équilibre sur la piste de danse, Edward qui la relève et la fait danser.

— Cette scène est réelle, mais nous avions dix-sept ans, Jo. C'était un simple flirt lors d'une fête après une rencontre sportive, un baiser, rien de plus. J'y étais. Malheureusement, Erin s'est raconté une autre histoire et elle a longtemps poursuivi Edward de ses assiduités. Son mariage l'a apaisée, son récent divorce l'a rendue amère. Votre arrivée lui a clairement fait perdre les pédales.

Ces propos m'apportèrent du réconfort, car ils libéraient mon cœur et mon esprit du désagréable sentiment qu'une partie de l'intimité d'Edward appartenait à Erin.

Bien sûr, nous avions vécu avant de nous connaître, nous avions embrassé d'autres lèvres, et touché d'autres corps, mais ces fantômes de notre passé, nous pouvions les garder en dehors de nos vies, il suffisait de leur fermer la porte.

Erin s'était d'emblée imposée entre nous, jouant à la perfection son rôle imaginaire de femme trahie, légitime à critiquer la moralité d'Edward, et à me moquer.

À présent, elle ne me blesserait plus.

Grant et moi achevâmes notre verre en échangeant sur la façon dont Edward et lui envisageaient de gérer le dispensaire. Outre le matériel et les médicaments, se posait la question de ma rémunération à long terme. Je ne serais attachée à l'hôpital comme humanitaire que le temps d'obtenir un visa.

Grant avait raison. Même si je ne travaillais pas pour l'argent, je devrais *a minima* me loger et me nourrir ! Et il n'était pas question pour moi d'être employée par Edward. Entretenir Haven Stone était déjà une telle charge !

Pour se développer, le dispensaire devrait trouver d'autres fonds privés ou impliquer la région, un véritable sac de nœuds administratif, qui ne devait cependant pas doucher mon enthousiasme.

— En attendant de trouver une solution pérenne, voici pour vous, docteur ! annonça Grant, en posant devant moi le carton, que j'avais repéré aux pieds d'Edward un peu plus tôt.

Sous les rabats, je découvris une superbe mallette médicale en cuir de marque Bollmann, de celle dont je rêvais depuis que j'étais gamine.

— Elle est parfaite ! m'exclamai-je, avec enthousiasme. Et garnie en plus !

Dodue à souhait, elle renfermait le nécessaire à un médecin de campagne : matériel diagnostic, matériel de soin et médicaments de première nécessité, et un agenda et des stylos.

— Tout le monde a contribué à la remplir. Siùbhan, Aileen la pharmacienne du *community*, le cabinet infirmier, votre serviteur…

Je ne cherchai pas à protester faussement devant ce cadeau de grande valeur, il me comblait, car il était le témoin de ma volonté et de mon désir d'accomplir enfin mes rêves et ceux d'une communauté.

— Vous saviez ce que j'avais décidé avant de venir !

— Moi non, Edward oui. Il l'a rapportée pour vous, quand il a su qu'il ne pourrait assister au souper.

Les mots de Grant me bouleversèrent.

— Pourquoi n'est-il pas resté ?

— Edward est de ces êtres qui se cachent pour souffrir, loin du regard de ceux qu'il aime.

60

Échanger aussi librement à propos d'Edward, sans la réserve de Mrs Burnett, les manigances de l'adorable Mrs Whitmore, ou le venin d'Erin, m'avait rassérénée. C'est le cœur plus léger que je retrouvai Siùbhan, après avoir raccompagné Grant à sa voiture.

— Tout le monde est parti ?

— Cillian et Erin sont rentrés, Tòmas est à l'arrière.

Ce dernier rangeait la cuisine avec le marmiton afin que Siùbhan et moi profitions d'un peu de calme pour conclure la soirée – et notre accord – en dégustant le pudding, accompagné d'un thé.

Siùbhan m'informa que Tòmas avait parlé à sa sœur, juste après que je fus montée. Elle ne révéla pas le contenu de ses propos, mais elle précisa qu'ils avaient été suffisamment sévères pour qu'Erin décide de partir, et nul n'avait cherché à la dissuader. Leur père avait profité du voyage pour s'éclipser lui aussi.

— Cillian vous salue et se réjouit de vous aider à vous installer. Je suis vraiment ravie que votre cadeau vous convienne, renchérit Siùbhan, alors que nous nous installions devant la cheminée. Quel dommage que Lord MacLaine ait été absent ce soir ! Il croit en la vocation, c'est un idéaliste, ce dispensaire est si important pour lui !

— Il est ici à sa manière, répondis-je, en lançant un regard vers la mallette.

Pendant que je servais le thé, Siùbhan nappa les tranches de pudding avec la sauce au caramel écossais, et distribua les assiettes. En le goûtant, je songeai que l'absence d'Erin était aussi réjouissante que son dessert était délicieux. Soudain, les rumeurs qui m'avaient déjà cataloguée comme la petite fiancée désespérée de Lord MacLaine n'empoisonnaient plus mon esprit. Comme Tòmas et Grant, Siùbhan était de ces gens qui n'y prêtaient guère attention, ou se renseignaient directement à la source, ce qu'elle fit, quand je lui rapportai ma conversation avec Grant au sujet du dispensaire.

— Et l'aménagement de la tour ouest ? En avez-vous aussi parlé avec lui, ou préférez-vous vous adresser directement à Lord MacLaine ?

— Je n'installerai pas le dispensaire à Haven Stone. C'est trop excentré, les patients doivent y avoir facilement accès, surtout les plus démunis.

— Grant et Lord MacLaine ont déjà exploré toutes les pistes, il n'y a rien de disponible au village.

Selon Siùbhan, les maisons vacantes étaient en ruine pour la plupart et nécessiteraient trop de travaux. Donc, énormément de frais à engager.

— J'ai déniché une échoppe dans les hauteurs du village. Il y a un peu de rafraîchissements à prévoir, mais elle est parfaite.

— Tu parles de la maison du *bonesetter ?* s'exclama Tòmas, qui était venu récupérer des torchons derrière le bar. Cináed préférerait mourir que d'y voir quelqu'un s'y installer !

— Lord MacLaine tente de le convaincre de vendre depuis des années, Jo ! Je vous assure qu'ils ont cherché une alternative, mais pour l'instant la tour ouest est la meilleure option.

Pour toute réponse, je brandis la clé de la maison de Mr Smith, la posai sur la table. Deux paires d'yeux incrédules me fixèrent, et les visages s'éclairèrent.

Tòmas s'approcha.

— Comment tu as fait ça ?

— La porte était ouverte. Je suis entrée. Et j'ai fait ce que Cináed fait depuis des décennies, j'ai emporté la clé !

— Ah oui, s'amusa Tòmas. Donc, tu n'es pas encore parvenue à convaincre ce vieux fou de te céder la maison du *bonesetter* ! Je me disais bien !

Et il retourna dans la cuisine, en débarrassant nos assiettes au passage.

— Je n'ai pas encore la maison, mais j'y compte bien ! Vous l'avez connu ? relançai-je Siùbhan. Mr Smith ?

— Il est parti d'ici du jour au lendemain, il y a près de vingt ans. C'était un homme discret, qui donnait des consultations un ou deux jours par semaine et ne faisait jamais parler de lui. Sa renommée dépassait les frontières du Royaume-Uni et pourtant, en trente ans d'exercice, il n'a ni réclamé un centime à aucun de ses patients ni augmenté sa clientèle. Moi-même je ne l'ai jamais connu. Et vous ?

— Je l'ai rencontré une fois, quand j'étais enfant. Et je garde de cet homme un souvenir indescriptible, mélange de bonté, d'intelligence et de malice. Il a changé ma vie et celle de beaucoup de gens. C'est à mon tour aujourd'hui.

Siùbhan m'adressa un regard attendri, tout en dégustant son thé, un darjeeling agrémenté d'un nuage de lait.

— Grant a eu un véritable coup de cœur pour vous. C'est un directeur d'établissement exigeant, mais profondément humain. Je suis sûre que vous vous entendrez bien.

— Je n'en doute pas. Notre attachement commun à Lord MacLaine nous rapproche indubitablement.

— Grant est le seul ici à être capable d'aborder tous les sujets avec lui sans se laisser intimider par cette distance qu'il impose depuis son accession au titre. Même moi, qui ai accouché sa mère, je ne parviens pas à l'appeler autrement que « Lord MacLaine ».

— Pourquoi se comporte-t-il ainsi ? Il aime les gens d'ici, cela ne fait aucun doute ! Et puis, il est si différent dans l'intimité !

— Jo, murmura Siùbhan, après un silence, j'ai vu naître Liùsaidh à Haven Stone, et j'étais souvent à son chevet, dans les derniers mois de son existence. C'était une enfant courageuse et sage, et elle s'est battue de toutes ses forces pour être encore là quand Lord MacLaine reviendrait de Melbourne. Elle savait qu'il ferait tout pour la sauver. Mais son état s'est subitement dégradé et nous avons compris qu'il arriverait trop tard. Alors, Mrs Whitmore et moi avons décidé de lui dire la vérité, pour qu'elle ne l'attende pas en vain. Je me rappelle qu'en réponse, Liùsaidh nous a demandé de prier avec elle pour que le calvaire de son père s'achève avec le sien.

Ma fillette imaginaire me traversa, pareille à un courant d'air affectueux et tendre, courageux et volontaire.

— Il n'était pas à Melbourne pour affaires, mais pour elle, n'est-ce pas ? murmurai-je, interdite. Il y a un centre de recherche médicale mondialement reconnu, là-bas.

— Oui, Jo. Le directeur venait d'annoncer à Lord MacLaine que Liùsaidh était acceptée dans un protocole d'étude sur un nouveau médicament qui aurait pu la sauver.

Je ne cherchai pas à en apprendre plus sur la maladie de la fillette, car peu importait le nom qu'on lui avait donné. Elle était de celles qui laissent peu de chance, même avec un traitement expérimental.

Si j'étais malheureuse aujourd'hui, ce n'était pas d'être loin d'Edward, mais d'avoir ignoré ce qu'il traversait, lorsque nous nous étions rencontrés.

Aujourd'hui, je comprenais mieux son désespoir et son déni.

Edward avait tenté d'arracher Liùsaidh à son horrible sort, et il avait l'impression d'avoir échoué sur la ligne d'arrivée. Sans personne d'autre à blâmer pour la mort de sa fille, que lui-même.

« Ce qui est pour toi ne se fera pas sans toi. »

Proverbe écossais

61

— Sept jours bientôt que je t'attends, tu en as mis du temps !

Bien que je me sois présentée chez lui à vingt et une heures passées, Cináed m'accueillit dans son établi où il polissait une clé ancienne. D'emblée, il s'adressa à moi en bougon méfiant, dans un écossais mâtiné de gaélique, dont je peinais à comprendre les subtilités, mais pas le sens.

Au village, tout le monde connaissait le gardien des clés et je n'avais eu qu'à demander mon chemin au premier venu.

— Avance, *lass*, je ne vais pas te manger !

Fascinée, je m'approchai du mur situé au fond du bâtiment. Hérissé de plusieurs centaines de clous tous porteurs d'une clé, il était aussi vivant et chatoyant qu'une sculpture. Les métaux renvoyaient la lumière, et la couleur et la forme des clés offraient autant de tableaux que de visiteurs. Certains y verraient un vitrail aux métaux précieux, d'autres un étonnant fouillis, d'autres encore chercheraient à percer le mystère de l'ordre décidé par son créateur : obéissait-il au hasard, répondait-il à une logique qui n'appartenait qu'à lui ?

Car après tout ici, il y avait autant de clés de maisons en ruine, de caves ensevelies et de caveaux funéraires que d'habitations occupées, de commerces et de granges.

— Chez moi, tu peux admirer des spécimens de clés à gorge, à pompe, à dent, anciennes, modernes, en bronze, acier, laiton, argent, bois, cuivre, simples ou complexes, cassées ou neuves, avec panneton ouvragé ou à encoches, tête lisse ou anneau ciselé, passe-partout et même Fichet, bien de chez toi, m'annonça fièrement Cináed, en revenant à une langue plus compréhensible.

Mon attention fut aussitôt attirée par l'exemplaire ancien que le vieil homme nettoyait. En bronze, cette clé présentait un anneau en forme de trèfle et un panneton façonné qui évoquait un labyrinthe. Elle était très semblable à celle qui déverrouillait la porte bleue de l'atelier d'Edward.

— Elle ouvre une pièce secrète de Haven Stone ? lui demandai-je, en la désignant.

Cináed escamota la clé à la façon des magiciens.

— C'est vrai ce qu'on dit ? Lord MacLaine t'a demandée en mariage ?

— C'est vrai.

Coutumière de l'indifférence et de l'agressivité de mes contemporains, je choisis de prendre sa curiosité pour de la bienveillance et décidai d'être honnête.

— Et tu as refusé.

— J'ai accepté.

— Pourtant tu veux la maison du *bonesetter*. Haven Stone est trop grande pour toi ?

— Edward est parti.

— Ce n'est pas son genre !

— Il est malheureux.

Devant mon air désappointé, Cináed ouvrit un frigo ventru, et en sortit une bouteille d'Irn-Bru. Il en servit deux verres, et les agrémenta d'un trait de whisky. Sa façon de préparer le mélange me renvoya aussitôt sur le port où j'avais rencontré mon vieux capitaine, et un nouveau sentiment de déjà-vu étreignit ma poitrine.

— Tu as un drôle d'air, *lass*.

— Vous me rappelez Logan Hamilton.

— Il paraît qu'on a tous un double quelque part. Tu y crois ?

Je lui répondis qu'invariablement, lorsque je voyais une femme brune avec une cigarette aux lèvres, je pensais à ma mère. J'imaginais qu'elle avait fugué à la poursuite du bonheur, qu'elle l'avait rencontré et que dans sa vie nouvelle, elle ne m'en voulait pas d'être la fille de mon père. Ainsi, je rendais chair à celle qui n'était plus que cendres.

— Toi, tu me rappelles une fillette à la langue bien pendue, qui voulait que je lui apprenne à voler les clés, me dit Cináed, avec son regard oblique. Mais je lui ai conseillé de rester honnête.

— Je ne vole pas les clés, protestai-je, en déposant celle de l'échoppe sur l'établi. Je les emprunte. Je vole juste les vieux manteaux.

— Et pas n'importe lequel, celui de *Old Captain* !

Je souris, il m'invita à trinquer.

Slàinte !

— Tu te trompes sur un point au sujet de Lord MacLaine, *lass*, affirma-t-il après avoir vidé son verre d'un trait. Il n'est pas malheureux, il est seul. Le malheur s'est apaisé avec le temps. En revanche, la solitude a creusé son sillon et elle l'habite depuis trop d'années pour accepter de le quitter du jour au lendemain. Cette saleté te ronge et te donne l'illusion du paradis, alors qu'elle t'attire sous terre aussi sûrement que les démons !

Lorsqu'il évoquait sa solitude, Edward alléguait sa mince appétence pour les relations humaines et son peu de goût pour les femmes. À l'aune des affirmations de Cináed, je pouvais interpréter ses paroles autrement : Edward ne manquait pas d'intérêt pour autrui, au contraire. Malheureusement, le deuil effraie les autres aussi sûrement qu'un agent pathogène mortel, et isole son porteur longtemps après la guérison.

— Tu as du cran si tu espères sauver cet homme ! Ou tu es inconsciente !

— Ni l'un ni l'autre, Cináed. Edward et moi sommes les moitiés d'un tout. Je ne l'explique ni ne le comprends vraiment. Je le sais. Nous sommes faits pour être ensemble, c'est tout.

— Dis-moi, *lass*, reprit le vieil homme, après avoir rechargé nos verres avec son mélange d'Irn-Bru et de whisky, dans ce cas, pourquoi te confierais-je la maison du *bonesetter* ?

S'il me trouvait sympathique, Cináed était convaincu qu'aucune personne aussi sensée que moi ne ficherait en l'air une telle carrière pour s'occuper d'une bande de vieux marins, de bergers, et de distillateurs écossais dans un trou perdu au cœur de la brume, qu'on ne prenait pas une telle décision en trois jours, et que bien qu'il ne doute pas de mon attachement à Lord

MacLaine, l'amour ne suffisait pas à garder les gens ici.

— Quand une décision est juste, elle l'est après deux minutes ou deux ans de réflexion, rétorquai-je.

— Tu as besoin d'un endroit pour ton dispensaire, mais hier, tu as passé la journée à chercher un atelier de poterie.

Je songeai à Mrs Whitmore et à son Bobby, à Liam et ses fées, et ma Liùsaidh imaginaire murmura à mon oreille : « Ici, quand tu veux quelque chose tu le demandes, mais tu demandes bien, sinon tu vas gâcher ta chance ! »

— Cette maison appartenait à un homme qui prenait soin des gens. Je veillerai à mon tour sur les habitants de l'île, quoi qu'il advienne de ma relation avec Lord MacLaine.

Le vieil homme capta mon regard.

— Tu veux me faire avaler qu'une femme comme toi viendrait s'enterrer au bout du monde pour nous autres ?

— Mr Smith a compté pour moi au moins autant que mon père et mon grand-père. Sans lui, j'aurais sombré dans la dépression, peut-être même dans la folie. Il m'a offert d'être celle que je suis, et je veux, à ma façon, le remercier. Prendre sa succession, c'est perpétuer son souvenir et son action bienfaitrice.

Il ne s'agissait plus seulement de réaliser mon rêve, mais de prendre mes responsabilités face à une communauté délaissée, et dont l'un des membres avait à jamais changé ma vie, d'intégrer cette communauté : croiser mes patients au marché, boire une bière avec eux au pub, leur tenir la main quand ils grimperaient dans l'ambulance, et soutenir leurs proches quand l'un d'eux décéderait.

Je ne voulais plus être une blouse blanche anonyme, pressée par l'urgence, un don Quichotte des hôpitaux, mais une confidente, une amie peut-être, un soutien toujours. Mon désir profond était de compter pour des hommes, des femmes et des enfants, autant qu'ils compteraient pour moi.

— Ta décision est prise, on dirait.

— Oui.

L'étonnant regard de Cináed s'adoucit soudain.

— Quoi qu'il advienne de ta relation à Lord MacLaine, c'est bien ce que tu as dit ?

— Être ou non l'épouse de cet homme n'est pas la question. Ce qui m'anime va au-delà de mon avenir avec lui. J'avais déjà renoncé à rentrer en France pour m'installer ici, mais ouvrir un dispensaire dans la maison de Mr Smith donne un sens à tout ce que j'ai vécu. Mon retour sur l'île des brumes était inscrit sur ma route, Cináed, Mr Smith l'avait prédit.

— Que t'a-t-il dit exactement ?

— Qu'un jour lointain, je retournerais auprès des miens. Vous êtes les miens.

Cináed jeta la bouteille vide dans une poubelle avec l'habileté d'un basketteur et ouvrit sa paume sur la clé ancienne qu'il polissait à mon arrivée.

— Puisque tu veux la maison du *bonesetter*, *lass*, elle est à toi.

62

Chez Mr Smith, deux portes fermaient à clé.

Celle qui donnait sur la rue, et qui restait toujours ouverte, et celle qui était cachée dans l'ombre, et qui était toujours fermée.

Là où les murs du bureau avaient été érigés contre la roche, une ouverture que j'avais d'abord prise pour un placard était creusée dans la pierre. Peint dans un vermillon à l'ancienne, le vantail en bois sculpté ressemblait à celui de l'atelier d'Edward à Haven Stone.

J'introduisis la clé de Cináed dans la serrure et l'ouvris.

Un escalier de quelques marches, taillé dans le basalte, débouchait un demi-niveau en dessous dans une vaste salle troglodytique. L'éclairage indirect, qui s'activa à mon passage, appuyait le relief de la roche, offrant à ce lieu un aspect irréel.

Plus vaste que l'échoppe, qui comptait pourtant une cinquantaine de mètres carrés, le studio souterrain comportait une kitchenette, un salon orienté face à une grande baie vitrée, et une salle de bains séparée, dont le lavabo était creusé à même la roche.

Un tapis épais couvrait le sol accidenté, la housse du canapé était confectionnée dans un beau velours noir, la table et les deux chaises semblaient en bon état, et les placards regorgeaient de conserves de fruits et de légumes.

J'y dégottai aussi des boîtes de thé, un flacon de whisky entamé, un Tupperware de biscuits secs, de la vaisselle ébréchée, des couverts et des verres, du linge de maison qui sentait le moisi, et des allumettes ramollies par l'humidité et des bougies.

Masquée par une tenture, la baie permettait d'accéder à un balcon naturel accroché à la falaise. En y posant le pied, on avait l'impression de flotter sur la houle et le vent.

La vue m'arracha une exclamation de surprise enfantine.

Sous le ciel agité du crépuscule, la mer ondulait sauvagement.

À droite, l'horizon découpait les pics de l'île de Skye et à gauche, les lumières du petit port de pêche égayaient ses façades colorées. En face, la lande qui s'élevait jusqu'aux falaises de *Deireadh an t-saoghail* voguait tel un mirage au-dessus des vagues, et Haven Stone aux yeux clos.

Enveloppée dans mon loden, je m'installai sur le banc taillé dans la pierre et les souvenirs affluèrent.

Je redevins l'enfant émerveillée face à la mer, et j'entendis la voix de Mr Smith venant des profondeurs de la caverne, et elle me sembla familière.

J'écoutai ses paroles enroulées de l'accent des Highlands et je compris chacun de ses mots. Ses phrases jolies comme un poème rassuraient la fillette apeurée, et lui demandaient d'être attentive au chant du ressac, et d'apprendre sa ritournelle infinie : *Haven* quand déferlaient les vagues, et *Stone* quand les galets roulaient sur la grève, *sweet* avec les vagues et *home* les galets…

Lorsqu'elle serait loin, ce chant lui rappellerait le nom de ce lieu du bout du monde, *Haven Stone sweet home*, sa pierre magique, son talisman et elle pourrait s'en souvenir pour apaiser ses chagrins et chasser ses peurs.

Et si un jour le monstre devenait le plus fort, si un jour elle ne savait plus où aller, elle pourrait appeler son vieux capitaine et traverser la mer, se présenter à la porte de la demeure et se cacher dans son ventre, là où personne ne la retrouverait jamais.

Noire foncée sur noir étoilé, ceinte du noir ondulant de la mer et du souffle obscur du vent, telle était Haven Stone, mon refuge et mon cœur, à jamais là-bas.

63

L'adage « mieux vaut prévenir que guérir » n'aurait trouvé plus parfaite illustration avec la surprise qui m'attendait dans l'échoppe, quand je revins avec mon sac à dos et la mallette médicale, que j'avais laissés dans la fourgonnette.

Pieds nus, vêtu d'une simple chemise et d'un kilt, un homme visiblement éméché tournait en rond dans la salle d'attente. Il se présenta devant moi en baragouinant : *« Innis dhomh dè tha ceàrr orm, doc*[1] *! »*

Cet inconnu semblait plus saoul que malade, pourtant malgré l'heure tardive, je décidai de l'examiner, car aucun médecin n'abandonnerait une personne sans soin.

Alors que je l'invitais à s'asseoir dans le fauteuil, le temps que je lui rapporte un verre d'eau, il resta debout, l'air goguenard. Et j'eus la certitude qu'il n'était ni saoul ni malade, et que de ma façon de gérer la situation découlerait ma réputation.

D'ailleurs, lorsque je revins de mon studio avec un grand verre d'eau, il tanguait nu, au milieu de la pièce, en marmonnant en gaélique.

---

1. « Dites-moi ce qui ne va pas chez moi, doc ! »

Heureusement, les urgences m'avaient appris à gérer toutes les situations, des plus dramatiques aux plus cocasses, et je pus regarder ce fringant quinquagénaire dans les yeux, sans éclater de rire ou fuir à toutes jambes.

J'en avais vu d'autres !

Pendant mon externat, l'un de mes chefs de service m'avait appelée pour réanimer un mort, et un autre m'avait fait serrer la main d'un cadavre à mon insu. Je n'étais plus effrayée par les blagues douteuses depuis longtemps. En outre, j'avais acquis au cours de mes études une certaine maîtrise de l'humour carabin, qui, je l'espérais, serait à la hauteur de celui de ce facétieux Écossais.

Je m'enquis de son nom, j'entendis *Craig*, je lui demandai de m'appeler docteur Granger, il acquiesça en répétant *lady dotair*.

Calmement, je récupérai une boîte d'abaisse-langue dans ma belle mallette flambant neuve, et une lampe-stylo.

— D'après vous, Mr Craig, lui dis-je en français, avec l'air sérieux et les sourcils froncés d'un spécialiste : qui de l'œuf ou de la poule est apparu en premier ?

Je lui fis signe d'ouvrir la bouche et j'examinai le fond de sa gorge.

— Il semblerait que c'est l'œuf, poursuivis-je, alors qu'il faisait « aaaahhh ». Le plus ancien découvert a été pondu par un dinosaure, il y a près de 190 millions d'années, le saviez-vous ?

— Je ne comprends pas ce que vous dites ! protesta mon patient dans une langue assortie d'un fort accent, néanmoins compréhensible, quand j'eus achevé d'inspecter le fond de sa bouche.

— Ça tombe bien, moi non plus ! Couvrez-vous, ajoutai-je en anglais, et prenez place si vous souhaitez que nous poursuivions. Sinon, sortez de chez moi.

Finalement, Mr Craig fut docile et répondit à mes questions de bonne grâce. Lorsque j'eus achevé de constituer sommairement son dossier sur une feuille de papier volante, je me lavai les mains pour procéder à l'examen de routine.

Puisqu'il en rêvait, Mr Craig aurait le droit à la « totale », en regard du matériel dont je disposais : auscultation cardiopulmonaire, réflexes, et poids-taille-périmètre abdominal. J'avais également prévu de jeter un coup d'œil à sa dentition. Une carie mal soignée et le cœur pouvait souffrir.

Tandis qu'il m'attendait sagement assis, face au bureau, les fesses sur le bord de la chaise, je me retirai dans le cabinet de toilette pour me laver les mains.

Je pris quelques secondes pour regarder l'anneau tressé qui entourait mon annulaire, puis je saisis un petit ciseau à fil de suture, et le découpai. Il s'effilocha aussitôt, redevenant de simples brins de cordelette, que je rangeai dans ma poche.

Loin de rompre mon lien à Edward, ce geste me rapprocha de lui. Chacun à notre manière, nous prenions soin des habitants de cette île.

Il y avait tant de gens sur qui veiller. Tant de temps à leur consacrer.

Nombreux ici étaient ceux qui pouvaient témoigner de l'abnégation dont Lord MacLaine avait fait preuve quand il avait décidé d'assumer son héritage, pour garantir l'intégrité du domaine, des baux et des emplois, et j'espérais le rejoindre à mon tour dans son dévouement.

Mr Craig souffrait d'un eczéma sévère sur les mains et les avant-bras, dont l'origine se précisa lorsqu'il m'informa qu'il travaillait à la distillerie depuis près de vingt-cinq ans. La fabrication de cet alcool que j'aimais tant déguster avec Edward comportait de nombreux risques, entre autres brûlures, chutes, irritations cutanées, intoxication aux vapeurs d'éthanol et asphyxie au dioxyde de carbone.

J'avais également perçu un crépitement pulmonaire qui exigeait une radio.

Représentant du personnel, Mr Craig m'informa que nombre de ses collègues de travail souffraient de douleurs chroniques, et d'une pneumopathie qui m'était totalement inconnue jusqu'alors, la maladie des malteurs, une réaction à l'orge moisie.

— Il n'y a pas que la distillerie où il y a des accidents, il y a la fromagerie. On a pas mal de chutes et d'allergies là-bas aussi, et souvent, on se débrouille avec l'infirmière, parce qu'on ne peut pas faire autrement.

— Quand pourrais-je rencontrer le personnel ?

Vu l'ampleur de la tâche qui m'attendait, j'envisageais de donner des consultations sur place un jour par mois.

— On ouvre aux touristes la journée, mais les gars seraient contents de vous rencontrer un matin avant l'embauche.

— Début janvier, c'est bon pour vous ?

— C'est bon pour nous.

— Votre patron sera présent ?

— Vous pourriez peut-être voir avec lui, c'est votre fiancé !

— Mr Craig, je suis votre médecin, pas votre copain de chambrée ! le tançai-je avec le sourire.

Il m'avoua que tous ici étaient persuadés que je ne supporterais pas l'isolement et que je finirais par fuir, cette campagne étant bien trop rude pour une jeune femme de mon âge. Il s'était mal comporté pour se venger de mon abandon à venir.

— Vous avez déjà vécu à Paris ou à Édimbourg ? lui demandai-je.

— Jamais plus loin que Portree.

— Alors, je comprends votre point de vue.

Ma vision naïve en image d'Épinal de la pratique de campagne valait bien ses préjugés sur les médecins de ville, et elle avait fait long feu quand nous achevâmes l'entretien.

64

— Joséphine, bon sang, tu sais quelle heure il est ? s'écria mon père en décrochant. Je suis de garde tout le week-end !

Un coup d'œil à ma montre me permit de constater qu'il était une heure du matin.

Mr Craig parti, j'avais verrouillé la porte de l'échoppe et tiré les rideaux et je m'étais retranchée dans la salle troglodytique pour m'épargner d'autres surprises.

Cette visite inattendue m'avait fait prendre conscience qu'en décidant de m'installer dans ce village coupé du monde, je m'étais imposée en héroïne de ces laissés-pour-compte de la médecine.

Je n'avais pas le droit de les décevoir.

Je n'espérais rien réparer si ce n'était ce désir d'être utile. Si l'on pouvait sauver des vies de la mort et de la maladie, il était aussi crucial de les prémunir de l'abandon et de la solitude.

Mon père avait toujours tout fait pour moi, il m'avait élevée, choyée, et aidée en m'accompagnant ici, à la rencontre de Mr Smith. Il m'avait transmis le sens du dévouement, et il méritait plus qu'un autre d'apprendre que ma décision de rester en Écosse n'était pas liée à mon engagement à un homme.

Au fond de moi, je cherchais aussi ses encouragements.

— Que se passe-t-il ? ajouta mon père, en s'adoucissant. Ton fiancé fantôme a refait des siennes ?

— J'ai reçu mon premier patient ce soir.

— Hier tu te maries, aujourd'hui tu donnes des consultations ? C'est quoi, cette histoire ? Joséphine, tu commences à m'inquiéter sérieusement !

— J'ouvre un dispensaire, je te l'ai dit.

— Tu ne peux pas travailler en Écosse, tu n'as pas de visa !

— « Je donnerai mes soins à quiconque les demandera. »

— « Et je n'entreprendrai rien qui dépasse mes compétences », répliqua mon père en citant le serment d'Hippocrate à son tour. Tu n'as donc pas appris ? Si tu t'étais contentée d'attendre les cinq jours de fièvre comme je te l'ai dit plutôt que de traiter Aurélien bille en tête pour te prouver que tu avais raison, il ne fait aucun doute que l'issue aurait été différente !

— J'étais certaine du diagnostic, alors pourquoi attendre ? Et puis, ce n'est pas le sujet !

— Tu as raison, ce n'est pas le sujet. Cette fois, tu risques une condamnation pour exercice illégal de la médecine !

La voix de mon père tremblait d'impuissance et de colère.

— Je travaillerai comme humanitaire, c'était juste… Papa, je suis autant médecin que toi. Je sais ce que je fais.

— Je n'ai pas accepté ta démission.

— Tu le feras, parce que c'est ce que je veux.

— Joséphine, tu es née pour l'urgence pédiatrique !

— J'ai trouvé un sens à ma vie ici. Je me suis installée dans la maison de Mr Smith.

Son absence de réaction à la coïncidence qui m'avait conduite dans les pas du rebouteux m'intrigua tant cette fois, que je l'interrogeai.

— Pourquoi tu n'as rien dit, quand tu as su que j'étais retournée sur l'île des brumes ?

Le silence de mon père m'angoissa inexplicablement.

— Papa ?

— Que tu aies choisi l'Écosse pour fuguer ne m'a pas étonné outre mesure.

L'image de l'escalier rouge et noir qui conduisait aux chambres du premier étage de la maison de mes grands-parents s'imposa à moi, et j'eus la nausée.

— Pour fuguer ?

— C'est le terme quand on plaque tout du jour au lendemain, non ?

— Papa, de quoi tu parles ?

— Tu as fichu le camp sans prévenir, exactement comme tu le faisais après le départ de ta mère ! Tu pleurais tout le temps, ajouta-t-il devant mon silence, tu t'enfuyais dès que j'avais le dos tourné pour parler à des inconnues dans la rue, tu les appelais « Maman » et tu as commencé à faire des cauchemars…

Mon père me confia que lui-même avait été traumatisé par mes fugues et mes parasomnies. Ces dernières me plongeaient dans une frayeur si violente, qu'il avait dû me conduire plusieurs fois à l'hôpital en état de choc.

— Je t'ai même reçue dans le service, alors que tu avais été prise en charge par les pompiers, après un épisode chez ta nounou. Et maintenant, voilà que tu t'enfuis pour ouvrir un dispensaire dans la maison de ce Mr Smith ! Pardonne-moi d'être inquiet !

— Cet homme est ce qui m'est arrivé de mieux. Si tu ne m'avais pas emmenée là-bas, je serais morte de peur.

Mon père observa un long silence, que je fus bien en peine d'interpréter.

— J'étais prêt à tout pour toi, ma douce. Même à renier la science et à accepter l'inacceptable. Comment ce vieil homme est-il parvenu à faire mieux que mes confrères neurologues et psychiatres ? Je l'ignore, ce que je sais en revanche, c'est que pour toi, je suis prêt à tout. Il faut que je dorme maintenant, je pars au staff dans cinq heures et je n'ai pas fermé l'œil depuis deux jours. Tu sais qu'on se voit bientôt. Je t'aime, Joséphine.

— Je t'aime aussi, Papa…

Lorsque je raccrochai, une enveloppe clignotait sur l'écran de mon téléphone :

Jo, j'ignore si cela vous sera utile, mais je me suis souvenu que l'année de son retour à Haven Stone, Jamie a légué à Edward une bergerie. Je n'y suis allé qu'une fois, elle est située quelque part sur la route des sommets, au centre de l'île. Grant.

65

L'ancienne bergerie était accrochée sur le flanc d'une montagne dont la pente accusait une douce déclivité. Invisible depuis la route, elle n'était accessible qu'après plusieurs *miles* sur un chemin privé aux ornières boueuses.

Peu désireuse de m'enliser, je me garai à distance et finis à pied.

Malgré les instructions de maître Roy, il m'avait fallu deux heures pour parvenir à destination et je ressentais le besoin de me dégourdir les jambes.

L'endroit était magnifique. Jamie avait offert à celui qui détestait Haven Stone un havre qui lui ressemblait. En aval, il faisait beau. Frappée par un bouquet de rayons du soleil levant, la lande de bruyère pourpre semblait sur le point de s'enflammer et les eaux noires d'un *loch* scintillaient. Ses berges étaient chauves, les plaines désertes, les moutons rentrés. Seuls les goélands hurlaient dans le vent, compagnons de la bruine glaciale qui frappait les hauteurs.

La maison m'apparut au détour d'un virage, nichée dans la paume d'un géant. En amont de la bâtisse, des pâturages délimités par des murets escaladaient la pente jusqu'à la base de pics dentelés. Sur le flan de ces hauts funambules de pierre, la neige plissait contre les haies en espalier. Le vent était si tumultueux, que sans le creux où elle avait été érigée, la maison aurait été décoiffée de ses tuiles.

Les fenêtres dénuées de rideaux dévoilaient une pièce de taille moyenne, flanquée d'un poêle à bois.

Vêtu d'un tablier passé à même la peau, Edward était penché sur un tour qu'il actionnait à l'aide d'une pédale. Les yeux fermés, il façonnait une jarre. Ses gestes étaient d'une délicatesse incroyable et son visage apaisé. Il effleurait la terre, la paume droite posée sur la surface tandis que sa main gauche, où subsistait la trace bleutée de la fracture qu'il s'était infligée, creusait le pot et l'évasait avec un mouvement sûr et habile du pouce. Il y avait quelque chose d'érotique dans ses gestes. Sa position, les muscles de son dos qui bougeaient avec ses épaules et ses bras invitaient à la sensualité. Cependant, ses doigts exprimaient autre chose : Edward n'aimait pas la terre comme une femme, il la touchait comme il aurait cajolé un enfant.

Je le regardais modeler la glaise, indifférente à la pluie glaciale qui me brûlait le nez, les doigts et les orteils et à l'humidité qui s'insinuait sous mon bonnet. Le voir ainsi communier avec le souvenir de sa fille me fit réaliser qu'en le visitant sans m'annoncer, je profanais son droit à l'intimité.

Ma Liùsaidh imaginaire sautillait sur le chemin, alors que je redescendais vers la fourgonnette.

Si mon papa ne voulait pas que tu le retrouves, il ne t'aurait jamais légué la moitié de cet endroit.

— Qu'as-tu dit ? répondis-je, abasourdie, au silence.

La réponse à ma question jaillit, aussi évidente que si je l'avais toujours sue et volontairement oubliée. Voilà pourquoi maître Roy m'avait communiqué l'adresse sans rechigner ! Parmi les biens qu'il possédait en son nom propre et dont il avait tenu à partager la propriété avec moi, Edward avait mentionné une ancienne bergerie.

Frappe ! Allez ! insista Liùsaidh depuis le seuil.

Ma fillette tambourinait sur la porte, mon cœur résonnait entre mes tempes et j'hésitais.

— Je ne veux pas le déranger quand il est avec toi. Je reviendrai un autre jour.

Cesse d'avoir peur, il n'espère que toi.

Vaincue par le bon sens de ma compagne invisible, j'attendis qu'Edward achève son ouvrage et frappai discrètement au carreau.

La porte s'ouvrit presque aussitôt, inondant le seuil d'une lumière chaude dans laquelle mon doux mirage s'évanouit.

S'il fut surpris de me voir, Edward ne le manifesta guère.

— Entre.

Dans le mouvement, il m'accompagna à l'intérieur et attrapa un plaid qu'il posa sur mes épaules tremblantes, se contentant de refermer la porte d'un coup de talon. Il était pieds nus.

— Sèche-toi, ajouta-t-il en me donnant une serviette éponge, qui tiédissait près du poêle. Je t'apporte de quoi te changer.

— Je n'ai pas l'intention de rester.

Edward me tendit avec autorité une chemise en laine et une étoffe de tartan, sorties de son sac militaire, et il ôta son tablier pour revêtir un pull.

Il détourna la tête, alors que je me déshabillais devant le feu et frictionnais ma peau glacée. Lorsque je fus réchauffée, je nouai le morceau de tissu, un véritable kilt, à la façon d'un paréo tahitien et passai la chemise par-dessus, tout en observant les lieux. Si l'on exceptait la sacoche en cuir souple, qui débordait de dossiers, et l'ordinateur portable dernier cri abandonnés sur une chaise, le mobilier était sommaire.

Lord Edward MacLaine se satisfaisait de peu. Les toilettes étaient à l'extérieur, il dormait sur un lit de camp et se contentait d'une bassine pour la toilette. Une table en bois, deux bancs, le tour et le four de potier et enfin des étagères, où conserves et bouteilles côtoyaient des poteries, qui séparaient le coin nuit du coin repas.

Les céramiques offraient au regard des nuances céladon et pourpre, d'autres étaient orange – il y avait des mugs, des pots, des brocs, des assiettes, des vases, certains maîtrisés, la plupart malhabiles, et je n'eus aucun mal à imaginer Liùsaidh, Liam et Edward joyeusement rassemblés autour du tour, les mains et les joues couvertes de glaise.

Ce lieu était aussi âpre et rugueux que son maître, loin de la tristesse de la demeure ancestrale qui le liait à ces terres. Qu'il se réfugie ici, à l'opposé de cette vie qu'une succession de drames lui avait imposée n'était guère surprenant.

— Tu as faim ?

Une bouilloire sifflotait sur la plaque en fonte du poêle.

— Non merci, répondis-je en m'asseyant sur le banc, au plus près de la source de chaleur. Un thé, ce sera parfait.

Edward éparpilla trois cuillers d'Earl Grey dans une théière, y versa l'eau frémissante, et remua le tout avant de s'asseoir à califourchon à côté de moi.

Il me dévisagea, puis effleura ma joue du bout des doigts, tel un aveugle qui aurait voulu redécouvrir mes traits. Son contact me bouleversa.

— Ne me touche pas comme ça, Edward. Je ne suis pas de bois.

Visiblement ému, il ferma les yeux et inspira. Quand il rouvrit les paupières, il avait le souffle court.

— C'est une petite île, ajoutai-je, lorsque les battements de mon cœur se furent calmés. Et avec l'ouverture du dispensaire, nous serons amenés à nous croiser souvent, sauf si tu as décidé de te cloîtrer ici.

Son coup d'œil interrogateur trahit les questions qui le taraudaient et la discrétion qu'il s'imposait.

— J'ai trouvé une maison, assez grande pour que je puisse y travailler et y vivre confortablement. Elle est au cœur du village, comme je le voulais. Ah oui, et j'ai rendez-vous à la distillerie début janvier pour rencontrer les employés. J'envisage d'ouvrir une consultation sur place une fois par mois, du moins au début, ainsi qu'à la fromagerie, si tu es d'accord. Considère cela comme de la médecine préventive.

Il demeura silencieux. L'air sombre, il regardait mon annulaire où subsistait la marque de l'anneau que j'avais été contrainte d'enlever pour examiner Mr Craig.

L'intérêt qu'Edward s'interdisait de manifester me rassura. Il n'y avait aucune trace d'indifférence dans sa posture au contraire ; il s'était imperceptiblement penché vers moi, attendant que je lui parle.

« Tu es mon eau », m'avait-il dit ; et je songeai qu'il était assoiffé.

— Merci pour la mallette. Elle est aussi belle que dans mes rêves de gosse. J'aurais aimé que tu sois là quand j'ai ouvert le carton.

Edward parut soudain ailleurs, prisonnier de pensées dont j'aurais été en peine de deviner la nature, s'il n'avait brutalement décidé de les exprimer :

— Tu sembles heureuse de t'installer ici.

— Je le suis.

En exerçant, je ne cherchais pas à m'absoudre du drame qui avait emporté Aurélien, aucune loi biologique, physique ou divine ne permettait d'échanger une vie contre une autre.

Je pourrais en sauver mille, donner la mienne, il ne reviendrait pas.

De son côté, Edward aurait beau se morfondre dans son chagrin, il ne retrouverait pas sa fille. Nous étions chacun des vivants en deuil, piégés dans une sorte de no man's land où nous avions l'illusion que vivre à moitié adoucirait nos peines.

— Il n'y a pas de moitié de vie comme il n'y a pas de moitié d'histoire, lui dis-je, en écho à mes pensées. Il y a ou il n'y a pas.

Sans me quitter des yeux, Edward versa le thé, y ajouta une pointe de miel et me donna la tasse.

— Mrs Whitmore m'a informé de sa volonté de reprendre son poste après *Hogmanay*. Elle déteste l'idée que la maison soit désertée.

— Moi aussi, répondis-je malgré moi.

— Pourquoi n'es-tu pas restée ?

— Je ne suis pas de celles qu'on fiche à la porte et qui reviennent par la fenêtre !

— Tu es là, pourtant.

Son ton sarcastique et sa réplique fusante ne m'abusèrent ni ne m'impressionnèrent. Je récupérai l'enveloppe dans la poche de mon jean, qui séchait près du poêle.

— Je suis venue t'apporter cette lettre.

Edward ne fit aucun geste pour la saisir.

— Ne te prive pas de ce que Liùsaidh voulait te dire, l'intimai-je en la déposant sur la table.

J'étais convaincue qu'il devinait le contenu de l'enveloppe ; sûrement les mots d'une fillette qui n'aurait jamais voulu que son père ruine ainsi sa vie, et qui espérait, en lui écrivant avant de quitter ce monde où il s'était battu pour elle, qu'elle pourrait d'où qu'elle soit lui rendre le goût du bonheur.

Edward repoussa l'enveloppe loin de lui, comme si elle lui brûlait les doigts.

— Tu ne vas pas l'ouvrir ?

Il me jeta un de ses regards insondables et je plongeai le nez sur le breuvage brûlant aux effluves de bergamote.

— Tu contrains Liùsaidh au silence, exactement comme tu m'as rejetée en m'accusant d'être le chantre de ton enfer. Il y a d'autres voies vers la guérison que cette solitude que tu t'imposes, Edward. La joie, l'amour et le plaisir ne sont pas obscènes ! Et le bonheur est tout, sauf une insulte à ta fille !

J'espérais qu'en convoquant ainsi sa souffrance, je le ramènerais aux fondamentaux de l'existence, l'essence de la vie, le présent. Ainsi, le passé ne serait plus sa réalité, mais deviendrait les fondations de son être futur – non son tombeau.

— Qu'est devenue la femme qui a fait le serment de m'aimer tel que je suis ?

Sa question me stupéfia et je laissai échapper un rire nerveux. Aimer ne signifiait pas abandonner l'autre dans le noir ou le bercer d'illusions ! C'était, au contraire, avoir le cran de risquer de le perdre pour lui dire la vérité en face !

— Liùsaidh est morte, et tu pourras frapper du poing sur les murs, te saouler ou me jeter à la porte de chez toi, rien ne changera cela. En revanche, si tu le veux, je peux t'aider à rendre la douleur supportable à défaut de la guérir.

— Tu devrais commencer par t'aider toi-même.

Sa voix était demeurée égale, mais j'eus l'impression de recevoir un uppercut.

— Aucune souffrance au monde ne justifie d'être cruel, Edward.

— Ce n'est pas en t'accusant du pire que tu esquiveras l'enfer, poursuivit-il, en ignorant ma remarque.

Je le dévisageai, hésitant sur l'intention dont il enveloppait son propos. J'espérais qu'il précise sa pensée, il demeura silencieux.

— De quoi parles-tu ?

— Je parle du doute, de la peur. Le même drame, pas d'échappatoire. Le même jour sans fin. L'incertitude. L'obscurité. Précisément ce que tu vis.

— C'est vrai, je préfère imaginer que je suis responsable du décès d'Aurélien plutôt que de ne pas savoir ce qui est arrivé. Et alors ? Il vaut parfois mieux être certain du pire que demeurer dans l'ignorance !

— Je n'ignore rien. J'ai choisi de ne pas voir, parce qu'il n'y a pas d'issue à mon enfer. Je suis mort avec ma mère, je suis mort avec mon frère et je suis mort avec ma fille, et j'ai choisi d'être avec eux. Toi, tu as choisi l'enfer pour ne pas regarder la réalité en face.

— Que sous-entends-tu exactement ? Que je m'attribue à tort la responsabilité de la mort d'un enfant pour échapper à une carrière dont je ne voulais plus ?

— Ce n'est absolument pas mon propos.

— Alors parle franchement plutôt que de t'exprimer par énigmes !

— Il est des chemins qu'on doit suivre seul. Or, la vérité que tu tentes désespérément de fuir est en toi.

— Dit l'homme qui préfère être au milieu des fantômes plutôt que des vivants !

— Il serait plus sage que tu t'en ailles, à présent.

— Tu me parles de vérité, mais tu ne supportes pas de l'entendre !

— Je ne refuse pas de débattre, je te demande de partir.

— C'est trop facile !

— Ta seule présence est une torture ! s'exclama-t-il en se levant brusquement.

Je n'avais jamais entendu Edward hausser ainsi le ton. Visiblement furieux contre lui-même, il appuya son front sur ses paumes.

— Pardonne-moi, soupira-t-il. Je me suis emporté.

— C'est moi qui suis désolée, répondis-je en me levant à mon tour, je n'aurais pas dû te déranger.

Je récupérai mes affaires et me glissai derrière l'étagère pour me changer.

L'aveu d'Edward illustrait son incapacité à se libérer de la souffrance. Pleurer Liùsaidh, c'était préserver leur lien, ne pas l'abandonner. Lui qui n'avait pas été présent pour lui tenir la main se réconfortait dans ce désespoir qui donnait l'illusion d'être auprès d'elle.

Surtout ne pas l'oublier. Jamais.

Comment lutter ?

Soudain, un carton percé de trous, qui remuait à mes pieds avec un petit bruit, chassa mes sombres pensées. Intriguée, je m'accroupis pour entrouvrir les rabats.

Un passereau crème et café, dont l'aile brisée avait été bandée, me fixa en roulant des yeux, le bec ouvert.

— Tu as soif petit bonhomme, chuchotai-je.

Je trempai mon doigt dans la coupelle posée à côté de lui, et l'hydratai.

— C'est un bruant des neiges, dit Edward, qui n'avait pas bougé. Je l'ai trouvé sur le seuil ce matin.

À dix ans, j'avais recueilli un pigeonneau blessé sur le balcon. Malgré la réticence de mon père qui détestait ces « rats volants », je lui avais confectionné un nid dans une boîte à chaussures et je l'avais nourri jusqu'à ce qu'il prenne son envol. Le voir s'élancer dans le vide, puis se rattraper sur la corniche du mur de la cour, et m'adresser quelques roucoulements avant de s'envoler m'avait marquée à vie. Aujourd'hui encore, le souvenir de ce murmure perlé, que j'avais interprété comme de la reconnaissance, me rassérénait.

— Le pansement est bien ajusté. C'est toi qui l'as posé ?

— Ici, on apprend à s'occuper des oiseaux dès l'enfance. J'espère qu'il survivra, ajouta-t-il d'une voix altérée.

Dans cet aveu sourdaient la douceur d'Edward et sa fragilité ; le souvenir de l'homme que j'avais rencontré dans les cuisines de Haven Stone et qui m'avait confessé plus tard qu'il avait entrevu la possibilité d'une résilience, ce soir-là.

— Il survivra, Edward.

Mes joues se couvrirent de larmes et je ne fis rien pour les retenir. Après des années à faire bonne figure, j'autorisai enfin mon vase à déborder de mes frustrations, mes peines, mes colères, mes attentes déçues, ma peur de la mort, de la violence, mes espoirs perdus et mes échecs.

Et peu m'importait si les sanglots rebutaient le gardien dans sa tour, ou s'ils l'enfonçaient dans son indifférence, je pleurais pour moi. Mr Smith disait que les larmes sont le déluge de l'âme, qu'elles nettoient l'esprit, emportent le mauvais et gardent le meilleur. C'était finalement aussi ce que je souhaitais à Edward, qu'un jour il se rappelle qu'au-delà des nuages amoncelés au-dessus de sa tête, le ciel était toujours bleu.

— Ne pleure pas, *Anam-charaid*.

Mes doigts tremblaient. Edward, qui s'était agenouillé près de moi, les entrelaça aux siens, et ses yeux ramenèrent vers lui les miens, qui se dérobaient.

— Je ne pleure pas à cause de toi.

Il lâcha un sourire si triste, que je ne pus m'empêcher de l'effacer d'un baiser.

— Ne recommence jamais ça.

Une onde douloureuse me traversa et je scellai ses lèvres d'un nouveau baiser.

Cette fois, Edward m'embrassa en retour. Il le fit avec l'impatience et la folie du désespoir, une tendresse inouïe. Et le feu qui couvait depuis notre rencontre nous embrasa.

Je débouclai sa ceinture, il souleva mon paréo de tartan et appuya sa paume sur mon sexe, et je glissai mes doigts sous l'étoffe de son jean pour enserrer le sien.

Il était ferme, j'étais humide, nous étions vivants.

D'un regard, Edward s'assura de mon consentement, et je vis qu'il l'espérait autant qu'il le redoutait.

Alors que mon « oui » nous transportait vers l'inéluctable, je songeai que nous regretterions peut-être de n'avoir pas attendu que nos esprits s'apaisent, de n'avoir pas pris le temps de soigner nos cœurs, puis j'oubliai.

Notre désir était trop puissant et nous trop humains pour nous y opposer.

Ses mains sous ma nuque et mes épaules, Edward m'allongea avec délicatesse sur le tapis et me pénétra sans attendre. Son animale douceur me submergea et j'eus l'inénarrable sensation de m'insinuer dans ses fêlures, au plus profond de lui.

Nos corps conçus pour se compléter, vibrant tenon-mortaise, exultèrent. Et ma chair palpita lorsqu'il se répandit en moi.

66

L'incendie éteint, Edward resta prostré, le visage enfoui dans mon cou. Les battements de nos cœurs ralentirent à l'unisson, nos souffles se tranquillisèrent. Il quitta l'abri de mes entrailles, mais nous conservâmes cette étrange immobilité, sonnés par ce qui venait d'arriver.

Je souhaitais que la terre s'arrête de tourner, que le temps cesse d'égrener ses infernales secondes et que le présent devienne ma seule réalité. Cette étreinte évoquait la dérive des corps dans l'espace.

Rien ni personne d'autre qu'Edward et moi et le vide. Nos sens voués à respirer, à toucher et à entendre l'autre et nos esprits silencieux, posés dans l'instant : ses chevilles enroulées autour des miennes, la boucle de sa ceinture enfoncée dans ma hanche, mes seins pressés contre son torse, son pull relevé sur ma gorge et mon nez dans ses cheveux, ses bras au-dessus de ma tête et mes mains agrippées aux siennes.

La sueur refroidit les corps en séchant et peu à peu les sons de la vie nous arrachèrent à la stupéfaction qui nous engourdissait.

D'abord le picotement du bruant des neiges dans son carton, les claquements du poêle, le cri d'un goéland puis le vent, curieux, sous la porte, et la pluie dont les dernières eaux perlaient des gouttières avec un ploc joyeux.

Retour sur terre. À la réalité !

Je ne sus deviner si Edward désirait que je m'en aille ou s'il n'osait espérer que je reste. Son visage trahissait son désarroi. Il semblait déchiré entre le besoin d'exprimer ce qu'il ressentait et l'incapacité de s'y résoudre. Trop de discussions inachevées et de non-dits nous séparaient encore. Son silence pouvait cacher le soulagement, le remords, la culpabilité, la crainte d'avoir joui trop vite peut-être et tant d'autres sentiments que je serais en peine d'imaginer, puisque je n'étais pas un homme.

— Je vais rentrer, murmurai-je, en espérant qu'il me découragerait de le faire.

Sans un mot, Edward abrita mon corps sous le plaid, rajusta son pull et reboutonna son pantalon. Il avait détourné la tête et je le surpris en train d'essuyer ses yeux.

Le cœur assombri, je me revêtis à mon tour.

Edward m'attendait en regardant la nuit tomber sur la lande. Lorsque je fus prête, il mit ses bottes et son blouson.

— Je vais te reconduire, proposa-t-il. Les routes sont glissantes.

— Sache que je ne regrette rien.

J'étais déçue qu'il ne tente pas de me retenir, et soulagée de partir.

Edward m'aida à enfiler mon loden et ouvrit la porte pour m'inviter à sortir. Il la referma sans la verrouiller, l'air préoccupé.

Sur le chemin nous marchâmes côte à côte. À mi-parcours, Edward récupéra sa moto garée sous un auvent et la poussa jusqu'à la fourgonnette où il la chargea, puis il s'installa au volant.

— Où désires-tu aller ?

Malgré le mauvais temps, je le priai de me déposer n'importe où, au bord de la mer. Je n'avais pas envie de rentrer. Pas tout de suite.

Nous restâmes silencieux pendant le trajet. Et je regardai défiler sous le crépuscule les atours flamboyants de l'île des brumes, le front posé contre la vitre telle une enfant dont les pensées vagabondent aux antipodes de ce qu'elle voit.

Quand il fut garé au bord de la route accidentée qui conduisait au ponton d'où j'avais accosté, le 13 décembre dernier, Edward coupa le contact et s'enfonça dans le siège, les bras croisés sur son torse.

Ses yeux fixaient l'horizon nimbé de rouge et de noir. Son front était soucieux, ses mâchoires serrées.

— J'ai l'impression qu'il s'est passé une éternité, depuis que j'ai débarqué ici.

— Plus personne n'aborde l'île en dehors du port. C'est trop dangereux.

Le ciel changeant lui ressemblait. Edward pouvait vous offrir le plus beau des couchers de soleil et jeter sur vous les foudres d'un orage inattendu.

— Tu es contrarié.

— Camus a écrit : « un homme ça s'empêche », lâcha-t-il entre ses dents, incapable de contenir l'exaspération qu'il ressentait vis-à-vis de lui-même. Je me suis comporté comme un animal.

— Nous étions deux. Edward, ne faisons pas de cet instant rare un amer souvenir. S'il te plaît.

Je lui décrivis avec des mots simples la sensation inouïe qui m'avait irradiée lorsque nos corps s'étaient unis. Et malgré la brièveté de l'instant, j'avais atteint la complétude.

— Ne te méprends pas, dit-il après un silence. Je ne regrette rien non plus. C'est d'ailleurs pour cette raison que je m'en veux. Regretter serait tellement plus simple.

Edward descendit de la fourgonnette et déverrouilla les portières arrière pour décharger sa moto. Je restai scotchée par le chagrin sur le siège passager.

Je voulais tout sauf être séparée de lui.

J'avais imaginé le quitter sur des envolées héroïques : « Prends le temps de guérir, je serai toujours là pour toi » ou « je ne t'attendrai pas, mais si tu veux me revoir, tu me trouveras » ; loin de me soulager, la perspective de son départ me fut intolérable.

Je quittai le véhicule à mon tour et avançai à sa hauteur, alors qu'il enfourchait sa moto.

— J'ai accosté ici sur ce ponton. Et sans le hasard ou le destin qui nous a réunis sur le quai à la marée ton grand-père et moi, dis-je en désignant la brume qui affleurait sur la houle, je serais à jamais restée de l'autre côté de la mer.

— Mon grand-père est mort. Il a coulé avec son bateau.

— La couleur de la coque du *Fifie* est aussi verte que l'herbe au printemps, dis-je, l'odeur de sa pipe corsée, épicée, celle du lattaquié.

Perplexe, Edward renonça à enfiler son casque et le posa sur ses genoux, attendant que je poursuive.

— Mon grand-père fumait le même tabac, ajoutai-je. Je le reconnaîtrais entre mille. Et la barbe de Logan sent bon le sel et le goémon…

— … et son haleine, le bubble-gum et la tourbe…

— … et l'Irn-Bru, avec un trait de *uisge beatha*, comme il dit. Tu ne me crois toujours pas ?

Sans attendre sa réponse, j'ouvris le coffre de la moto pour saisir le second casque.

Au fond, j'espérais que ces instants contribueraient à le reconnecter à la vie, et qu'il serait tenté d'y revenir, telle une liane qui escalade un treillage pour rejoindre la lumière.

— Il reste des *oatcakes* et du whisky de notre pique-nique sur les falaises, et puis, j'aimerais te montrer ma nouvelle maison, ajoutai-je en grimpant derrière lui. Fonce, MacLaine, envole-nous !

Je ne vis pas le sourire d'Edward, je le devinai quand j'enserrai sa taille, dans la façon qu'il eut de baisser légèrement la tête avant de démarrer.

67

Malgré l'enneigement, Edward roulait vite. Les ruelles sinueuses du village semblaient s'ouvrir devant nous et se déliaient juste pour lui et sa machine sous les yeux affolés ou furieux de quelques passants.

La plupart diraient que MacLaine m'avait emportée dans sa folie, je me fichais des hommes et de leur jugement. Et au diable, qui ricanait en enfer, je dis que le plaisir des sens n'était pas son apanage, mais bien celui des vivants.

Lorsque j'étais avec Edward, peu m'importait le murmure du monde. Avec lui, j'avais quinze ans et nous étions immortels ; et stupides, aurait ajouté mon père.

Edward maîtrisa parfaitement son engin jusqu'au moment où je lui indiquai de se garer devant la maison grise aux fenêtres vertes. Sa surprise fut telle qu'il effectua une embardée, rattrapée dans un dérapage digne du plus casse-cou des pilotes.

Les battements de mon cœur frôlaient des sommets quand je descendis de la moto et mes jambes tremblaient d'excitation.

Je souris sous mon casque intégral, et repris mon sérieux avant de l'ôter.

— J'ai entendu dire que tu avais des vues sur cette charmante échoppe pour installer le dispensaire. Désolée, mais elle n'est pas à vendre.

— Je ne crois ni au hasard ni au destin, lâcha Edward, stoïque. Seulement aux faits.

Je déverrouillai la porte.

— Vraiment ? lui dis-je en désignant la plaque émaillée où figurait le nom de Mr Smith.

— Tu es une insolente chanceuse ou une mystificatrice !

Je lui proposai de découvrir l'endroit, tandis que je filai dans le studio pour allumer le petit chauffage à gaz, que Tòmas m'avait rapporté ce matin.

J'avais passé la nuit à grelotter sur le canapé. Vivre au sein des falaises offrait la plus belle vue du monde, à condition qu'on accepte de partager avec la pierre la froidure, l'humidité et l'odeur des embruns.

En attendant qu'Edward me rejoigne, je me rafraîchis à la salle de bains.

À mon retour, il avait mis l'eau à chauffer pour le thé, vidé dans une assiette le paquet de *oatcakes* au fromage et ouvert un bocal de tomates séchées. La bouteille de Lagavulin était restée dans la glacière et je songeai qu'il préférait garder l'esprit clair.

Debout devant la baie vitrée, Edward semblait hypnotisé par le paysage où se découpait la massive silhouette de Haven Stone.

Je m'approchai de lui, le souffle retenu. Sa présence, l'expression de son visage, ses longs doigts crispés sur ses bras croisés, sa rigidité dans la posture, et ses cheveux ébouriffés par le casque, tout en lui me bouleversait.

— Le 13 décembre dernier, tu as pris le dernier bac avant la tempête, et tu as débarqué au port. Archibald est venu te chercher au ponton, car tu as insisté pour marcher jusque-là malgré la nuit.

Edward formulait enfin ce que je n'avais jamais vraiment cherché à expliquer depuis mon arrivée, de peur peut-être, d'abandonner un peu de cette féerie qui m'avait conduite jusqu'ici.

— Comment ai-je pu me persuader que j'étais venue avec Logan ?

Edward décroisa ses bras pour m'enlacer. Son étreinte était ferme et protectrice.

— Je suppose que tu as préféré garder de ton arrivée sur l'île des brumes les souvenirs d'une enfant émerveillée, plutôt que ceux d'une femme perdue, qui fuyait une vie dont elle ne voulait plus.

La magie ne résidait pas dans le mystère de ma traversée avec un marin porté disparu depuis des années, mais dans la simplicité avec laquelle Edward l'interprétait.

— Cináed t'a trouvée sur le quai, affamée, paumée et sans le sou. Tu lui as montré la petite annonce, tu disais que tu voulais te réfugier sur le lieu des histoires de ton grand-père. Alors il t'a donné à manger, puis il a prévenu Mrs Burnett de ton arrivée, et t'a envoyée à Haven Stone.

— Pourquoi aurait-il fait une chose pareille ?

Après un long silence, Edward me tendit l'enveloppe que je lui avais rapportée à la bergerie, et qu'il conservait dans sa poche, contre son cœur.

Elle était décachetée.

Il ne s'agissait pas d'une lettre de Liùsaidh à son père, comme je l'avais supposé, mais un mot de Logan à Liùsaidh :

Mon petit, si un jour je ne suis plus là, et qu'une prénommée Joséphine se présente à Haven Stone, il faudra convaincre ton papa de l'accueillir, car ils sont l'un pour l'autre Orphée et Eurydice, comme dans l'histoire que tu aimes tant que je te raconte.

— Mon grand-père avait demandé la même chose à Cináed. Il avait confiance en lui.

— Comment a-t-il deviné ? murmurai-je, stupéfaite.

— Il aimait les gens, il voyait clair en eux. Probablement s'est-il dit qu'un jour, la fillette qui avait fait sa première traversée à bord du *Fifie* reviendrait sur l'île des brumes…

… dans mon refuge, Haven Stone, sweet home, à jamais mon havre.

— Quand Cináed m'a apostrophée en disant que je voyais les morts, j'ai cru à une plaisanterie. Puis, je suis passée devant cette maison par hasard, elle m'a aussitôt rappelé les histoires de mon grand-père ; Cináed était encore là, on aurait dit qu'il m'attendait. Et il y a eu toi, mais cette échoppe ne quittait pas mon esprit. Elle était tapie dans un petit coin de ma tête. Quand tu es parti, j'y suis retournée dans l'espoir de t'y trouver. C'est alors que j'ai découvert le nom de Mr Smith sur la sonnette, et que j'ai compris que les sensations de déjà-vu n'étaient pas liées à la fatigue.

— Cináed était le patron de l'auberge à l'époque. Il a aussitôt reconnu sa « petite voleuse de clés ».

La chambrette du *Haven's Inn*, la cagette posée sur la tranche, le papier peint à fleurs, les rideaux de douche en plastique et le lit en fer, d'où je pouvais apercevoir la baie de Haven Stone…

Cette violente réminiscence de mon cauchemar après des années de paix s'expliquait simplement par mon retour sur des lieux de mon enfance. J'avais déjà vu mon démon à l'auberge, probablement avions-nous résidé sur place plusieurs jours avant de rencontrer Mr Smith, et j'avais été victime d'une parasomnie.

Je me revis devant la fenêtre de ma chambrette, debout sur la pointe des pieds, rêvant de Haven Stone, la belle solitaire sous le printemps, parée d'arbres feuillus, les macareux tournoyant au-dessus des courtines crénelées, le ciel et la mer d'un bleu azur, les mouches sur la vitre, l'odeur des *fish and chips* qui montait de la cuisine et ma voix chantonnant, *one for a sorrow, two for a joy, three for a girl*, *four for a boy !*

— Cette ritournelle me vient de ma mère, murmurai-je, le cœur subitement serré par la tristesse. Elle a grandi à Londres, elle m'apprenait le calcul en anglais, on comptait les pigeons depuis la fenêtre de notre appartement. Edward, j'avais oublié que nous étions heureuses !

Mes jambes se dérobèrent.

— Viens…

Sans me lâcher, il m'entraîna sur le canapé et m'allongea contre lui.

La tête posée sur le pli de son coude, j'étais enveloppée par son corps, ma joue contre sa poitrine où cognait un cœur sombre, mais puissant.

— Comment peut-on ne pas vouloir de toi ? dit-il, les lèvres dans mes cheveux.

Nos doigts s'entremêlèrent. Notre étreinte était dénuée de désir et pourtant si sensuelle. L'envie n'était pas de conjuguer les corps, mais de fusionner les esprits, d'écouter les sentiments ; partager nos errances pour éclairer notre obscurité.

Nous étions deux enfants abandonnés qui se cherchaient dans le noir.

— Raconte-moi, *Anam-charaid*, murmura-t-il devant mon silence.

— Le jour où elle a quitté la maison, elle m'attendait à côté de ses valises, debout dans le vestibule. Elle avait déjà son manteau sur le dos. Elle m'a seulement dit : « Joséphine, je n'aime plus ton père et il ne m'aime plus, donc je m'en vais. »

Ma mère avait ajouté que si je le voulais, je pouvais choisir de partir avec elle.

Et j'avais refusé sans hésiter, le cœur rempli d'une évidence. Mon père m'aimait, elle non. Elle avait regretté : « Tu ne me verras plus que quelques fois par an », et je lui avais répondu : « Tant pis, je serai un vrai docteur comme mon papa », et la porte s'était refermée sur elle.

— Ce jour-là, ajoutai-je, les lèvres sur les mains d'Edward qui me gardaient contre lui, je me suis dit que je n'aurais jamais d'enfants.

Edward méritait plus que tout mon honnêteté. Et je décidai de suivre mon instinct, même si j'avais l'impression de marcher dans les ténèbres.

— Donner la vie, c'est donner la mort, osai-je ; je suppose qu'en devenant parent, la plupart du temps on l'oublie et heureusement.

— Je l'ai oublié quand je t'ai fait part de mon désir de fonder une famille, et nous avons parlé d'elle et…

— … tu as eu l'impression de la trahir.

— Oui. Le chagrin nous fait prendre d'étranges détours, ajouta-t-il, après une courte réflexion. Le bonheur aussi.

— Aujourd'hui que je t'ai rencontré, devenir mère un jour m'apparaît évident. Il ne s'agit pas de répondre à un instinct primaire, un schéma social ou même de l'accomplissement de ma féminité, non. Depuis que je te connais, ma vision de l'amour parental a changé. Un peu comme s'il révélait de nouvelles couleurs, celles de l'altruisme, du partage, et du don de soi. Et c'est troublant, car elles ne me sont pas étrangères. Mais comme elles ne caractérisaient pas l'attachement que me portaient mes parents, j'étais incapable d'envisager être un parent à mon tour.

— Ne sois pas si sévère avec toi-même. Tu es née non désirée par ta mère, dans une famille où les hommes enfantent des *alter ego* depuis trois générations… Chez les Granger, il me semble que ce qui devrait être la plus grande joie d'un père, voir son petit s'envoler, est un tabou absolu !

Je ne pus m'empêcher de rire, mais au fond, les paroles d'Edward me glacèrent.

— Sous-entends-tu que j'étais captive ?

— Ne t'es-tu pas enfuie ?

— Touché, MacLaine.

Je ne voyais pas ses yeux, mais je les sentais rivés sur ma nuque, paupières plissées comme s'il tentait de sonder mon âme.

— La lune pour tes pensées, dit-il après un long silence.

— J'aimerais connaître les tiennes, Edward.

Je me tus, et il sut que j'étais attentive, et que j'espérais qu'il me parle à son tour.

— Je songeais à mon retour à Haven Stone, treize ans, six mois et douze jours après que j'en fus parti.

— Me raconteras-tu ? lui dis-je, alors qu'il se taisait.

— Jamie a été hospitalisé après une grave chute de cheval, deux jours avant le terme prévu pour la naissance du bébé. Il m'a demandé de prendre soin d'Elizabeth, au cas où il ne rentrerait pas, et j'ai accepté. À l'époque, Grant et moi faisions un tour des capitales européennes en participant à des courses automobiles. Nous brûlions nos ailes de célibataires endurcis en alcool, drogues et autres plaisirs éphémères. Je n'avais aucune envie de retourner en Écosse pour tenir la main de ma belle-sœur, que je n'avais vue qu'à Londres en de rares occasions. Mais cette vie de liberté, je la devais à Jamie, qui m'avait autorisé à étudier en Angleterre.

« Je n'oublierai jamais ce moment où j'ai franchi le porche et traversé la haute cour. Mrs Whitmore m'attendait, assise sur les marches, devant la poterne. Elle s'est levée d'un bond et m'a annoncé que l'enfant arrivait. J'étais rentré depuis moins d'une heure, quand Siùbhan Murray m'a tendu Liùsaidh, car elle devait achever les soins à sa maman, et je me rappelle avoir pensé que Jamie et Elizabeth avaient tout compris. Je refusais ne serait-ce que d'envisager d'être père un jour, pour ne jamais perpétuer la violence et la folie du mien.

« Cet être minuscule à la figure toute rouge et fripée m'a fait changer d'avis en un instant. Il a suffi que Liùsaidh pose sur moi ses yeux aussi vastes que l'océan pour que l'homme qui était revenu à Haven Stone, avec une obsession, en repartir, décide de vivre auprès des siens.

— Tu es resté pour Liùsaidh.

— Oui. Avec l'arrivée de cette enfant, j'ai enfin trouvé le sens de ma vie, la famille. Et Grant s'est rangé : nous étions inséparables dans les excès, nous le serions dans la sagesse. Il a rapidement pris la direction de l'hôpital, et de mon côté, je me suis attelé à aider Jamie dans la modernisation des entreprises du comté. Nous avons été heureux six mois. Puis, le monde a basculé. »

Sa voix si égale se brisa. Elle devint aussi triste que lui, aussi douloureuse que chacune de ses confidences. Si le chagrin s'était incarné, il aurait eu ce timbre vibrant et pourtant digne, où affleuraient des fêlures, qui dissimulaient un gouffre.

— Un nourrisson à la maison et la vie reprend ses droits aussi vigoureusement que la nature, quand on lui fiche la paix. Regarder grandir Liùsaidh m'offrait tant de joie que ni le titre ni la gestion du comté ne me pesaient vraiment. J'avais fait à Jamie et Elizabeth le serment que j'adopterais Liùsaidh s'il leur arrivait malheur. Ce n'est pas pour honorer cette promesse que je suis devenu son père. Mais parce que je l'aimais.

« La semaine où Liùsaidh a babillé son premier « *daidy* », l'hôpital de Londres a téléphoné pour s'inquiéter de son absence à un rendez-vous convenu de longue date, avec ses parents. C'est ainsi que j'ai appris qu'elle ne serait jamais adulte. »

Informés que leur enfant à venir souffrait d'une maladie qui la condamnait à mourir avant la puberté, Elizabeth et Jamie avaient choisi de mener la grossesse à terme, remplis de l'espoir que durant la décennie que lui prêtaient les médecins, la recherche aurait suffisamment avancé pour lui sauver la vie.

Edward n'était pas seulement un père en deuil, mais un homme traumatisé, captif d'un cauchemar atroce pendant près d'une décennie.

— J'ai d'abord haï mon frère et sa femme pour avoir fait ce choix. Et je me suis souvenu de l'expression de Liùsaidh quand elle est née, j'ai regardé ma fille d'un an vaciller sur ses petites jambes, et j'ai vu tous les bonheurs que nous pourrions partager avant son départ. Alors je me suis battu pour elle, elle s'est battue pour moi. Et nous avons combattu et vécu sans jamais oublier d'être heureux, ensemble.

Les larmes silencieuses d'Edward coulèrent sur ma nuque et il m'étreignit avec désespoir.

— Dis-moi quelque chose, *Anam-charaid*, parle-moi, ne m'abandonne pas dans ce noir où j'ai l'impression de me noyer.

— Mon grand-père prétendait que dans les familles heureuses, l'amour se démultiplie, qu'il y en a toujours pour chacun : les petits, les grands, ceux qui sont encore à la maison, ceux qui sont partis, ceux qui sont morts et même ceux qui ne sont jamais nés, et que c'est à travers cet amour-là qu'on est parent. Celui qui te lie à Liùsaidh n'a pas disparu avec elle,

Edward. Tu pourras brûler Haven Stone, décider d'oublier vos souvenirs, tu pourras partir ou mourir, il est indestructible.

— Logan t'a envoyée pour me dire que je ne la reverrai jamais ?

Dans la question d'Edward il y avait un début de réponse, un premier pas vers ce chagrin qu'il devait enterrer pour cesser de rejeter la réalité, et que survive en lui l'amour de Liùsaidh.

Enfin.

68

L'aube nous cueillit enlacés face à la mer. Nous avions à peine mangé, beaucoup parlé de Liùsaidh, de la façon dont elle jouait, observait le monde, apprenait, aimait, bougeait et chantait trois fois plus que les autres, comme si elle savait qu'elle aurait moins de temps. Et nous nous étions endormis enlacés dans les bras l'un de l'autre. Quand le chagrin s'arrache à vous, il vous blesse, et vous laisse étrangement orphelin et désœuvré.

Pourtant, nous ouvrîmes les yeux avec la certitude que notre rencontre n'était pas seulement belle, elle était miraculeuse. Ensemble, nous étions capables de nous rendre meilleurs.

— Merci, *Anam-charaid*.

Edward saisit mon visage entre ses paumes et posa ses lèvres sur les miennes. Nos langues se mêlèrent dans un long baiser, doux comme une caresse.

— Avant toi, la perspective d'être seul jusqu'à mon dernier souffle m'indifférait. Je n'étais pas malheureux, puisque je n'imaginais pas que tu existais. Tu es venue et tu m'as libéré. J'ai pu te sentir, je t'ai touchée, tu m'as pris et tout a changé. S'il ne tenait qu'à moi, ajouta-t-il, et je ne fus pas certaine qu'il plaisantait, je t'enfermerais à Haven Stone pour te garder près de moi le restant de nos jours.

— Je croyais que tu détestais cette maison ! plaisantai-je, bouleversée.

— Et moi, que j'étais mort.

Le brutal décès de son frère et de sa femme, et son accession au titre de lord, avaient jeté Edward dans une atroce solitude. Et face à la maladie de Liùsaidh, il n'avait poursuivi qu'un but, tenir bon pour elle malgré le poids des responsabilités qui lui incombaient soudain et le chagrin qui le terrassait.

Ce choix s'était mué en traversée du désert, dix ans sans tendresse, sans échanges et sans jouissance, dix ans durant lesquels il s'était détaché de son corps pour n'être qu'un esprit, assez fort pour accompagner sa fille dans son combat.

Après la disparition de Liùsaidh, cette solitude était devenue sa seule compagne.

Notre rencontre avait fissuré ses murailles, céder à la tentation de la chair avait ouvert une brèche et à présent, l'édifice menaçait de s'effondrer.

— Jamais je n'avais éprouvé une telle évidence, poursuivit-il avec gravité. J'ignorais qu'il soit possible de ressentir ça. Et je ne parle pas de l'assouvissement d'une pulsion ou de la satisfaction d'un manque, mais d'un bouleversement de tout ce qui existe. L'avant-toi est anéanti, ce que j'ai connu est balayé, mes certitudes écroulées, et ce nouveau monde qui s'ouvre à moi, à nous, est aussi exaltant qu'effrayant.

— Tu ne me perdras pas, Edward MacLaine.

— Dis ça à la mort.

— Si tu ne veux pas qu'elle gagne, n'aie pas peur d'être vivant.

J'ôtai mon pull. Malgré le froid, je ne tremblais pas. Si des frissons couraient sur ma peau, ils ne naissaient pas des courants d'air, mais du regard d'Edward, et ils parcouraient mon corps en espérant ses caresses, impatients que leur douceur les efface.

Il se redressa pendant que je me déshabillais, puis se leva pour être face à moi, comblé de me découvrir, et je m'aperçus que j'aimais qu'il me découvre. Je me sentis plus belle que je ne l'avais jamais été, heureuse de me dévoiler sans honte, telle que j'étais au réveil : les joues froissées, les aisselles hérissées de poils courts, les cils collés par le sommeil.

Puis, je le repoussai doucement vers le canapé pour qu'il se rassoie, et m'installai à califourchon sur lui. Edward se laissa aller en arrière et ferma les yeux.

Je voulais prendre le temps de le regarder tel qu'il était derrière ses murailles, simplement un homme fragile et robuste, si émouvant dans l'abandon. Oublier le monde. Mais le monde refusait de nous oublier.

La réalité sonna et cogna à la porte avec insistance.

Nous décidâmes d'abord de l'ignorer. Hélas la voix de Mrs Whitmore nous informant que les autorités requéraient urgemment la présence de Lord MacLaine à Haven Stone nous obligea à quitter notre havre.

Des adeptes de sensations fortes étaient parvenus à fracturer la porte de service, et avaient passé la nuit à « chasser James le fantôme ». Ils avaient publié des clichés de leurs exploits sur Internet – ce qui avait eu pour effet immédiat d'attirer les curieux et les fans d'urbex.

La demeure ne devait pas rester inoccupée plus longtemps, au risque de voir ses couloirs envahis et ses trésors pillés.

Prévenues par les enquêteurs qui ne parvenaient pas à joindre Lord MacLaine, Mrs Burnett et Mrs Whitmore avaient voyagé toute la nuit pour être présentes à l'aube. La première était sur place avec les agents, en attendant que le propriétaire procède à l'inventaire, la seconde tambourinait à la porte avec impatience.

Edward sembla plus contrarié à l'idée de me quitter qu'à celle de voir la demeure de ses ancêtres pillée par des inconnus.

Il considérait avec inquiétude l'attroupement de villageois, que nous avions découvert en accueillant Mrs Whitmore, et qui se pressaient à ma porte, réclamant une consultation. La nouvelle de la visite nocturne de Mr Craig et son enthousiasme à parler de moi s'étaient répandus dans le village et ses environs aussi rapidement que circulaient les rumeurs.

Si Edward se réjouissait que la maison de Mr Smith abrite le dispensaire, Mrs Whitmore était plus sceptique : la future maîtresse de Haven Stone n'avait pas besoin d'une garçonnière quand elle avait cinquante pièces à sa disposition et une tour pour y installer ses consultations.

— La situation du dispensaire est une chose entendue avec Lord MacLaine. Et puis, nous aimons voir la maison d'ici, ajoutai-je, en lui montrant la vue.

J'en profitai pour lui adresser un tendre baiser sur la joue, qui fit aussitôt fondre son cœur.

— Très bien, mais vous ne mangerez pas n'importe quoi ! ronchonna-t-elle en désignant le four à micro-ondes, véritable scandale à ses yeux. Et j'insiste, ajouta-t-elle rougissante à l'adresse d'Edward, votre fiancée doit dormir dans son lit. Si Mrs Burnett voyait ça !

Attendrie par l'embarras de Mrs Whitmore, je convins aussitôt qu'elle avait raison, ma place était à Haven Stone auprès de Lord MacLaine. En outre, loger au dispensaire, c'était s'exposer à être dérangée à toute heure du jour et de la nuit.

Edward ne chercha même pas à masquer un sourire heureux.

— Tout ce que vous voudrez, Mrs Whitmore. Ce soir, ajouta-t-il à mon oreille, je te propose de nous retrouver là où ces démons ne viendront pas nous chercher.

Après des mois d'errance, Lord MacLaine devait retourner aux affaires, et le docteur Granger avait hâte de renfiler sa blouse.

Mais il n'était pas question d'oublier de vivre.

69

En hiver, le soleil se lève tardivement et se couche en milieu d'après-midi. Sa brève course m'obligea à interrompre les consultations à quinze heures. Privée de lumière du jour, je ne pouvais correctement procéder aux examens.

La pièce ne disposait que d'une antique ampoule à filament, et je n'allais pas ausculter mes patients avec une lampe de poche comme avec Mr Craig.

J'étais frustrée et soulagée à la fois.

Si je pouvais exercer librement au sein de l'Union européenne, ce n'était pas le cas au Royaume-Uni, et malgré mon adhésion à Médecins sans frontières, il manquait à Grant des pièces administratives pour établir mon contrat.

Sans compter que mon père ayant refusé ma démission, j'étais toujours un chef de clinique des Hôpitaux de Paris en vacances dans les Highlands. Je n'obtiendrais de visa de travail qu'en étant rattachée au *community* – et donc libérée de mon engagement au service public français.

Malgré l'illégalité de ma situation, j'avais refusé d'abandonner les villageois dont l'état requérait des soins. N'en déplaise à mon père et aux autorités écossaises, j'avais prêté serment.

Contrainte d'effectuer un tri, j'avais sollicité l'aide de Siùbhan. Son expérience de la langue et sa connaissance des habitants m'avaient été d'un grand secours pour informer les gens de la situation : en attendant l'ouverture officielle du dispensaire, ceux qui ne nécessitaient pas de prise en charge immédiate obtiendraient un rendez-vous, les autres seraient examinés non par ordre d'arrivée comme ils le réclamaient, mais en fonction de l'urgence.

Ainsi, je reçus six personnes sur la quinzaine qui réclamait des soins. Je suturai des coupures et une morsure de brebis, j'immobilisai une entorse, je soulageai une fracture des côtes et traitai deux surinfections pulmonaires, dont une chez un jeune enfant.

J'étais si concentrée que pas une fois je n'avais douté de mes décisions. Ce ne fut que sous la douche que je me repassai les dossiers, et révisai certains de mes choix.

Avant de rejoindre Edward à la bergerie, je demandai à Siùbhan, restée à mon bureau pour compléter les dossiers et les classer, de rappeler un patient pour lui demander une précision sur ses antécédents, mais je ne revins sur aucun diagnostic.

La mère de Tòmas était si heureuse de reprendre une activité professionnelle, fût-elle bénévole, qu'elle me proposa de se charger de répondre aux appels.

— Nous allons éduquer vos patients. Sinon, ils vont vous déranger au moindre bobo, et dans trois mois vous serez au bout du rouleau !

Je la crus sans mal.

À seize heures, Edward m'appela pour m'informer qu'il était retenu à Haven Stone. Il ne pouvait me rejoindre à la bergerie, mais proposa de m'envoyer Archibald pour venir me chercher.

La fourgonnette était restée garée au ponton.

En attendant le taxi, je retournai dans le studio pour appeler Liam.

Je lui avais fait expédier un nouveau carnet à dessin et des crayons, et il m'avait adressé un message de remerciements.

Il me raconta qu'il était allé voir son père en prison, et que celui-ci lui avait demandé pardon. Puis il voulut savoir si Lord MacLaine et moi étions à nouveau amoureux, et je fus heureuse de le rassurer à ce propos. Ses dessins et les fées m'avaient été d'un grand secours, et s'il le souhaitait, il pourrait revenir en visite à Haven Stone, où nous l'accueillerions avec plaisir.

J'étais dans le 4 × 4 d'Archibald en direction de la maison, quand Tòmas m'appela. Il était hilare.

— Ne discute pas, et amène-toi tout de suite à l'auberge, Jo. Tu vas halluciner !

70

La chaleur moite du *Haven's Inn* m'enveloppa sitôt que j'y fus entrée.

Erin et Tòmas avaient fait les choses en grand. La table était dressée pour une dizaine de convives. En plus du mélèze décoré, ils avaient couvert les murs de branches de sapin et de guirlandes scintillantes. Des chaussettes de Noël étaient accrochées sur le manteau de la cheminée, et les doubles rideaux noués avec de larges embrasses en tartan rouge et vert, aux couleurs du comté.

Comme il n'y avait personne derrière le comptoir, j'invitai Archibald à prendre un Irn-Bru en m'attendant, et me dirigeai vers la cuisine d'où provenaient les éclats de rire d'Erin.

Tòmas s'était posté dans le couloir, en discret observateur. Il me fit signe d'approcher silencieusement, je m'exécutai.

Et je n'en crus pas mes yeux, en découvrant mon père.

Le professeur Granger avait passé un tablier estampillé *Queen of the Kitchen*, et découpait une part de stollen[1] pour Erin. Assise sur le plan de travail, les

1. Cake de Noël alsacien composé de fruits secs et confits, fourré de pâte d'amandes et recouvert de sucre glace.

jambes croisées à la façon d'une pin-up, elle pouffait en le regardant d'un air gourmand. Son sourire s'effaça quand j'entrai.

— Salut Papa.

— Ma douce !

Erin glissa de son perchoir avec grâce, et envoya un baiser léger à mon père, qui se précipita vers moi pour m'embrasser.

— Tu n'étais pas de garde à Noël ?

— J'irais sur la lune pour te retrouver !

Il m'enlaça et je m'abandonnai à sa vigoureuse étreinte, partagée entre la joie et l'angoisse de le revoir.

— Erin nous a gardé une table pour le réveillon, m'annonça-t-il en me tendant un verre de vin. C'est un pommard Clos des Ursulines, ajouta-t-il en dénouant son tablier. Ça te changera du whisky !

— Il est un peu tôt pour boire, lui dis-je, négligeant le verre qu'il me tendait. Papa, tu aurais dû me prévenir de ton arrivée. Je ne peux pas rester, j'ai rendez-vous.

— Tu as bien deux minutes pour me dire comment tu vas !

— Je vais bien.

— À d'autres, ma douce. On ne se confie plus à son papa ?

Mon père détestait le vide, et mon silence l'inquiétait.

Il attrapa la bouteille de bourgogne et les verres, et m'entraîna vers le coin repas aménagé pour les employés dans la cuisine. D'ici, on avait vue sur le patio et le tilleul. Des branches et des feuilles jetées au sol par les intempéries couvraient les dalles, me ramenant à la nuit de la tempête.

— Je voudrais que tu réfléchisses avant de démissionner.

— Si tu es venu pour me convaincre de rentrer, c'est peine perdue !

— Je suis venu te demander pardon. Depuis que tu travailles avec moi, je n'ai rien fait pour te ménager au contraire, j'en attends toujours plus. Le seul responsable de la mort d'Aurélien, c'est moi.

Stupéfaite, je regardai mon père, incapable de lui répondre.

— Tu as eu peur parce que tu as été confrontée seule à une complication rare et qu'un enfant est mort, ajouta-t-il avec tendresse. Mon rôle était de te rassurer, de te dire que cette peur était naturelle. Je suis resté coincé dans ma posture de chef de service, et j'ai refusé de me souvenir de ce qu'on ressent, quand on redoute d'avoir pris la mauvaise décision. Tu as raison d'être fâchée après moi, l'incertitude dans laquelle je t'ai plongée en refusant l'autopsie est terrible. Mais cette décision était la seule à prendre, tu le comprendras quand tu seras responsable de la vie et de la carrière de centaines de personnes.

— Papa…

— Laisse-moi finir, ma douce. Je voulais que tu saches qu'en trente ans d'exercice, j'ai fatalement commis des erreurs. Nul n'est infaillible. Aucun médecin ne l'est. Jamais. Tu le sais, le même cliché vu par le même radiologiste le matin et le soir peut conduire à deux interprétations différentes, voire à une troisième s'il est examiné par un autre. Je ne me souviens pas de la plupart de mes erreurs, mais je me rappelle précisément le patient qui a changé mon regard de médecin.

Mon père me confia que lors d'un stage en cardiologie, il s'était occupé d'un vieux monsieur hospitalisé pour le remplacement de la pile de son pacemaker. Les constantes et la prise de sang étaient convenables, mais il avait négligé une chose : l'avis de la petite-fille de cet homme, elle-même étudiante en deuxième année. Celle-ci lui avait suggéré de procéder à une palpation de l'abdomen car son grand-père se plaignait beaucoup, et qu'après avoir traversé les deux guerres, on n'est pas du genre à se lamenter pour rien.

— Cette gamine avait tout ce que je déteste chez les gens, tu sais, la science infuse. Elle me disait sans le dire, du haut de ses vingt ans, que je devais faire mieux mon job. Elle m'a agacé sur l'instant, mais je l'ai rassurée. Puis j'ai été bipé sur une urgence, je suis passé à autre chose et je n'ai pas demandé le bilan de ce monsieur. Trois semaines plus tard, il est mort d'une péritonite dans les souffrances que tu imagines. Mon intervention aurait-elle changé le cours des choses ? Nul ne le saura jamais. L'important n'est pas de spéculer sur d'autres possibles, mais d'apprendre de ses erreurs. Après cette tragique histoire, qui m'a empêché de dormir pendant des semaines, je n'ai jamais plus négligé un mal de ventre. Et c'est ainsi que j'ai diagnostiqué des dizaines d'occlusions, une perforation intestinale, un mélanome et des insuffisances rénales.

Mon père était convaincu que ce drame avait fait de lui un meilleur médecin.

— Ce qui est arrivé avec Aurélien te rendra meilleure toi aussi, Joséphine. Cette terrible expérience te fera grandir lorsque tu auras dépassé tes peurs et je ne doute pas que tu sauras les dépasser, c'est aussi ça notre métier.

— Merci, Papa.

Ce soir-là, je choisis de me taire.

Demain, il serait assez tôt pour annoncer à mon père que je m'établirais à Haven Stone avec Edward, et que je mettrais tout en œuvre pour qu'aboutisse ce qui était devenu notre projet commun de dispensaire.

Ce qui incluait que le professeur Granger accepte ma démission.

En quittant définitivement les urgences et l'hôpital d'enfants, je n'avais pas l'impression de renoncer à ce pour quoi j'avais toujours travaillé, et contrairement à ce qu'il prétendait, soigner les délaissés de la médecine n'était pas un pis-aller de carrière, mais une pleine réalisation professionnelle.

Après cette première journée inattendue de consultations, j'avais compris que ma confiance ne m'avait jamais quittée, et que mon dévouement était entier. Mais quoi qu'ait dit mon père ce soir pour me rassurer, la mort d'Aurélien resterait à jamais une blessure mal refermée.

71

Les Murray se réjouissaient tant à l'idée que je réveillonne à l'auberge que j'acceptai de rester. Je libérai le pauvre Archibald qui patientait au comptoir.

Les enquêteurs n'ayant pas achevé leurs investigations, Edward se proposait de me rejoindre dès que possible, ce qui me soulagea et m'inquiéta à la fois, car je n'imaginais pas à quoi ressemblerait un repas de famille où se côtoieraient entre autres Erin, mon père et Lord MacLaine.

Contre toute attente, le début de la soirée s'avéra plus doux qu'amer. La soudaine amabilité de l'aubergiste y fut certainement pour beaucoup. Le professeur Granger la subjuguait. Il faut dire que cet homme, rompu aux soirées mondaines, était un hôte admirable. Drôle et cultivé, il divertit son auditoire et couvrit ses hôtes, en particulier Erin, de compliments – et je dois avouer que j'appréciai les efforts qu'il déployait pour rendre le moment agréable.

En revanche, s'il se débrouillait en anglais, il fut incapable de comprendre les Murray, et Tòmas et moi passâmes la soirée à traduire les idées des uns et des autres, les bonnes et les mauvaises blagues, les charades et les devinettes qu'on s'échange traditionnellement dans ces contrées, lors du réveillon.

Un peu avant minuit, Tòmas, Cillian et mon père proposèrent de parier au black jack, en dégustant des whiskies au coin du feu. Et comme il manquait un joueur, je me dévouai.

En attendant qu'ils installent la table de jeu, je décidai de m'isoler à l'étage pour rappeler Edward, qui n'avait toujours pas donné de nouvelles, quand Erin m'interpella. Elle me tendit la clé de la chambrette du dernier étage. Puisque je restais, il était plus sage que je dorme sur place.

Je déclinai son offre. Elle insista.

— Prenez-la, ça n'engage à rien. Je serais rassurée.

— Je me fiche de vous rassurer !

— Je n'ai pas été tendre avec vous et je tenais à m'excuser, Joséphine. Nous allons tous vous regretter.

Troublée par ses dernières paroles, je m'engouffrai dans l'escalier sans répondre, et remontai d'un pas décidé le couloir de l'étage MacLaine, en direction de la chambre du fond.

La porte sitôt refermée, je m'approchai de la fenêtre, et composai le numéro de Haven Stone. Le rez-de-chaussée de la maison était illuminé, pourtant la sonnerie résonna dans le vide.

Je raccrochais, déçue.

Edward était là, derrière moi. Je sus que c'était lui avant même qu'il pose ses mains sur mes épaules. Ses doigts enserrèrent mes bras tandis que ses lèvres effleuraient ma nuque, puis son corps se pressa contre le mien.

— Je suis venu te délivrer, chuchota-t-il à mon oreille.

— Tu en as mis du temps !

Nos dents s'entrechoquèrent dans un baiser ardent, et nous chancelâmes dans la pièce jusqu'à heurter le mur en nous débarrassant de nos pulls et de nos chaussures. Nous avions vingt ans et nous étions prêts à oublier le monde pour assouvir notre désir.

Mais le monde, lui, ne nous avait pas oubliés.

— Joséphine ? Joséphine ? Qu'est-ce que tu fais ? On t'attend pour jouer !

— Décidément, c'est un complot ! grogna Edward.

Et je ris.

La porte s'ouvrit sur mon père…

Aussitôt, Edward se plaça entre lui et moi. Son corps se raidit, mais il renfila tranquillement son pull et se reboutonna, tandis que je me couvrais.

— Edward MacLaine, je présume ?

Mon père n'était pas assez ivre pour perdre son mordant, et trop saoul pour engager une discussion constructive.

— Professeur Granger, lâcha Edward, sans faire un mouvement vers lui.

— Vous n'êtes pas censé attendre la nuit de noces pour coucher avec ma fille ?

— Papa, ça suffit ! On se retrouve en bas.

— Joséphine, ce type n'a pas l'intention de t'épouser, crois-moi !

Je voulus répondre, Edward me retint d'un geste.

— Les bans ont été publiés le 21 décembre dernier. Ils sont visibles au consulat général de France à

Édimbourg, dit-il avec toute la froideur dont il était capable.

Une joie sauvage m'envahit, la nouvelle sidéra mon père.

— Vous bluffez !

— Je vous propose de passer demain à Haven Stone, monsieur. Nous discuterons de tout cela l'esprit clair.

— Demain, ma fille et moi nous envolons pour Paris.

— Certainement pas ! m'agaçai-je.

— Joséphine, tu dois reprendre ton poste aux urgences.

— Papa, on ne va pas en parler mille ans ! Tu veux mon bonheur, oui ou non ?

— C'est tout ce qui compte, ma douce.

— Alors, accepte ma décision ! Et ma démission.

— Il n'en est pas question !

— Rentrons, *Anam-charaid*, me souffla Edward à l'oreille. Maintenant.

Dans son regard, qui ne me lâchait pas, je vis poindre le mauvais temps. Probablement aurait-il été plus avisé d'entendre son conseil et de repousser l'échange au lendemain, comme il l'avait proposé, mais j'en fus incapable. L'obstination de mon père à refuser de me libérer de mon contrat était incompréhensible, et j'avais besoin de réponses.

— Papa, lui dis-je plus calmement, tu sais que je risque l'abandon de poste !

— Tu l'as abandonné !

— J'ai démissionné.

— J'ai l'assurance de la direction qu'elle n'engagera pas de poursuites si tu rentres dans les quarante-huit heures.

— Mon choix est fait ! Pourquoi t'acharnes-tu à me garder dans le service, alors que je ne veux plus jamais y retourner ? Oh, et peu importe, soupirai-je. Si l'hôpital me poursuit, j'assumerai. Tu as raison, Edward, rentrons.

— Joséphine, s'interposa mon père, alors que nous nous dirigions vers la sortie, si tu ne reviens pas travailler, l'abandon de poste sera le cadet de tes soucis. Certains commencent à remettre tes choix thérapeutiques en question, ton état psychologique interroge.

— Mon état psychologique ?

— Tes fugues Joséphine, tes absences. Tu peux oublier ton dispensaire, il n'ouvrira pas ! Ton dossier est mort !

— Je suis désolé, *Anam-charaid*, lâcha Edward sur un ton sinistre, et je crus que mes jambes me lâchaient. Je ne voulais pas que tu l'apprennes comme ça.

— Qu'est-ce que vous racontez, tous les deux ?

— Grant n'établira pas de contrat.

— Ton chevaleresque fiancé préside au conseil d'administration de l'hôpital qui devait t'embaucher. Il s'est chargé de me demander tes références en personne. Et j'ai dû lui dire la vérité sur l'affaire Aurélien. Il s'est engagé à la taire, mais ta candidature est rejetée.

— De quelle vérité parles-tu, Papa ? Il n'y a pas de vérité, tu m'en as privée ! Edward, c'est vrai ? Je ne pourrai pas exercer avec le *community* ?

— Grant et moi avons d'abord pensé à préserver ta réputation.

La façon dont il se justifia m'alerta, car elle ne lui ressemblait pas du tout.

— Crois-moi, nous avons tous agi dans ton intérêt, Joséphine. Maintenant, tu cesses d'être déraisonnable. Je viendrai te chercher demain à midi, comme ça on rentrera ensemble.

J'attrapai instinctivement la main d'Edward, et il serra la mienne entre ses doigts.

— Rien ni personne ne m'empêchera jamais d'ouvrir ce dispensaire, Papa ! Je sais que c'est dur pour toi, mais à présent, ma vie est ici.

— Bon sang, Joséphine ! explosa mon père. Si tu ne rentres pas, tu risques les tribunaux et moi l'interdiction d'exercice pour t'avoir protégée ! C'est vraiment ce que tu veux ?

J'ouvris la bouche de stupeur.

— Protégée de quoi ? articulai-je, d'une voix blanche. Tu m'as protégée de quoi ?

Je regardai Edward avec désespoir. J'ignore pourquoi, j'espérais qu'il me dirait que nous étions prisonniers d'un mauvais rêve, il resta impassible.

— Ma douce, soupira mon père, l'air subitement désemparé. Tu t'es réellement persuadée que j'avais falsifié un acte de décès par égard pour la famille ou pour m'épargner un scandale ? Non, je l'ai fait pour t'éviter d'être radiée de l'Ordre des médecins pour faute ! Les conclusions du dossier sont limpides, le traitement que tu as instauré en ignorant mes ordres a tué Aurélien !

« On peut tout fuir, sauf sa conscience. »

Stefan ZWEIG

72

Enveloppée dans mon loden, j'étais allongée sur le canapé devant la baie vitrée de mon studio, bercée par le grondement des vagues et le souffle puissant du vent d'hiver.

Après l'aveu de mon père, j'avais précipitamment quitté l'auberge.

Edward m'avait rattrapée sur le chemin de l'échoppe de Mr Smith, et avait insisté pour me raccompagner. Nous avions marché en silence, loin du corps de l'autre. Et comme je ne l'avais pas invité à rester, il était reparti.

Elle était là, la croisée des chemins.

Il était face à moi ce destin que j'appelais de mes vœux autant que je le redoutais.

Mais quelle que soit ma décision, je ne pourrais pas rester ici.

J'avais, pour soigner Aurélien, choisi de suivre mon intime conviction, plutôt que le protocole habituel. L'instinct m'avait guidée, l'expérience aussi. Et je n'avais pas hésité une seconde. Pratiquer la médecine ne se limite pas à appliquer des règles établies et à suivre des recommandations thérapeutiques. C'est aussi oser prendre des risques, quand la vie d'un patient est en jeu.

Si mon père avait soutenu ma décision, mon acte aurait été considéré comme une erreur. Mais j'avais ignoré ses ordres, qui étaient d'attendre son retour afin qu'il valide mon diagnostic.

Je n'avais évidemment pas l'intention de provoquer un tel accident, mais le simple fait que mon chef de service ait émis un avis contraire sur le traitement à donner et que l'enfant était mort suffirait à m'accuser de faute médicale.

« *Errare humanum est, perseverare diabolicum* [1] », avait pour coutume de dire mon professeur en droit médical, qui citait souvent saint Augustin.

En m'obstinant, j'avais tué un enfant.

Comment poursuivre l'exercice de la médecine avec cette certitude au cœur ?

Je devais prendre mes responsabilités devant mes pairs de l'Ordre et la famille d'Aurélien, et leur dire la vérité.

Cependant, avais-je le droit de sacrifier la carrière d'un homme qui m'avait élevée avec amour, sauvée de mes terreurs et tout appris ? Que l'affaire soit traitée à l'amiable ou s'achève devant les tribunaux, la direction de l'hôpital enverrait le professeur Granger à la retraite pour m'avoir couverte, ce qui le tuerait à petit feu, s'il ne choisissait pas de se pendre.

Finalement je n'avais guère d'alternative.

---

1. « L'erreur est humaine, la persévérance (dans l'erreur) est diabolique ».

Mon père avait été très clair à ce sujet : en persévérant dans « ma fugue », j'inquiéterais mes confrères et je donnerais corps aux rumeurs sur mon état psychologique. Tôt ou tard, mes décisions thérapeutiques seraient questionnées, mes dossiers épluchés, et le cas Aurélien ne tarderait pas à refaire surface pour nous exploser à la figure.

J'avais commis la faute, mais le professeur Granger avait le plus à perdre dans cette histoire, car il l'avait dissimulée.

Devais-je libérer ma conscience ou couvrir mon père ?

Les yeux fermés, recroquevillée sur le canapé où, guidée par la voix de Mr Smith, je m'étais aventurée, enfant, dans l'escalier aux contremarches peintes, je cherchais à me souvenir de la voix du rebouteux.

J'espérais qu'elle me conduirait à ces réponses que je cherchais désespérément.

En vain.

Dans deux jours, je serais de retour à Paris pour honorer mon contrat jusqu'à ce que mon père prenne sa retraite, parce qu'il méritait que je le protège comme il m'avait protégée.

À ces pensées, j'eus l'impression d'être condamnée à dix ans de prison.

« S'il ne tenait qu'à moi, je t'enfermerais à Haven Stone pour le restant de tes jours », m'avait dit Edward.

Franchement, je regrettais qu'il ne l'ait pas fait.

73

Je ne sus d'abord pas où je me trouvais.

Apeurée, je tâtonnai dans l'obscurité à la recherche de mon téléphone. Autour de moi, il n'y avait que le vide.

Et une présence là-bas dans le fond de la pièce.

Mon démon accroupi me regardait, et je reconnus dans ses prunelles la cruauté du prédateur.

Je sondai la nuit à la recherche de ma statuette. Les yeux de Mare allaient me ramener, il suffisait que je les croise et qu'ils s'accrochent aux miens pour me sauver.

Tu ne le trouveras pas, Joséphine. Tu es seule avec moi, ce soir.

Mon démon jaillit et s'assit sur ma poitrine. Il avait le sourire de mon père.

Une terreur sans nom me cloua sur place.

Toi, ma fille, le reflet de moi-même !

Je voulus hurler, aucun son ne jaillit de ma gorge. Je voulus ruer, le griffer, le mordre, l'anéantir, j'étais tétanisée. Seuls mes yeux roulaient affolés, à la recherche de ceux de Mare.

Qu'avais-je fait de ma statuette, où était-elle ?

À la porte, ma mère m'observait, alors que j'étais en train de me débattre. Sa silhouette était nimbée de lumière et elle m'appelait doucement.

Je m'en vais, Joséphine, ne reste pas avec lui, je t'en supplie, viens !

Pourquoi espères-tu encore qu'elle t'aime, ma douce, ne t'ai-je pas aimée pour deux ?

Mon démon s'esclaffa vulgairement, et je sus que j'allais mourir, seule, loin de ma mère, étouffée par les espoirs que mon père avait placés en moi.

Soudain, j'entraperçus le visage d'Edward et je me suspendis aux yeux de Mare.

Je me souvins alors que ce démon était irréel. Et que cette mère, aussi belle et triste que dans mes souvenirs, était morte ravagée par l'alcool et le feu.

J'étais à l'abri de la maison de Mr Smith, prisonnière de mon esprit éveillé dans mon corps endormi.

Il suffisait que je le décide pour que disparaisse cette terrible illusion.

Va-t'en ! Va-t'en !

Sous l'injonction, le démon s'évanouit, et ma mère aussi.

Tremblante, j'entrouvris les paupières. Penché sur moi l'air soucieux, Edward avait posé ma tête sur ses genoux et caressait mes cheveux.

— Tu es revenu.

— Je ne suis jamais parti.

Edward s'était installé dans le bureau du dispensaire en espérant que je le rappelle, et il m'avait rejointe après que je me fus endormie.

Comme je grelottais, il me couvrit avec son blouson et prépara un thé. Puis, il revint s'asseoir et je me pelotonnai contre lui, tremblante.

— Ma mère, chuchotai-je, et je m'aperçus que je claquais des dents.

Choqué par l'effroi qui me possédait encore, Edward m'étreignit avec force.

— Raconte-moi, *Anam-charaid*. Qu'est-ce que tu as vu ?

— Ma mère était ici, lointaine et pourtant... Et pourtant, dans mon rêve, elle m'aimait, elle voulait que je parte avec elle.

Edward enserra mon visage entre ses paumes et m'embrassa.

Ses baisers prenaient invariablement la couleur de l'instant, et ce baiser aux arômes de thé vibra de tendresse et de tristesse mêlées.

— Pour la première fois de ma vie, je me retourne sur mon enfance, et je ne suis plus du tout certaine de ce que j'ai vécu, ajoutai-je désemparée. M'aideras-tu à me souvenir, avant mon départ ?

Edward m'adressa un de ses regards graves et m'enlaça.

— Le 17 décembre dernier, tu as dit que tu ne laisserais rien ni personne t'arracher à moi. J'ai fait le même serment, ce jour-là.

— Reprendre ma place aux urgences ne signifie pas renoncer à toi.

— Je le sais, *Anam-charaid*, mais cela signifie renoncer à toi.

— Quel genre de personne abandonnerait un parent qui a pris tous les risques pour elle ?

Au-delà de la mer, sur les falaises, Haven Stone dardait sur nous ses yeux jaunes, me rappelant qu'il y a vingt ans, un rebouteux m'avait prédit que j'y trouverais toujours refuge.

S'il devait s'agir de ma dernière nuit sur l'île des brumes avant longtemps, alors, je voulais la passer là-bas, avec Edward.

— Viens, lui dis-je, rentrons à la maison.

74

Dans le hall, Edward ôta tendrement le loden de mes épaules et le jeta sur un des fauteuils crapaud, qui encadraient le guéridon du téléphone. En dehors de copies de procès-verbaux, abandonnées, je ne vis aucune trace du passage des curieux qui avaient visité Haven Stone en notre absence.

Probablement avaient-ils été aussi impressionnés que je l'étais, à chaque fois que j'entrais en ce lieu.

— Bienvenue chez toi, *Anam-charaid*.

Edward baisa mes paupières, mon front, mes joues, mes lèvres et m'étreignit avec fougue.

Soudain, des pas précipités résonnèrent dans le silence, et la grise silhouette de l'intendante surgit. Quelques mèches de cheveux sur son front et ses joues froissées par l'oreiller racontaient que notre retour l'avait réveillée.

— Lord MacLaine, je ne vous attendais pas avant demain !

— Je ne suis pas là, Mrs Burnett, et *milady* non plus.

Edward envoya valser ses bottes sous le regard perplexe de l'intendante, je délaçai mes chaussures ; j'enfilai mes pantoufles, il resta pieds nus.

Lord MacLaine n'avait jamais froid.

— Bonsoir, Mrs Burnett. Je suis heureuse de vous savoir de retour, Mrs Whitmore et vous.

Il n'y avait aucune once de moquerie ou d'ironie dans mes paroles, simple expression de mes sentiments.

C'en fut trop pour Mrs Burnett, qui se retira avec un pompeux « Lord MacLaine », et un « *my Lady* » si peu conventionnel qu'Edward en resta stupéfait.

— Elle est fâchée ? murmurai-je, quand la porte se fut refermée sur elle.

— Elle n'a jamais été aussi heureuse !

— Ne te moque pas, Edward.

— Tu es une enchanteresse, *Anam-charaid*. Même cette demeure devient belle quand tu es là !

Du plus profond de ses entrailles, le long de sa colonne vertébrale et jusqu'à sa tête, Haven Stone nous accompagna lorsque dans un mouvement commun, nous décidâmes de remonter vers la chambre main dans la main.

L'air susurrait dans les couloirs et les rideaux frémissaient devant les fenêtres. Dans l'escalier, nos ombres projetées par les candélabres tremblotaient sur les marches et les murs, et les yeux des ancêtres d'Edward MacLaine nous suivaient, bienveillants, tandis que les tapis chuchotaient sous nos pas.

Edward, qui me précédait, s'effaça galamment à l'entrée de ma chambre, et prépara du bois pour allumer un feu. Il avait l'air concentré d'un enfant qui veut bien faire, tout en retenue et en patience. Je m'accroupis à ses côtés et lui passai les bûches, qu'il entassa dans l'âtre.

La lumière embrasa la pièce et illumina la tapisserie des amoureux. Edward, qui vit que je la regardais, me dit que cette maison avait connu l'amour avant d'être emportée par le chagrin.

Et je lui répondis que ce soir, l'amour était revenu.

Immobile, Edward me regarda longtemps sans me toucher, et je compris ce qu'il ressentait. Nous étions parvenus à l'instant dont nous rêvions depuis notre rencontre, partagés entre l'envie d'y plonger sans retenue et celle de le déguster pour qu'à jamais vivent dans nos mémoires ces retrouvailles.

Il attendit que je fasse le premier pas.

Alors, je déboutonnai sa chemise, puis je la fis glisser le long de ses bras jusqu'à ce qu'elle tombe à ses pieds avec un léger froissement. Je suspendis mes gestes, Edward passa mon pull au-dessus de ma tête et nous échangeâmes un sourire complice.

Nul ne frapperait plus à la porte ou n'entrerait dans notre chambre sans y être invité, et le diable avait été chassé de Haven Stone depuis qu'Edward s'était apaisé.

Lorsque je fus nue devant lui et qu'il le fut aussi, Edward caressa langoureusement mon dos jusqu'au creux de mes reins. Ses paumes étaient aussi douces qu'une aile et ardentes dans l'intention. Son sexe se dressa, vibrant et doux, Edward m'attira contre lui, nous nous laissâmes tomber sur le lit.

D'effleurement en effleurement et de baisers en tendresses, nous prîmes le temps de nous goûter et de nous explorer. Mes hanches arc-boutées vers ses lèvres et ma bouche emplie de lui, je me livrai à cette chaleur aiguë et piquante qui grandissait dans mes entrailles et résonnait à la façon d'une corde de piano.

Avant que le désir bascule vers le plaisir, Edward nous détacha l'un de l'autre, et me souleva pour que je le chevauche et que je le prenne.

Tout doucement.

Cette lente descente sur lui m'offrit la conscience de ce qu'était l'abandon.

J'étais la mer qui grimpe à l'assaut du phare, ces vagues qui vont et viennent pour le submerger, l'océan ondoyant et calme, et le ciel qui épouse l'horizon.

La délicatesse du va-et-vient et sa lenteur, nos pubis qui s'épousent puis se quittent comme le ressac, Edward brûlant, puissant, longtemps, loin, comme la houle qui naît dans mes tréfonds pour rouler jusqu'à lui.

J'étais Edward et il était moi, et tandis que son corps ondulait avec le mien, et que nos langues et nos doigts se mêlaient, ses yeux dans les miens, et les miens dans les siens, accrochés à jamais, nous sûmes que nous n'étions qu'un.

Inexorable, l'onde grandit comme la montée de la marée, et le plaisir nous submergea ensemble, nous arrachant un cri.

Surpris par la force de sa jouissance, Edward se mit à rire.

Un rire espiègle, qui marquait les rides au coin de sa bouche et lui donnait un charme fou. Le bonheur lui seyait bien mieux que les tourments.

Nous restâmes ainsi, regards harponnés, souriant comme des enfants tandis que nos mains émerveillées effleuraient la peau de l'autre, affamées de sa réalité.

Alanguie et repue, Haven Stone la bienheureuse bruissait de joie. Des bourrasques enveloppaient ses façades et se faufilaient sous les toits, et les lueurs du feu sur le mur donnaient l'illusion que les amoureux de la tapisserie s'embrassaient.

Tout ce temps, Edward garda le silence. Sa main qui cajolait ma peau dispensait une infinie tendresse, tandis que l'autre, ferme, me maintenait contre lui.

Il n'avait pas besoin de le dire.

Nul n'aurait pu m'arracher à son étreinte, et nul ne m'en arracherait jamais.

Mes jambes autour de ses hanches et ses paumes sur mes joues, nous nous regardions avec bonheur et désespoir.

À l'abri de la tempête, celui que j'avais pris pour le métayer de Haven Stone m'avait confié qu'il ne croyait pas à l'amour. Et que si par miracle il s'avérait, il ne pourrait que s'achever de la pire des manières.

Edward avait raison, la mort finirait par nous séparer.

Mais avant, au moins, nous aurions vécu.

75

Nonchalamment adossé au chambranle, Edward me dévorait des yeux tandis que je rassemblais mes cheveux en un chignon rapide, et enfilais la robe de chambre dans laquelle je l'avais rencontré. Je le trouvais si séduisant, avec sa longue chemise ouverte sur ses jambes nues, que je l'observais à la dérobée dans le miroir, pareille à une adolescente énamourée. Il revenait de la cuisine avec un plateau, et je souris à l'idée qu'il ait pu croiser l'intendante dans cette tenue.

— La lune pour tes pensées, s'amusa Edward, qui avait surpris mon regard.

— La dernière fois que j'ai parlé à Logan, il se tenait exactement là où tu te trouves. Au moins, je sais de qui tu tiens cette touche de désinvolture !

Visiblement surpris, Edward fit quelques pas dans ma direction.

— Tu as visité Haven Stone quand tu étais enfant ?

— Non, c'était un rêve ! Tu étais parti, et Logan m'a fait écouter la maison, et entendre les absents.

Lorsque j'eus reposé ma brosse à cheveux, Edward m'accompagna jusqu'à la table où il avait disposé une corbeille de fruits, une miche dorée, une portion de

Lanark Blue[1], une carafe d'eau et le flacon de Lagavulin. Il découpa le pain, déposa une tranche de brebis sur la mie brune, et remplit nos verres.

— En Écosse, si tu n'aimes pas le fromage et le *uisge beatha*, tu n'as qu'à manger de l'herbe et boire l'eau des rivières ! Joyeux Noël, ajouta-t-il avec un sourire, alors que nous trinquions.

— Joyeux Noël, Edward !

Il déposa tendrement un morceau de tartine dans ma bouche avant d'en prendre à son tour. Puis, il passa la main au-dessus de la table pour caresser ma joue.

— Tu n'as pas rêvé de Logan, *Anam-charaid*, tu t'es souvenue de lui dans cette pièce. C'était la chambre de James le fantôme, ajouta-t-il, taquin, tout le monde veut la voir.

— Si j'étais venue à Haven Stone, jamais je ne l'aurais oubliée !

Les souvenirs jaillirent avec mes derniers mots, alors que mes yeux se posaient sur la reproduction de *Nightmare*, qui nous toisait depuis la cheminée.

Et je me revis fillette, dans l'atelier d'Edward, cette salle immense d'où l'on aperçoit la mer, les falaises et la tour ouest. Elle semblait plus grande encore que dans les histoires de mon grand-père. Et ce tableau qui me surplombait, représentant une tête de cheval aux yeux d'argent, une femme endormie sur laquelle est accroupi un démon…

— Où est Mare ? demandai-je en me redressant, brusquement prise d'une angoisse irrépressible.

---

1. Équivalent écossais du roquefort.

— Dans la fourgonnette, au ponton. Nous irons le chercher demain.

— Non, allons le chercher maintenant. Sans lui, je peux mourir de peur, mon cœur peut s'arrêter.

Edward enserra tendrement mes doigts entre les siens.

— Tu ne vas pas mourir, *Anam-charaid*.

— C'est lui qui me ramène ! Il m'a ramené tout à l'heure, chez Mr Smith…

Je n'achevai pas ma phrase. Mare n'avait pas pu me ramener. Il était dans mon sac à dos, dans la fourgonnette !

— Tu trouves vraiment que je lui ressemble ? Parce qu'il n'est pas beau.

Incrédule, je fixai Edward, dont le visage était éclairé par un feu qui s'épuisait, faute de bois.

Ses yeux étaient rieurs. Son regard intense.

Celui de Mare.

Avant lui, rien ni personne n'était parvenu à me sortir de ces cauchemars, en dehors de ma statuette. Si Mr Smith avait trouvé un remède à ce qu'aucun psychiatre ou neurologue n'avait réussi à déchiffrer, Edward avait réalisé l'impossible. Il n'était pas seulement l'homme dont je m'étais éprise en trois jours.

Il gardait mes nuits des récifs et des abîmes de mon subconscient.

Il garderait mes jours, l'homme tout en haut du phare.

— Permets-moi de t'aider à te souvenir…

Confiante, je le laissai me guider vers le fauteuil où il s'assit. Il m'invita à m'installer sur ses genoux.

Je me blottis contre lui et fermai les yeux.

— Quand j'étais petit, commença-t-il, Haven Stone était semblable à aujourd'hui, figée dans son habit de lumière par Mrs Burnett. La pièce du dernier étage était telle que tu la connais, à la différence près qu'il y avait moins de toiles, moins de livres peut-être, et que mon grand-père, qui y séjournait quand il n'était pas en mer, dormait sur un lit en acajou qui grinçait terriblement.

Je me revis, fillette, assise sur le matelas, en train de faire couiner le sommier en riant aux éclats, jusqu'à ce que mon attention soit attirée par cette toile posée contre le mur, à moitié couverte par un drap, que j'avais arraché pour la découvrir.

— Je me rappelle avoir d'abord crié d'effroi, en voyant le tableau, puis, la surprise passée, je l'ai détaillé, fascinée. Et puis, Logan m'a appelée pour que je redescende, et j'ai couru vers la sortie…

— Tu as forcément croisé le regard de mon père, dont le portrait était à la place de celui de Jamie.

La voix d'Edward me guida dans les couloirs, depuis l'atelier jusque dans le parc, et je me souvins du vol des macareux au-dessus des courtines, et de mes exclamations incrédules, devant la hauteur des murs et des plafonds, mes frissons face à cet inconnu en costume, Charles MacLaine le monstre, figé dans le temps, et qui me dévisageait méchamment partout où j'allais, mes petits pas sur les tapis de l'immense escalier, mes petits doigts sur le marbre des balustres, le vent qui chatouillait ma nuque, et dans le hall, mon émerveillement devant la bibliothèque, et les ors et les objets précieux, sur les meubles, et au-delà de la grande porte, le crissement des cailloux sous mes chaussures, mon vieux capitaine, la pipe au bec, son loden plié sur le bras, et plus loin, l'herbe parsemée de fleurs qui m'attirait tant. Alors, moi, la fillette du macadam, je m'y suis jetée, les bras en croix pour regarder le ciel, sentir l'odeur du lilas et du chèvrefeuille enroulé sur les montants de la serre, celle des pierres chaudes et de la terre, entendre le bourdonnement des insectes, et la mer d'un bleu pur rouler en contrebas.

— Allez, ma fifille, on y va !

La voix de mon grand-père résonna si fort à mes oreilles, que je poussai un gémissement en ouvrant les yeux.

— Ce n'est pas mon père qui m'a conduite chez Mr Smith ! Pourquoi me laisser croire le contraire tout ce temps ?

76

Le professeur Granger se présenta aux portes de Haven Stone à midi, le 25 décembre, et il fut reçu par Mrs Burnett, qui le conduisit dans la bibliothèque comme elle le faisait pour chaque invité de marque. L'intendante s'était levée tôt pour fleurir les pièces, allumer les lampes et faire ronronner les cheminées.

Selon qu'elle était réveillée ou endormie, Haven Stone pouvait être éclatante ou sinistre, et Edward avait clairement exprimé sa volonté de faire revivre cette maison.

Pour venir chercher sa fille, mon père s'était mis sur son trente-et-un. Il voulait se donner une contenance face à Lord MacLaine, même s'il considérait la noblesse britannique comme un réservoir de nantis aux mœurs vieillissantes et assis sur leurs privilèges.

La loi de 1999, qui avait mis un terme au droit des pairs héréditaires de siéger à la Chambre des lords, lui avait arraché un cri de joie. Pourtant, lui qui était fils et petit-fils de médecins ne pouvait s'empêcher d'éprouver du respect pour ceux qui perpétuaient les traditions familiales.

Escorté par la grise intendante de Haven Stone, mon père avait traversé le hall, les yeux levés vers les tableaux et les marqueteries, sidéré par la majesté du lieu. À travers les vitraux, le soleil jetait sur les murs et les dalles polies des taches multicolores.

Rien ne lui échappa. Ni l'origine persane des tapis, ni la beauté des meubles d'ébéniste, ni la rareté des tapisseries. Mon père était un amoureux de l'art, qui m'avait emmenée dans les musées dès mon plus jeune âge. Lui qui habitait un appartement fonctionnel ne pouvait qu'être ébloui, en rentrant ici.

Et il le fut, incontestablement.

Ce qui me conforta dans l'idée qu'il ne m'avait jamais accompagnée sur l'île des brumes.

Lorsqu'il entra dans la bibliothèque, Edward et moi étions dans le petit salon, d'où nous avions guetté son arrivée.

Si j'étais simplement vêtue d'un jean et d'un pull, Edward s'était rasé, et avait passé un costume en tweed gris, une chemise blanche et, une fois n'est pas coutume, il avait noué à son cou une large cravate en soie.

La nuit dernière, nous avions longtemps parlé, fait l'amour, encore, jusqu'à tomber de sommeil l'un dans l'autre, et je m'étais réveillée dans ses bras avec la sensation d'être une femme nouvelle.

Cela avait été un sentiment étrange où se mêlaient la satisfaction et le manque, l'envie toujours renouvelée, d'y retourner, de ne jamais en partir. Si chaque nuit et chaque matin devaient être aussi beaux, alors j'étais résolue à m'engager aux côtés d'Edward pour quatre-vingt-dix-neuf ans, à renouveler.

Mais avais-je le droit de laisser mon père endosser seul ma faute, après tout ce qu'il avait fait pour moi ?

— Cette réponse viendra avec la vérité que tu crains tant.

— Quelle vérité, Edward ? Qu'as-tu compris depuis des jours, que je n'ai pas su voir ?

— Tu dois aller seule à sa recherche, *Anam-charaid.*

— Pourquoi ?

— La vérité va te libérer, mais d'abord, elle va te mettre en colère. Et je ne serai pas l'instrument de cette colère comme tu as été le mien.

À dix heures tapantes, Mrs Burnett entra dans le petit salon, nous informant que dans cinq minutes, le thé serait servi et que nous pouvions rejoindre notre invité.

— Prête ? demanda Edward, en entrelaçant nos doigts.

Il perçut aussitôt mon hésitation.

— Je ne te lâcherai pas. Quoi qu'il arrive, je serai là.

Quelques minutes plus tôt, je me sentais la plus courageuse des femmes, mais la vision de l'intendante qui patientait près de la porte pour nous annoncer à mon père, signe que le moment que je redoutais tant arrivait, fit grandir mon angoisse.

— Tu as peur d'être en colère, et ce n'est pas moi qui vais te blâmer.

— J'ai peur de ce qu'il y a derrière cette porte.

Mes propres mots me provoquèrent un frisson de peur. N'avais-je pas, toute ma vie, craint d'ouvrir la porte jaune, tout en haut des escaliers ?

Derrière celle de la bibliothèque, il y avait mon père.

— De l'autre côté de cette porte-ci, il y a ta liberté. Tu n'as rien à craindre.

« Ton père ne supportera jamais que tu le quittes », m'avait affirmé Edward, quand je lui avais parlé pour la première fois.

Je lui demandai ce qui l'avait alors amené à cette conclusion et, dans son attitude, je sentis naître l'orage.

— Quelque chose en lui m'a rappelé le mien.

Sa réponse me glaça.

Il me fallut quelques secondes pour interpréter ce désagréable sentiment qui étreignait ma poitrine.

Les mots d'Edward n'étaient pas responsables. Mon silence à cette allégation, oui. Et mon incapacité à trouver des arguments qui pourraient s'opposer à la comparaison entre un monstre avéré, qui frappait ses enfants et violait sa femme, et mon père.

Je reculai, alors que nous arrivions devant la porte.

— Le mensonge d'un père qui cherche à se valoriser auprès de sa fille et un simple rêve ne suffisent pas à remettre en question vingt ans de complicité, ou la probité d'un homme ! Si ma mère m'aimait, pourquoi n'a-t-elle jamais rien dit lorsque nous étions ensemble ?

— Certains faits n'ont pas d'explication j'en conviens, me dit Edward avec beaucoup de douceur. Mais il a indubitablement fait quelques arrangements sur des évènements marquants de ton enfance. Se peut-il que ta mère ait été contrainte de quitter la maison ?

La question d'Edward me déstabilisa.

— Non, c'était sa décision à elle !

— Se peut-il qu'elle ait été contrainte de partir *sans toi* ?

— D'après mon père…

Je m'interrompis.

Tout ce que je savais de ma mère, je le tenais de lui.

Et tout ce qui avait conduit à la mort d'Aurélien aussi.

77

L'attente avait permis au professeur Granger d'afficher un air blasé devant les rayonnages de la bibliothèque, que n'importe quel amateur de littérature aurait brûlé de découvrir. L'annonce solennelle de Mrs Burnett, précédant l'arrivée de Lord MacLaine, le déconcerta.

Sa main dans la mienne, Edward s'immobilisa au milieu de la salle, à deux bons mètres de mon père, qu'il salua d'un glacial « monsieur ».

— Bonjour Papa.

— Bonjour, Joséphine. Où sont tes bagages ? Le taxi nous attend.

— Je n'irai nulle part tant qu'on n'aura pas éclairci certains points.

Alors que j'imaginais qu'il allait protester, mon père m'invita à poursuivre avec un laconique : « je t'écoute ».

À mes côtés, Edward se tenait impassible, comme à l'accoutumée. Sa main n'avait pas lâché la mienne.

— Hier soir, repris-je, et je m'aperçus que mes doigts tremblaient, toi, mon chef de service, mon mentor, tu m'as accusée les yeux dans les yeux d'avoir commis une faute professionnelle, qui a tué un enfant.

Que dirais-tu à ces personnes, si tu pouvais leur parler aujourd'hui ?

À cette question d'Edward au sujet des parents d'Aurélien, j'avais répondu que sans autopsie, ce décès resterait à jamais mystérieux. Comment mon père pouvait-il affirmer que j'avais commis une faute ? De quelles conclusions parlait-il ? Y avait-il dans le dossier des éléments de preuve qui m'avaient échappé ?

— Je comprends ta panique, Joséphine, et je n'aurais pas dû te l'annoncer de cette manière. J'avais un peu trop bu, j'ai été maladroit. Mais le fait est que ton diagnostic était erroné.

Cent fois j'avais relu le document d'admission, le dossier d'hospitalisation et le compte rendu médical, et cent fois j'avais conclu que rien n'étayait ni ne balayait l'erreur, en dehors d'un terrible concours de circonstances.

Et pourtant, cent fois mon instinct m'avait crié que nous avions failli.

— C'est impossible !

— Aurélien a fait un infarctus sur thrombose. C'est extrêmement rare à cet âge, mais ça arrive, malheureusement.

— D'où sors-tu cette conclusion ? D'un chapeau ?

— Tu sous-entends que je t'accuse à tort ?

Le simple fait qu'Edward se tienne à mes côtés me donna le courage d'affronter celui qui m'avait tout appris, sur son propre terrain, là où je n'aurais jamais osé m'aventurer. Comment mettre en doute la parole d'un homme qui était une référence dans le milieu et dont les publications étaient lues dans le monde entier ?

— La réalité diagnostique ne se décrète pas, Papa, elle se prouve !

— Je suis certain de ce que j'avance !

— Il n'y a jamais eu de faute, n'est-ce pas ? Tu as inventé cette histoire pour me contraindre à retourner travailler avec toi !

— Ce que tu dis me fait beaucoup de peine, Joséphine !

Mon cœur se serra. Et l'espace d'un instant, je me mis à douter. Une pression de la main d'Edward m'encouragea.

— Ce ne serait pas la première fois que tu déguises la vérité pour m'embobiner !

— Je t'interdis de m'accuser de mensonge !

— Dissimuler ma faute pendant des mois à la famille d'Aurélien et à la direction de l'hôpital, c'est un mensonge, Papa, même s'il était destiné à me protéger.

— C'est le monde à l'envers, tu vas me faire un procès parce que j'ai couvert ta faute ?

— Pourquoi me faire croire que c'est toi qui m'as conduite chez Mr Smith ?

— Où veux-tu en venir, Joséphine ? Parce que cette discussion devient pénible.

— Tu éludes, Papa !

— Ton hurluberlu de grand-père l'a fait dans mon dos. Il a prétendu qu'il t'emmenait visiter les châteaux en Écosse, chez un vieil ami, pas qu'il te jetait entre les pattes d'un rebouteux ! Il savait que je me serais opposé à cette idée farfelue. Bien sûr, quand je l'ai appris, c'était trop tard. Ce Mr Smith t'avait déjà maraboutée !

— Tu étais tout pour moi ! Pourquoi prétendre que c'est grâce à toi qu'on a chassé mes cauchemars ?

— Parce que c'est la vérité ! Mais comme tu étais persuadée que cette statuette hideuse t'avait redonné le sommeil, je n'ai rien dit. En réalité, ce qui t'a guérie, ce sont les gouttes que je te donnais chaque soir !

J'eus l'impression que la terre s'ouvrait sous mes pieds.

— Quelles gouttes ? dis-je avec véhémence, une véhémence qu'Edward apaisa d'une caresse de son pouce sur ma main.

— Tu appelais « Maman » des inconnues dans la rue et tu racontais à tes institutrices qu'un monstre écrasait ta poitrine chaque nuit ! Imagine, j'aurais pu être inquiété par la DDASS avec ces histoires !

— Quelles gouttes ? répétai-je d'une voix blanche.

— Tu crois vraiment qu'une figurine en bronze a fait cesser tes parasomnies ? Non. Le Rivotril, en revanche, oui !

Je crus m'étrangler. Cette puissante molécule, un antiépileptique, était connue pour provoquer entre autres effets secondaires, des pertes de mémoire.

Comment avais-je pu m'aveugler à ce point ?

Dans les yeux d'Edward, auxquels je m'accrochai aussitôt, je lus que je ne devais pas être en colère contre moi, car aucune fillette ne peut imaginer que son père est un démon, sans quoi son monde s'écroule.

— Joséphine, ne réagis pas comme si je t'avais empoisonnée ! Tu étais si mal que je ne savais plus quoi faire !

— Tu m'as tellement droguée que je ne me souviens même pas d'être venue ici !

Mon père fit un geste vers moi, qu'Edward interrompit d'un simple regard, tant son silence incarnait la maîtrise de soi doublée de la fureur.

— Tu m'en fiches plein la gueule parce que je t'ai donné du Rivotril quand tu étais petite ? En réalité, tu te sens tellement merdeuse de me lâcher que tu serais prête à trouver n'importe quelle raison de m'en vouloir. Tu veux rester en Écosse ? Libre à toi. Tu viendras m'apporter des oranges en prison. Moi, je m'en vais.

Joignant le geste à la parole, il se dirigea vers la porte.

— Papa !

Mon cœur de fillette trembla. Puis mes yeux s'accrochèrent à ceux d'Edward.

Tu as choisi l'enfer pour ne pas regarder la réalité en face.

Le souvenir de ces paroles prononcées à la bergerie me frappa de plein fouet. Ces graines qui avaient germé dans mon cœur pour me conduire à la conscience des choses me giflèrent comme jamais.

Et je vis comment mon père utilisait, contre moi, mon amour pour lui.

Dans cette bibliothèque, la Joséphine d'avant aurait été le vent et la pluie, les cris et les larmes, et elle se serait heurtée à la puissance de l'ours, comme elle s'était heurtée au silence de Lord MacLaine, et elle aurait cédé à l'autorité et la peur et elle aurait douté d'elle-même. La nouvelle Joséphine était prête à entendre la vérité et surtout à accueillir, sans se laisser submerger par elle, la colère que fatalement elle susciterait.

— Tu ne vas nulle part, on n'a pas terminé !

— Le jour où tu me commanderas n'est pas encore arrivé, Joséphine.

— Maintenant que je sais de quoi tu es capable, j'interprète le dossier d'Aurélien différemment.

À mi-chemin de la sortie, mon père s'arrêta net.

— Tu sais, ce dossier que je n'ai jamais remis en question parce qu'il émanait de toi !

Mon père fit lentement volte-face, et pour la première fois de ma vie, j'entrevis sa vraie nature. Son silence envahit la pièce d'une noirceur qui m'effraya.

— Tu cherches à m'affaiblir en m'accusant d'une faute imaginaire !

Mon père s'esclaffa comme dans mon cauchemar, et je sus que c'était vrai.

— C'est le grand silencieux qui t'a mis ces idées-là en tête ? Non, parce que, dans ce trou paumé, un médecin comme toi, ça vaut de l'or. Et il le sait. Allez, courage, ma fille, ajouta-t-il, vas-y démolis-moi, puisqu'apparemment, tu en as vraiment besoin.

— Ce week-end-là, commençai-je sans trembler, je t'ai appelé pour te demander un avis sur le dossier d'Aurélien, et tu as préconisé de ne rien faire. Je t'ai dit que j'étais en désaccord, j'ai argumenté, tu as exigé que j'obéisse, j'ai refusé, et j'ai annoncé ma décision thérapeutique aux parents. Tu étais si contrarié que je m'oppose ouvertement à toi que tu as interrompu ton week-end pour me ficher à la porte du service. Le compte rendu stipule que tu as poursuivi le traitement que j'avais initié, ce que je n'avais jamais remis en cause, jusqu'à maintenant. Je pense au contraire que tu l'as stoppé.

— Je n'avais aucune raison d'agir de la sorte !

— Si, Papa, une raison plus forte que toutes les autres : l'orgueil. Le même que celui qui t'a poussé à me gaver de Rivotril pour que cessent mes cauchemars, parce que tu ne supportais pas l'idée qu'un autre me soigne mieux que toi. Et pour Aurélien, tu l'as fait non parce que j'avais tort, mais parce que j'avais raison ! Le professeur Granger désavoué par sa propre fille ! Cette seule idée t'était si insupportable que tu as commis l'irréparable ! *Tu* as provoqué la mort d'Aurélien, et à présent, *tu* rejettes la faute sur moi pour détruire ma vie et ma carrière, parce que tu refuses de m'imaginer heureuse, loin de toi !

— La réalité clinique ne se décrète pas non plus, ma fille ! Elle se prouve !

— C'est justement pour ça que tu as refusé l'enquête que je réclamais ! Pas pour me protéger, mais pour dissimuler tes mensonges !

— Tu portes des accusations indignes, Joséphine.

Je lâchai la main d'Edward, qui demeura immobile, pour rejoindre mon père et me planter juste devant lui.

— Aussi loin que je me rappelle, tu as toujours été le seul héros de ma vie. Pour moi, tu étais tout. Mon monde, mon monde entier. Maman n'avait pas tort quand elle disait que je ne vivais que pour briller pour toi. Quand elle est partie, tu t'es décarcassé pour que j'oublie cette peine atroce, tu m'as soutenue pour que je n'aie jamais l'impression d'être une fillette si peu intéressante qu'on pouvait l'abandonner du jour au lendemain. Tu m'as donné de l'amour pour deux et quand mes cauchemars ont commencé, tu m'as emmenée chez les plus grands spécialistes, tu voulais tant que j'aille mieux. Une fois encore, tu as été mon héros. Et j'ai pu grandir sans me réveiller chaque nuit avec un monstre sur la poitrine. Un monstre dont j'ai longtemps cru qu'il était ma mère, cette femme capable de me tourner le dos, juste parce que j'étais née au mauvais moment.

« Papa, je ne suis pas en train de renier toutes ces années que nous avons passées ensemble. Si je suis un bon médecin, c'est aussi grâce à toi. Mais il est temps que tu comprennes que ma place est à Haven Stone auprès d'Edward, et que ma carrière n'est pas aux urgences, elle n'a jamais été là-bas. Je ne m'installe pas en Écosse pour quitter Paris ou te fuir, j'ouvre un dispensaire parce que c'est mon rêve. Alors pourquoi faut-il que tout soit combat ? Je ne changerai pas d'avis, quoi que tu fasses. Sommes-nous vraiment obligés de nous déchirer ?

— Belle démonstration de l'ingratitude d'un enfant, marmonna mon père, en se laissant tomber sur le premier fauteuil à sa portée. J'ai tout sacrifié pour toi, pour que tu ne manques jamais de rien. Je t'ai aimée, chouchoutée, torchée, je t'ai donné le biberon et la becquée, je t'ai poussée sur ton petit vélo, j'ai soigné tes bobos et consolé tes peines de môme. Tous les samedis soir, on regardait la télé devant un plat de coquillettes auquel je donnais une forme de cœur, pour toi, même quand je rentrais de garde et que je n'avais qu'une envie, me coucher. Mais non, je te bordais, je te donnais le bain, on faisait les devoirs ensemble, et les cookies le dimanche, et quand tu as été en âge de voyager, je t'emmenais avec moi en congrès, à tel point que mes confrères me surnommaient « Jamais-sans-sa-fille ».

« J'ai même tiré un trait sur un remariage avec une femme dont j'étais très amoureux, parce que je refusais de t'imposer une autre que ta mère ! Alors tu veux t'envoler ma douce, tu veux quitter le nid ? Eh bien pars. Mais tu n'es pas obligée de me tuer pour ça », ajouta-t-il avec des trémolos dans la voix.

Bouleversée, je m'installai à côté de lui. Edward sortit aussitôt de son immobilité pour lui proposer un verre d'eau. Mon père réclama un whisky, Edward le servit et m'apporta un thé. Puis il s'assit près de moi.

Mon père but son verre cul sec.

— Qu'est-ce que je vais devenir sans toi, Joséphine ? Depuis bientôt trente-trois ans, il ne s'est pas passé un jour sans que je prononce ton nom au moins une fois, sans que je pose les yeux sur toi ou que j'entende ta voix ! Tu es mon bébé, ma fille, sans toi, je n'ai plus envie de rien. Tu me brises le cœur, ma douce…

Si tu pars, ma douce, j'aurai le cœur brisé. Il pourrait s'arrêter de battre et j'en mourrais. Tu ne feras jamais ça à ton papa qui t'aime, hein ma Joséphine !

Soudain, tout s'éclaira.

Et ma colère s'évanouit, parce qu'elle n'avait plus lieu d'être.

— C'était bien toi, chez grand-père !

Mon père me regarda sans comprendre.

— Pendant la séance d'hypnose avec Mr Smith, je suis retournée là-bas. J'ai pris les escaliers, je suis arrivée devant la porte jaune et je n'ai pas pu rentrer. Que s'est-il passé dans cette chambre ?

— Je ne sais pas de quoi tu parles, s'agaça subitement mon père.

— Le week-end, juste avant le départ de Maman. Qu'est-ce que tu m'as dit ?

— Rien de spécial…

— Je vais te rafraîchir la mémoire, alors. Tu m'as dit que si je partais avec Maman, tu en mourrais. Exactement comme tu viens de le faire.

— C'était la vérité !

La terreur que j'avais alors ressentie à l'idée de tuer mon père me traversa, et j'eus l'impression que mon corps était broyé par une main invisible.

— C'est comme ça que tu as convaincu Maman de s'en aller sans moi, en la menaçant de te suicider ?

— Jamais je n'aurais laissé cette femme t'emmener, Joséphine, s'écria-t-il avec hargne. J'aurais préféré nous tuer tous les deux que de la laisser nous séparer !

— Mais elle m'aimait ! Elle m'aimait !

— Elle ne voulait pas de toi, elle avait une vie de merde, dans une banlieue de merde… Elle n'avait aucun droit sur toi !

— Va-t'en, soufflai-je, le cœur au bord des lèvres. VA-T'EN !

Edward se leva brusquement, signifiant à mon père que l'entretien était terminé. Ce dernier n'essaya même pas de contrarier la volonté de l'homme qui le toisait.

Mrs Burnett, qui s'était présentée à la porte de la bibliothèque à la demande d'Edward, lança un regard inquiet dans ma direction, et ce simple coup d'œil m'émut.

Impassible et grise, comme à l'accoutumée, l'intendante raccompagna mon père et la porte se referma sur eux.

Alors qu'Edward m'enlaçait, la porte se rouvrit sur le souvenir de ma mère, si belle et si lointaine dans la lumière, et sa voix douce à mon oreille me susurra que l'amour s'exprimait de mille manières, même par l'absence, qu'il revêtait mille apparences, même celle du démon, et que celui qui nous liait vivrait à jamais en moi.

78

Depuis qu'il était adolescent, Edward avait pris l'habitude de provoquer la mort, qui ne voulait pas de lui. Il l'avait bravée dans de nombreux périls, s'était brûlé les ailes dans les sports extrêmes, avait goûté à l'ivresse absolue et aux drogues et hier encore, il se fichait d'envoyer sa moto dans le décor.

Cette fois, Edward me conduisit dans le creux des montagnes enneigées avec l'habileté d'un pilote chevronné et la prudence d'un père de famille.

Quelque chose en lui avait changé.

La sérénité d'Edward m'avait accompagnée dans ce terrible face-à-face avec mon père, il m'avait aidée à ne plus être la fillette s'effondrant à l'arrivée de son héros libérateur, mais une femme libre, capable d'annoncer à celui qui l'avait trahie qu'elle ne l'autoriserait plus jamais à le faire.

La sidération passée, j'avais accepté sa proposition de partager avec lui un moment hors du temps, et mes sentiments.

En quittant Haven Stone, mon père était parti en emportant un pan entier de mon existence.

La nôtre. Papa et Joséphine. Docteur Frankenstein et sa fille. Professeur Granger et docteur Granger.

En partant sans répondre à toutes les questions que je ne lui avais pas posées, mon père aurait pu me renvoyer dans l'enfer de l'incertitude. Pour qu'il ne m'entraîne pas dans ses affres, il suffirait que je n'entrouvre pas la porte.

Je n'aurais pas, en dehors de l'intime conviction qu'il était coupable, de réponse scientifique sur les raisons de la mort d'Aurélien.

Je ne pourrais rien faire de cette conviction. Je devais tourner la page. Être médecin c'est aussi accepter qu'on ne peut pas tout.

Après une vingtaine de minutes, Edward emprunta une route cahoteuse vers les sommets. Plus nous nous éloignions de la mer, plus nous prenions de l'altitude et plus le spectacle majestueux des îles des Hébrides s'étalait à nos pieds. Cette terre était belle et sauvage, aussi indomptée et indomptable que l'homme que j'entourais de mes bras.

Lorsque nous fûmes descendus de moto, nous marchâmes en direction d'un promontoire qui surplombait la vallée. Là, sur ce chemin escarpé et balayé par le vent, je lui confiai que si ma mère avait été vivante, je serais partie la trouver sur-le-champ.

Envie de lui dire que je l'aimais, de la prendre dans mes bras, de la regarder et d'entendre sa voix, mais pas seulement. Envie de lui reprocher de ne pas avoir profité de mes visites pour me dire la vérité. Envie de l'entendre me donner tout un tas de raisons de ne pas l'avoir fait.

Je n'étais pas une femme du passé. Je ne connaîtrais jamais les circonstances exactes de son départ, mais la peur de me perdre, qui avait poussé mon père à la menacer, avait suffi pour que j'aie la certitude qu'elle m'aimait. Le professeur Granger cherchait toujours à détruire ceux qui pouvaient lui faire de l'ombre.

Ma mère était de ceux-là.

Et cet amour qui n'avait pu éclore était tout ce dont j'avais toujours rêvé.

Je n'étais pas une femme de regrets et j'avais trop conscience du temps qui passe pour choisir de me morfondre sur une vie que je n'avais pas eue.

Mais tout de même. Ma mère m'aimait.

Ainsi, Edward et moi étions unis. À travers notre histoire, et notre attachement à nos disparus.

Au bout du chemin, nous fûmes seuls au monde.

Ici, les vagues de basalte dans leur manteau blanc, bordées d'une frange de pierres noires, évoquaient la houle échevelée qu'on voit sur l'océan par vent de terre.

Ici, la lande se soulevait pour se jeter dans la baie, et le soleil posait des langues de couleur sur la plaine et éclairait l'horizon d'un rose orangé, découpant les géants de pierre qui surplombaient la vallée.

Ici, on se réveillait sous une pluie de printemps, on dînait sous un soleil d'été, on soupait dans les brumes d'automne et on s'endormait, bercés par les vents d'hiver.

Ici, en Écosse, chaque jour valait une vie entière.

— Ici repose mon grand-père adoré, dit Edward en désignant le paysage. Logan Hamilton, capitaine du *Fifie*. Ses cendres ont nourri la terre et la bruyère, les fleurs, les fruits, et leurs graines et leurs noyaux ont à leur tour essaimé ; il est partout, dans l'air, dans la pluie et même dans l'estomac des petits habitants de la lande, lutins et écureuils. En te rencontrant, j'ai découvert qu'il vivait aussi dans le cœur d'une fillette, venue traverser les brumes il y a longtemps, pour chasser un démon.

La belle voix d'Edward se leva dans le silence, et il abandonna son ton si anglais pour donner à son chant les accents de ses origines, où les *r* roulaient et les *u* étaient aussi pointus que les géants de pierre.

— « *Raise your glass in the air…*[1] »

Lorsqu'il se tut, l'horizon disparut sous une mousse blanche et brumeuse et se confondit avec la mer.

---

1. « Lève ton verre avec une larme dans l'œil, le temps est venu de lui dire au revoir, car à l'aube de ce matin, le vieux capitaine est mort, et il continuera à vivre dans la légende ce soir » (*The Old Captain*, chanson du groupe Brillig).

79

Dans les cuisines de Mrs Whitmore, les flammes crépitaient et, sur la table, un plateau de langoustines, une corbeille de fruits, du pain, une carafe d'eau et une bouteille de whisky nous attendaient.

Nous nous installâmes là où nous nous étions rencontrés. Sur le banc à côté de nous, le bruant des neiges qu'Edward avait rapporté plus tôt dans la journée picorait dans son carton.

Edward remplit deux verres à shot avec le whisky à *cranachan* de Mrs Whitmore, que nous avions bu le premier soir.

Nous trinquâmes.

— Te voilà à nouveau ici, seule avec moi, au milieu de la nuit. Mais cette fois, ajouta-t-il en glissant pardessus la table pour s'asseoir à mes côtés, je suis un peu moins timide.

Il m'embrassa.

Son baiser avait le goût des pages qui se tournent, et c'était bon.

Il décala le banc où nous nous tenions, et passa avec souplesse sous la table.

— Rejoins-moi, me dit-il, nous allons vérifier ma théorie.

Le plateau était si haut que nous pouvions nous asseoir confortablement sans être courbés en deux.

— Quelle théorie ?

D'où nous nous tenions, nous pouvions voir le tableau noir, couvert de mots en gaélique écossais à demi caché par des bouquets de fleurs séchées.

— Tu vois cette inscription, à droite, au-dessus du dessin de Liùsaidh ?

Edward désignait deux lignes incompréhensibles qui coiffaient le lutin, esquissé à la craie par une fillette qui n'était plus, et dont je sentais pourtant la présence à nos côtés, tant son souvenir vivait en nous.

— C'est la citation d'un poète américain qu'affectionnait ma mère ; elle l'a écrite ici, jamais personne ne l'a effacée. Elle m'a inspiré le nom que je t'ai donné le premier soir, *Anam-charaid*.

— Que dit-elle ?

— Que les âmes sœurs finissent toujours par se rencontrer, car elles ont la même cachette. Voici ma cachette.

Edward éclaira le dessous de la table, et je découvris des gravures malhabiles, des croix, des carrés, des ronds, des bonhommes bâton et des lettres qui formaient parfois des mots, des dates aussi.

Mòrag m'avait confié que lorsque son père le pourchassait pour le frapper, Edward se réfugiait ici, sous la table, entre les casiers de légumes.

Il me raconta que c'était ainsi qu'était née la légende de Bobby, le brownie. Quand Charles MacLaine entrait furieux dans la cuisine, demandant où était son fils, Mrs Whitmore prétendait qu'elle ne l'avait pas vu, puis elle exigeait du monstre de Haven Stone qu'il sorte de ses quartiers, son lutin était terrifié, cela faisait tourner les conserves et les salaisons.

— Elle n'hésitait pas à lui servir des plats moisis pour le dissuader de venir me chercher ici.

Calée dans ses bras, je regardais ses mots d'enfants, gravés à la pointe d'un couteau. Il y en avait presque partout.

— « *Edward was here* », lus-je, attendrie.

Il avait quitté l'Écosse juste après avoir amendé la copie du tableau de Füssli en recouvrant la tête de cheval, le jour de l'enterrement de son père.

Or, dans mes souvenirs d'enfant, la toile comportait bien trois éléments : la belle endormie, l'incube, et la jument aux yeux d'argent. Ce qui signifiait qu'Edward vivait encore à Haven Stone lors de ma visite.

Se pouvait-il que nous nous y soyons rencontrés ?

— Non, regretta Edward, si je t'avais découverte à dix ans, sous cette table, je t'aurais proposé de t'enfuir avec moi.

Il orienta le rayon de sa lampe vers l'extrémité de la table.

Et je redécouvris, stupéfaite, mon écriture enfantine et quelques mots tracés au feutre noir : *Joséphine G était ici.*

80

Notre mariage se tint le 31 décembre dans la bibliothèque de Haven Stone, en présence de Mrs Whitmore, ma demoiselle d'honneur, Grant, le témoin d'Edward, Liam, Siùbhan et Cillian, Tòmas, Mrs Burnett et enfin Cináed, qui nous unit.

Les Highlands fêtaient *Hogmanay*, et nous aurions droit à plusieurs jours de célébrations dans les rues du village : défilé de cornemuses, marche aux flambeaux, danses de nuit en plein air, démonstrations culinaires, dégustations de whiskies, thés dansants et courses de canards…

La veille, j'eus à réanimer un fêtard en arrêt cardiaque et à gérer une crise psychotique chez un jeune homme.

Je ne refusai aucun patient dont l'état nécessitait des soins urgents.

Si bien qu'une heure avant la cérémonie, je mis pour la première fois au monde un enfant avec l'aide de Siùbhan.

Ma robe, cadeau de mon futur époux, ayant été salie lors de l'accouchement, j'épousai Lord MacLaine en jean (et avec trente minutes de retard) au grand mécontentement de Mrs Burnett. Edward, quant à lui, portait une chemise en coton blanc, que je lui avais offerte selon les coutumes, sur un kilt, qu'il avait habilement plissé avec un carré d'étoffe en tartan.

Cináed débuta par un court préambule, au cours duquel il exprima son bonheur d'avoir été choisi pour nous unir, et nous rendit les clés de Haven Stone, volées il y a près de quarante ans, et le double de celles de la maison du *bonesetter*. Surprendre des jeunes mariés pendant leur nuit de noces n'était plus vraiment de son âge.

Puis, après quelques formalités, où il déclina nos identités respectives et invita malicieusement ceux qui avaient une objection à cette union à parler ou à se taire à jamais, Cináed invita Grant à poser le premier ruban sur nos doigts entremêlés.

Celui-ci avait choisi un tissu aux couleurs des MacLaine, signe qu'Edward rentrait enfin chez lui. Lorsqu'il fut en place, il le noua délicatement, puis s'effaça pour laisser Mrs Whitmore déposer le sien. La cuisinière avait fabriqué un joli cordon-bleu en crochet, dans lequel elle avait glissé maille après maille une chaîne en or ancienne, au bout de laquelle elle avait ajouté un pendentif en forme d'étoile.

— Quelque chose de bleu, d'ancien et d'emprunté pour ma fille de cœur, avait-elle bafouillé, émue, en nouant le sien.

Siùbhan, elle, avait choisi un ruban blanc où elle avait brodé nos initiales, en symbole de notre dévouement à la communauté, Cillian une cordelette pour la solidité du lien, Tòmas, une lanière de soie multicolore pour que nos nuits soient aussi gaies que nos jours, Mrs Burnett, l'embrasse des rideaux de ma chambre, car elle souhaitait de tout cœur voir sa maison pleine de rires d'enfants, et enfin Liam, une tresse de bruyère, où il avait mêlé l'étoffe d'une robe de Liùsaidh à un de ses lacets.

Nos mains liées par ceux que nous aimions, Edward et moi pûmes échanger nos vœux sous les yeux attendris et amusés de nos convives, car ils ne furent guère conventionnels !

— Je m'appelle Jo, et vous ?

— Edward.

— Êtes-vous marié ?

— Pas encore.

— Vous avez donc une petite amie ?

— Ce n'est pas vraiment le terme qui convient.

— Vous êtes gay ?

— Non.

— Mais vous êtes amoureux.

— Bien plus que vous l'êtes !

— Vraiment ? Voyons cela. Depuis combien de temps nous connaissons-nous ?

Edward fronça les sourcils et fit mine de calculer.

— Trois semaines ?

— Dites-moi Edward MacLaine, comment une personne aussi séduisante, intelligente et bien élevée que vous peut-elle ignorer la date ?

Nous échangeâmes un sourire complice.

— Je ne l'ignore pas.

— Dans ce cas, me direz-vous quel jour nous sommes ?

— Samedi 31 décembre.

— Et je vous ai rencontré la nuit du 14, n'est-ce pas ?

— C'est exact.

— Nous nous connaissons donc depuis dix-huit jours, pas trois semaines.

— J'en conviens.

— Cela prouve donc que vous aviez tort !

— Puisque je peux avoir tort, Miss Granger, je peux également avoir eu raison d'avoir demandé votre main après trois jours.

— Et je me félicite d'avoir accepté de vous épouser.

Edward posa doucement son front contre le mien.

— Sommes-nous en train de rêver, *Anam-charaid* ?

— Non, Edward, nous sommes en train de nous marier.

Nous nous tournâmes de concert vers Cináed, qui prononça solennellement l'échange de serment, et recueillit nos « *aye do* » sous les applaudissements.

Lorsque nous eûmes signé tour à tour l'acte de mariage avec nos témoins, nous sortîmes dans le parc, pour trinquer et chanter *The Twelve Days of Christmas* sur la tombe de Liùsaidh. Ce fut un joli moment, au cours duquel Edward et moi bûmes dans la *loving cup*, une tasse à vin en étain, que Mrs Burnett avait fait graver en souvenir de ce jour.

De retour à la maison, Edward m'entraîna dans son atelier pour me dévoiler la toile de *Nightmare*, où l'incube ne figurait plus. Et je profitai de cet instant d'intimité où nous échangeâmes un long baiser pour vérifier malicieusement qu'Edward MacLaine était un *true Scotsman*.

La nuit était tombée quand nous rejoignîmes nos amis rassemblés dans le petit salon, pour que Cináed nous raconte une légende écossaise, selon la tradition. Calée contre Edward, j'étais assise par terre entre Tòmas et Liam. Siùbhan et Cillian se partageaient un fauteuil.

Nous étions dos à la cheminée, face au canapé où Cináed coiffé de son éternel Glengarry de guingois se tenait entre Mrs Burnett et Mrs Whitmore, qui avaient provisoirement – le maître des lieux ne les priverait jamais du plaisir de régenter à deux têtes la maison – abandonné le service, car elles faisaient d'abord partie de la famille.

Sur la table devant nous, des boissons et des sandwichs, du thé et des *scones*, et des verrines à *cranachan*.

— Si vous permettez Mr Cináed, avança Mrs Burnett, en se levant, je voudrais dire d'abord un mot à nos jeunes mariés.

— Je vous en prie, Mrs Burnett, la parole est à vous.

— Lord MacLaine, vous savez qu'il n'est pas dans mes habitudes de commenter vos choix, mais j'aimerais, si vous le permettez, faire une exception.

Edward lui fit signe de poursuivre, l'intendante s'éclaircit la gorge.

— En tant que gardienne de Haven Stone, je peux vous dire que vous n'auriez pu trouver meilleure maîtresse pour cette maison. (Edward se contenta de lui adresser un sourire espiègle.) Lady MacLaine, j'espère que vous me pardonnerez de vous avoir jugée indigne de Lord MacLaine, ajouta-t-elle en me regardant. *J'ai* été indigne de vous.

Puis elle se rassit, le menton relevé, raide comme un piquet, et j'imaginais que son cœur devait battre aussi vite que le mien.

— Je n'ai rien à vous pardonner, Mrs Burnett, vous et moi sommes si différentes ! En revanche, nous avons en commun le profond désir de préserver cette magnifique demeure qui nous abrite, ses traditions et son âme, et j'ai beaucoup à apprendre de vous. J'espère que vous accepterez de me guider dans mon rôle de lady.

Les joues grises de Mrs Burnett se teintèrent d'un rose léger, et elle me remercia d'un bref coup de tête.

— Quelqu'un d'autre a quelque chose à dire, avant que je raconte mon histoire ?

Liam leva le doigt, comme en classe.

— C'est normal qu'une fée soit assise sur l'épaule de docteur Joséphine ?

Puis, il pouffa dans ses mains.

— Edward, commença Cináed, lorsque le calme fut revenu. En choisissant d'épouser la femme que tu aimes, tu t'es enfin réconcilié avec ton nom et ta maison, et cela me réchauffe le cœur, comme à nous tous ici. Ton bonheur était le désir profond de Logan, ton grand-père. Tu étais tout pour lui, et vous vous ressemblez beaucoup. C'était un homme aussi libre que toi et surtout, profondément humain. Quand tu as eu à choisir entre rester et partir, il espérait que tu ficherais le camp avec ta fille, loin d'ici. Mais il savait, au fond de lui que tu endosserais la charge de ton nom, car tu es l'être le plus loyal que j'ai jamais rencontré. Nul dans le village – et tu sais que mes oreilles et mes yeux de vieux filou traînent partout – n'ignore que tu as fait montre d'un courage et d'une abnégation exceptionnels pour préserver le domaine et nos emplois des vautours. Dans ce monde où les gens ne prennent pas garde aux autres, ton engagement constant envers notre communauté est une chance. À ce propos, je tiens à te dire notre gratitude à tous ici.

« Ce qui m'amène à toi, *lass*, *lady doctor*, Joséphine MacLaine, emprunteuse de loden, et voleuse de clés dans le désordre et peu importe. Le jour où je t'ai trouvée sur le quai, de l'autre côté de la mer, j'ai aussitôt su que c'était toi. Je dois avouer que je ne croyais pas à ton retour, même si Logan l'avait prédit il y a bien longtemps, quand tu as traversé la brume avec lui, la première fois ! »

Et Cináed raconta son histoire.

Old Captain avait beaucoup vécu, et il connaissait le ciel, le vent, et la magie de la mer… Certains racontaient qu'il avait vu les *merrows*[1], qu'elles l'avaient emporté au fond des Hébrides, et que c'est pourquoi il n'était jamais revenu, d'autres qu'il avait quitté les vagues pour chevaucher l'*each uisge*[2] dans les profondeurs des lochs.

Cináed, lui, ne croyait que ce qu'il voyait. Et il était à bord du *Fifie* quand Logan avait remonté une pierre, grosse comme une théière, il y a des années de cela. *Old Captain* était en rogne, parce que ce petit roc avait déchiré un mètre de filet. Enfin, il était en rogne au début, jusqu'à ce qu'il décide quand même de jeter un coup d'œil à ce drôle de caillou avant de le rendre aux flots.

---

1. Sirènes.
2. Cheval mythique vivant dans l'eau et qui cause la perte de ceux qui le chevauchent.

En y regardant de plus près, il s'était dit que c'était peut-être un boulet de canon, puis en grattant un peu, il avait pensé à un vase ou une jarre en bronze, et il s'était réjoui de l'avoir trouvé, lui qui ne cherchait que du poisson. Pendant des semaines, Logan avait cassé les couches de sédiments et de coquilles, et son patient travail d'artisan minutieux avait révélé qu'elles dissimulaient la statuette d'un prisonnier gaulois assis, les mains liées dans le dos.

Bien sûr, *Old Captain* aurait pu la vendre à un très bon prix et payer les traites de son bateau. Mais quelque chose de plus fort que lui l'avait empêché de la céder à un autre : ce Gaulois qui l'attendait au fond de la mer depuis sept cents ans au moins avait les yeux de son Edward, son regard intense, l'expression enragée d'un môme au désespoir.

Logan Hamilton connaissait l'océan comme personne, et l'océan le connaissait. Il savait le passé, le présent et le futur et se faisait appeler Mr Smith, pour soigner les gens. Alors, quand une fillette d'au-delà les brumes avait choisi ce regard-là pour chasser ses propres peurs, il n'avait eu aucun doute : le jour venu, elle aurait le courage d'aller chercher Edward dans sa nuit.

Merci à mon âme sœur, qui a accepté que je prête à Edward et Jo un peu de notre histoire, merci à nos trois enfants, ils sont si inspirants ! Merci au docteur Sophie Jeckel, ma belle-fille de cœur, merci au docteur Catherine Viezzi, ma plus ancienne amie, vous m'avez guidée, merci à mes consultantes écossaises, Michelle Rocton et Olivia Cheucle (dont le blog, www.theunamedbookshelf.com, est source d'excellentes lectures), votre regard était indispensable ! Merci à mes premières lectrices, Cécile Porque et Lucie Mounier, et à mon premier lecteur, Guillaume Raynaud, vos retours m'ont été précieux, et enfin merci à mon ami, Vincent Midolo, qui a répondu présent quand j'avais besoin de lui.

Ce livre ne serait évidemment pas entre vos mains sans la formidable équipe des éditions Calmann-Lévy, qui porte mes histoires depuis 12 ans déjà !

DE LA MÊME AUTRICE :

Aux éditions Calmann-Lévy

L'Enfant-rien, 2011 ; Le Livre de Poche, 2012
La Demoiselle des tic-tac, 2012 ; Le Livre de Poche, 2014
1, rue des Petits-Pas, 2014 ; Le Livre de Poche, 2015
Comme un enchantement, 2020 ; Le Livre de Poche, 2022

En collaboration avec Jérôme Camut

Aux éditions Fleuve Noir

Islanova, 2017 ; Pocket, 2019
Et le mal viendra, 2019 ; Pocket, 2020
Nos âmes au diable, 2022 ; Pocket, 2023
Loin de la fureur du monde, 2024

Aux éditions Calmann-Lévy

Les Éveillés, 2008 ; Le Livre de Poche, 2010
3 fois plus loin, 2009 ; Le Livre de Poche, 2010
Les Yeux d'Harry, 2010 ; Le Livre de Poche, 2011
Les Murs de sang, 2011 ; Le Livre de Poche, 2013

Aux éditions Télémaque

Série *Les Voies de l'ombre* :

Prédation, 2006 ; Le Livre de Poche, 2007
Stigmate, 2007 ; Le Livre de Poche, 2008
Instinct, 2008 ; Le Livre de Poche, 2009
Rémanence, 2010 ; Le Livre de Poche, 2012

Série *W3* :

Le Sourire des pendus, 2013 ; Le Livre de Poche, 2014
Le Mal par le mal, 2015 ; Le Livre de Poche, 2016
Le Calice jusqu'à la lie, 2016 ; Le Livre de Poche, 2017

Ilya Kalinine, Le Livre de Poche, 2017

64/5313/7

PAPIER CERTIFIÉ

Le Livre de Poche s'engage pour l'environnement en réduisant l'empreinte carbone de ses livres. Celle de cet exemplaire est de :
200 g éq. CO_2
Rendez-vous sur
www.livredepoche-durable.fr

Composition réalisée par NORD COMPO

Achevé d'imprimer en mai 2025 en France par
MAURY IMPRIMEUR – 45300 Manchecourt
N° d'imprimeur : 284697
Dépôt légal 1re publication : juin 2025
LIBRAIRIE GÉNÉRALE FRANÇAISE
21, rue du Montparnasse – 75298 Paris Cedex 06
marketing@livredepoche.com